Katherine Scholes

Die Sturmfängerin

Roman

Aus dem Englischen
von Margarethe van Pée

Knaur Taschenbuch Verlag

Die englische Originalausgabe erschien 2006
unter dem Titel »The Stone Angel« bei Pan Macmillan, Sydney.

Besuchen Sie uns im Internet:
www.knaur.de

Sonderausgabe für Kaufhof Warenhaus AG
April 2010

Umschlaggestaltung: ZERO Werbeagentur, München
Umschlagabbildung: Gettyimages/Steve Allen
Druck und Bindung: GGP Media GmbH, Pößneck
Printed in Germany
ISBN 978-3-426-50759-9

2 4 5 3 1

Knaur.

Knaur.

Über die Autorin:
Katherine Scholes wurde auf einer Missionsstation in Tansania geboren und hat den größten Teil ihrer Kindheit dort verbracht, bevor sie nach England und dann nach Tasmanien zog. Sie hat mehrere Romane, darunter einige für Jugendliche, geschrieben und arbeitet auch im Filmbereich. Sie lebt zurzeit mit ihrem Mann und ihren beiden Söhnen in Tasmanien. »Die Regenkönigin«, »Die Traumtänzerin« und »Die Sturmfängerin« waren allesamt Bestseller.

Weitere Informationen finden Sie auf der Homepage der Autorin unter www.katherinescholes.com.

1

Addis Abeba, Äthiopien, 1990

Negatu steuerte geschickt um die Schlaglöcher herum, während er rasch durch die nahezu verlassenen Straßen der Innenstadt fuhr. Stella lehnte den Kopf an das staubige Seitenfenster des Landrovers. Sie konnte einen Teil ihres Gesichts im Seitenspiegel sehen. Haarsträhnen hatten sich aus ihrem Zopf gelöst – sie klebten wie lange, schwarze Bänder an ihrer verschwitzten, blassen Wange. Ihre Lippen waren trocken und aufgesprungen, und ihre sonnenverbrannte Nase begann sich zu schälen. Ihre Augen … ihre Augen fesselten ihre Aufmerksamkeit. Sie blickten zu hell, zu klar, und es schien ihr unmöglich, dass man ihnen so gar nichts ansah – als ob die Dinge, die sie gesehen hatte, keine Spur hinterlassen hätten.

Ihr Spiegelbild bewegte sich, als der Wagen plötzlich das Tempo verlangsamte. Als Stella aufblickte, sah sie eine Barriere aus Benzinfässern und Stöcken quer über die Straße. Negatu fluchte leise. »Holen Sie Ihre Dokumente heraus«, sagte er und steuerte mit einer Hand, während er mit der anderen in seiner Hemdtasche nach seinen eigenen Papieren suchte.

Der Landrover hielt am Straßenrand, und ein Soldat trat auf sie zu. Er stellte sich an die Beifahrertür, den Lauf seines Gewehrs auf den Oberschenkel gestützt, als Stella die Scheibe herunterkurbelte.

»Zeigen Sie mir Ihre Papiere«, forderte er sie auf. Er sprach langsam und formte die englischen Wörter sorgfältig. Dann streckte er seine Hand ins Fahrzeug, nahe an das Gesicht der Frau. Über die rosa Handfläche zog sich eine lange, tiefe Narbe.

Stella reichte ihm ihren Presseausweis. Während er ihn studierte, blickte sie zum Horizont, wo Vögel um eine graue Steinstatue kreisten.

»Was ist das?«, fragte der Soldat und tippte mit dem Finger auf das Stück gefaltete Pappe, auf dem Stempel und Unterschriften in verschiedenfarbiger Tinte ein buntes Gemisch bildeten. »Women's World Magazine?«

»Ja, ich arbeite für sie.« Stella deutete auf das Namensschild, das sie an ihre Bluse geheftet hatte.

Der Soldat beugte sich ins Auto und brachte den Geruch von altem Schweiß und Holzkohlenrauch mit sich. Aufmerksam studierte er das Schildchen mit seinem fliederfarbenen Rahmen, dem Gänseblümchen-Motiv und dem Namen in der zierlichen, geschwungenen Schrift. Stella wusste, dass der feminine Stil ihn daran erinnern würde, dass sie nicht nur eine Journalistin, sondern auch eine Frau war. Dadurch würde er sie eher wie seine Schwester oder seine Freundin betrachten – auf jeden Fall wie jemanden, um den man sich kümmern musste. Sein Gesichtsausdruck wurde einen Moment lang weicher. Dann jedoch blickte er misstrauisch auf.

»Warum sind Sie hierher gekommen? Um über Kleider zu schreiben?«

Zweifelnd musterte er Stella in ihrer abgetragenen, staubigen Bluse und dem zerknitterten Rock.

»Ich schreibe Geschichten über Frauen«, erklärte Stella. »Wir kommen gerade aus dem Norden zurück. Aus dem Welo-Gebiet. Viele Mütter dort haben nichts mehr zu essen für ihre Kinder. Es ist kein Regen gefallen. Die Lage ist sehr, sehr schlimm.«.

»Welo?«, wiederholte der Mann.

»Ja«, erwiderte Stella. »Wir waren in der Nähe von Kobo.«

Die Schultern des Mannes sanken herab. »Dort bin ich zu Hause. Meine Leute sind da.«

Stella nickte langsam. Es gab nichts zu sagen.

»Und …«, der Soldat fixierte sie mit durchdringendem Blick, »… Sie erzählen das Ihrer Zeitschrift, sodass es alle erfahren. Und dann kommt Hilfe.«

»Ja, ich hoffe«, antwortete Stella.

Ein Funken von Optimismus glomm in den Augen des Mannes auf – dann jedoch erlosch er wieder. Plötzlich wirkte er erschöpft, jeglicher Ausdruck wich aus seinem Gesicht, als ob seine Muskeln zu müde und zu verbraucht seien, um noch zu funktionieren. Er wusste, dass es nicht so einfach war, das spürte Stella.

Er wandte sich ab, wobei er ihnen zuwinkte weiterzufahren, und ging auf die andere Straßenseite. Dort hockte er sich neben einen schlammigen Tümpel und begann seine Stiefel zu waschen. Mit einer Hand schöpfte er rotbraunes Wasser und ließ es über das zerschlissene Leder laufen.

Negatu fuhr an und gab Gas. Stella hörte ihn vor Erleichterung seufzen, als sie die Straßensperre hinter sich ließen.

»Jetzt zu Ihrem Hotel?«, fragte er.

»Ja«, erwiderte Stella.

Er warf ihr einen scharfen Blick zu. »Sie sollten bei den anderen Ausländern im Hilton wohnen. Dort ist es viel sicherer.«

Stella nickte, sagte jedoch nichts. Sie stieg nie in internationalen Hotels ab. Selbst wenn sie es gewollt hätte, hätte sie es sich nicht leisten können. Sie wurde nur pro Artikel, den sie ablieferte, bezahlt, und in den Arbeitspausen zwischen den einzelnen Geschichten verdiente sie kein Geld. Zehn Jahre lang hatte sie sich geweigert, Angebote von Agenturen oder auch nur einen Vorschuss anzunehmen. Sie ging den Weg, den Daniel ihr vorgegeben hatte. »Arbeite freiberuflich«, hatte er ihr geraten. Sie konnte sich noch gut daran erinnern, wie er es zum ersten Mal gesagt hatte. Damals hatte er ihr seine Kamera geschenkt – eine Leica mit einem Klicken, das man kaum hörte, und schwarz abgeklebten glänzenden Flächen, damit sie keine Aufmerksamkeit erregte. »Das bedeutet das Wort ›freiberuflich‹«, hatte er gesagt und mit einer Spritzpistole den Staub von den Linsen entfernt. Seine Hände mit den Altersflecken waren unbeholfen, aber seine Stimme war stark. »Du bist frei. Frei, um die Wahrheit zu sagen.« Er hatte aufgeblickt und sie aus seinen wachen Augen angeschaut. »Und mehr musst du nicht tun. Sag einfach die Wahrheit.«

Der Fahrer drehte sich zu Stella und lächelte ermunternd. »Im Hilton lässt es sich leben. Es gibt einen Swimmingpool, einen Friseur, Geschäfte, alles, was man sich denken kann. Und Sie können dort auch Freunde treffen.«

Sein Blick glitt über Stellas Körper und blieb an ihren Brüsten hängen. Sie wusste, was er dachte – sie vergeudete ihre Chancen, einen Mann, einen Ehemann, zu finden. Sie hatte gesehen, wie er an einem der Checkpoints in Welo ihren Pass studiert hatte, deshalb vermutete sie, dass er wusste, wie alt sie war. Einunddreißig. Ihre Zeit war beinahe abgelaufen.

»Ich bin nicht auf der Suche nach neuen Freunden«, erwiderte Stella. »Ich bin hier, um zu arbeiten.«

Das stimmte. Sie steckte all ihre Energie in die Aufgaben, die sich selbst gestellt hatte. Auf der langen Reise zurück in den Süden hatte sie sich bereits ausgedacht, was sie über ihre Erfahrungen schreiben wollte. Wie immer ließ sie zuerst die Bilder aufsteigen – sie erfüllten ihren Kopf und stritten um ihre Aufmerksamkeit. Dann begannen sich die Wörter zu versammeln … Wenn sie auf ihrem Zimmer war, würde sie als Erstes die Schreibmaschine hervorholen. Am schwierigsten war immer der Anfang, aber danach, das wusste sie, entstand der Text fast wie von selbst.

Der Wagen hielt vor dem Hotel Ethiopian mit seiner weißen Fassade, die mit Säulen verziert war. Sofort drängten sich Kinder um das Auto. Sie drückten ihre Gesichter gegen die Scheiben und verschmierten das Glas, während sie zusahen, wie Stella ein dickes Bündel Banknoten aus der Tasche zog. Sie würde Negatu gut bezahlen. Es war nicht leicht gewesen, jemanden zu finden, der die Stadt verlassen wollte, und die Szenen, die er in den Hungerlagern erlebt hatte, würde er nicht so schnell vergessen können. Zumindest einige, das wusste Stella, würden ihn sein Leben lang begleiten, tief in seine Seele eingegraben.

Wie das Kind, das sie am ersten Morgen gesehen hatten … Stella hielt inne beim Zählen der Geldscheine.

Sie sah ihn vor sich – den hellhäutigen Jungen mit den blauen Augen, der in der Menge am Lebensmittelzelt stand. Zuerst hatte Stella angenommen, er sei der Sohn eines Helfers oder Missionars, wobei sie sich allerdings nicht vorstellen konnte, was er an so einem Ort wie diesem zu suchen hatte. Dann jedoch sah sie, dass er in Lumpen gekleidet war; seine Arme waren abgemagert bis auf die Knochen, und sein Bauch aufgebläht vor Hunger. Suchend hatte sich Stella nach dem Regierungsbeamten umgeschaut, weil sie ihn fragen wollte, was der Junge hier machte. Wo waren seine Eltern? Panik stieg in ihr auf. In diesem Moment kam es ihr so vor, dass Krankheit und auch der Hungertod nichts seien im Vergleich zu dem Alptraum, so allein, so weit weg von dem Ort zu sein, an den man gehörte.

»Das Kind, das Sie dort sehen«, hatte Negatu gesagt. »Er ist zeru zeru. Dafür kennen wir zwei Gründe. Entweder ist er von einer menstruierenden Frau empfangen worden, oder er ist von einem bösen Geist gegen ein richtiges Kind ausgetauscht worden.«

Stella starrte den Jungen an, ohne den Sinn der Worte zu begreifen. Die Panik ließ nicht nach. Ihr stockte der Atem.

Der Regierungsbeamte war neben ihr aufgetaucht. »Wollen Sie das Albino-Kind fotografieren?«, hatte er gefragt.

Stella hatte den Kopf geschüttelt. Die Augen des Jungen waren starr auf sie gerichtet. Alle Kinder im Zelt starrten die fremde Frau an, aber der Blick dieses Jungen bohrte sich tief in sie hinein. »Ich kann ihn rufen«, sagte der Regierungsbeamte.

»Nein«, erwiderte Stella. »Ich will ihn nicht fotografieren.«

Sie wollte das Gesicht vergessen, aber sie wusste zugleich auch, dass ihr das nie gelingen würde.

Der Blick des Jungen war ihr gefolgt. Selbst als sie jetzt im Landrover saß und das Geld für Negatu abzählte, konnte sie ihn noch spüren. Sie hatte das Gefühl, ihn zurückgelassen zu haben an einem Ort, an dem er nicht sein sollte.

Aber er war nicht verloren, rief sie sich ins Gedächtnis. Er war nicht anders als die anderen …

Negatu neigte höflich den Kopf, als Stella ihm ein Bündel weicher, abgegriffener Geldscheine reichte.

»Danke«, sagte er. »Ich wünsche Ihnen alles Gute.«

»Werde ich Sie wiederfinden?«, fragte Stella. Sie musste die Zeit nutzen, solange es noch möglich war, die Stadt zu verlassen. Die nächste Fahrt würde sie möglichst bald planen müssen. »Ich möchte gern nach Süden fahren.«

Er zuckte mit den Schultern. »Vielleicht. Ich hoffe es, aber wer weiß?«

Stella stieg aus, schlang sich ihren Rucksack über die Schulter und drehte sich um, um dem Wagen nachzuwinken. Aus den Augenwinkeln bemerkte sie, dass der Hotelportier sich bereits näherte, in der Hand den seidenen Sonnenschirm in Regenbogenfarben mit goldenen Fransen. Die Kinder stoben auseinander, nur zwei kleine Schuhputzer blieben stehen und betrachteten Stellas Leinenturnschuhe voller Abscheu.

Sie wandte sich zum Hoteleingang, den Portier, der ihr den Sonnenschirm über den Kopf hielt, dicht auf den Fersen. Er behandelte sie wie eine Prinzessin – wie einen Schatz, der um jeden Preis vor Schaden bewahrt werden musste. Die Geste war seltsam tröstlich. Als ob zumindest hier jemand sei, der wusste, was sie gerade durchgemacht hatte, aber zugleich auch, wie stark sie war. Dieser kurze Moment, in dem sie jemand verwöhnte, reichte schon aus, damit sie sich erholte.

Durch die knarrende Drehtür trat Stella in die Halle. Sie wohnte erst seit einem Monat hier, aber als sie sich jetzt umblickte, hatte sie bereits das Gefühl, nach Hause gekommen zu sein – der abgenutzte Steinboden mit den bunten Marmorfliesen, die Staubflusen unter der weichen Couch; die Sonnenstrahlen, die durch die Risse in den schweren Brokatgardinen drangen. Heute lag über dem üblichen Duft nach Gewürzen und Gips das Aroma von frisch gerösteten Kaffeebohnen. Und auch ein Hauch von Weihrauch hing in der Luft. Als Stella der Quelle nachschnupperte, sah sie den duftenden Rauch aus einem Holzkohlebecken aufsteigen – ein leicht bläulicher Dunst.

Sie durchquerte das Foyer und blieb in dem offenen Bogendurchgang, der zum Hotelrestaurant führte, stehen. Als sie zum ersten Mal hier abgestiegen war, hatte der Kontrast zwischen dem Speisesaal und dem Foyer sie erschreckt. Heute jedoch glitt ihr Blick entspannt über die limonengrünen Vinyl-Nischen mit den orangefarbenen Bänken und dem dazu passenden Geschirr.

Als Stella eine Speisekarte auf einem der Tische liegen sah, merkte sie, wie hungrig sie war. Stunden waren vergangen, seit sie in einem Landgasthof gefrühstückt hatte, aber jetzt fiel es ihr wieder ein – die trockenen Brötchen, die sie auch mit dem bitteren Kaffee kaum hinunterbekommen hatte. Bei dem Gedanken daran verging ihr der Appetit wieder, und sie wandte sich zur Rezeptionstheke.

Der Assistant Manager stand auf, um sie zu begrüßen.

»Sie haben wieder dasselbe Zimmer«, sagte er und reichte ihr einen Schlüssel mit einem schweren Messinganhänger. »Wir haben es extra für Sie frei gehalten.«

»Danke, das ist sehr freundlich von Ihnen«, erwiderte Stella. Sie wusste, dass es oben Dutzende von stillen, unbewohnten Zimmern gab. Seit Jahren waren keine Touristen mehr hier gewesen.

»Und es ist Post gekommen«, fügte der Mann hinzu. »Drei Briefe für Sie.«

Stella sah zu, wie er die Briefe aus einer langen Reihe ansonsten leerer Postfächer herausholte. Der fliederfarbene Umschlag war von ihrer Redakteurin Lorna bei Women's World. Stella kam es immer noch wie ein Wunder vor, dass die Postzustellung selbst in kriegsgeschüttelten Ländern wie diesem funktionierte. Lorna konnte von London aus einen Brief an eine beliebige Adresse losschicken, und früher oder später kam er an. Faxe stellten in Stellas Augen sogar eine noch unwahrscheinlichere Verbindung dar. Wenn sie an einem Faxgerät stand und langsam ihre Schreibmaschinenseiten eingab – in Hotelhallen, auf Postämtern oder Rotkreuzbunkern in entlegenen Winkeln der Welt, dann stellte sie sich häufig vor, wie die Wiedergabe ihrer Arbeit in Lornas Büro in London langsam auf den dicken, fliederfarbenen Teppich fiel.

Als der Assistant Manager Stella ihre Post reichte, bot er ihr gleichzeitig einen silbernen Brieföffner an. Sie schüttelte dankend den Kopf. Er war immer sehr hilfsbereit, aber sie wusste auch, dass er im Gegenzug dafür von ihr ein großes Trinkgeld erwarten würde, wenn sie auszog. Das war eines der Dinge, die sie an dem Leben unter Fremden mühsam fand – jeder Gefallen musste belohnt werden.

Langsam stieg Stella die breite Marmortreppe hinauf, die sich in einem anmutigen Bogen zum ersten Stockwerk emporschwang. Erst jetzt merkte sie, wie müde sie war. Sie blickte auf die Briefe in ihrer Hand. Lornas Brief lag ganz oben. Dahinter war ein Brief, den das Hotel, in dem sie in Nairobi gewohnt hatte, weitergeleitet hatte. Die Schrift auf dem Umschlag war kindlich und unbeholfen. Der dritte Umschlag war vom Hotel. Vermutlich enthielt er eine höfliche Erinnerung an ihre Rechnung, die sie zu bezahlen vergessen hatte, als sie nach Norden aufgebrochen war.

Auf der Schwelle zu ihrem Zimmer blieb Stella stehen und blickte sich in dem kleinen, kargen Raum um. In ihrer Abwesenheit hatte jemand das Bett gemacht, ihre wenigen Kleidungsstücke sorgfältig gefaltet und den Boden zwischen den beiden Betten gewischt. Sonst war alles noch so, wie sie es hinterlassen hatte. Sie ließ die Umschläge auf den Tisch fallen und leerte ihren Rucksack ebenfalls dort aus. Ihre Notizblöcke und das Adressbuch glitten heraus, ebenso wie ihr Radio, ihre Kamera und die Filmrollen. Dann kamen ihre zweite Bluse und ihre Unterwäsche – jetzt alles schmutzig –, ihr Toilettenbeutel und ihr Erste-Hilfe-Kästchen. Als Letztes fiel ein etwa handgroßes Objekt heraus, eingewickelt in einen alten Seidenschal. Stella ging damit zum Nachttisch und wickelte es aus. Es war eine kniende Gestalt mit Flügeln. Ein Engel. Sie setzte ihn sich auf die Handfläche und spürte das vertraute Gewicht. Dann stellte sie ihn auf das zerkratzte Furnier des Nachttischschränkchens, neben einen angeschlagenen Unterteller, der als Aschenbecher diente. Das steinerne Gesicht blickte zum Kopfkissen, auf das Stella später ihren Kopf legen würde, um zu schlafen.

Lauwarmes Wasser rann über ihren Körper und wusch Schweiß und Staub ab. Sie rieb sich mit dem Stück hellblaue Seife durch die Haare und atmete tief das billige Parfüm ein, um den Geruch der Lager zu verdrängen – die Latrinen, das Hospital ohne Desinfektionsmittel, die in weiße Laken gehüllten Leichen, die in der Sonne lagen. Der Regierungsbeamte hatte ihr einen Rautenzweig gegeben – das Kraut, das die Äthiopier in ihren Kaffee tun – und ihr erklärt, sie müsse ihn sich an die Nase halten, um den einen Geruch mit dem anderen zu bekämpfen. Es hatte jedoch nur kurze Zeit geholfen.

Stella schloss die Augen und hob ihr Gesicht dem dünnen Wasserstrahl entgegen. Einzelne Szenen gingen ihr durch den Kopf. Die Hand eines Mannes, die leicht auf dem vollkommenen Gesicht eines kleinen Mädchens lag, das aussah, als schliefe es nur. Fliegen, die sich auf Wunden niederließen, die niemals heilen würden. Und ihre eigene Hand, die heimlich etwas zu essen umklammert hielt, das sie – mit trockenem Mund – im grünlichen Dämmerlicht ihres zugezogenen Zeltes verzehren wollte …

Durch das Rauschen des Wassers in der Dusche drang die Stimme des Nachrichtensprechers im Radio: ein britischer Akzent, ruhig und gebieterisch. Stella lauschte, ob sie Nachrichten aus Orten, in denen sie gelebt hatte, oder Stimmen von Journalisten, denen sie begegnet war, hörte – und vielleicht erfuhr sie ja sogar etwas über die Lage hier in Äthiopien. Möglicherweise sagten sie ja, ob die Rebellen tatsächlich so nahe an Addis herangerückt waren, wie es gerüchteweise hieß.

Stella trat aus der Dusche und wickelte sich das einzige, verschlissene Handtuch wie einen Turban um den Kopf. Nackt setzte sie sich auf ihr Bett und nahm die Briefe zur

Hand. Zuerst riss sie Lornas Umschlag auf, aus dem sie ein Bündel Papiere zog: Ausschnitte ihrer Artikel. Sie warf einen flüchtigen Blick auf Fotos und Textteile, die neben Anzeigen für Lippenstifte und Faltencremes oder Rezepten für kalorienarme Menüs gesetzt waren. Die Überschriften schaute sie sich ein wenig genauer an. Sie wurden immer von Lorna ausgewählt, die es gerne hatte, wenn sie einem bestimmten Motiv folgten.

»Frauen, die ihre Töchter schützen, indem sie sie wie Männer kleiden«. Eine Geschichte aus den Bergdörfern von East Timor …

»Kämpferinnen mit Giftkapseln um den Hals«. Eine Geschichte aus dem Dschungel Nord-Sri-Lankas …

Unter dem Stapel von Ausschnitten befand sich das Anschreiben mit ihrem Scheck. Ein paar Sekunden lang saß Stella da und blickte auf das Stück Papier. Lange würde das Geld nicht reichen, die Lebenshaltungskosten hier in Addis waren hoch. Und sie musste ja auch herumreisen können. Wenn sie alles bezahlt hatte, blieb kaum noch etwas übrig – wieder einmal. Sie würde Lorna eben um eine Gehaltserhöhung bitten müssen. Länger konnte sie es nicht mehr aufschieben. Am besten tat sie so, als sei Lorna ein Politiker, ein Mitglied des Militärs, ein Rebellenführer oder ein Häuptling – dann konnte sie Fragen stellen und Aktivitäten verlangen, ohne mit der Wimper zu zucken.

Sie wandte sich zu dem fleckigen Umschlag mit der handgeschriebenen Adresse und überflog den Brief, der darin steckte. Er war von einer Frau, die sie kürzlich in Süd-Kenia interviewt hatte.

»Ich muss Sie informieren und bitte um Ihre Hilfe«, begann er. »Mein Mann ist verhaftet und weggebracht worden. Meine Kinder …«

Stella faltete den Brief zusammen und legte ihn beiseite. Es war lebenswichtig, nicht zurückzublicken. Wenn sie eine Geschichte fertig geschrieben hatte, ließ sie sie hinter sich und kappte alle Verbindungen. Wenn sie das nicht täte, würde eine Gruppe von Menschen – ein Ort, ein Leben – sie nicht mehr loslassen, und sie könnte ihren Job nicht mehr machen.

Als sich Stella schließlich dem Hotelumschlag zuwandte, wappnete sie sich. Jetzt würde sie gleich erfahren, auf welche Summe genau ihre Hotelrechnung angewachsen war. Sie zog einige gefaltete Blätter Papier aus dem Umschlag, stellte jedoch fest, dass es nicht die üblichen Rechnungsformulare waren, sondern dünne, glänzende Bögen Faxpapier. Auf dem Deckblatt erkannte sie das Logo von Women's World. Sie überflog die Seite.

An: Stella Boyd, Gast, The Ethiopian Hotel,
Addis Abeba
Persönlich und vertraulich.
Dringende Nachricht. Bitte sofort weiterleiten.

Sie nahm sich die zweite Seite vor. Der Briefkopf sah offiziell aus. Darunter stand:

STELLA BOYD c/o WOMEN'S WORLD
MAGAZINE
DIE TASMANISCHE POLIZEI VERSUCHT
SIE ZU ERREICHEN.
BITTE RUFEN SIE SOFORT BEI DER
HALFMOON STATION AN,
TELEFON 63247789
IHR VATER IST AUF SEE VERSCHOLLEN.

Stella starrte das Fax an. Ihr Verstand weigerte sich, die Worte aufzunehmen. Es war, als seien sie in einer fremden Sprache geschrieben.

Auf See verschollen … tasmanische Polizei …
Sie starrte auf die gedruckten Wörter.

Ihr Vater …
Das konnte nicht stimmen. William war der vorsichtigste Mann in der Flotte. Er blieb bei schlechtem Wetter immer zu Hause, ganz gleich, wie dringend er den Fang brauchte. Er änderte nie seine Regeln beim Auswerfen des Netzes, und sein Boot, die *Lady Tirian*, war mit Priorität auf Sicherheit und nicht auf Geschwindigkeit gebaut.

Aber hier lag das Fax – echtes Papier, echte Wörter, die durch die ganze Welt zu ihr geschickt worden waren. Spinks, der Polizist im Ort, hatte wohl die Zeitschrift kontaktiert. Und Lornas Sekretärin hatte es direkt an sie weitergefaxt.

Langsam stand Stella auf und griff nach ihren Kleidern. Sie wusste, dass »verschollen auf See« häufig »verloren« oder »ertrunken« bedeutete. Im Hafen von Halfmoon Bay stand ein Denkmal für die Seefahrer, auf dem Messingplaketten eine ganze Liste örtlicher Tragödien vermerkten – Fischer, die über Bord gespült worden waren, Schiffbruch, ganze Besatzungen, die verschwunden waren. Verschlungen vom Meer …

Mit ungeschickten Fingern zog sie sich das T-Shirt über den Kopf und schlüpfte in ihre Jeans. Mit den Füßen angelte sie auf dem Fußboden nach ihren Schuhen.

Sie musste sich zwingen, ruhig zu bleiben. Noch einmal nahm sie das Fax und schaute sich das Datum an. Es war gestern gekommen, als sie noch im Lager gewesen war. Wahrscheinlich hatten sie ihn bereits gefunden, sagte sie sich. Sie stellte sich vor, wie er zu Hause saß, in Decken gewickelt, während ihre Mutter ihn mit heißer Rindfleischsuppe versorgte. Sie waren in Grace' Küche, wo alles ordentlich und sauber war. Es roch nach Seife und Holzrauch. Frisch gebackene Kekse kühlten auf dem Gitter aus. Und am Herd lagen Williams »Seekuchen« in Folie eingewickelt zum Trocknen aus.

Der Hotelmanager kam gerade durch die Eingangstür, als Stella an die Rezeption trat.

»Miss Stella!«, rief er und kam eilig angelaufen. »Sie sind zurück! Ein wichtiges Fax ist für Sie gekommen. Ich habe es in einen Umschlag gesteckt und konnte nicht vermeiden, es zu lesen …« Er brach ab. »Ich fürchte, Sie haben schlechte Nachrichten bekommen.«

Stella nickte stumm und wies auf das Telefon. Mr. Berhanu eilte hinter den Tresen und reichte ihr den alten, schwarzen Apparat.

»Das Telefon funktioniert«, sagte er. »Heute ist Ihr Glückstag.« Verlegen wandte er den Blick ab. Das Wort »Glückstag« hing schwer in der Luft.

Stella wählte die Vorwahl für Australien und die im Fax angegebene Nummer und wartete darauf, dass die Verbindung hergestellt wurde. In Halfmoon Bay war es jetzt bereits tief in der Nacht, und sie stellte sich vor, wie das Telefon in der Dunkelheit der verlassenen Polizeiwache klingelte. Aber dann hörte sie, wie der Anruf in Spinks' Haus nebenan weitergeleitet wurde. Sie sah ihn vor sich, wie er fluchend aufstand. Oder – der Gedanke kam ihr ganz plötzlich – vielleicht war er gar nicht da, sondern überwachte die Suchaktion. Ob sie nachts wohl aufhörten oder mit Lampen weitersuchten?

»Spinks.« Die Stimme klang fest und vermittelte sofort, dass der Anruf besser wichtig sein sollte.

Stella spürte einen Kloß im Hals. Sie räusperte sich. »Ich bin es, Stella.«

»Stella! Gott sei Dank!«, erwiderte Spinks. »Ich dachte schon, wir finden dich nie. Wo bist du?«

»Ich bin in Addis, in Äthiopien. Ich habe das Fax bekommen«, stammelte Stella. »Darin steht, er ist verschollen. Dad ist verschollen.«

Am anderen Ende der Leitung herrschte kurzes Schweigen. Stella hörte, wie der Mann scharf die Luft einzog.

»Das ist richtig. Leider gibt es keine guten Nachrichten. Aber im Morgengrauen suchen wir weiter.« Spinks räusperte sich. »Hör mal – du musst nach Hause kommen. Auf der Stelle. Du wirst hier gebraucht.«

Stella starrte auf das schwarze Telefon, das mit Fingerabdrücken übersät war. Nach Hause kommen. Das klang so simpel – als ob Halfmoon Bay direkt um die Ecke läge. Als ob es ein Ort wäre, an den sie jederzeit zurückkehren könnte …

»Stella? Hörst du mich?« Plötzlich war Spinks wieder der Polizist, der Teenager beim Rauchen erwischte oder dabei, wie sie unanständige Wörter auf die staubigen Seitentüren des Streifenwagens schrieben. Und sie war wieder das kleine Mädchen, das nicht wusste, was es tun sollte.

»Ja«, erwiderte Stella. Ihre Gedanken überschlugen sich – Flugzeiten, Ausreisepapiere, der Flughafen, der von den Truppen nur mit Mühe gehalten wurde. »Okay – ich komme, so schnell ich kann«, versprach sie.

»Gut«, sagte Spinks. »Da draußen bei deinen Eltern gibt es immer noch kein Telefon. Ich sage Grace Bescheid, dass du auf dem Weg bist.«

Er legte auf. Stella begegnete Mr. Berhanus Blick, als sie ebenfalls den Hörer auflegte.

»Miss Stella, es tut mir Leid. Man hat Ihren Vater noch nicht gefunden?«, fragte der Mann.

»Ich muss abreisen«, sagte Stella. »Ich muss sofort abreisen.«

Sie lauschte ihren Worten, als ob ein Fremder sie sagte. Sie war benommen, unfähig, sich zu konzentrieren, doch sie wusste, dass sie sich beeilen musste. Es gab einen einzigen Flug am Tag nach Dubai, er ging in fünf Stunden, aber bevor sie das Land verlassen konnte, musste sie die Genehmigung des Informationsministeriums einholen – ein Ort, an dem Regierungsbeamte müßig neben Papierstapeln und zahlreichen Stempeln saßen. Ein großer Teil ihres kostbaren Bargeldes würde dafür draufgehen, sie zu bestechen, damit sie überhaupt ihre Stifte in die Hand nahmen und schrieben.

Sie drehte sich auf dem Absatz um und rannte die Marmortreppe hinauf. Sie nahm zwei Stufen auf einmal, aber ihre Gedanken flogen ihren Schritten voraus, und sie plante bereits, wie sie ihre Tasche packen würde – den Engel, sicher in den Schal eingewickelt, die Sachen, die sie in der Dusche ausgewaschen hatte, noch nass in eine Plastiktüte gestopft; ihren Pass, griffbereit in der Außentasche. Zuerst würde sie ins Büro der Fluggesellschaft fahren und dann durch die Stadt zum Ministerium ... In ihrem Kopf lief alles glatt ab. So funktionierte sie am besten – sie wurde ruhig, weil sie in Gedanken mit Strategien befasst war, und ihr Körper, der agieren musste, wurde stark, weil kein Platz für Gefühle war.

Als sie wieder nach unten kam, hatte Mr. Berhanu bereits ein Taxi für sie bestellt, das vor der Tür wartete. Zusammen mit dem Geld, das sie ihm schuldete, übergab sie ihm ihre Schreibmaschine. Es war Daniels tragbare Olivetti im Koffer. Einzelne Tasten klemmten immer wieder und hätten längst repariert werden müssen – t, q und 6. Sie hatte das Gefühl, ein Teil von sich selbst zurückzulassen.

»Bewahren Sie sie für mich auf«, sagte sie. »Je weniger ich mitnehme, desto schneller komme ich durch den Zoll.«

»Was soll ich damit machen, wenn Sie nicht zurückkommen?«, fragte der Mann zögernd.

Stella starrte ihn an. Darüber hatte sie noch gar nicht nachgedacht. »Ich komme auf jeden Fall zurück«, erwiderte sie mit fester Stimme. »Bald schon. Ich will mein altes Zimmer wiederhaben.«

Mr. Berhanu lächelte leicht. »Natürlich. Ich werde es niemandem sonst geben.« Er schwieg kurz und legte ihr die Hand auf die Schulter – eine sanfte Berührung. »Ich werde dafür beten, dass Ihr Vater lebend gefunden wird.«

Bei seinen Worten fühlte Stella sich auf einmal wieder wie ein Kind – verwirrt und ängstlich. »Danke«, flüsterte sie.

Dann wandte sie sich ab und ging. Sie blickte auf die großen Steinfliesen und begann sie zu zählen. Drei, vier, fünf … sechs, sieben … Wenn sie an der Drehtür eine gerade Zahl erreicht hätte, sagte sie sich, würde er gerettet werden und käme heil und gesund wieder nach Hause.

Bevor sie jedoch an der Tür angekommen war, zwang sie sich, den Blick zu heben.

Während das Flugzeug steil in den Himmel über dem Flughafen aufstieg, saß Stella da, das Kinn in die Hand gestützt, und blickte aus dem Fenster. Unter ihr, am Ende der Rollbahn, lag das rostige Skelett eines Flugzeugs, das vor

Jahrzehnten, als der Bürgerkrieg noch jung gewesen war, abgeschossen worden war. Sie blickte so lange wie möglich darauf. Dann wandte sie ihren Blick über die Stadt hinaus und versuchte, in der Landschaft Stellen zu erkennen, an denen sie gestern noch vorbeigefahren war. Bald jedoch gab es nichts mehr, womit sie sich ablenken und ihre Gedanken in Schach halten konnte.

Sie schloss die Augen und beschwor das Bild von William herauf, ihrem warmherzigen, starken Vater, der einst so stolz auf sein einziges Kind gewesen war …

Aber das Bild, das sie vor ihrem geistigen Auge sah, war hart und kalt. Und die Lippen waren unnachgiebig zusammengepresst.

Stella umklammerte fest die Armlehnen ihres Sitzes. Alles war so gegenwärtig, als sei es gestern gewesen: die eiserne Willensstärke ihres Vaters und das Gewicht seiner Worte – so gemessen und sicher –, als er ihr darlegte, wie er ihre Zukunft geplant hatte.

Der Plan, der ihr das Herz zerriss …

Die alte Wut stieg wieder in ihr auf, aber sie war vermischt mit Schmerz und der hartnäckigen Liebe einer Tochter. Sie starrte auf die zerklüftete Landschaft unter sich, und ihr Magen krampfte sich vor Angst zusammen. So vieles lag vor ihr. Sie musste sich nicht nur endlich ihren Gefühlen für William stellen. Da war auch noch Grace, ihre Mutter …

Und dann der Ort, Halfmoon Bay. Das alte Haus auf der Klippe, mit dem eingezäunten Garten. Die Felsen, der Wind, der Himmel, das Meer.

Und überall waren versteckte Buchten. Und Erinnerungen an Zeph.

Zeph, mit seinen vom Wind zerzausten, sandfarbenen

Haaren. Mit seinen grünen Augen, in denen wie auf dem Ozean blaue Lichter tanzten. Wie eine Vision kehrte er zu ihr zurück und brachte Freude mit sich – aber auch diese Freude war eingehüllt in Schmerz, den schlimmsten Schmerz.

Sie schlug die Hände vors Gesicht.

Ich kann nicht zurückgehen, sagte sie sich. Ich kann nicht.

Die Worte hallten in ihrem Kopf, waren ohne jede Bedeutung. Gleichmäßig brummten die Flugzeugmotoren, und die Maschine brachte sie zurück nach Hause.

2

Tasmanien, Australien

Die Straße wand sich durch die Hügel, an Weiden vorbei, auf denen frisch geschorene Schafe grasten. Ein oder zwei hoben den Kopf, als der Bus vorbeifuhr, aber die meisten widmeten sich weiter dem üppigen grünen Frühlingsgras. Stella blickte aus dem Fenster und ließ die Landschaft an sich vorüberziehen. Hinter den Weidezäunen wuchsen Gummibäume und Akazien, und deshalb konnte sie die Küste nicht sehen, aber sie roch das Meer bereits: kalt lauerte es hinter den Bäumen. Sie wandte sich ab und blickte über den Gang aus dem Fenster auf der anderen Seite. Landeinwärts erstreckten sich bewaldete Hügel steil bis ins Gebirge. Am Horizont ragten Felstürme auf, die sich dunkel gegen den grauen Himmel abhoben. Es sah düster und trist aus, und Stella blickte wieder auf ihrer Seite aus dem Fenster.

Bei der nächsten Farm erkannte sie einen großen Damm und eine verfallene Scheune, umgeben von den Hütten der Schafscherer. Sie wusste, dass hinter der nächsten Kurve ein Stück unberührter Busch lag, und dahinter konnte man schon die Abzweigung nach Halfmoon Bay erkennen. Sie ergriff ihre Tasche und stellte sich an die Tür.

Der Bus verlangsamte sein Tempo, als ein schmaler Schotterweg auftauchte, der nach links abzweigte.

»Da sind wir«, sagte der Fahrer.

Er hielt neben einem hölzernen Straßenschild. Stella blickte durch die trüben Scheiben in der Tür auf die schwarzen Buchstaben auf dem weißen Schild – das »H« von Halfmoon war von Kugeln durchlöchert.

»Sind Sie sicher, dass ich Sie nicht hinunterfahren soll?«, fragte der Fahrer.

Stella warf ihm einen Blick über die Schulter zu und zwang sich zu einem Lächeln. »Nein, danke, ich laufe das Stück.«

Der Mann griff nach dem Schaltknüppel. »Na, besser Sie als ich. Es bläst ein ganz schöner Wind.« Er schüttelte den Kopf. »Ich hasse das Wetter im Frühling. Man kann ihm nicht trauen.«

Zischend gingen die Türen auf, und Stella trat auf den Schotterweg. Ein kalter Wind peitschte ihr ins Gesicht und zerrte an ihrem dünnen Jackett. Sie hängte sich die Tasche über die Schulter und ging los, die Arme fest um den Körper geschlungen. Hinter ihr fuhr der Bus wieder an.

Die Straße war ein schmales, blassgraues Band, das durch dichtes Buschland führte. Bäume, Sträucher und Büsche wuchsen am Rand, die Blätter waren völlig verstaubt von vorbeifahrenden Autos. Stella ging stetig voran – einen Hügel hinunter und um eine langgezogene Kurve. Und plötzlich trat sie aus den Bäumen heraus.

Sie blieb stehen und blickte über die Heide, die sich vor ihr erstreckte. Dahinter lag das Meer – wogendes Grau mit weißen Schaumkronen, kaum vom Himmel zu unterscheiden. Himmel und Meer waren eins – ein riesiges kaltes Reich. Ein Schauer lief Stella über den Rücken.

Der Wind brachte den Geruch von Algen und Salz mit sich, und mit jedem Atemzug, den sie tat, durchdrang er ihren Körper. Eilig ging sie weiter und achtete kaum auf die unterschiedlichen Farben der Büsche, an denen sie vorbeikam, das vertraute Grün, Braun und Rot. Gleich bog die Straße nach rechts zum Meer ab, und in wenigen Minuten würde sie den Hafen, den Pub, den Laden sehen. Alles.

Sie hielt inne, als sie um die Ecke bog und das orangefarbene Signallicht entdeckte. Auf dem Parkplatz neben dem Hafen wimmelte es von orangefarben gekleideten Menschen, orangefarbenen Fahrzeugen … Es war ein Anblick, den sie von Katastrophen auf der ganzen Welt kannte: Erdbeben in der Türkei und in Japan, Überschwemmungen in Bangladesch, ein Bombenattentat in Irland. Sie biss sich auf die Lippe und ballte die Fäuste in der Tasche.

Sie suchten ihn immer noch.

Er wurde immer noch vermisst.

Vor ihrem geistigen Auge sah sie zerbrochene Holzplanken, die auf den Wellen trieben. Zerrissene Segel. Hatten sie das Boot gefunden? Das Rettungsfloß? Irgendetwas …

Am liebsten wäre sie sofort hinuntergerannt, um es zu erfahren, aber sie zwang sich dazu, stehen zu bleiben. Es war wichtig, sich vorzubereiten. Sie dachte an Daniel und hörte seine Stimme sagen: »Es ist wie bei den Pfadfindern. Bereite dich vor. Bevor du dich hineinstürzt, mach dir klar, was dich erwartet. Wappne dich. Und dann halte dich im Hintergrund, sieh hin und hör zu, sammle alle Fakten.«

Sie begann mit dem Meer. Da sie jetzt näher gekommen war, sah sie, wie hoch die Wellen waren, wie sie gegen die

Felsen donnerten, die das Hafenbecken vor dem offenen Meer schützten, sodass der Schaum weiß aufspritzte.

Kleine Fischerboote lagen am Kai und rieben in der Dünung aneinander; aber die großen Thunfischkutter und die Schiffe der Tiefseefischer waren draußen – vermutlich halfen sie alle bei der Suche, dachte Stella. Die einzige Ausnahme bildete die baufällige Ketsch von Joe, eine zweimastige Segelyacht, die *Grand Lady*. Sie lag am Kai, wie immer – allen anderen im Weg.

Stella sah Micks altes blaues Dingi, das an seiner Boje vertäut auf den Wellen schaukelte. Sie stellte sich vor, wie die Fischer auf den soliden Stahlplanken eines Thunfischkutters standen und das Meer nach irgendeinem Anzeichen von der *Lady Tirian* absuchten. Aber es war fünfzehn Jahre her, seit sie zuletzt hier gewesen war, rief sich Stella ins Gedächtnis. Es war ja gar nicht gesagt, dass Mick immer noch hier in der Bucht arbeitete. Manchmal wurden aus Fischern Farmer, oder sie bekamen Jobs in St. Louis. Boote wurden gekauft, verkauft; sie gingen kaputt und waren verschollen. Nach dieser langen Zeit wusste sie gar nichts mit Gewissheit …

Sie wandte ihre Aufmerksamkeit wieder dem Land zu. Dort sah sie ungefähr zwei Dutzend orangefarben gekleidete Personen – vielleicht mehr. Auch eine kleinere Anzahl von Männern in khakifarbener Arbeitskleidung war dort unten, und ab und zu leuchtete die gelbe Öljacke eines Fischers auf. Bei ihrem Anblick tat Stella das Herz weh. Jeder von ihnen hätte ihr Vater sein können.

Im Mittelpunkt der Aktivitäten stand ein Caravan mit einer weißen Wandtafel davor. Daneben war ein Polizeiwagen geparkt. Auf einem Klapptisch standen Gaskocher mit großen Kochtöpfen und daneben Stapel von Schüsseln und Bechern. Eine Gruppe von Frauen hatte sich dort versammelt. Ihre Röcke flatterten im Wind, während sie dastanden und sich unterhielten. Unter ihnen bemerkte Stella eine große, schlanke Gestalt, die sich ein wenig abseits hielt. Stella hielt den Atem an. Es war Grace.

Der Anblick ihrer Mutter – hier, am Hafen – machte die gesamte Situation plötzlich realer. Rasch eilte Stella auf den Parkplatz zu. Zunächst blieb sie unbemerkt, dann jedoch fand sie sich auf einmal unter Leuten, die sie kannte. Vertraute Gesichter tauchten vor ihr auf – älter zwar, aber ansonsten unverändert. Da war Mrs. Barron, die Haare immer noch flammend rot. Joe, mit seinem wettergegerbten Gesicht. Lauras Eltern. Lenny. Ned ... Im ersten Moment rissen bei Stellas Anblick alle überrascht die Augen auf, aber schnell überwogen Mitgefühl und Sorge. Stella erwiderte jeden Gruß, ging jedoch unbeirrt weiter.

Plötzlich griff eine Hand nach ihrer Schulter.

»Stella! Ich bin es!«

»Pauline!« Stella hatte kaum den Namen ausgesprochen, als die Frau sie auch schon in eine Umarmung zog. Weiche Arme umschlangen sie.

»Komm her, Liebes!«

Tief atmete Stella den Duft nach Puder ein, den tröstlichen, sicheren Geruch einer Mutter, die auf gequetschte Finger pustete, Brot backte und ihren Kindern nie sagte, sie sollten Schuhe anziehen.

Jamies Mutter.

Stella erstarrte und wich zurück, doch die Frau ließ ihre Schultern nicht los. Paulines Gesicht war von Falten durchzogen, aber es waren Lachfältchen.

»Sie tun, was sie können«, sagte Pauline. »Das tun wir alle. Brian ist den ganzen Tag draußen. Jamie ist nicht hier – er ist immer noch im Norden …« Schniefend brach sie ab, aber dann lächelte sie. »Es ist so schön, dich zu sehen, Liebes. Du hast mir so sehr gefehlt.«

Stella versuchte, ihr Lächeln zu erwidern. Forschend blickte sie in das Gesicht der Frau, aber sie fand nicht die Spur eines Vorwurfs für all den Schmerz, den sie ihr bereitet hatte.

»Komm. Ich will mit dir reden.« Pauline zog Stella am Ellbogen und führte sie hinter einen orangefarbenen Kombi. Als sie allein waren, sagte sie: »Ich mache mir Sorgen um Grace. Alle machen sich Sorgen. Sie ist bei jedem Wetter hier draußen. Dann geht sie nach Hause, und wenn man sich anschaut, was sie am nächsten Morgen mitbringt, muss sie die ganze Nacht auf gewesen sein und gekocht haben. Natürlich würde jeder von uns in ihrer Lage genauso handeln, aber Grace ist so krank gewesen.«

Stella blickte sie verständnislos an.

Verlegen fuhr Pauline fort: »Mrs. Barron sagt, du schreibst ab und zu, deshalb habe ich gedacht, du wüsstest es.«

Stella schüttelte den Kopf.

»Es begann mit dieser Rückenverletzung, die sie hatte – als du nicht aufs College gegangen bist, um sie zu pflegen. Danach führte eins zum anderen, und seit dieser Zeit ist sie gesundheitlich angegriffen. Wir sehen sie kaum. Die meiste Zeit geht es ihr zu schlecht, um Seven Oaks zu verlassen. Der arme William. Er hat sich wie ein Heiliger benommen …«

Stella betrachtete angelegentlich ihre Hände. Ihr fiel nichts ein, was sie darauf erwidern konnte. In jenem letzten Sommer war so viel gelogen worden. Grace' Rückenverletzung war auch eine Lüge gewesen. Stella und William hatten die Geschichte verbreitet – Grace sei bettlägerig, und ihre Tochter müsse sie pflegen. Und dabei war sie die ganze Zeit über stark wie ein Ochse gewesen.

Vielleicht, dachte Stella, war eine Lüge, die man einmal ausgesprochen hatte, wie ein Samenkorn, das man in die Erde pflanzte. Mit der Zeit wurde sie größer und kräftiger, und dann schließlich war sie Wirklichkeit …

»Wenigstens bist du jetzt hier«, sagte Pauline. »Grace wird sich so freuen, dich zu sehen. Sie ist dort drüben und teilt die Suppe aus.« Sie zeigte in Richtung des Tisches und stieß Stella leicht in den Rücken.

Die Leute wichen zur Seite, als Stella auf sie zukam – als ob sie zerbrechlich oder gefährlich sei und nicht berührt werden dürfe. Und dann stand sie vor dem Tisch. Sie erkannte drei weitere Frauen, die dort arbeiteten, und begrüßte sie mit einem Nicken.

Grace hatte sich mit einem Holzlöffel in der Hand über einen Topf gebeugt. Langsam und stetig rührte sie die Suppe um und bemerkte nicht, dass sich alle Aufmerksamkeit auf sie richtete.

Ihre blonden Haare waren von grauen Strähnen durchzogen. Die Adern an ihren Händen traten hervor, aber ihr Gesicht war immer noch erstaunlich glatt. Selbst jetzt wirkte sie ruhig und gelassen. Krank sah sie auf keinen Fall aus.

Stella griff nach der Hand, die den Löffel hielt, und Grace zuckte zusammen und hob erschreckt den Kopf. Es dauerte eine ganze Weile, bis sie begriff, wer vor ihr stand.

Aber auf einmal war es, als habe sich der Schleier gelüftet. Grace blickte Stella in die Augen. Einen Augenblick lang blieb nichts verborgen, und ein Funke sprühte zwischen ihnen. Stella hielt vor Freude den Atem an. Nach so langer Zeit stand sie endlich hier, mit ihrer Mutter … Dann jedoch überfiel sie von Neuem der Schmerz, und die alte Wut stieg wieder auf. Kurz spiegelte sich dieser Aufruhr auch in Grace' Augen, bevor sie den Blick abwandte. Grace' Gesicht wurde zur Maske – höflich und distanziert. Ihre Tochter hätte irgendein Gast sein können, der unerwartet zum Tee kam. Stella trat einen Schritt zurück und ließ die Hände sinken. Grace lehnte den Holzlöffel vorsichtig an den Topfrand, wischte sich die Hände an einem Geschirrtuch ab und glättete ihren Rock. Dann trat sie um den Tisch herum auf ihre Tochter zu. Stella stellte ihre Tasche zu Boden und wappnete sich dagegen, dass das dicke Haar ihrer Mutter sich gegen ihre Wange drückte. Und der Duft nach Teerosen-Puder – das einzige Parfüm, das William mochte …

Grace blieb vor ihr stehen. Ihr Gesicht war blass, bis auf zwei rosige Flecken auf den Wangen.

Stella steckte die Hände in die Taschen. »Ich habe das Fax bekommen«, sagte sie. »Ich bin sofort abgereist. Es war ein Glück, dass ich überhaupt herausgekommen bin.«

Grace blickte sie verwirrt an. »Wie meinst du das?«

»Dort drüben steht alles kurz vor dem Zusammenbruch … da, wo ich gewesen bin …« Stella brach ab. Ihre Welt kam ihr von diesem Ort aus unendlich weit entfernt vor.

»Es ist gut, dass du gekommen bist«, sagte Grace. »William wird sich freuen.«

Ein kurzes Schweigen entstand. Die Worte – mit Grace' elegantem englischem Akzent ausgesprochen, dem auch die langen Jahre in Tasmanien nichts hatten anhaben können – schienen in der Luft widerzuhallen, selbstbewusst und sicher. Die anderen Frauen wandten sich verlegen ab.

In dem Schweigen, das darauf folgte, erblickte Stella in der Menge das Blau einer Polizistenuniform. Sie trat darauf zu und erkannte Spinks' graue Haare und seine aufrechte Haltung. Da sie ihm alle Fragen stellen konnte, die sich in den letzten Tagen in ihr aufgestaut hatten, ließ sie ihre Mutter einfach stehen und ging zu ihm.

Sie berührte ihn am Arm. »Ich bin es. Ich bin eben erst gekommen.«

Beim Klang ihrer Stimme drehte Spinks sich zu ihr um. Forschend blickte er sie an. »Schön, dich zu sehen, Stella.«

»Was ist passiert? Bitte, erzählen Sie es mir«, bat Stella ihn.

Spinks runzelte die Stirn. »Wir müssen reden.« Er führte sie wieder zurück zu dem Tisch, an dem ihre Mutter immer noch stand. Er hatte bereits die Hand nach Grace ausgestreckt, besann sich dann jedoch eines Besseren. »Kommt beide mit in den Caravan«, sagte er.

Zielstrebig ging er auf die Metalltreppe zu, wobei er sich umblickte, um sich zu vergewissern, dass die beiden Frauen ihm auch folgten.

Im Caravan roch es nach gebratenem Lamm, Zigarettenrauch und nasser Wolle. Es war eine gemütliche Urlaubsatmosphäre, in der der uniformierte Polizist völlig fehl am Platze wirkte.

»Setzt euch, Ladys«, sagte Spinks.

Er selbst blieb steif neben ihnen stehen. Soweit Stella wusste, waren er und seine Schwester, mit der er zusammenlebte, eng mit ihren Eltern befreundet, auch wenn sie sich nur ein paar Mal im Jahr trafen. Aber Spinks war schon immer stolz darauf gewesen, ein absoluter Profi zu sein, und so blieb er sogar in der Abgeschiedenheit des Caravans vorsichtig neutral.

Geduldig wartete er, bis die beiden Frauen sich an einen Tisch gequetscht hatten, der von Pappbechern, Karten und Stecknadeln überquoll. Mitten in dem Chaos lag eine zusammengefaltete Zeitung, und Stella erstarrte, als ihr Blick darauf fiel. Sie hatten ein Foto von William abgedruckt, und ihr Herz krampfte sich vor Schmerz zusammen. Er hatte den stolzen Ausdruck im Gesicht, den sie so gut kannte – so hatte er immer ausgesehen, wenn er sie am ersten Tag jedes neuen Schuljahres zur Schule gebracht hatte ... Die Fotografie war verschwommen, so als ob sie aus großer Entfernung von einem Fremden aufgenommen worden war.

»William Birchmore«, stand darunter. »Vorsitzender des Fischer-Verbands von Halfmoon Bay«. Rasch überflog Stella den Text, der folgte. »Prominentes Mitglied der Küstengemeinschaft ... wurde vor vier Tagen als vermisst gemeldet ... Suche aus der Luft abgebrochen ...« Spinks griff nach der Zeitung und steckte sie unter den Arm. Er blieb zwischen Tür und Herd stehen. »Wir haben zwei Tage lang aus der Luft gesucht, aber leider nichts gefunden. Keine Spur von der *Lady Tirian* oder dem Rettungsfloß.« Er blickte Stella an. »Ich musste die Suche aus der Luft gestern abbrechen.«

Stella nickte langsam. Grace saß neben ihr und drehte einen Kugelschreiber zwischen den Fingern.

»Wir konzentrieren uns jetzt auf die Suche von Land aus«, fuhr Spinks fort. Er wies auf eine Karte, die an der Schranktür hing. Schwarze Linien zogen sich von der Bucht aus nach Süden aufs Meer. Stella erkannte sie sofort. Das waren Williams übliche Fischereirouten, die er je nach

Wetterlage einschlug. Die Küste war in Sektionen aufgeteilt, wobei die einzelnen Bereiche unterschiedlich farbig gekennzeichnet waren.

»Ich habe Leute in allen Abschnitten«, sagte Spinks, »und sie suchen auch im Inland. Das Problem ist nur, dass wir zwar wissen, wo wir suchen müssen, da wir seine Routen ja kennen, aber bis jetzt haben wir nichts gefunden.«

Stella holte tief Luft, als ihr die Bedeutung seiner Worte aufging. »Was ist denn passiert?«, fragte sie schließlich. »Es muss doch irgendwas schief gegangen sein!«

Grace legte den Kugelschreiber auf den Tisch und blickte den Polizisten so erwartungsvoll an, als hoffte sie, etwas Neues zu hören.

Spinks schüttelte hilflos den Kopf. »Ich wünschte, ich hätte eine Antwort für dich. Es gab einen Sturm, aber nichts Ungewöhnliches. Die anderen Boote sind alle heil zurückgekommen oder haben Schutz hinter den Inseln gesucht. Aber du weißt ja, wie das Meer hier ist. Eine Riesenwelle kann das eine Boot zerschmettern und das andere kriegt überhaupt nichts davon mit. Es muss auf jeden Fall ganz plötzlich gekommen sein, weil wir keinen May-Day-Ruf empfangen haben und keine Signalschüsse. Und wenn dein Dad hinausgefahren ist, war immer alles tipptopp in Schuss. Nicht so wie bei manchen …«

Stella blickte Spinks schweigend an. Er redete viel zu schnell – vielleicht wollte er dadurch die grausige Realität verdrängen.

»Die Frage ist, ob er überlebt hat«, fuhr Spinks fort. »Nun ja, unter diesen Bedingungen kommt es darauf an. Wenn er ins Wasser gefallen ist, dann fürchte ich …« Er sprach den Satz nicht zu Ende. »Aber wenn er auf dem Rettungsfloß ist, dann ist es natürlich ganz was anderes.

Eigentlich hätten sie es von der Luft aus sehen müssen, aber es ist viel schwieriger, Dinge im Wasser zu erkennen, als man denkt – in einer großen Welle sieht man unter Umständen noch nicht einmal ein richtiges Schiff. Wir hoffen natürlich, dass er es zur Küste geschafft hat. Ich will aber aufrichtig mit dir sein, und deshalb muss ich leider sagen, dass die Lage sehr ernst ist.«

»Er ist nicht tot.« Grace' Stimme war scharf und klar. Ein plötzlicher Windstoß ließ die Tür des Caravans klappern.

Stella wandte sich ihr zu. Ihre Mutter hatte trotzig das Kinn vorgeschoben.

»Er ist nicht tot«, wiederholte Grace. »Ich wüsste es, wenn er tot wäre.«

Stella sah Spinks wieder an. Er nickte schwach, als wolle er zugeben, dass ihre Mutter Recht haben könnte. Schließlich wusste jeder, wie nahe sich Grace und William waren. Sie waren fast wie eine einzige Person.

»Denk doch an die anderen Boote«, fuhr Grace fort. »Die auf den Fotos im Pub …«

»Ja. Natürlich hat es schon Wunder gegeben«, stimmte Spinks zu. »1974 zum Beispiel die *Briar Rose*. Nach zehn Tagen tauchten drei Überlebende in einem Buschläufer-Camp auf. Und dann das Wrack der *Ella Jane*. Und der alte Joe da draußen – wir hatten die Hoffnung schon aufgegeben, ihn oder die *Grand Lady* jemals wiederzusehen.«

Stella blickte auf ihre Finger, mit denen sie das Muster in dem unechten Holzfurnier der Tischplatte nachzog. Der Mann erzählte von den lokalen Ereignissen, als ob sie eine Fremde sei, die von nichts eine Ahnung hatte – und dabei hatte sie am Kai gestanden, als die Neuigkeiten von der

Ella Jane eingetroffen waren. Hatte er das vergessen? Oder wollte er sie nur daran erinnern, dass sie nicht mehr dazugehörte – dass sie zu lange weggewesen war, ihnen allen zu lange den Rücken zugekehrt hatte?

Spinks blickte aus dem Fenster. »Ich glaube, die könnten draußen deine Hilfe gebrauchen«, sagte er zu Grace. Stella gab er ein Zeichen, noch zu bleiben.

Grace schob sich hinter dem Tisch hervor. Sie wirkte erleichtert, dass sie gehen konnte – wie ein Schulmädchen, das der Direktor entlässt. Als sie weg war, lehnte Spinks sich an den Herd. Er schien seine nächsten Worte genau abzuwägen.

Stella starrte aus dem Fenster. In der Nähe des Pubs blinkte ein Neonschild, die schwungvolle Schrift rot gegen den grauen Himmel. HALFMOON BAY HOTEL.

»Ich muss mit dir über Grace reden«, sagte Spinks schließlich. »Ich mache mir Sorgen um sie.«

»Ja, ich weiß«, unterbrach ihn Stella. »Pauline hat es mir schon erzählt. Aber es ist einzig und allein Mums Sache, zu entscheiden, was sie kann.«

»Es geht nicht nur darum«, sagte Spinks. »Sie ist allein mit dem Lieferwagen hierher gefahren.«

Stella blickte ihn ungläubig an. Ihre Mutter konnte gar nicht Auto fahren. Die Birchmores lebten weit draußen auf den Klippen, und Grace hatte sich immer schon auf ihren Ehemann verlassen müssen, wenn sie nach Halfmoon Bay wollte.

»Wann hat sie denn Auto fahren gelernt?«, fragte Stella.

»Gar nicht«, erwiderte Spinks. »Ich habe heute früh gesehen, wie sie angekommen ist. Sie kann kaum schalten, und beim Parken ist sie fast gegen einen Bootshänger gefahren. Das muss aufhören.«

»Okay«, sagte Stella. »Ich rede mit ihr.« Sie spürte jetzt schon, wie sie das Gewicht der Verantwortung drückte.

»Braves Mädchen!«, erwiderte Spinks. »Dann geh jetzt bitte hinaus und hilf deiner Mutter.« Stella wandte sich zur Tür, aber er hob noch einmal die Hand, um sie aufzuhalten. »Warte noch. Ich wollte dir nur noch etwas sagen. Ich weiß, dass du einen sehr wichtigen Job bei dieser Zeitschrift hast. Meine Schwester Mary schneidet jeden Artikel von dir aus und hat schon zwei dicke Alben voll. Aber dass du jetzt nach Hause gekommen bist, war richtig.« Er schwieg und blickte Stella an. »Es tut mir Leid, dass erst so etwas passieren musste, bevor du kommen konntest. Versteh mich nicht falsch, Stella, aber ich finde, es war längst überfällig. Wenn jemand jahrelang wegbleibt – und noch nicht einmal zu Besuch kommt –, dann muss dringend etwas gerichtet werden.«

Stella blickte zu Boden. Er weiß es nicht, sagte sie sich – er kann es gar nicht wissen. William und Grace hätten es nie erzählt. Und doch spürte sie leisen Zweifel. Spinks war immer schon in der Lage gewesen, hinter Dinge zu kommen, die er gar nicht wissen konnte. Es war, als hätte er einen sechsten Sinn.

Sie hob das Gesicht und schaute dem Polizisten in die Augen. »Ich bleibe nicht lange«, sagte sie mit fester Stimme.

Spinks erwiderte ihren Blick. Dann griff er in seine Tasche. »Ich habe mir die Freiheit genommen, den hier an mich zu nehmen.« Er hielt ihr einen Schlüssel hin. Das Ende, das im Schloss gesessen hatte, glänzte, aber der Rest war salzverkrustet. »Er ist vom Lieferwagen«, erklärte er. »Es war gar nicht so einfach, ihn herauszukriegen.« Er drückte Stella den Schlüssel in die Hand. »Nimm ihn an dich.«

Stella spürte, wie sich der Schlüssel in ihre Handfläche drückte. Er war ein Symbol, das war ihr klar. Eine Übergabe hatte stattgefunden. Jetzt war es ihre Aufgabe, sich um Grace zu kümmern, und das würde auch so bleiben, bis … bis William gefunden wurde.

Möglicherweise fanden sie ihn nie.

Stella zog scharf die Luft ein. Der Gedanke allein schmerzte schon, aber dahinter tauchten unzählige Fragen auf – was würde es für Grace bedeuten, was für sie …? Stella sah in den Augen des Polizisten, dass er sich ähnliche Fragen stellte. Sie steckte den Schlüssel tief in die Tasche und ging hinter ihm hinaus.

Eine Gruppe Freiwilliger hatte sich um den Esstisch versammelt, und Stella musste sich durch die Menge drängen, um zu der Stelle zu gelangen, wo Grace gestanden hatte. Als jedoch die graublonden Haare ihrer Mutter in Sicht kamen, zögerte sie. Allein bei dem Gedanken daran, was alles zwischen ihnen stand, wurde ihr übel – diese starken Gefühle, die so lange unterdrückt worden waren. Sie musste jetzt erst einmal eine Zeit lang allein sein, um sich in den Griff zu bekommen und sich auf die Umstände vorzubereiten.

Entschlossen wandte sie sich in die entgegengesetzte Richtung und überquerte den Parkplatz, vorbei an Fahrzeugen und Bootshängern. Sie blickte starr geradeaus, um den Eindruck zu erwecken, sie habe etwas Wichtiges zu erledigen und dürfe nicht aufgehalten werden. Sie ging zu den Sandsteinruinen der ehemaligen Walfangstation. Dort war sie vor forschenden Blicken sicher. Teenager gingen dorthin, wenn sie ungestört küssen und rauchen wollten. Sie kratzten ihre Namen in den weichen Stein. Auch Stellas

Name stand dort. »Jamie liebt Stella, 1972«. Oder war es eher »Stella liebt Jamie«? Sie konnte sich nicht mehr erinnern.

Durch die Lücke in der Tür huschte sie in das verfallene Gebäude. Zum Meer hin hatte es keine Mauern mehr, und der Wind pfiff ungehindert hindurch. Stella lehnte sich an die Mauer, den Kopf gegen den Sandstein gedrückt. Sie holte tief Luft, dann atmete sie langsam aus.

Sie blickte zum Meer hinunter, das gegen die Felsen donnerte. Hoch schäumte die Gischt. Ihr Blick glitt über das Wasser zu den Inseln, die wie Tiere am Horizont kauerten.

Sie ertappte sich dabei, wie sie die Umrisse der fernen Felsenhügel musterte. Sie waren ihr so vertraut, als trage sie sie in sich. Sie kannte alle Gerüche, alle Geräusche und auch Farben. Es war, als sei sie gestern erst hier gewesen.

Zu spät erkannte sie, dass es ein Fehler gewesen war, hierher zu kommen und sich allein dem Meer zu stellen …

Sie stand ganz still, den Körper an die Mauer gedrückt, als ob sie sich darin auflösen wollte. Der Wind blies ihr ins Gesicht, die Haare fielen ihr in die Augen, und ihr Mund war ganz trocken. Ihre Hände schmerzten vor Kälte.

Aber sie merkte es nicht. Sie hörte nur das Schreien der Möwen und das Pfeifen des Westwindes. Er hatte sie gepackt, und ohnmächtig ließ sie sich von ihm zurücktragen …

3

Fünfzehn Jahre früher

Halfmoon Bay, Tasmanien, 1975

Es war erst neun Uhr morgens, aber die Sonne schien schon warm auf Stellas Rücken, als sie mit dem Fahrrad den Weg an der Küste entlangfuhr. Sie trat langsam in die Pedale und blickte hinunter zum Strand. Schwarzer Seetang lag in den flachen Tümpeln aus Meerwasser. Möwen stolzierten über den Sand, und das ruhige, glatte Meer erstreckte sich hellblau bis zum Horizont.

Als der Weg sich verlor, fuhr Stella über holperiges Grasland bis zur Schotterstraße, die den Hügel hinunter nach Halfmoon Bay führte. Sie blickte auf die Häuser, die sich um den Hafen drängten, die rot und grün gestrichenen Blechdächer, aus denen gelegentlich eine blanke Metallplatte hervorblitzte. Sie ließ das Fahrrad schneller rollen, hob ihr Gesicht, und ihre langen Haare wehten im Fahrtwind.

Scharf bog sie um eine Kurve, und die blauweiße Markise des Ladens kam in Sicht. Mrs. Barron, die Ladenbesitzerin, stand auf einer Trittleiter und hielt mit ausgestreckten Armen eine große, braune Sperrholzform hoch. Es war das Weihnachtsrentier. Das Tier hatte den Laden bereits seit Anfang November geschmückt, aber jetzt hatte es sich an einer Seite offensichtlich gelöst und hing nur noch an einem Nagel. Vom Geweih baumelte Silberlametta.

»Wer ist da?«, fragte Mrs. Barron, ohne den Kopf zu wenden, als Stella mit dem Fahrrad anhielt.

»Ich bin es, Stella.«

»Komm und halt mal die Leiter fest, Liebes. Der verdammte Wind hat mal wieder alles abgerissen.« Rasch stieg Stella vom Fahrrad und eilte ihr lächelnd zu Hilfe. Mrs. Barron kämpfte ständig mit dem Wind. Er riss ihr nicht nur die Dekoration herunter, sondern besprühte auch ihre Schaufenster mit Salz, zerriss ihre Zeitschriftenständer und warf ihre Ankündigungstafel um. Und die Sonne war genauso schlimm – sie bleichte ihre Schaufensterdekoration und ließ Obst und Gemüse verderben.

Stella stützte sich an der Mauer ab und hielt die Leiter fest, während Mrs. Barron vier große Nägel mit dem Hammer in das Sperrholzrentier jagte.

»So, das sollte jetzt wohl halten«, sagte sie schließlich zufrieden. »Ich kann doch nicht zulassen, dass Rudolph uns am Weihnachtsabend abhanden kommt!« Sie blickte zu Stella hinunter. »Du bist bestimmt gekommen, um dir die Fotos anzusehen, was?«

Stella warf ihr einen verständnislosen Blick zu. »Welche Fotos?«

»Die vom Abschlussfest der Schulabgänger.« Mrs. Barron wies auf das Gemeindebrett, das an der Wand neben der Tür hing. Über der Sammlung handgeschriebener »Zu verkaufen«-Zettel waren zahlreiche Farbfotos angebracht. »Der Fotograf hat sie gerade erst aus St. Louis geschickt.

Sie sind gestern gekommen. Sieh sie dir ruhig an. Ich komme gleich, ich stelle nur noch rasch die Leiter weg.«

Stella drückte sich an Mrs. Barron vorbei und betrachtete die Bilder. Das erste Foto war eine Gruppenaufnahme der Mädchen der zehnten Klasse. Sie trugen alle lange, pastellfarbene Kleider mit Blumenmuster und Spitze und Rüschen. Die Haare hatten sie hochtoupiert oder in komplizierte Locken gelegt, und sie waren allesamt heftig geschminkt.

Eine Gestalt allerdings hob sich von den anderen ab. Ein dunkelhaariges Mädchen in einem leuchtend orangefarbenen Kleid, einfach geschnitten, ohne Spitzen und Rüschen, ohne Schärpe. Sie war unauffällig geschminkt, und die Haare hingen ihr offen über die Schultern.

Sie sah wunderschön aus.

Stellas Lippen öffneten sich, als sie sich das Bild anschaute. Sie konnte es kaum glauben, dass sie das war – Stella Birchmore.

Sie durchlebte noch einmal den Moment, als sie mit Jamie in die Turnhalle gekommen war. Sie waren an den mit Laken zugehängten Sportgeräten vorbei auf die Bühne gegangen. Dort war an der Stelle, wo der Direktor für gewöhnlich stand, eine Live-Band aufgebaut worden. Sie war sich bewusst gewesen, dass alle sie beobachteten, und sie hatte auch Jamies bewundernde Blicke gespürt. Ihre Freundinnen hatten sie neidisch angeschaut. Sie alle hatten sich so angestrengt, sich für diesen besonderen Abend in besonders reizvolle Geschöpfe zu verwandeln, aber nur Stella war es wirklich gelungen.

Insgeheim hatte sie ihrem Vater einen stummen Dank geschickt, weil es sein Verdienst gewesen war. Er hatte besser als sie gewusst, wie sie sich zurechtmachen musste.

Alle anderen Mädchen waren mit ihren Müttern nach Hobart gefahren, um sich ihr Kleid auszusuchen, aber William hatte darauf bestanden, dass Stellas Kleid zu Hause genäht wurde. Sie hatte protestiert, aber es hatte ihr nichts genützt.

»Du willst doch nicht aussehen wie alle anderen«, hatte William gesagt. Dabei hatte er in Stellas Zimmer gestanden, und durch die Mädchensachen hatte er noch größer gewirkt, als er eigentlich war. Erneut hatte Stella den Mund geöffnet, um zu widersprechen, aber William war einfach aus dem Zimmer gegangen und hatte deutlich gemacht, dass für ihn die Diskussion beendet war.

Später an jenem Tag war Grace mit einem orangefarbenen Satinstoff aufgetaucht. »Ich habe ihn aus England mitgebracht«, sagte sie. Sie breitete ihn aus, und der Geruch nach Mottenkugeln erfüllte die Luft. Grace' Hände flatterten über den Stoff, als sei sie versucht, ihn wieder zusammenzufalten und wegzupacken. Sie warf Stella einen raschen, prüfenden Blick zu. »Er ist zwar alt, aber es ist eine sehr gute Qualität. Ich glaube, er steht dir.«

Stella hatte kaum aufgeschaut und den Kopf abgewandt.

In den darauffolgenden Wochen tauchte der orangefarbene Satin an verschiedenen Stellen im Haus auf. Stella hätte am liebsten ihr Kleid immer noch wie die anderen Mädchen im Geschäft gekauft, aber die glühende Schönheit von Grace' Stoff hatte etwas Verführerisches. Stella konnte sich vorstellen, wie er auf einem orientalischen Basar von einem Händler mit einem Krummsäbel an der Hüfte und einem gestreiften Turban auf dem Kopf angeboten wurde …

Als das Kleid fertig war, hatte Stella es angezogen und war vorsichtig in das Schlafzimmer ihrer Eltern getreten, um sich in dem großen Spiegel zu betrachten. Vor Erleichterung hatte sie aufgekeucht. Damals hatte sie noch nicht verstanden, wie perfekt das Kleid war. Aber sie wusste, dass alles in Ordnung war. Wenigstens war es gut genug …

Jetzt starrte Stella durch das staubige Glas der Ankündigungstafel. Hinter ihr rauschte der Fliegenvorhang in der Türöffnung, als Mrs. Barron hereinkam. Sie blickte dem Mädchen über die Schulter. »Ich konnte gar nicht glauben, dass du das bist!«, sagte sie. »Du siehst aus wie in einem Film. Wo hast du nur dieses Kleid her?«

»Mum hat es gemacht«, antwortete Stella. Ihre Stimme klang überrascht. Sie hatte keine Ahnung, wie es kam, dass Grace – die nie mit den anderen Müttern zusammensaß und sich Modezeitschriften anschaute – ein solches Kleid geschaffen hatte.

»Ich wusste gar nicht, dass sie nähen kann«, sagte Mrs. Barron.

Sie schwiegen beide. Stella wusste aus jahrelanger Erfahrung, wie Mrs. Barron das meinte. Grace erschien nur zu den gesellschaftlichen Anlässen – wie dem Treffen der Fischerfrauen-Vereinigung –, wenn William zu Hause war, um sie zu fahren. Und dann musste sie immer schon früh weg, weil ihr Mann – als Fischer – bereits kurz nach dem Tee zu Bett ging. Manchmal, wenn er auf See war, fuhr Grace mit dem Fahrrad nach Halfmoon Bay, wenn sie etwas aus dem Laden brauchte, aber sie brauchte immer so lange und verschwendete so viel kostbare Zeit damit, dass sie letztendlich Stella schickte. Das war der Grund, warum Grace in der Gemeinde nicht so bekannt war wie die anderen Frauen.

Mrs. Barron wies auf eine weitere Fotografie. »Aber das

hier ist mein Lieblingsbild von dir.« Es war eine von den »Paar«-Aufnahmen – Stella neben Jamie, ein Schnappschuss, als sie sich beide gerade lachend anblickten.

Jamie war genauso attraktiv wie Stella. Seine Haare waren so schwarz wie das Jackett seines geliehenen Anzugs; seine Zähne so weiß wie sein brandneues Hemd. Und seine gebräunte Haut vermittelte zwischen diesen beiden Extremen.

»Ihr seid ein schönes Paar«, sagte Mrs. Barron. »Wenn dein Kleid eine andere Farbe hätte, könntet ihr Braut und Bräutigam sein.«

»Wir sind doch erst sechzehn«, protestierte Stella. Aber sie lächelte stolz.

»Ich war mit sechzehn schon verlobt«, erwiderte Mrs. Barron. »Oh, ich weiß, dass es heutzutage anders ist. Ihr müsst ja erst weggehen und studieren und so.« Sie wandte sich ab und ging durch den Laden. »Ich habe übrigens Post für dich.«

Stella folgte ihr. Als sie an die Theke trat, kramte Mrs. Barron bereits im Postfach. Sie reichte ihr eine Ansichtskarte. »Von Laura«, sagte sie. »Es klingt so, als hätten sie es schön.«

Stella betrachtete die Karte mit den Bikinimädchen an einem tropischen Pool. Es tat ein bisschen weh. Laura war mit ihrer Familie am Morgen nach dem Abschlussfest an die Goldküste geflogen, und das hatte Stella für die gesamten Ferien ihrer besten Freundin beraubt. Sie hatten sie zwar eingeladen, mit ihnen zu kommen, aber Stella hatte abgelehnt, ohne auch nur ihre Eltern zu fragen. Sie wusste sowieso, dass William es ihr nicht erlaubt hätte – er hielt Lauras Eltern nicht für streng genug. Und außerdem konnte Stella sich auch nicht vorstellen, wie ihre Eltern Weihnachten feiern sollten, wenn ihr einziges Kind nicht da war. Sie hatten ja noch nicht einmal Verwandte hier.

»Und sieh nur, was heute früh gekommen ist …«

Mrs. Barron stellte ein Paket auf die Theke. Stella lächelte, als sie auf dem braunen Packpapier die elegante Schrift ihres Patenonkels erkannte. Seit sie denken konnte, erhielt sie zu Weihnachten ein Geschenk von Daniel. Es war der einzige Kontakt, den der Mann zu ihr hielt, und sie freute sich jedes Jahr Ende November oder Anfang Dezember von Neuem darauf. Dieses Mal war es jedoch schon so spät, dass sie sich gefragt hatte, ob dem Paket oder vielleicht auch ihm wohl etwas zugestoßen war.

»Ich dachte schon, er hätte dich vergessen«, fuhr Mrs. Barron fort. »Es ist bereits ein bisschen spät.«

Stella presste die Lippen zusammen. Es machte ihr nichts aus, wenn die Frau Lauras Ansichtskarten las, aber das Paket ihres Patenonkels war etwas Besonderes – etwas Privates. Am liebsten hätte sie Mrs. Barron erwidert, es gehe sie gar nichts an, ob Daniels Paket zu spät oder überhaupt nicht kam. Sie ergriff schweigend das Päckchen und drückte es an ihre Brust.

»Du hast doch sicher eine Liste für mich, oder?«, fragte Mrs. Barron.

Stella griff in die Tasche und holte Grace' Einkaufszettel heraus.

Mrs. Barron studierte ihn ein paar Sekunden lang und begann dann, die Sachen von den Regalen zu nehmen und auf der Theke aufzubauen. »So«, sagte sie schließlich und warf noch einen letzten Blick auf die Liste. »Kleehonig, Vanilleschoten, keine Essenz. Mehl, Zucker, und so weiter. Nur eines habe ich nicht: Rinderbraten. Ich schaue noch mal in dem anderen Tiefkühler nach, aber ich bin ziemlich sicher, dass der einzige Braten, den ich habe, Wallaby ist.«

Sie schenkte Stella ein wissendes Lächeln, als sie sich zu ihrer zweiten Tiefkühltruhe wandte. »Und das ist natürlich für die Birchmores nicht gut genug.«

Stella antwortete nicht. Wenn sie ihre Freundinnen besuchte, aß sie gerne Wallaby, Sturmvogel, Gans oder Fisch – alles, was auf den Tisch kam. Aber es stimmte – auf Seven Oaks servierte Grace nur Lamm, Huhn oder Rind, und auch nur die Fleischstücke, die in ihren Rezepten angegeben waren.

Die Rezepte stammten alle aus einem einzigen Buch – einer handgeschriebenen, in dunklen Stoff eingeschlagenen Kladde. Wenn Grace einen Kuchen backen oder einen Eintopf zubereiten wollte – oder auch nur eine Einkaufsliste schreiben musste –, nahm sie das Buch von seinem Platz auf dem Kaminsims herunter. Mit der Hand fuhr sie über die Platte des Küchentisches, um sich zu vergewissern, dass sie sauber war, bevor sie das Kochbuch darauf legte. Es wurde behandelt wie die Heilige Schrift – die Seiten durften auf keinen Fall mit Kakao oder Milch bespritzt werden.

Die Rezepte waren von Williams Mutter gesammelt worden. Sie war – zusammen mit seinem Vater – bei einem Autounfall ums Leben gekommen, als William noch ein Kind war. Tante Jane hatte das Buch für Williams zukünftige Braut aufbewahrt, und es war eine Familienlegende geworden, wie die alte Frau Grace an ihrem Hochzeitstag das kostbare Geschenk, eingehüllt in schneeweißen Musselin, überreicht hatte. Später hatte sie Grace erklärt, das habe sie gemacht, damit William immer die Gerichte essen könne, die seine Mutter – und dann sie – für ihn gekocht hatte. Legendär war auch geworden, wie ernst Grace die Aufgabe von Tante Jane übernommen hatte. William erzählte Stella gerne, wie ihre Mutter alle Rezepte so lange geübt hatte, bis sie jedes Gericht perfekt kochen konnte. Der Schlüssel zu ihrem Erfolg, sagte er zu Stella, liege darin, dass sie die Rezepte exakt befolgte. Sie maß die Mengen ab, anstatt sie zu schätzen. Sie machte alles in der richtigen Reihenfolge. Und nie wurde eine Zutat durch eine andere ersetzt …

Stella blickte auf, als Mrs. Barron mit leeren Händen zurückkam.

»Leider habe ich nur Wild und Känguru«, sagte sie. »Ich muss dringend eine Bestellung nach St. Louis schicken.«

Stella half Mrs. Barron, die Lebensmittel in einen Karton zu packen. Als sie fertig waren, blickte die Ladenbesitzerin zum Hafen.

»Dein Vater ist noch nicht zurück«, sagte sie. Sie warf einen kalten Blick hinter sich in den Flur, der zu ihrem privaten Wohnzimmer führte. »Er arbeitet wirklich hart«, erklärte sie laut. »Im Gegensatz zu anderen Leuten.«

Stella sah Mr. Barrons grauen Haarschopf – und das Flackern des Fernsehers.

»Er bleibt immer so lange auf See, wie es geht«, erwiderte sie, »jedenfalls unter diesen Bedingungen. Im Moment ist der Preis sehr gut, weil bald Silvester ist.« Stolz erfüllte sie, als sie von ihrem Vater sprach. Sie wusste, dass William als einer der besten Fischer in ganz Halfmoon Bay galt, und seine Leistung war umso größer, als er nicht am Meer geboren worden war. Er hatte Segeln und Fischen allein durch harte Arbeit und Fleiß gelernt.

Mrs. Barron hielt ihr den Karton hin, sodass Stella ihr Päckchen obendrauf legen konnte. »Willst du welche von den Fotos bestellen?«, fragte sie. Ihr Tonfall war beiläufig, aber Stella wusste, was dahinter steckte.

Das Mädchen zuckte mit den Schultern und gab sich völlig uninteressiert. »Ich weiß noch nicht.«

»Du musst einfach nur die Zahl in die Ecke schreiben. Ich mache die Liste für den Fotografen fertig.« Mrs. Barron studierte eine Liste, die an der Kasse lag. »Lass mal sehen … Jamie hat das eine Foto von euch beiden zusammen bestellt. Und das hübsche Bild, auf dem du allein bist. Das lässt er sich sogar vergrößern.«

Stella lächelte. Sie stellte sich vor, dass Grace ihr zusah und sich über ihre wohl erzogene Tochter freuen würde – ein erwachsenes Mädchen, das seine Gefühle verbergen konnte.

»Ich wünsche Ihnen schöne Weihnachten, Mrs. Barron«, sagte sie. Dann drehte sie sich um und ging aus dem Laden.

Hinter dem Geschäft stellte Stella den Karton neben ihr Fahrrad und setzte sich mit ihrem Paket auf den Boden. Sie lehnte sich mit dem Rücken an die papierne Rinde eines Baumes und las die Adresse, die in der vertrauten, geschwungenen Handschrift geschrieben war.

An Miss Stella Birchmore, c/o Halfmoon Bay Store, Halfmoon Bay, Tasmanien.

Dann drehte sie das Päckchen um und las auf der Rückseite: Von Mr. Daniel Boyd, 125 Willowdene Street, Melbourne, Victoria.

Vor vier Jahren war ihr Patenonkel von England nach Australien gezogen, aber Stella hatte ihn noch nie gesehen – obwohl er als Grace' Cousin der einzige Verwandte war, den die Birchmores in Australien hatten. Daniels Unterschrift war zwar auf Stellas Taufurkunde, aber es gab keine Fotos von dem Ereignis, sodass sie noch nicht einmal wusste, wie er eigentlich aussah. Sie kannte ihn nur durch seine Geschenke – besondere Geschenke, die sie sicher in einer Holzkiste aufbewahrte. Als sie noch klein war, schickte er teures, in Läden gekauftes Spielzeug, aber als sie älter wurde, bekam sie ungewöhnliche Dinge aus anderen Teilen der Welt. Ein Paar Seidenschuhe aus China, zum Beispiel, die viel zu klein zum Anziehen waren. Eine Spieldose mit geschnitztem Deckel, die »Edelweiß« spielte. Eine bemalte Maske aus Kenia. Und immer lag eine handgeschriebene Karte dabei, auf der das Objekt beschrieben und häufig auch datiert war.

»1930«, »1955« oder »vor dem Zweiten Weltkrieg«.

Manchmal schrieb Daniel ihr auch, woher das Geschenk stammte. »Von einem arabischen Händler im Basar in Aden, 1967« oder »Souvenir aus Ägypten«.

Stella liebte diese Geschenke aus fernen Ländern – es waren ihre Schätze, die weder William noch Grace gehörten, sondern ganz allein ihr …

Die Sonne flimmerte durch das Laub des Baumes, als Stella das Päckchen in ihrem Schoß umdrehte, um die Schnur aufzuknoten. Es war schwer für seine Größe, und die Form ließ keine Rückschlüsse auf den Inhalt zu. Während sie die Schnur löste und das Klebeband entfernte, versuchte Stella zu erraten, was für ein Geschenk es wohl dieses Mal sein mochte. Dabei bemühte sie sich, nicht an Daniel zu denken – sich nicht, wie schon so oft, zu fragen, was er wohl Schlimmes gemacht haben mochte. Sie wusste, dass es etwas sehr Ernstes sein musste, weil sein Name nur selten erwähnt wurde. Und jedes Mal, wenn Stella am Weihnachtsmorgen seine Geschenke auspackte, erfüllte unbehagliches Schweigen das Zimmer. Stella fand es beängstigend, dass Menschen, sogar Mitglieder ein und derselben Familie, so zueinander stehen konnten. Man konnte eine Person abhacken wie den Ast eines Gummibaumes, wenn er einem das Licht nahm oder angeblich gefährlich war.

Das braune Packpapier glitt zur Seite und enthüllte ein Päckchen, das in rosa Seidenpapier eingewickelt und mit einem goldenen Band verschnürt war. Daniels Geschenke waren immer wundervoll eingepackt – niemals in gewöhnlichem Weihnachtspapier, das mit Schneeflocken, Weihnachtsbäumen oder Nikoläusen bedruckt war. Stella fragte sich manchmal, ob er es wohl selbst aussuchte, weil es eigentlich nicht nach einem Mann aussah. Stella ertastete einen harten Klumpen durch das zarte Papier, etwa in der Größe ihrer Hand. An dem Papier klebte eine kleine Karte.

Für meine liebe Stella
Mit großer Zuneigung,
Dein Patenonkel Daniel.

Er schrieb jedes Jahr exakt die gleichen Worte, als ob er einen intimeren Dialog nicht riskieren wollte oder, so kam es Stella manchmal vor, als ob es verboten sei. Sie drehte die Karte um und las, was auf der Rückseite stand.

Nischenengel aus einem französischen Garten.
Mindestens hundert Jahre alt.

Es war eine kniende Figur aus weißem Stein. Sie hatte ein friedliches Gesicht mit einem großen Heiligenschein und zarte, zum Gebet gefaltete Hände. Stella hielt entzückt die

Luft an. Der Engel wirkte heiter gelassen, aber zugleich auch kühn. Er war wunderschön. Die geschnitzten Züge waren so lebensnah, dass man den Eindruck von Farbe hatte, obwohl es blanker Stein war. Stella konnte das Gold des Heiligenscheins, das Königsblau des Kleides und die rosigen Wangen sehen. Sie spürte ganz deutlich, dass es ein dunkelhaariger Engel war, mit kräftigen Brauen und braunen Augen mit schwarzen Wimpern. Sie drehte die Figur um und entdeckte ein Paar gefaltete Flügel. Sie sahen überraschend kräftig aus und waren mit starken Muskeln am Rücken befestigt. Wenn der Engel wollte, dachte Stella, konnte er zu jeder Zeit wegfliegen.

Eine Weile saß sie ganz still da und betrachtete den Engel in ihrer Hand. Dann packte sie ihn sorgfältig wieder ein, sodass niemand erkennen konnte, dass sie das Päckchen bereits geöffnet hatte.

Mit dem Fahrrad fuhr sie über die Küstenstraße nach Hause. Die Sonne stand jetzt höher am Himmel, und es war heißer geworden. Auf der Weide neben der Straße drängten sich die Schafe im Schatten der wenigen überlebenden Gummibäume. Unter ihrer dicken Wolle keuchten sie in der Hitze. Früher hatte es hier mehr Schatten gegeben – überall auf der Weide standen abgestorbene Bäume. Ihre weißen, blattlosen Stämme ragten in den Himmel, als ob sie immer noch auf Rettung hofften. William hatte Stella erzählt, dass die ersten Siedler auf diesem Land nicht gewusst hatten, dass Gummibäume dicht beieinander stehen und sich gegenseitig stützen mussten. Allein gingen sie ein. Und sie hatten auch nicht gewusst, dass der Boden hier an der Küste steinig und mager war. Als Stella über die abgegrasten, dürren Flecken blickte, konnte sie förmlich spüren, wie ausgelaugt er war. Sie schaute lieber zum Meer. Es war kühl und blau – und so unermesslich riesig, dass es nie verbraucht werden konnte.

Als sie an der Stelle ankam, wo sie von der Straße abbiegen musste, lief ihr der Schweiß übers Gesicht und das T-Shirt klebte ihr am Rücken. Am Tor, das den Eingang zum Besitz der Birchmores markierte, hing ein grünweißes Schild. SEVEN OAKS stand dort in schwarzen Großbuchstaben. Stella vermied es, auf das Schild zu blicken, und drückte das Tor auf. Die Buchstaben bereiteten ihr Unbehagen, sie taten so fest und sicher, als ob tatsächlich hinter dem Tor sieben Eichen wachsen würden. Und dabei gab es nur eine einzige. William hatte sie gepflanzt, kurz nachdem er die Farm gekauft und sich den neuen Namen ausgedacht hatte. Stella war damals noch ein Baby gewesen, doch die Eiche war immer noch klein – wie die Gummibäume –, als könne sie allein nicht gedeihen, obwohl sie jeden Tag gewässert wurde.

Stella stieg auf ihr Fahrrad und fuhr den Feldweg entlang. Er lag mitten auf einer schmalen Landzunge. Zu beiden Seiten erstreckten sich Weiden, die zum Meer hin abfielen. Stella sah die sechs braunen Kühe ihres Vaters, die allerdings von Dutzenden von Wallabys und Kaninchen umgeben waren, die das salzige Weideland dem Busch vorzogen. Sie hüpften davon, als Stella sich näherte, und versteckten sich hinter den Baumgruppen.

Hinter einer Kurve kam das Haus in Sicht. Es stand beinahe am Ende der Landzunge – direkt neben den Granitblöcken am Wasser. Eigentlich war es ein recht kleines Gebäude, aber da es völlig allein stand, wirkte es groß und imposant. Ein weißer Zaun umgab den großen Garten. Grace' Obstbäume wuchsen dort und auch Mais und

Beerensträucher. Neben der Haustür stand die einzelne Eiche und reckte ihre dünnen, belaubten Äste in die Sonne.

Stella schob ihr Fahrrad in den Schuppen und ging dann durch den Garten auf die Seitentür neben der Küche zu. Sie kam am Lilienbeet vorbei und atmete tief den schweren, süßen Duft ein, der von den trompetenförmigen Blüten aufstieg. Es waren Grace' Lieblingsblumen, und das Beet war erst kürzlich vergrößert worden, damit alle Zwiebeln, die mit jedem Jahr mehr wurden, Platz hatten. Stella blickte über den restlichen Garten – die gepflegten Gemüsebeete, sorgfältig umgegraben und frei von Unkraut, mit den Bambusstäben, die wie Soldaten in geraden Reihen standen, und der dichten Spiegelbuschhecke, die die Pflanzen vor der Gischt schützen sollte.

Am Regenwassertank blieb sie stehen und klopfte ihn ab, bis sie am Ton merkte, wo das Wasser anfing. Es war noch reichlich vorhanden. Wenn der Wasserstand zu niedrig gewesen wäre, hätte sie die Pumpe eingeschaltet, um den Tank mit Wasser aus der Vorratstonne nachzufüllen. Wenn ihr Vater weg war, fühlte sie sich für solche Dinge verantwortlich. Auch den Zaun überprüfte sie auf lose Bretter, und sie achtete darauf, dass keine Schlangen im Garten waren. »Pass auf deine Mutter auf«, sagte William häufig, wenn er sich darauf vorbereitete, in See zu stechen. Als ob die Gefahren, denen er ausgesetzt war – Strömungen und wandernde Sandbänke, plötzliche Böen und Springfluten – nichts im Vergleich zu den Unwägbarkeiten seien, denen Grace zu Hause ausgesetzt war.

Während sie ihre Stiefel an der Seitentür auszog, spähte Stella durch das Fenster. Der Kopf ihrer Mutter war über eine Backschüssel gebeugt. Ihre dicken blonden Haare hatte sie zu einem Pferdeschwanz zusammengebunden, wie immer in der Küche. Grace fürchtete ständig, ein Haar könnte sich in die Speisen verirren, und während sie kochte und backte, griff sie sich häufig mit den Händen an die Haare, um sich zu vergewissern, dass alles an seinem Platz war.

Als Stella barfuß in die Küche trat, blickte Grace auf. Eine Sekunde lang stand sie ganz still, als sei sie gerade aus einem Traum aufgeschreckt. Dann lächelte sie.

»Hallo, Liebling. Hattest du eine schöne Fahrt mit dem Fahrrad?«

»Ja, danke«, erwiderte Stella.

»Ah, du hast die Einkäufe. Gut.«

»Es gab keinen Rinderbraten«, sagte Stella.

Grace nickte stumm. Sie wirkte zerstreut. »War Post da?«, fragte sie nach kurzem Schweigen.

Stella hob das Päckchen aus dem Karton. Dabei bemerkte sie, wie Erleichterung, gemischt mit Freude, kurz über das Gesicht ihrer Mutter huschte. Was immer Daniel Schlimmes getan haben mochte, Grace lag er offenbar trotzdem am Herzen.

Ihre Mutter wandte sich wieder ihrer Backschüssel zu. Stella hätte sie am liebsten direkt nach Daniel gefragt, aber sie wusste, dass das zwecklos war. Stellas Eltern hielten es für wichtig, ihrer Tochter gegenüber als Einheit aufzutreten – im Gegensatz zu Jamies Mum und Dad, die sich selbst in Anwesenheit von Gästen vor ihren Kindern stritten. Stella vermutete, dass die Sache mit Daniel irgendetwas mit Grace' Familie zu tun hatte, aber auch darüber würde Grace nicht sprechen. Sie gab nur vage Antworten, wenn Stella Fragen nach ihrer Familie stellte, und ließ sich eher darüber aus, dass es wenig Sinn machte, als Einwanderer in ein neues Land zu kommen und dann seine Zeit damit zu verbringen, sich an das Leben zu erinnern, das man hinter sich gelassen hatte.

»Was machst du da?«, fragte Stella.

Grace wies mit einem mehligen Finger auf das Rezeptbuch. In blauer Tinte stand dort in einer ordentlichen, geschwungenen Handschrift: Cousine Elizabeth' besonderer Pudding.

Es war ein schwerer, süßer Kuchen, den William besonders gerne mochte. Grace hatte ihn sicher schon hundertmal gemacht, aber trotzdem hielt sie sich Schritt für Schritt an das Rezept. Stella beobachtete sie, wie sie ein Ei in das Mehl rührte. Grace benutzte dazu ihren Lieblingslöffel – einen alten Servierlöffel, auf dessen Griff ein Wappen eingraviert war. Er stammte vom Basar des Fischer-Verbands, vermutete Stella – das übrige Besteck im Haus war wesentlich schlichter. Stella sah zu, wie ihre Mutter ein weiteres Ei in den Teig gab. Irgendwie vermittelte es ihr ein Gefühl der Sicherheit. Wenn Grace irgendwelche Kleinigkeiten verändern würde, dann würde wahrscheinlich alles langsam in die falsche Richtung laufen. Und außerdem würden die Frauen, deren Rezepte in diesem Buch gesammelt waren, es bestimmt wissen. Großtante Cecilia, Tante Eliza, Granny, Josephine, Tante Jane. Und natürlich auch Williams arme tote Mutter, über deren Rezepten stand »Meine eigenen …«. Sie mochten tot sein oder meilenweit weg, aber sie würden es wissen.

»Du hast sicher Hunger.« Grace zeigte auf ein Früchtebrot, das auf einem Rost am anderen Ende des Tisches abkühlte. »Ich glaube, es ist ein bisschen braun geworden, aber es schmeckt wohl trotzdem. Soll ich dir eine Scheibe abschneiden?«

Stella betrachtete den Laib, der perfekt honiggolden war. »Ich lege das hier erst unter den Weihnachtsbaum.«

Sie entfernte das braune Packpapier, wobei sie sich klar darüber war, dass Grace das hübsch eingepackte Geschenk beäugte.

»Was mag es dieses Jahr wohl sein?«, sagte Grace.

Stella zuckte mit den Schultern. Sie faltete das Packpapier sorgfältig zusammen und legte es in eine der Küchenschubladen, in der Grace Kordel und Papiertüten aufbewahrte.

Mit dem in Seidenpapier eingehüllten Engel ging sie den Flur entlang zum Wohnzimmer, das beinahe die gesamte hintere Hälfte des Hauses einnahm. Die hohen Fenster gaben den Blick aufs Meer frei, das so nahe war, dass man kein Land sah, wenn man sich hinsetzte. Wenn der Boden noch geschwankt hätte, wäre man sich vorgekommen wie auf dem Schiff. Die Birchmores nannten den Raum »das Seezimmer«. Dort aßen sie – an einem Ende eines langen Mahagoni-Esstischs, oder sie zogen sich auf die Couch und die Sessel am Kamin zurück, um zu lesen, zu reden, zu nähen oder fernzusehen. Wie jedes Jahr stand der Weihnachtsbaum in einer Ecke des Raumes. Es war eine kleine Tanne – perfekt dreieckig gewachsen und nicht zu groß. Der Stamm steckte in einem Eimer mit Sand, auf dem Meereskiesel lagen. An den Zweigen hing edler Weihnachtsschmuck aus England. Er war alt und schon ein wenig angeschlagen, aber er erinnerte William an seine Kindheit. Stella hatte einmal versucht, Weihnachtsschmuck, den sie in der Schule gebastelt hatte, hinzuzuhängen, aber er hatte die Gesamtwirkung zerstört.

Stella atmete tief den würzigen Tannenduft ein, als sie sich hinkniete, um Daniels Päckchen unter die Zweige zu legen. Ihre eigenen Geschenke gaben sich die Birchmores am Weihnachtsmorgen, deshalb lagen jetzt erst ein paar Päckchen dort. Am auffälligsten war das von Tante Jane platziert – sie schickte immer ein Buch, aufwändig in teures Papier verpackt und mit Samtband verschnürt. In respektvoller Entfernung stand die Blechdose mit Toffees, die die Frauen der Fischer jedes Jahr von der Fischfabrik bekamen. Dann war da noch ein weiches Bündel, das Laura vorbeigebracht hatte, bevor sie wegfuhr; eine kleine Schachtel von Jamies Mutter Pauline und ein großes, in bunt gestreiftes Papier eingepacktes Geschenk. »Für Stella von Jamie«, stand auf dem Anhänger. Stella betrachtete es und versuchte zu erraten, was wohl darin war. Jamie kaufte ihr immer etwas Besonderes. Sie vermutete zwar, dass Pauline ihm beim Aussuchen half, aber er nahm sein eigenes Geld dafür, das er samstags mit Saubermachen in der Fischfabrik verdiente. Stella durfte keinen Job haben, und William hielt es auch nicht für nötig, ihr Taschengeld zu geben – er bezahlte lieber alles, was seine Tochter brauchte. Deshalb war Stella bei Jamies Geschenken immer hin- und hergerissen zwischen der Rührung über seine Großzügigkeit und Schuldgefühlen, weil sie ihm nichts kaufen konnte. Dieses Jahr hatte sie ihm einen kleinen Nachttisch aus Holz gebaut, das sie am Strand gefunden hatte. Er würde sich darüber freuen, weil sie ihn gemacht hatte, aber Stella wusste, dass er eigentlich neue, richtige Sachen lieber hatte. Es wäre schön, wenn sie ihm endlich einmal ein vernünftiges Geschenk kaufen könnte.

Stella schob Jamies Geschenk beiseite und stellte den Engel hinter die Toffeedose. Sie wollte jetzt nicht daran denken, dass sie ihn morgen früh auspacken musste. Der Nischenengel war ja aus Stein, und Regen, Sonne und

Moos konnten ihm nichts anhaben, aber ihr gefiel einfach der Gedanke nicht, dass sie ihn unter Williams kühlem Blick enthüllen musste.

Sie richtete sich auf und trat ans Fenster. Von hier aus konnte man den ganzen Strand entlangblicken. Etwas Rotes zwischen den Felsblöcken erregte ihre Aufmerksamkeit. Als sie genauer hinschaute, sah sie, dass es sich um die Überreste einer roten Boje handelte. Vor einer Woche hatte es noch einen späten Frühlingssturm gegeben, aber da Stella Prüfungen und die Abschlussfeier gehabt hatte, hatte sie keine Zeit gefunden, am Strand nachzusehen, was die Wellen mit sich gebracht hatten. Jetzt war die Tide genau richtig – fast auf dem tiefsten Punkt. Es lagen bestimmt jede Menge Schätze für sie bereit …

Sie lief in die Küche zurück. »Wenn ich jetzt den Tisch decke und alles fertig mache, kann ich dann zu den Buchten gehen?«, fragte sie ihre Mutter.

Grace blickte auf und schaute durch das Küchenfenster aufs Meer. Ihre Augen wurden dunkel vor Sorge. »Ich halte das für keine gute Idee«, erwiderte sie. »William kommt gleich, und er wird erwarten, dass du da bist.«

»Ich halte Ausschau nach ihm«, versprach Stella. »Von dort kann ich ihn gut sehen.«

Genau wie Grace blickte sie bei diesen Worten nach Süden und suchte am Horizont nach irgendeinem Zeichen der *Lady Tirian*. Sie wussten nie ganz genau, wann sie mit Williams Rückkehr rechnen konnten. Er gab zwar seine Ankunftszeit per Funk an die Fischfabrik durch, damit sie wussten, wann der Fisch eintraf, aber da die Birchmores kein Telefon hatten, konnte die Nachricht nicht weitergegeben werden. William war der Ansicht, dass die Vorteile nützlicher und sinnvoller Kommunikation bei weitem von den Nachteilen überwogen wurden, die ein Telefon mit sich brachte, da Leute häufig ohne guten Grund anriefen und so die Privatsphäre der Familie störten.

»Ich will nicht, dass du ihn verpasst«, sagte Grace.

Wenn sie mit fester Stimme sprach, wurde ihr englischer Akzent nur noch deutlicher, und die Worte bildeten dann eine Barriere, die Stella unüberwindlich erschien. Sie nahm sich zusammen, um sich ihre Frustration nicht anmerken zu lassen. Schließlich war sie schon sechzehn Jahre alt, kein Kind mehr, das für alles und jedes eine Erlaubnis brauchte.

»Ich kann in einer halben Stunde wieder hier sein«, bot sie an. »Länger brauche ich nicht. Vom Hafen bis hierher dauert es zwanzig Minuten.«

Grace schien nicht überzeugt. »Kannst du nicht in der Nähe bleiben?«

Stella schüttelte den Kopf. Nach einem Sturm war es am besten, zu den Buchten zu gehen. An den Felsen blieb immer etwas hängen, und Stella fand dort regelmäßig mehr als anderswo. Außerdem war sonst niemand da. Man konnte zwar mit dem Auto bis dicht an die Buchten herankommen, aber dazu musste man ganz um Halfmoon Bay herumfahren, und von da aus ging es nicht weiter. Deshalb scheuten sich die Leute vor dem Weg, wenn sie nicht gerade Brennholz schlagen oder jagen wollten.

»Er kommt sowieso nicht früher zurück«, erwiderte Stella. »Sieh dir doch das Wetter an.« Sie wies zum Fenster – der Himmel war blau und die See völlig ruhig.

Grace warf ihr einen unsicheren Blick zu. Sie hatte den Teig auf die mit Mehl bestreute Arbeitsfläche gelegt und begann ihn zu kneten, den Blick auf ihre Hände gerichtet, als erfordere diese Aufgabe ihre gesamte Aufmerksamkeit. Stella beobachtete sie schweigend. Der blasse, leicht gesprenkelte Teig passte perfekt zur sommersprossigen Haut ihrer Mutter.

»Nimm die grüne Tischdecke«, sagte Grace schließlich. »Und die Sonntagsteller.«

Stella lächelte. »Danke.« Sie wandte sich langsam zum Gehen, da sie wusste, dass noch mehr Anweisungen folgten.

»Und räum das Zimmer bitte auf.«

Stella wusste genau, was Grace damit meinte. Leg die beiden losen Kissen nebeneinander auf die Couch. Streich die Schutzdeckchen auf den Armlehnen glatt. Achte darauf, dass der Faltenwurf der Vorhänge am Fenster gerade ist. Und – von größter Wichtigkeit – staub die Anrichte gründlich ab. Das antike Möbelstück war Williams kostbarster Besitz: Es hatte seiner Tante Jane gehört und davor ihrer Mutter. Wenn er nach Hause kam, ging er als Erstes sofort zur Anrichte, um dort das Logbuch von der *Lady Tirian* abzulegen. Dabei blickte er sich jedes Mal im Zimmer um. Stella konnte verstehen, warum er Wert darauf legte, dass alles sich am rechten Platz befand. Ihr Vater arbeitete hart auf See, und da konnte er zumindest erwarten, dass zu Hause alles sauber, ordentlich und aufgeräumt war.

Stella ließ ihr Fahrrad im Gebüsch, damit man es von der Straße aus nicht sah, und ging durch die stachelige Heide bis zu der Stelle, wo ihr Geheimpfad begann. Den ersten Teil hatte Stella selbst frei geschlagen, aber dann ging er in einen Wallaby-Pfad über, der durch den Kängurubaumwald führte.

Stella bückte sich unter dem ersten Baum hindurch. Warum sie Kängurubäume hießen, wusste sie nicht, aber es waren ihre Lieblingsbäume. Sie hatten lange, herunterhängende Wedel, so ähnlich wie übergroße Tannennadeln, allerdings mit einer weniger glatten Oberfläche. Von außen sahen sie aus wie haarige Köpfe mit viel zu langen Ponyfransen, und von innen wirkten sie wie Zelte, die von Nomaden zurückgelassen worden waren. Der Boden war mit Nadeln bedeckt, die leise unter Stellas Füßen knirschten.

Schließlich war sie am Waldrand angelangt, und die Küste lag vor ihr. Riesige Felsblöcke lagen am Ufer wie eine Kette aus Riesenperlen. Ihr Blick glitt über die Felsen zu einer kleinen Landzunge. Dahinter konnte sie den ersten der weißen Strände erkennen. Drei weitere jedoch blieben dem Blick verborgen – jeder von ihnen ein perfekter Halbmond. Ihre geheimen Buchten.

Stella lief über die Felsen dorthin, wobei sie geschickt von einem Granitblock zum anderen sprang. Innerhalb weniger Minuten war sie am Strand angelangt und ging an der Wasserlinie entlang.

Sie blieb stehen und beugte sich über den dunklen Körper eines Seevogels. Er lag im Sand, Tang im Gefieder. Die Augen waren bereits gefressen worden, kleine leere Höhlen, und die Klauen waren gekrümmt, als ob sie sich noch an eine letzte Überlebenshoffnung klammerten. Stella blickte über das Meer zu den Inseln am Horizont. Dort, in den Brutkolonien, wartete bestimmt ein Junges auf seine Mutter. In der Dämmerung würde der treue Gefährte zurückkehren, und beide würden vergeblich warten. Mit der Stiefelspitze drehte sie den Kadaver um. Auf der Unterseite krabbelten Läuse in den Federn.

Auf halber Strecke hob sie ein Stück Holz auf, das zu einer Deckplanke gehört hatte. Es musste schon seit Jahren durchs Meer getrieben sein, weil die Kanten ganz rund geschliffen und glatt waren. Im Gehen kratzte sie mit ihrem Taschenmesser an der obersten Schicht. Unter dem Blau fand sie Orangerot. Darunter war Dunkelgrün. Stella betrachtete die Farbschichten und überlegte sich, welche Lebensgeschichte das Schiff wohl gehabt haben mochte. War Blau die Farbe gewesen, mit der es untergegangen war? Lag es jetzt zerschmettert am Grunde des Meeres? Oder war das Deck einfach nur erneuert und waren die alten Planken weggeworfen worden? Sie würde es nie erfahren. Und das liebte sie so an den Spaziergängen am Strand. Jeder Gegenstand, den sie fand, erzählte eine Geschichte – mehrere Geschichten – und sie konnten alle wahr sein.

Sie blickte auf den Strand, der sich vor ihr erstreckte. Nur Sand war zu sehen, noch nicht einmal Seetang, unter dem sich ein geheimer Schatz verbergen konnte. Sie eilte zu den Felsen, die diese Bucht von der nächsten trennten. Bis jetzt war ihre Suche enttäuschend verlaufen, aber sie gab die Hoffnung noch nicht auf. Der zweite Strand war schmaler, mit einem tiefen Graben in der Mitte, der das Meer mit einem Süßwasserfluss verband. Alles, was dort hineingelangte, blieb bei Ebbe stecken: Flaschen, Bojen, Stricke und Treibholz. Stella hatte dort schon die besten Entdeckungen gemacht.

Einmal hatte sie sogar einen hochhackigen Schuh gefunden – vermutlich war er von einer der Luxusyachten gefallen, die gelegentlich in die Halfmoon Bay hineinsegelten. Der Schuh war rosa, mit dünnen Riemchen und Goldschnallen, und auf dem Label stand »Made in Milan«. Sie hatte ihn anprobiert, und der dünne, hohe Absatz war tief im Sand versunken. Der Winkel ihres Fußes ließ ihr Bein, honigbraun von der Sonne, lang und elegant erscheinen. Das Bein einer Prinzessin, die sich für einen Ball zurechtmachte. Oder Aschenbrödel vielleicht, da es ja nur ein Schuh war ... Ein anderes Mal hatte Stella eine Bambusflöte mit chinesischen Schriftzeichen auf einer Seite gefunden. Diese Schätze zeigte sie, zusammen mit anderen Kunstgegenständen, in einem Rahmen, den sie letzten Sommer zusammengenagelt hatte. Er hatte ungefähr die Größe eines Farmtores, nur höher, und die Fundstücke waren mit Schnüren befestigt. Stella nannte es ihre Meerwand. Sie sah gut aus, wie sie so am Schuppen lehnte, aber es gab noch viele freie Stellen, die darauf warteten, gefüllt zu werden.

Sie beschleunigte ihre Schritte, weil ihr nicht mehr viel Zeit blieb. Aber noch war der Himmel klar. Sie stellte sich vor, wie William seine Reusen hochzog und seinen Fang begutachtete, während das Wasser abfloss.

Plötzlich hörte sie Musik. Sie blieb stehen und legte lauschend den Kopf schräg. Jemand war hier! Und hatte vor allem das Radio laut gedreht ... Stella runzelte die Stirn. Jemand war in ihre Bucht, in ihren Tag eingedrungen. Sie wollte nur noch herausfinden, wer es war, und dann würde sie die Suche aufgeben und nach Hause gehen, beschloss sie.

Sie eilte auf die Musik zu, wobei sie von Felsen zu Felsen sprang und ein kurzes Stück sogar landeinwärts gehen musste, um einen Graben überwinden zu können. Als die Musik lauter wurde, konnte sie deutlich die Stimme eines Mannes zu Gitarrenklängen erkennen. Halb sang und halb sprach er. Es klang auf jeden Fall nicht so wie die Musik, die sie im Radio hörten.

Sie kletterte um einige große Steine herum und spähte in die nächste Bucht. Ein Dickicht aus Kängurubäumen versperrte ihr die Sicht, aber zwischen den Zweigen schimmerte es gelb, orange und rot. Vorsichtig ging sie ein paar Schritte weiter, dann blieb sie abrupt stehen.

Der Sand war übersät mit Kleidern, Kisten, Seilen und Segeltuch ... Es musste ein Wrack sein. Alarmiert kletterte sie rasch darauf zu. Fernsehdramen fielen ihr ein, wo nach Autounfällen das Radio weiterspielte, aber niemand mehr am Leben war, um zuzuhören. Dort unten konnten Leichen zwischen den Wrackteilen liegen ...

Dann sah sie einen Mast – eine dunkle Linie, die gerade und hoch in den Himmel ragte.

Wieder hielt sie inne und beugte sich vor, um besser sehen zu können. Im Kanal lag eine Yacht. Vom Bug her verlief ein Seil, dessen Ende um den dicken Stamm eines Gummibaumes geschlungen war. Sie war dort vor Anker gegangen.

Stella musterte das Schiff. Es war eine Hochseeyacht, mindestens dreißig Fuß lang, wenn nicht sogar vierzig. Ein altmodisches Schiff aus Holz – so wie William es liebte – und nicht eines dieser schicken Fiberglas-Boote mit Cocktailbars und Korbsesseln an Deck. Am Mast flatterten zwei Flaggen im Seewind: eine schlichte gelbe und die australische Fahne.

Von der Besatzung war niemand zu sehen.

Stella schlich sich näher heran. Sie sah jetzt, dass die Sachen auf dem Strand nicht angeschwemmt, sondern zum Trocknen dort hingelegt worden waren. Eine orangefarbene Schwimmweste. Gelbes Ölzeug, Hose und Jacke. Ein blauer Schlafsack. T-Shirt. Pullover ... Es sah nach den Habseligkeiten eines einzelnen Seemanns aus, weil es von allem nur ein Teil gab. Die Jacke war groß genug für einen Mann, aber einige Kleidungsstücke hatten bunte Muster und gehörten sicher einer Frau.

Langsam kletterte Stella über die Felsen zum Strand

hinunter. Dornenbüsche wuchsen in den Spalten zwischen den Blöcken, und sie zerkratzte sich die Beine, aber sie musste unbedingt nachschauen, wer dort war. Die Yacht war offenbar in schlechtes Wetter geraten, weil alles mit Salz überzogen war, und der Skipper wusste wahrscheinlich nicht, wie nahe er an einem Hafen war. Vielleicht brauchte er ja Lebensmittel oder einen Arzt …

Als sie an der Stelle angekommen war, wo sie auf den Strand springen konnte, hielt sie erneut inne. Sollte sie von hier aus erst einmal rufen oder sollte sie einfach näher herangehen und warten, bis jemand an Deck erschien?

Plötzlich hörte sie ein Rascheln hinter sich im Gebüsch. Angst stieg in ihr auf, und die warnenden Worte ihrer Mutter schossen ihr durch den Kopf: »Ein Mädchen in deinem Alter sollte nicht allein unterwegs sein. Man weiß nie, wer da draußen herumläuft …«

Automatisch glitt ihre Hand zu dem Messer an ihrer Hüfte. Sie fuhr herum und erstarrte. Auf einem flachen Felsen lag, auf gleicher Höhe mit ihrem Gesicht, eine schwarze Schlange. Stella blickte direkt auf das züngelnde Tier, das den Kopf hob, bereit anzugreifen.

Stella schrie vor Angst auf und sprang zur Seite. Sie fiel hin und krabbelte auf allen vieren im Sand weiter, während die Schlange mühelos vom Felsen herunterglitt.

Hastig stand Stella auf und rannte. Eine Stimme in ihr sagte, dass das Tier nur seinen üblichen Weg zum Fluss nahm, um zu trinken. Aber manchmal, das wusste Stella, jagte die Tigerschlange auch Menschen, biss zu – und man starb durch das Gift.

Nach ein paar Sekunden blickte Stella sich vorsichtig um – gerade rechtzeitig, um zu sehen, wie die Schlange die Böschung hinunterglitt und verschwand. Keuchend blieb sie stehen und holte tief Luft, um sich zu beruhigen. Dann wandte sie sich zur Yacht.

An Deck, neben dem Eingang zur Kabine, stand jemand und blickte zu ihr herüber. Seine Körperhaltung machte deutlich, dass er von Stellas Anwesenheit genauso überrascht war wie sie davon, hier ein Schiff vorzufinden.

Mit hoch erhobenem Kopf ging Stella auf den Fremden zu. Er war groß und langgliedrig und hatte die Haare zu einem Pferdeschwanz zusammengebunden. Das Gesicht war markant und ebenmäßig. Er trug ein verblichenes Jeanshemd, die Ärmel bis zu den Ellbogen aufgekrempelt.

»Ist alles in Ordnung?« Es war die Stimme eines Mannes.

Stella ging einfach weiter auf das Schiff zu, wobei sie Grace' Warnungen in den Wind schlug. Sie hatte keine Angst. Schließlich hatte sie ein Messer bei sich. Sie war stark und schnell.

Sie baute sich auf dem Felsen auf, der der Yacht am nächsten war. »Ich wollte nur nachschauen, ob Sie Hilfe brauchen«, rief sie über den Lärm der Musik.

Der Mann griff hinter sich in die Kajüte und stellte das Radio leiser. Dann sprang er über Bord auf einen Felsblock und kam auf Stella zu.

Sie beobachtete ihn. Der ausgefranste Saum seiner Shorts wurde nass, als er auf sie zuwatete. Lange Strähnen von salzverkrusteten Haaren hingen in ein tief gebräuntes Gesicht. Jetzt erst merkte Stella, dass er noch jung war, höchstens ein paar Jahre älter als sie. Eher ein Junge als ein Mann. Sie blickte an ihm vorbei auf das Schiff. Er war ganz bestimmt zu jung, um allein zu reisen – und dazu noch mit einer so wertvollen Yacht wie dieser …

Er stand jetzt dicht vor ihr. Wasser tropfte aus seinen Shorts.

»Was war denn da hinten los?« Der Mann – der Junge – wies zu der Stelle, wo Stella zum Strand hinuntergekrochen war.

»Ich bin von einer Schlange gejagt worden«, erwiderte Stella.

Er zog die Augenbrauen hoch. »Ach, du liebe Scheiße. Na, kein Wunder, dass du dich so erschreckt hast.«

Sie lachten sich an. Die Augen des Jungen waren grün, mit meerblauen Pünktchen.

Schweigend standen sie voreinander. Die Musik vermischte sich mit dem Plätschern der Wellen, und Stella konnte den Text hören – irgendetwas über den Wind.

»Bob Dylan«, sagte der Junge.

Stella nickte. »Ich bin Stella.«

Der Fremde blickte sie verwirrt an, dann lachte er erneut. »Nein – so heißt der Sänger«, erklärte er. »Mein Name ist Zeph.«

Stella blickte verlegen auf ihre Stiefel. Dann wischte sie sich mit dem Ärmel über die Nase. »Was machst du denn hier?«

Sie betrachtete die Yacht. Es war ein sehr gepflegtes Schiff. Die Taue waren ordentlich auf dem Vordeck zusammengerollt. Das Holz war offensichtlich frisch gestrichen. Ihr Blick wanderte zum Mast mit den glänzenden Beschlägen und blieb verwirrt an der australischen Flagge hängen. Das Kreuz des Südens war nur unvollständig, die kleineren Sterne fehlten. Erst da fiel ihr auf, dass es gar keine richtige Fahne war, sondern dass sie jemand offensichtlich mit roter und blauer Farbe auf weißem Segeltuch nachgemalt hatte.

»Ich bin in einen Sturm geraten«, sagte Zeph. »Das Ruder war beschädigt, und alles ist ziemlich nass geworden.

Deshalb bin ich hierher gekommen, um mir einen Überblick zu verschaffen.«

Er redete langsam, fast träge. Irgendetwas an der Art, wie er die Wörter aussprach, wirkte ungewöhnlich. Er redete weder wie ein Amerikaner noch wie ein Engländer oder sonst jemand, den Stella kannte. Es dauerte ein paar Sekunden, bis ihr klar wurde, dass er überhaupt keinen Akzent hatte. Oder es war eine Mischung aus vielen Akzenten, die alle ineinander verwoben waren.

»Hast du denn keine Karten?«, fragte Stella. »Nicht weit von hier ist ein Hafen. Halfmoon Bay. Dorthin hättest du segeln können.« Seine ruhige Art weckte in ihr den Wunsch, immer weiterzureden. »Dort gibt es einen Pub, einen Laden ... du könntest dir etwas zu essen kaufen ... es gibt ein Telefon ...«

»Aber ich wollte hierher«, sagte Zeph. »Ich bin lieber allein.«

Stella schwieg. Sie war auch lieber allein. Wenn sie mit Laura am Strand entlangspazierte, ging es ihr immer auf die Nerven, dass sie sich mit ihr unterhalten musste, statt einfach nur vor sich hinzuschauen und nachzudenken.

»Und hier ist es wunderschön«, fügte Zeph hinzu und wies mit einer weit ausholenden Armbewegung auf die Felsen und den Himmel. Stella sah auf einmal die Landschaft mit seinen Augen. Die Farben eines Malers: milchgraue Felsen mit orangefarbenen Flechten; weißer Sand, überspült vom Meer, das an den flachen Stellen türkisfarben war und im tiefen Flussbett dunkelviolett wurde. Stolz stieg in ihr auf, als ob das, was er hier sah, ihr Werk sei.

»Niemand kommt hierher«, sagte sie. »Nur ich. Ich habe mir selbst einen Weg gebahnt.«

Zeph nickte. »Ich habe auch noch niemanden gesehen – weder an Land noch auf dem Meer …«

»Wie lange bist du schon hier?«, fragte Stella.

»Zwei Tage. Ich habe die Kajüte trocknen lassen und meine Sachen im Fluss gewaschen. Jetzt trocknen sie erst einmal, und ich führe ein paar Reparaturen durch. Wir haben fast alles wieder in Ordnung gebracht.«

Stella blickte zum Schiff.

»Wo sind die anderen?«

»Es gibt nur mich«, erwiderte Zeph. »Und Carla, die Katze – sie ist drinnen und schläft, wie gewöhnlich.« Er grinste. »Und natürlich *Tailwind*, das Schiff. Für mich sind die beiden wie Menschen, weil ich so viel Zeit mit ihnen verbringe.«

Lächelnd blickte er sie an. Er kam ihr vor wie ein Kind, das von seinen Spielsachen redete. Stella hätte ihn gerne gefragt, ob er nicht einsam war, nur mit einer Katze und einem Schiff zur Gesellschaft. Und wie es im Sturm gewesen war. Hatte er keine Angst gehabt, so allein? Aber sie hütete sich natürlich, jemandem, den sie nicht kannte, so persönliche Fragen zu stellen.

»Woher kommst du?«, fragte sie stattdessen.

Zeph blickte einer Möwe nach. »Schwer zu sagen«, erwiderte er.

Stella starrte ihn verblüfft an. Die Frage war doch nun wirklich eindeutig gewesen.

»Ich bin in Goa, in Indien, geboren und habe an vielen Orten gelebt. Im Moment lebe ich … hier.« Er blickte sich auf dem Strand um, und seine Sachen, die überall verstreut waren, schienen zu beweisen, dass seine Aussage der Wahrheit entsprach.

Stella lächelte. Wenn man sich vorstellte, dass das tatsächlich stimmte – dass er kein Zuhause hatte, sondern nur herumreiste …

»Bist du von hier?«, fragte Zeph.

»Ja«, antwortete Stella. »Na ja, eigentlich nicht. Meine Eltern sind mit mir aus England gekommen, als ich noch ein Baby war. Ich habe also den größten Teil meines Lebens hier verbracht. Aber hier sagt man, dass jemand erst wirklich dazugehört, wenn er hier ein Kind geboren und jemanden auf dem Friedhof beerdigt hat.« Sie schwieg verlegen. Sie hatte diese Worte schon häufiger gesagt, aber jetzt klangen sie auf einmal so trivial und altmodisch. »Ich bleibe sowieso nicht mehr lange hier«, fügte sie hinzu. »Ich gehe weg, um die Schule zu beenden. In St. Louis, das ist die nächste Stadt, geht es nur bis zum zehnten Schuljahr, und deshalb ziehe ich im Februar nach Hobart. Und alle meine Freunde auch.«

Plötzlich ertönte von der Yacht ein Pfeifton.

»Oh, das Wasser kocht«, sagte Zeph. »Ich mache uns einen Chai.«

Stella warf ihm einen unsicheren Blick zu. Er sprach das »uns« so leichthin aus, als seien sie Freunde.

»Ich habe zwei Tassen«, fügte er hinzu.

»Ich sollte aber jetzt besser gehen.« Stella blickte aufs Meer. Sie wusste zwar, dass William bei den Inseln im Süden arbeitete, aber auf einmal hatte sie das Gefühl, er könne jeden Moment hier auftauchen und sie dabei ertappen, wie sie mit einem Fremden plauderte …

»Nein, bitte«, bat Zeph. »Bleib doch noch.«

Einen Moment lang sah Stella in seinen Augen unverhüllte Traurigkeit. Wie lange mochte er auf See gewesen sein, ohne mit jemandem reden zu können?

»Na gut«, willigte sie ein. Schließlich war es ja nur höflich, eine Erfrischung anzunehmen, wenn sie einem angeboten wurde.

Während er sich um den Tee kümmerte, wanderte Stella am Strand zwischen Zephs Sachen herum, die im Sand lagen wie Ausstellungsstücke in einem Museum. Die bunten Kleider waren vermutlich aus Indien oder sonst einem fremden Land, in dem er gewesen war. Auch ein paar Socken lagen da, aber es gab kaum passende Paare. Auf einem Felsen lagen ein paar Bücher, damit ihre feuchten Seiten in der Sonne trocknen konnten. Als sie näher trat, sah Stella, dass es sich um Bilderbücher handelte. Sie beugte sich über die farbige Illustration einer Fee – ein zartes Geschöpf mit feinen Haaren und schimmernden Flügeln. Der Text war nicht auf Englisch, aber Stella erkannte ein paar Wörter von dem Schild unten auf Daniels »Edelweiß«-Spieldose. Deutsch … Auf einem anderen Felsen lagen weitere Bücher. Eines konnte durchaus indisch sein, der Zeichnung auf dem Umschlag nach zu urteilen. Die Seiten hatten sich rosa gefärbt. Daneben lag ein dicker Roman. *Anna Karenina.* Es war Grace' Lieblingsbuch, und auch Stella liebte es. Warum, wusste sie eigentlich nicht so genau. Das Leben der Heldin war zwar tragisch, aber als Leser beneidete man sie trotzdem. Die außergewöhnliche Liebe, die sie erfahren hatte, schien all den Schmerz aufzuwiegen, auch wenn letztendlich alles verloren war.

Sie hörte Zeph zurückkommen. Er reichte ihr einen blauen Keramikbecher, aus dem duftender Dampf aufstieg. Er war außen noch nass, weil er zwar abgespült, aber nicht abgetrocknet worden war.

Zeph schloss die Augen und trank einen Schluck aus seinem Becher. »Ich muss ihn genießen, so gut ich kann. Meine Vorräte gehen zu Ende.«

Sie setzten sich nebeneinander auf einen Felsbrocken, und Stella streckte ihre Beine aus. Die feinen Härchen auf den Unterschenkeln färbten sich bereits golden, gebleicht von Sonne und Salz. Ihre Zehennägel, die sie für das Abschlussessen frisch lackiert hatte, schimmerten in hellem Pink. Zephs Beine waren von einem tieferen Braun. Seine Füße wirkten schwielig und hart, als sei er daran gewöhnt, bei jedem Wetter barfuß zu laufen.

Stella trank einen Schluck von dem honigfarbenen Gebräu. Zuerst schmeckte sie nur das Salz vom Meerwasser am Tassenrand, aber der zweite Eindruck war würzig und süß.

»Was ist das?«, fragte sie.

»Kardamom, Zimt und schwarzer Tee natürlich. Und dann noch Baktis geheime Zutat: Vanille. Es ist zwar keine traditionelle Mischung, aber sie hat ihn immer so gemacht, seit ich denken kann.«

»Bakti?«, wiederholte Stella. Der Name klang seltsam aus ihrem Mund, so wie zwei Silben, die nicht zusammenpassten.

»Meine Mutter«, erklärte Zeph. »Wenn sie weiß, wo ich gerade bin, schickt sie mir Päckchen mit Tee. Ich werde versuchen, es ihr mitzuteilen.« Sein Tonfall war beiläufig, als sei er kein Teenager, sondern ein Erwachsener, der sein eigenes Leben führte.

»Morgen ist Weihnachten«, sagte Stella plötzlich. »Dann bist du ja gar nicht bei ihr!«

»Nein«, erwiderte Zeph. »Ich habe Weihnachten schon seit Jahren nicht mehr mit ihr zusammen gefeiert.« Er klang weder traurig noch froh darüber. Es war einfach nur eine Feststellung.

»Was machst du denn dann?«, fragte Stella. »Am besten

gehst du in den Pub nach Halfmoon Bay. Segel doch einfach für einen Tag dorthin. Sie machen ein dreigängiges Menü mit Truthahn.«

»Ich habe mir noch eine Dose Obst aufgehoben«, erklärte Zeph. »Und meinen letzten Reis. Und ich werde versuchen, einen Fisch zu fangen. Das würde Carla bestimmt auch gefallen.«

Stella blickte ihn an. Sie spürte, dass er hinter seinem gleichmütigen Tonfall verbarg, dass er einsam war. Aber vielleicht konnte er sich einfach auch nur nicht vorstellen, es nicht zu sein.

»Mit der Angel wirst du wohl kaum etwas fangen«, sagte Stella. »Hast du einen Speer?«

Zeph schüttelte den Kopf. »Nein, nicht mehr. Ich musste ihn in Bali gegen Anlegegebühren tauschen.«

»Aber ein Messer hast du doch, oder?«, fragte Stella.

Er blickte auf ihres. »Ja, genauso eines wie das da.«

Stella wurde rot, als ihr einfiel, dass sie es noch vor kurzem hatte einsetzen wollen.

»Dann kannst du Abalonen fangen. Bei Ebbe brauchst du noch nicht einmal eine Taucherbrille. Sie sind hier in den Tümpeln – überall.« Sie wies auf die Felsen auf der anderen Seite der Yacht. Als sie sich jedoch wieder Zeph zuwandte, stellte sie fest, dass er gar nicht aufpasste, wo er Abalonen finden konnte, sondern sie anschaute. Seine Blicke glitten über ihr Gesicht, ihre Haare, ihren Körper. Er musterte sie so offen, als habe er ebenso viel Recht dazu, sie anzusehen wie das Meer, den Himmel oder eine hübsche Muschel, die am Strand lag.

Verlegen blickte Stella in ihre Tasse. Unter seinem Blick verspürte sie auf einmal das Bedürfnis, die Haare zurückzuwerfen und sich auf die Lippen zu beißen, damit sie röter wurden. Ihre Bluse stand offen und enthüllte Lauras alten Bikini – den winzigen, tief ausgeschnittenen, den Stella nur als Unterwäsche tragen durfte.

Auf ihrem Tee trieb ein Blütenblatt, das sich langsam drehte. Stella atmete tief den duftenden Dampf ein. Sie dachte an die Mutter, Bakti, die weit weg von hier Gewürze und Tee mischte und sie für ihren Sohn in Plastiktüten verpackte. Sie stellte sich eine feingliedrige Frau mit langen dunklen Haaren und einem roten Punkt auf der Stirn vor.

»Du siehst gar nicht wie ein Halbinder aus«, sagte sie zu Zeph.

»Das bin ich auch nicht, soweit ich weiß«, erwiderte Zeph. »Mum hat den Namen Bakti nur angenommen, als sie in den Aschram gegangen ist. Sie ist Französin. Und mein Vater … na ja, wir wissen nicht allzu viel über ihn. Aber sie glaubt, er war Engländer.«

Verlegen fuhr Stella mit dem Finger über den Becherrand. Sie wünschte, sie hätte voraussehen können, wohin ihr Kommentar führte. Es musste doch sicher schmerzlich und peinlich für ihn sein, ihr dies sagen zu müssen.

»Entschuldigung. Ich wollte nicht danach fragen«, sagte sie.

Zeph zuckte mit den Schultern. Ihm schien es nichts auszumachen. Er blickte aufs Meer hinaus, und Stella sah, dass er die Umrisse der Inseln betrachtete, so wie sie es auch oft tat.

Ein Schweigen entstand zwischen ihnen, unterbrochen nur von den Schluckgeräuschen und den Bewegungen der Hände an den Teebechern. Es war jedoch nicht unangenehm, sondern eher wie bei Freunden, die sich nach jahrelanger Trennung wieder begegnen. Ein Möwe flog über ihre Köpfe aufs Meer hinaus in Richtung Halfmoon Bay. Stella folgte ihr mit den Blicken, und in diesem Moment sah sie es – noch war es nur ein Punkt auf dem Ozean. Ein winziges Kreuz über dem dunklen Rumpf. Es gab nur ein einziges Schiff, das so aussah und aus dieser Richtung kam. Die *Lady Tirian*.

»Ich muss gehen«, sagte sie und stand auf. »Ich muss zurück.«

Zeph warf ihr einen überraschten Blick zu. »Was ist los?«

»Mein Dad kommt vom Meer zurück. Er ist Langustenfischer, und ich muss am Hafen sein, wenn er ankommt. Das heißt, ich möchte dort sein. Ich warte gerne auf ihn.«

Stella schwieg. Wie sollte jemand wie Zeph, der allein über die Meere segelte, verstehen, was es für sie bedeutete, wenn sie ihren Vater verpassen würde – vor allem jetzt in den Ferien, wo sie nichts Wichtiges zu tun hatte. Sie musste einfach am Kai stehen, wenn die *Lady Tirian* in Sicht kam.

»Stella.« Langsam sagte Zeph ihren Namen. »Ich muss dich um einen Gefallen bitten.« Sie wartete. Was mochte er wohl von ihr wollen? Sollte sie ihm neue Vorräte bringen – Tee und Reis vielleicht? Das konnte sie natürlich für ihn tun, aber nicht morgen. Nicht am Weihnachtstag …

»Sag niemandem, dass ich hier bin.«

Ihre Hand umschloss den Becher fester. Sie blickte auf die Yacht, die hier im Verborgenen ankerte. Sie war sicher zu wertvoll, um einem Siebzehn- oder Achtzehnjährigen zu gehören …

»Es ist keine große Sache«, fügte Zeph rasch hinzu, als

sähe er, welche Zweifel sich in ihrem Kopf aufbauten. Er wies auf den Mast. »Ich habe die Quarantäneflagge aufgezogen, falls mich jemand sehen sollte. Ich tue nichts Gesetzwidriges. Na ja, tue ich doch, aber nur, weil ich dir eine Tasse Tee angeboten habe.«

Stella starrte auf die *Lady Tirian* in der Ferne.

»Ich könnte in einen Hafen einlaufen. Meine Papiere sind in Ordnung, das ist nicht das Problem. Aber ich will nicht lange bleiben, und da will ich nichts mit dem Zoll und diesen ganzen Dingen zu tun haben. Vor allem nicht an Weihnachten.«

Stella nickte langsam. Sie verstand, dass manche Leute Formalitäten hassten. William war äußerst korrekt und ging mit gutem Beispiel voran, indem er jedes Gesetz und jede Regel beachtete. Aber es gab andere Fischer, die Briefe zerrissen, wenn sie ihnen nicht gefielen, die Gemeindeverordnungen wegwarfen und sich weigerten, ihre Gewehre registrieren zu lassen. Sie machten Spinks wahnsinnig. Fast hätte Stella gelächelt, als sie an den Polizisten dachte. Was hätte er wohl zu Zeph gesagt? »Wo sind denn Ihre Eltern, junger Mann? Bakti? Was für ein Name ist das denn? Aus Indien? Wo?«

»Ich sage nichts«, erwiderte sie. »Ich verspreche es.« Sie reichte ihm ihren Becher. »Danke für den …«

»Chai«, ergänzte er.

Zögernd wandte sie sich zum Gehen. Sie hätte gerne gefragt, ob sie noch einmal zurückkommen sollte. Würde er dann noch da sein? Würden sie sich jemals wiedersehen?

»Auf Wiedersehen«, sagte sie.

Er nickte. »Frohe Weihnachten.«

»Dir auch.«

Dann ging sie. Sie blickte starr geradeaus und stellte sich vor, wie sie von hinten wohl aussah – ihre Hüften, die bei jedem Schritt schwangen, ihre langen, dunklen Haare, die ihr bis halb auf den Rücken hingen …

Aber sie wusste nicht, ob er ihr überhaupt nachschaute, weil sie sich nicht umsah. Die Musik aus der Kajüte verfolgte sie noch eine Weile, und dann war alles still.

Das Seefahrer-Denkmal war eine hässliche, cremefarben gestrichene Wand mit Messingtafeln. Sie stand direkt am Hafen, um alle, die sich mit dem Boot hinaustrauten, davor zu warnen, dass die Küste hier besonders gefährlich war. William hatte Stella erklärt, warum das so war: Zwischen ihnen und dem weit entfernten Südamerika war kein Land, an dem sich die Wellen brechen konnten, sondern nur der riesige Pazifik, das wildeste Meer der Erde.

Stella saß am Rand der Mauer, wo es bis jetzt noch keine eingravierten Namen gab. Ihre Beine schmerzten vom schnellen Fahrradfahren. Sie war von den Buchten nach Hause gerannt, um ihrer Mutter Bescheid zu sagen, dass sie die *Lady Tirian* gesehen hatte. Dann hatte sie sich auf ihr Rad geschwungen und war direkt zum Hafen geradelt. Die Straße verlief zwar die meiste Zeit bergab, aber es war trotzdem harte Arbeit gewesen. Doch jetzt war sie endlich hier …

Sie versuchte, nicht an Zeph zu denken. Er war zu … groß geworden, stellte sie fest. Er nahm viel zu viel Raum ein, wenigstens für jemanden, den sie vielleicht nie wiedersehen würde. Um sich abzulenken, blickte sie auf die Gedenktafeln an der Wand. Manchmal spielte sie ein Spiel: Sie musste alle Inschriften aufsagen, ohne eine zu vergessen. Dann würden alle, die sie liebte – ihre Eltern und all ihre Freunde –, für immer in Sicherheit sein.

Die ersten Messingtafeln in der Reihe waren von der Historischen Gesellschaft in St. Louis angebracht worden. Sie legten in erhabenen Metallbuchstaben Zeugnis ab von vergangenen Tragödien. Da waren die Frau des Kapitäns und ihre fünf Kinder, die alle ertrunken waren, obwohl die Küste bereits in Sicht war. Die gesamte Besatzung eines Kutters auf dem Weg nach Südafrika war in der Nähe von Standaway Island untergegangen. Dann der Schiffbruch der *Birmingham*, der *Valiant* und der *Enrico* … Als Nächstes kamen die jüngeren Katastrophen – eine Ansammlung von Plaketten mitten auf der Wand. Sie waren unterschiedlich in Form und Größe, da die Hinterbliebenen sie gespendet hatten, aber die Trauer und das Leid waren allen Worten gemeinsam.

James Maitland
Fischer aus Halfmoon Bay
Wurde von der *Ellen Jay* über Bord gespült,
als er eine Krabbenreuse legte.
Das Meer gibt und das Meer nimmt.

Michael Maitland, Vater von James Maitland
Fischer aus Halfmoon Bay
Von der *Sandra Lee* bei schwerer See über Bord gespült.
Das Meer kennet keine Gnade.

David Grey
Fischer aus Halfmoon Bay
Sohn der Mary Grey (verstorben)
Vom Meer genommen.

Vor David Greys Gedenktafel blieb Stella stehen. Bis vor kurzem hatten hier immer frische Gartenblumen gelegen – Lilien, Rosen und Vergissmeinnicht. Stella sah noch ganz deutlich die vertrockneten Blütenblätter vor sich. Niemand in Halfmoon Bay kannte die Frau, die Woche für Woche die Blumen brachte. Sie sprach nie ein Wort. Sie stieg aus dem Auto, legte ihre Blumen vor die Plakette und fuhr wieder weg. Als sie schließlich nicht mehr kam, sagte Laura, David Greys große Liebe habe sich einem anderen zugewandt, aber Stella hielt sie eher für tot.

Stella sprang von der kleinen Mauer und lief über den Parkplatz zum Kai. Sie blieb stehen, als sie jemanden aus dem Laden kommen sah, der in die gleiche Richtung ging. Es war Jamie, wie sie sofort an seiner Art zu gehen erkannte. Und natürlich an seinem blauweiß karierten Hemd, das sie mit ihm zusammen in St. Louis ausgesucht hatte. Es war viel schicker als die üblichen Arbeitshemden, da es einen Button-Down-Kragen hatte. Jamie hatte gleich drei davon gekauft, damit er immer ein Hemd tragen konnte, das ihr gefiel.

Stella bog nach links ab und schlüpfte hinter die ehemalige Walfangstation, wobei sie hoffte, dass Jamie sie nicht gesehen hatte. Jamie bräuchte nur in ihre Augen zu blicken und würde im gleichen Moment wissen, dass ihr der Kopf von Bildern und Gedanken an Zeph schwirrte. Dabei spielte es keine Rolle, dass es sich um Verrücktheiten ohne jeden Realitätsbezug handelte. Eigentlich dürfte sie gar nicht daran denken. Stella gehörte zu Jamie – alle wussten das. Sie gehörte zu ihm, solange sie denken konnte, und vielleicht sogar schon vorher.

Seine Eltern – Brian und Pauline – waren die ersten Freunde der Birchmores gewesen, als sie von England nach Tasmanien gekommen waren. Brian hatte William beigebracht, mit dem Langustenkutter umzugehen, den er von einem pensionierten Fischer in St. Louis gekauft hatte. Damals hatte es noch reichlich Langusten gegeben, und zwischen den Fischern hatte noch nicht solche Konkurrenz geherrscht wie heutzutage. Brian hatte sein Wissen großzügig weitergegeben, und William hatte seine Hilfe dankbar angenommen. Er war so beeindruckt von Brians aufrichtiger, direkter Art, dass er die beiden Frauen dazu ermuntert hatte, sich ebenfalls anzufreunden.

Pauline war so unorganisiert und chaotisch, wie Grace sorgfältig und ordentlich war. Aber ihre Unterschiedlichkeit machte ihnen anscheinend nicht viel aus, da sie beide zum ersten Mal Mutter waren. Zudem waren ihre Babys auch noch ungefähr im gleichen Alter. Wenn William zu Hause war, fuhr er seine Frau und seine Tochter zu Pauline und ließ sie dort, während er seiner Arbeit in der Fischfabrik oder anderen Verpflichtungen nachging. Grace und Pauline tranken Tee und plauderten, während sie mit ihren Kindern spielten.

Stella und Jamie waren miteinander aufgewachsen und hatten alles geteilt, Spielzeug und Kleidung, Masern und Geburtstagspartys. Der Teil ihrer gemeinsamen Geschichte, an den Stella sich nicht mehr erinnern konnte, wurde lebendig durch die unzähligen Fotos, die Pauline über die Jahre von den beiden Kindern gemacht hatte. Ihr Lieblingsfoto hatte Stella in ihrem Zimmer an die Wand gehängt. Es war auf einem Barbecue bei Brian aufgenommen worden. Stella und Jamie waren acht Jahre alt und lächelten beide mit der gleichen Zahnlücke in die Kamera. Beide hatten sie identische Eimer und Schaufeln aus dem Halfmoon-Laden in der Hand. Damals hatte Pauline schon drei weitere Kinder bekommen, allesamt Jungen.

Auch sie waren auf dem Foto zu sehen und drängten sich um ihren großen Bruder und seine Freundin. Grace stand im Hintergrund und wirkte sehr ordentlich neben all diesen schmutzigen Kindern.

Als Stella alt genug war, um allein in den Ort zu fahren, radelte sie fast jeden Samstag zu Jamie. Grace blieb in Seven Oaks und arbeitete im Garten. Allerdings war es nicht so sehr die Freundschaft mit Jamie, die sie dorthin zog, sondern eher das lärmende Chaos eines großen Haushalts. Sie liebte es, fernzusehen und dabei zu essen. Sie kochte gerne in Paulines unaufgeräumter Küche, weil sie wusste, dass ihre eigene Unordnung hier nie auffallen würde. Und sie genoss die Freiheit in einem Haus, das ständig voller Menschen war.

In den Sommermonaten ließ Pauline Stella und Jamie einfach allein zum Strand gehen. Im Gegensatz zu Grace folgte sie ihnen nicht auf Schritt und Tritt, um ihnen zu sagen, sie sollten auf die Haie aufpassen und nicht zu tief ins Wasser gehen. Sie schwammen und tauchten den ganzen Tag, und blieben im Wasser, bis ihre Haut ganz runzelig und ihre Zehen und Finger taub waren. Wenn sie Hunger bekamen, aßen sie durchweichte Sandwiches, die so voller Sand waren, dass jeder Bissen zwischen den Zähnen knirschte. Sie schälten den anderen aus dem Tauchanzug, legten sich nebeneinander in die Sonne, bis sie Sonnenbrand bekamen und sich – Tage später – die Haut in Fetzen vom Rücken ziehen konnten.

Damals waren ihre Körper für sie Spielzeuge oder Waffen – sie machten Handstand, schlugen Rad, rangen miteinander oder zielten mit Steinen.

Als ihre Körper sich zu verändern begannen – zuerst Stellas, als ihre Brustwarzen auf einmal anschwollen und empfindlich wurden –, achteten sie zunächst nicht darauf. Aber dann, im nächsten Sommer, begannen sie auf einmal, sich hinter Bäumen oder Felsen zu verstecken, wenn sie sich auszogen. Ihre neuen Körper waren jetzt geheim, ihnen selbst ebenso wenig vertraut wie dem anderen.

Die ersten Küsse hatten sie bei Gruppenspielen ausgetauscht. Flaschendrehen am Strand, kurze Berührung der Lippen mit geschlossenen Augen … Als sie schließlich in das Alter kamen, wo sich die ersten Pärchen fanden und in die Dünen zurückzogen, hatten sie sich zunächst andere Partner gesucht. Aber letztendlich hatten sie sich doch zueinander hingezogen gefühlt.

Und jetzt waren sie ein Paar – aber auch immer noch die besten Freunde. Selbst beim Küssen lachten sie über allzu romantische Vorstellungen und machten sich über leidenschaftliche Szenen lustig. Das war nur etwas für Fernsehserien und nicht für Leute, die zusammen auf Fischfang gingen und mit den Fingern die Fische ausnahmen. Dieselben Finger, mit denen sie die Geheimnisse ihrer erwachsenen Körper erforschten … Stella zog den Bauch ein, damit seine Hand vorne in ihre Jeans gleiten konnte. Und sie hielt den Atem an, damit er nicht aufhörte. Den Büstenhalter hatte sie aufgehakt, sodass ihre Brüste unter dem T-Shirt frei zugänglich waren.

Sie zogen sich nie aus. Das war eine unausgesprochene Regel. Es bedeutete, dass Stella zu Hause ihrem Vater ins Gesicht blicken konnte, weil sie ein braves Mädchen geblieben war. Sein braves Mädchen.

Stella schaute über die verfallene Mauer, um zu sehen, wo Jamie war. Er stand jetzt unten am Kai und spähte aufmerksam aufs Meer hinaus. Stella folgte seinem Blick hinter die Felseninsel, die das Hafenbecken schützte, auf die offene See hinaus, wo am Horizont der Mast der *Lady Tirian* zu sehen war.

Stella lief durch das verfallene Gebäude auf den Parkplatz, und Jamie drehte sich grinsend um, als er sie näher kommen hörte. So grinste er immer – ein bisschen schief, auf einer Seite breiter als auf der anderen. Sie erwiderte sein Lächeln – zu rasch, wie sie fand, zu fröhlich. Aber ihm schien es nicht aufzufallen.

»Ich warte auch auf ihn«, sagte er. »Ich habe gedacht, ich könnte mich ein bisschen nützlich machen.«

»Das ist gut«, erwiderte Stella. »Es ist schon fast fünf, und sie wollen seinen Fisch bestimmt so schnell wie möglich abladen.«

Sie blickte hinüber zur Fischfabrik. Sharon und Noel saßen in der Sonne neben dem Eingang und teilten sich eine Dose Bier. Offenbar waren sie beide bereits in Feiertagsstimmung.

Jamie legte Stella den Arm um die Schultern, als sie am Kai entlanggingen. Er war schwer und drückte sie, und unter einem Vorwand löste sie sich von ihm.

Sie eilte zu einem verrosteten Fischkutter, der am Kai lag. Auf dem verbeulten Rumpf stand in verblichenen Buchstaben *Grand Lady.* Durch die offene Tür des Ruderhauses sah Stella einen Schlafsack auf dem Boden liegen. Anscheinend wohnte Joe wieder auf dem Schiff. Eigentlich durfte er das nicht – von Zeit zu Zeit verwarnte Spinks ihn. Aber die andere Behausung des alten Fischers – ein unbenutzter Bootsschuppen auf der anderen Seite der Bucht – hatte weder Küche noch Schlafzimmer.

Sie folgte Jamie zum anderen Ende des Kais, und sie gelangten an die Stelle, wo die *Cassandra* – Brians Langustenkutter – lag. Das Boot wirkte sehr gepflegt, aber Stella wusste, dass es sofort schäbig aussehen würde, wenn die *Lady Tirian* in den Hafen kam.

Jamie schenkte dem Boot seines Vaters keine Beachtung, sondern stellte sich gleich an den Anlegeplatz der *Lady Tirian*.

Stella wartete in ein paar Schritt Entfernung darauf, dass William in Sicht kam. Sie freute sich auf den Moment, in dem er sie entdeckte. Er hob immer grüßend den Arm, und dann blickte er ihr lächelnd entgegen. Auch wenn am Kai noch so viel Betrieb herrschte, hatte Stella immer das Gefühl, dass sie in diesem Moment der einzige Mensch war, der für ihn zählte …

»Da kommt sie«, sagte Jamie.

Die *Lady Tirian* glitt ins Hafenbecken. Der rot und grün gestrichene Rumpf leuchtete in der Sonne, und das sauber geschrubbte Holzdeck schimmerte.

Als das Schiff näher kam, konzentrierte Stella sich auf ihren Vater. Er stand am Steuer – eine aufrechte Gestalt in gelbem Ölzeug. Seine Haare waren salzverkrustet, und in seinem geröteten Gesicht strahlten seine Augen tiefblau. Stolz stieg in ihr auf. Er sah eher wie ein gut aussehender Schauspieler aus, der die Rolle eines Fischers spielte, statt wie ein echter Fischer.

Als William Stella erblickte, hob er grüßend die Hand. Sie lächelte ihn an. Sie sah ihm am Gesicht an, dass die Fahrt erfolgreich gewesen war – ein guter Fang. Er wirkte auch erfreut darüber, dass ihn zwei Personen abholten – ein besonderes Weihnachtswillkommen.

Stella trat vor, um das Tau aufzufangen, aber Jamie kam ihr zuvor. Sorgfältig legte er die Schlinge um den Poller. Stella blickte zu der Stelle, wo das Tau fest an die *Lady Ti-*

rian geknotet war. Vermutlich hatte ihr Vater Jamie die gleiche Regel beigebracht wie ihr. Befestige das Tau am Boot, aber nie am Kai. Achte darauf, dass du schnell weg kannst …

Als das Boot gesichert war, nickte Jamie dem Skipper zu. William erwiderte das Nicken, und Stella spürte einen plötzlichen Stich der Eifersucht. Die Geste war intimer als das Heben der Hand zur Begrüßung, fand sie. Exklusiver. Ein privater Austausch unter Männern. William trat in das Ruderhaus und stellte den Motor ab. Mit Grace' Henkelmann in der Hand kam er wieder heraus. Man sah den Töpfen die jahrelange Abnutzung an. Das Metall war zerbeult und der Schottenstoff an der Seite fast nicht mehr vorhanden. Er baumelte leicht an seiner Hand – alle Pasteten, Kuchen und Eintöpfe waren aufgegessen.

»Hier«, sagte er und reichte das Gefäß Stella. Das tat er immer als Erstes, wenn er an Land war, aber jetzt, wo Jamie dabei war, widerstrebte Stella die Geste. Sie verband sie mit Grace, damit, zu Hause zu bleiben und fürs Essen zu sorgen – als ob es für sie keinen Platz auf der *Lady Tirian* gäbe. Und dabei war sie, seitdem sie alt genug war, mit William hinausgefahren und hatte bei jedem Wetter lang und hart gearbeitet. Sie konnte das Schiff zum Standaway Island und wieder zurück steuern, ohne es auf die Sandbänke zu setzen. Sie hatte die Fichtenplanken abgekratzt und neu gestrichen. Und sie hatte so oft mit William am Dieselmotor gearbeitet, dass sie immer wusste, welches Werkzeug er als Nächstes brauchte, ohne dass er etwas sagte. »Sie ist genauso gut wie ein Junge«, hatte Joe einmal gesagt. Und ihr Vater hatte ihm zugestimmt.

William beugte sich erneut zu Stella und reichte ihr einen Eimer mit Fisch und ein kleines, in Folie eingewickeltes Päckchen.

»Bring das zu Joe«, sagte er. »Er freut sich bestimmt über eine gute Mahlzeit.«

Auch das gehörte zu Stellas Aufgaben – das, was am Ende der Fahrt von Grace' Essen übrig geblieben war, zusammen mit einem guten Speisefisch weiterzugeben. William brachte nie Fische mit nach Seven Oaks. Er mochte weder den Geschmack noch den Geruch beim Kochen.

Stella hörte, wie sich William und Jamie unterhielten, als sie zu der alten Ketsch ging. Sie lief über die Gangway, stellte den Eimer und das eingewickelte Essen im Ruderhaus ab und kehrte wieder zu der Stelle zurück, wo die *Lady Tirian* lag.

Neben dem Henkelmann lag jetzt ein Haufen Wetterkleidung. Jamie war zu William an Bord gegangen – die beiden standen neben den Langustenreusen auf dem Vordeck. Stella wartete darauf, dass sie sie wahrnahmen, aber sie schienen ins Gespräch vertieft. Sie beachteten sie nicht, und schließlich hob sie die Kleidungsstücke auf, ergriff den Henkelmann und ging. Der Metallbehälter schlug gegen ihr Bein, als sie den Kai entlang zum Parkplatz marschierte, wo Williams Lieferwagen unter einem Baum parkte.

Sie öffnete die Beifahrertür und stellte den Henkelmann auf den Sitz. Die Kleidungsstücke warf sie daneben. Dann stützte sie sich mit den Ellbogen auf das verblichene Dach und blickte zur *Lady Tirian* hinunter.

Jamie und William standen nebeneinander und begutachteten den Fang. Beide standen breitbeinig da, als ob sie selbst im Hafenbecken damit rechnen müssten, dass eine Welle ihnen plötzlich die Balance raubte. William streckte den Arm aus und berührte Jamie an der Schulter. Der Junge lachte, und seine weißen Zähne leuchteten im gebräunten Gesicht. Der ältere Mann stimmte in das Lachen ein.

Stella wandte sich ab. Sie schlug die Tür des Lieferwagens so heftig zu, dass Rostpartikel zu Boden fielen, und dann ging sie am Denkmal vorbei zu ihrem Fahrrad.

Stella lehnte sich im Sessel zurück. Die Vorhänge im Seezimmer waren zugezogen, und es duftete köstlich nach Lammbraten. William saß an seinem Schreibtisch – eine Ausklappvorrichtung an Tante Janes Anrichte – und schrieb. Sein Füller kratzte über das Papier, während er Notizen aus seinem Schiffslogbuch in eine dicke Kladde mit festem Einband übertrug. Grace saß am Kamin, auf dem die weihnachtlichen Tannenzapfen standen, und stopfte den marineblauen Lieblingspullover ihres Mannes. Sie hatte den Kopf tief über die Arbeit gebeugt und konzentriert die Stirn gerunzelt. Es war eine friedliche Szene – nur das leise Rauschen der Brandung und die Weihnachtslieder aus dem Radio in der Küche durchdrangen die Stille.

Auf Stellas Knie lag aufgeschlagen ein zerlesenes Exemplar von *Anna Karenina*. Sie blickte auf die lange Liste der russischen Namen und Titel vorne und frischte ihre Erinnerung an die Charaktere auf – wer zu wem gehörte, und woher sie kamen …

Nach einer Weile gab sie es auf. Die Zusammenhänge waren zu komplex. Sie blickte zu ihrem Vater. Er wandte den Kopf von einem Buch zum anderen. Wenn er auf See war, hielt er alle Informationen in seinem Logbuch fest, wie es die Behörden vorschrieben – die Menge der gefangenen Fische, die Fangstellen, das Gesamtgewicht des

Fangs. Er machte sich auch eigene Notizen, die auf seinen Wetterbeobachtungen beruhten und mit Windrichtungen, Gezeiten, Wellengang, Wolken, Luft und Temperatur zu tun hatten. Die Geheimnisse von Meer und Himmel waren eine ständige Herausforderung für ihn. Wissen ist Macht, sagte er manchmal. Und William wusste so viel über die lokalen Wetterverhältnisse, dass ihn die Leute oft um Voraussagen baten. Die Fischer lauschten seinen detaillierten Erläuterungen aufmerksam. Stella hatte Einheimische sogar sagen hören, wenn William nicht so reden würde – mit seinen runden englischen Vokalen –, dann könnte man meinen, er sei hier geboren. Nach jeder Fahrt nahm William das offizielle Logbuch mit nach Hause und übertrug am Abend alle Informationen, die er gesammelt hatte, in sein eigenes Notizbuch, das in einer verschlossenen Schublade im Sideboard aufbewahrt wurde. Das große blaue Buch bot mehr Raum für seine Kommentare. Manchmal stellte sich Stella neben ihn und las, was er geschrieben hatte. Seine Sätze in diesem Buch waren länger und detaillierter.

Kumulus-Wolke, die nach Nordosten treibt – um diese Jahreszeit nichts Ungewöhnliches. Regenmessgerät zeigte anderthalb.

Er schrieb über Delphine, Wale und Seevögel, die er gesehen hatte. Sie waren Teil des Puzzles, erklärte er Stella. Wenn man nur lange genug alles aufschrieb, konnte man letztendlich ein Muster erkennen.

Im Morgengrauen kam eine Delphinfamilie an Steuerbord vorbei, kurz hinter Standaway Island. Ein Albatros folgte mir. Nicht die gewöhnliche heimische Art – ein Wanderer.

Stella beobachtete, wie Williams schwielige Hände den

Füller beim Schreiben hielten, und stellte sich seine ordentliche, gleichmäßige Schrift vor. In allem, was er tat, war ihr Vater sorgfältig und kompetent, und deshalb fühlte sich auch Jamie so zu ihm hingezogen. Stella war sich zwar am Hafen ausgeschlossen vorgekommen, aber sie konnte es ihrem Freund nicht verübeln, dass er ihren Platz einnehmen wollte. In Williams Gegenwart fühlte man sich wichtig – so als hätte seine Sorgfalt etwas mit einem selbst zu tun ... Und man fühlte sich bei ihm sicher. Er hatte eine besondere Art zu reden, sodass einem die Wörter, die er aussprach, wie ein Geschenk vorkamen. Und seine gemessenen Bewegungen. Sogar im Sturm wurde er nicht hektisch. Er war immer beherrscht. Stella stand auf und trat ans Fenster. Draußen war es dunkel, aber sie konnte doch die weißen Schaumkronen der Wellen erkennen, die sich an den Felsen brachen.

Sie beobachtete die stetige Bewegung. Tag und Nacht rollten sie vom Süden herein. Stella malte sich gerne aus, dass es dieselben Wellen waren, die an Eisbergen vorbei und über die Rücken von Walen gezogen waren. Dieselben Wellen, die einen Fremden hierher gebracht hatten. Einen Jungen in einem Boot, der sich in Stellas Bucht versteckte ...

Sie stellte sich Zeph in seiner Kajüte vor – wie er in seinem blauen Schlafsack lag, den er wegen der Wärme nicht zugemacht hatte, sodass man sein gelbes Futter sah. Vielleicht las er bei Kerzenlicht *Anna Karenina*. Trug das T-Shirt mit der Aufschrift »Bali« ...

Dieses Detail überraschte sie. Ihr war gar nicht klar gewesen, wie aufmerksam sie Zephs Habseligkeiten, die am Strand verstreut waren, wahrgenommen hatte. Was mochte er wohl gegessen haben, als Grace ihnen »Meinen eigenen Lammbraten mit Honig«, gefolgt von »Tante Janes Halbstunden-Pudding« aufgetischt hatte? Hatte er eine Dose aufgemacht oder sich eine Hand voll Reis gekocht? Stella hätte Zeph am liebsten einen Kuchen oder so etwas gebracht. Hoffentlich hatte er wenigstens einen Fisch gefangen. Es war nicht sehr sinnvoll gewesen, ihm zu zeigen, wo er die Abalone-Muscheln finden konnte, ohne ihm zu erklären, wie er sie zubereiten musste.

Ob er wohl an sie dachte und darauf hoffte, dass sie wieder zu ihm kam? Vielleicht morgen schon? Sie musste innerlich lachen. Wenn er noch einmal an das Mädchen dachte, das ihn heute gestört hatte, dann wahrscheinlich nur, weil er sich Sorgen machte, ob sie ihr Versprechen hielt und auch tatsächlich niemandem erzählte, dass er da war.

William legte seinen Füller beiseite und stand auf. Stella hörte das leise Klirren von Kristall, als er eines der langstieligen Sherry-Gläser aus dem Sideboard nahm. »Zeit für einen Weihnachtsdrink«, verkündete er. Er füllte ein Glas mit der goldenen Flüssigkeit und reichte es Grace. Stella brachte er ebenfalls eines. Überrascht blickte sie auf. Sie hatte immer nur einen winzigen Fingerhut Sherry bekommen, aber dieses Glas war voll bis zum Rand.

»Du bist jetzt sechzehn«, sagte William großzügig. Er warf Grace einen Blick zu, als hätte sie einen Einwand geäußert. »Wenn man ihnen zu Hause beibringt, in vernünftigen Maßen zu trinken, ist das in Ordnung. Und ich weiß, dass wir uns auf sie verlassen können.«

Er lächelte Stella an. Unter seinem liebevollen Blick dachte sie schuldbewusst, was er wohl von ihr gehalten hätte, wenn er sie heute mit Zeph gesehen hätte. Allein, in einer einsamen Bucht, mit einem Jungen, den niemand kannte. Als er sich abwandte, leckte sie einen Tropfen ab, der außen am Glas herunterlief.

»Frohe Weihnachten!« William hob sein Glas.

Stella und Grace folgten seinem Beispiel und erwiderten seine Worte. Danach wurde es wieder still im Zimmer. Aus dem Radio in der Küche erklang Chorgesang, und die Worte schwebten wie Engelsstimmen in der Luft. »In einem Stall, in einer Krippe, lag der kleine Herr Jesus …«

Stella betrachtete die Krippe, die neben Tante Janes großer, goldgerahmter Weihnachtskarte auf dem Kaminsims stand. Die drei Weisen aus dem Morgenland, die Schäfer, Engel und Tiere waren in zwei kleinen Gruppen angeordnet. In der Mitte zwischen ihnen stand Josef, aufrecht und stark. Maria kniete neben ihm, mit heiterem, ruhigem Gesichtsausdruck. Vor ihr lag der kleine Jesus in der Krippe, eingewickelt in Windeln, mit bloßen Ärmchen. Stella lächelte. Als sie noch kleiner war, hatte sie geglaubt, die heilige Familie sei ein Spiegelbild ihrer eigenen Familie. Vater, Mutter und ein kostbares Kind.

4

Die ausladende Schultertasche schlug gegen Stellas Hüften, als sie von Fels zu Fels sprang. Sie war außer Atem, und der Schweiß rann ihr über den Rücken, aber sie blieb nicht stehen. Sie hatte höchstens anderthalb Stunden Zeit, bevor sie wieder in Seven Oaks sein musste. Sie stellte sich vor, wie William und Grace nach Hause kamen und ihren Zettel an der Tür fanden. »*Ich fühle mich besser*«, stand darauf. »*Bin ein bisschen an die Luft gegangen.*« Allein schon bei dem Gedanken daran wurde sie nervös und bekam Gewissensbisse. William hasste Lügen mehr als alles andere.

Es hatte schon häufig Anlässe für Stella gegeben, nicht die Wahrheit zu sagen. Wenn Lauras Eltern ihnen erlaubt hatten, erst nach Mitternacht nach Hause zu kommen, oder wenn sie zu viel getrunken hatten. Aber was sie heute Nachmittag getan hatte, war etwas völlig anderes. Constable Spinks und seine Schwester luden die Birchmores immer an Weihnachten zu Drinks ein, da beide Familien Außenseiter in Halfmoon Bay waren und keine Verwandten hatten, die mit ihnen die Feiertage verbrachten. Heute hatte Stella Übelkeit vorgetäuscht. Sie hatte auf der Couch gelegen und Williams Mitgefühl über sich ergehen lassen. Grace hatte sie mehrfach versichert, dass sie ruhig gehen könnten. Sie komme ohne Weiteres allein zurecht. Als ihre Eltern weg waren, hatte sie ein ganz kaltes Gefühl gehabt. Es war so einfach gewesen zu lügen. Aber sie sagte sich auch, dass sie schließlich nicht aus Eigennutz gelogen hatte. Immerhin wollte sie einem Fremden, der von weit her kam und nur eine Katze zur Gesellschaft hatte, etwas zu essen bringen. Daran war doch bestimmt nichts falsch. Irgendwie war es doch eher wie in der Weihnachtsgeschichte.

Als Stella um einen Felsbrocken herumkletterte, kam der Mast der Yacht in Sicht. Die beiden Flaggen flatterten im Wind, ein gelber und ein rot-weiß-blauer Fleck. Erleichtert atmete sie auf. Zeph war noch da und versteckte sich in ihrer Bucht. Sie lief auf die Stelle zu, wo die Schlange gewesen war, und sprang hinunter auf den Sand. Es war Ebbe, und der Strand lag weiß und breit vor ihr. Die Kleider, die gestern überall herumgelegen hatten, waren verschwunden. Es gab auch keine Fußspuren auf dem Sand, und es war keine Musik zu hören. Die einzigen Geräusche waren das leise Klingen vom Metall der Takelage gegen den Mast, das Plätschern der Wellen und das schrille Kreischen der Austernfischer.

Stella ging auf die Yacht zu. Dabei stellte sie fest, dass die Bucht tatsächlich ein hervorragender Ankerplatz war. Der Graben war eingerahmt von glatten Felsen, und die Bucht war an dieser Stelle so schmal, dass Zeph das Schiff problemlos vertäuen konnte.

»Hallo!«, rief Stella verlegen, als dringe sie in die Privatsphäre eines anderen Menschen ein. Dabei war es ihr Strand. Zeph war nur ein Besucher.

Ein langer Arm streckte sich aus der Kajüte, gefolgt von einem Gesicht, das von langen, zerzausten Haaren eingerahmt wurde. Einen Moment lang blinzelte Zeph in die Sonne, aber dann grinste er fröhlich.

»Stella!«

Er kam an Deck und reckte sich. Heute trug er nur eines der bunten Tücher, das er lose um die Taille geschlungen hatte. Stella nahm ihre Tasche von der Schulter und kramte darin herum, um ihn nicht zu auffällig anzustarren. Seine sinnlichen Bewegungen, die schlanken, muskulösen Arme, das Tuch, das sich um seine Beine schmiegte – all das faszinierte sie. Als sie aufblickte, schaute er ihr direkt in die Augen.

Stella spürte, wie sehr er sich freute, dass sie gekommen war. Seine Augen, sein Mund, sein ganzer Körper vermittelten Freude und Überraschung.

Sie lächelte ihn an. »Frohe Weihnachten.«

»Oh ja.« Zeph sah aus, als habe er ganz vergessen, dass heute ein besonderer Tag war. »Komm herauf.«

Er zeigte auf einen Felsen, von dem aus sie auf sein Dingi springen konnte. Er blieb am Heck stehen, um ihr von dort aufs Deck zu helfen. Als Stella auf das kleine Beiboot sprang, merkte sie, dass Zeph sie beobachtete. Gerade bei einem Dingi konnte man sehen, ob jemand mit Booten vertraut war oder nicht. Unerfahrene Personen klammerten sich am Schaudeck fest und bewegten sich seitwärts wie eine Krabbe. Aber Stella stand sicher auf ihren Füßen, obwohl das kleine Boot unter ihr schaukelte.

Sie streckte die Hand aus, und seine Hand schloss sich warm und stark um ihre. Sie stieß sich ab, und er zog sie hoch. Oben an Deck stolperte sie und fiel gegen ihn. Er packte sie an den Schultern und hielt sie einen Moment lang fest. Als er sie wieder losließ, wirkte er plötzlich jung und unsicher. Gar nicht mehr wie ein erwachsener Mann, sondern eher wie ein Kind, genau wie sie. Das gab Stella ihre Sicherheit zurück. Sie ging ein paar Schritte über Deck.

»Bist du gerade erst aufgewacht?«, fragte sie und warf ihm einen Blick über die Schulter zu. »Es ist schon nach drei.«

Zeph folgte ihr. »Ich war früher schon auf. Ich schlafe immer nur kurz. Wenn du draußen auf dem Meer allein bist, dann kannst du nachts nicht stundenlang schlafen, vor allem nicht auf den Hauptschifffahrtsstraßen. Du könntest von einem Frachter überrollt werden, ohne dass er es überhaupt merkt. Und gestern Nacht war der Mond so hell, und da bin ich spazieren gegangen.« Stella blieb stehen. »Es war wie im Traum, alles war in silberblaues Licht getaucht.«

Stella lächelte. Sie wusste genau, wie es aussah. Der Mondschein lag auf dem Meer wie eine breite Straße in eine andere Welt. Und alle Wellen hatten Kronen aus silberner Spitze.

Zeph trat neben sie und wies auf zwei Kissen, die nebeneinander auf dem Deck lagen, als warteten sie auf Gesellschaft. Die Bezüge waren aus hellgelber Seide, Ton in Ton bestickt und mit winzigen, runden Spiegeln versehen, die in der Sonne glitzerten.

Stella setzte sich und stellte ihre Tasche neben sich. Aus der Nähe sah sie, dass die Seidenkissen salzverkrustet waren. Eines der beiden Kissen war voller schwarzer und orangefarbener Katzenhaare. Das war wohl Carlas Kissen. Anscheinend saß die Katze hier neben Zeph an Deck und beobachtete den Sonnenuntergang.

»Ich habe dir etwas zu essen mitgebracht«, sagte Stella.

Zeph zog überrascht die Augenbrauen hoch und blickte

auf ihre Tasche. Er wirkte eher wie jemand, der Hunger hatte, dachte Stella, und nicht wie jemand, der auf eine Leckerei hoffte. Aufmerksam schaute er zu, als sie begann, die Tasche auszupacken. Sie hatte ein Paket Tee, Reis, eingemachte Rote Bete, Käse und Äpfel dabei. Stella kam sich vor wie ein Zauberer, der Kaninchen aus dem Hut zieht. Zuletzt holte sie einen von Grace' in Folie eingewickelten Kuchen heraus.

»Tante Elizas Schneid-ihn-auf-und-komm-wieder-Kuchen«, verkündete sie.

Zeph blickte sie verwirrt an. »Wie hast du ihn genannt?«

»Schneid-ihn-auf-und-komm-wieder«, wiederholte Stella. »So heißt das Rezept.« Sie schwieg und warf Zeph einen Blick zu. »Keine Sorge, meine Mutter wird ihn schon nicht vermissen. Sie backt immer sechs Stück und friert sie ein, damit Dad sie mit auf See nehmen kann.« Sie legte noch ein paar Orangen und ein Paket Kekse daneben. »Und hier noch eine Dose Thunfisch für Carla.«

Als ob sie ihren Namen gehört hätte, steckte die getigerte Katze ihren Kopf aus der Kajüte. Sie stolzierte auf Stella zu und sprang ihr nach kurzem Zögern auf den Schoß.

Zeph starrte sie fassungslos an. »Sie hasst Fremde«, sagte er dann.

Carla drehte sich auf Stellas Beinen um sich selbst, und ihre scharfen Krallen drangen durch den Stoff ihrer Jeans. Schließlich rollte sie sich auf dem Schoß des Mädchens zusammen. Stella lächelte erfreut über die Auszeichnung. Sie beugte sich vor und griff noch einmal in ihre Tasche, um drei Gläser dunkelgoldenen Honig herauszuholen.

»Wir haben ganze Stapel davon draußen im Schuppen. Es ist Buschhonig. Wir nehmen nur Kleehonig, aber Joe gibt ihn uns ständig, und wir möchten ihm nicht sagen, dass wir ihn nicht wollen.«

Zeph öffnete eines der Gläser und steckte seinen Finger hinein. Prüfend leckte er ihn ab. »Was ist damit nicht in Ordnung?« Wieder steckte er den Finger in den Honig. »Ich finde, er schmeckt gut.«

Er hielt Stella das Glas hin. Sie tauchte ebenfalls den Finger hinein und leckte den süßen Sirup ab. Zephs Freude war ansteckend, und der Honig schmeckte ihr auf einmal so gut wie noch nie, nach Karamell und nur leicht rauchig.

Sie beugten sich beide über das Glas und schoben sich mit den Fingern den Honig in den Mund. Goldene Tropfen fielen auf die Kissen, Zeph rann ein Tropfen über das Kinn und Carla leckte Stellas klebrigen Arm mit ihrer rauen rosa Zunge ab.

Als das Glas halb leer war, teilten sich Stella und Zeph eine Orange, damit der säuerliche Saft den süßen Geschmack vertrieb. Stella blickte an dem hohen Mast empor, während sie sich den Saft von den Lippen leckte. Sie verstand genug von Schiffen, um die Qualität der Takelage beurteilen zu können, und hier war keine Ausgabe gescheut worden, um das Schiff hochseetüchtig zu machen. Wieder fragte sie sich unbehaglich, ob es wohl tatsächlich Zeph gehörte.

»Die Yacht ist wunderschön«, sagte sie. Mehr fügte sie nicht hinzu, sondern wartete einfach ab, wohin dieser Kommentar führen würde.

Zeph lächelte stolz. »Ja, und sie lässt sich auch hervorragend segeln. Bei Yachten gehören diese beiden Dinge zusammen, weißt du. Wenn die Proportionen stimmen, kannst du dir ziemlich sicher sein, dass sie sich auch gut segeln lässt. Ich kann mich auf *Tailwind* bei jedem Wetter verlassen.« Er wies zum Mast. »Siehst du die zweite Segelbahn, die nach einem Drittel ungefähr aufhört? Das bedeutet, ich kann in fünf Minuten ein Sturmsegel setzen. Und es gibt vier Stagen und Wanten. Der Mast hält allem stand.« Er zeigte zur Kajüte. »Und beachte die Form der Kajüte – bei schwerer See rollen die Wellen einfach darüber hinweg.«

Er schwieg und betrachtete die Yacht. »Aber sie gehört natürlich nicht mir. Ich kümmere mich nur für einen Freund um sie. Er hat sie entworfen.«

Wieder schwieg er. Stella versuchte, in seinem Gesicht zu lesen. Er wirkte wehmütig, beinahe traurig.

»Ich mache uns einen Tee«, erklärte Zeph und sprang auf.

»Nein«, erwiderte Stella. »Ich kann nicht hier bleiben. Ich muss nach Hause.«

Er blickte sie verständnislos an.

»Es war nicht so leicht wegzukommen«, sagte Stella.

Zeph nickte. »Ohne jemandem zu sagen, dass ich hier bin«, ergänzte er den Satz für sie.

Sie schwieg kurz und erwiderte dann: »Genau. Ich musste ja unser Geheimnis wahren.« Sie redete so, als ob sie sonst William so einfach hätte von Zeph erzählen können. »Hey, Dad, ich habe einen Segler aus Indien kennen gelernt. Draußen an den Buchten, wo niemand sonst hingeht. Ich wollte ihn gerade wieder besuchen.«

Sie stand auf und hängte sich ihre Umhängetasche über die Schulter. Am liebsten hätte sie ihn gefragt, wie lange er hier bliebe und wann er wieder ablege. Aber sie schwieg. Irgendwie hatte sie das Gefühl, er würde tatsächlich ablegen, wenn sie das Wort ausspräche. Er würde den Anker einholen und bald nur noch ein winziger Punkt am Horizont sein.

»Warte«, sagte Zeph. Er lief zur Kajüte und schwang sich hinunter. Stella hätte gerne einen Blick hineingeworfen, aber offensichtlich hatte er die Vorhänge zugezogen, da sie nur schattenhafte Umrisse erkennen konnte.

Kurz darauf erschien Zeph mit einem kleinen Päckchen in der Hand. Es war in ein Stück verblichenen Baumwollstoff eingewickelt, der aus einem der bedruckten Tücher ausgeschnitten war. Statt mit einem Band war es mit einem langen Stück Seetang umwickelt, der an den Kanten eintrocknete und sich dekorativ kräuselte.

»Mach es auf«, sagte Zeph.

Stella zog den Seetang ab. Es war ein kleines, aus Gras geflochtenes Körbchen, das mit Federn, Muscheln und kleinen Stücken rosafarbenem und gelbem Tang aus dieser Gegend dekoriert war. Sie blickte Zeph an. Er war genau wie sie, stellte sie fest. Auch er liebte es, Schätze zu sammeln und Dinge zu machen, obwohl er kein Kind mehr war.

»Es ist wunderschön«, sagte sie.

»Ich habe es für dich gemacht«, erklärte Zeph.

Stella biss sich auf die Lippe. Woher hatte er denn gewusst, dass sie zurückkommen würde? War er so daran gewöhnt, sich mit Mädchen zu treffen und sie auf der Stelle zu seinen Freundinnen zu machen?

»Ich wollte es hier lassen«, fuhr Zeph fort, da oben, wo das Treibholz angeschwemmt wird. Mit einem Zettel. ›*Für Stella. Frohe Weihnachten von Zeph und Carla.*‹«

»Den Zettel kannst du mir trotzdem schreiben.« Stella lächelte. Ihr Zweifel war verflogen, und sie war erleichtert. Sie reichte ihm das Körbchen. »Ich komme es morgen holen.«

Er streckte ihr die Hand entgegen. »Abgemacht.«

Stella reichte ihm ihre Hand, aber er ergriff sie nicht so fest wie eben, als er ihr an Deck geholfen hatte. Er umfasste ihre Finger ganz vorsichtig, als seien sie zerbrechlich und kostbar.

Dann blieb er neben den Kissen stehen, während Stella wieder in das Dingi kletterte und dann über den Strand davonging. Dieses Mal spürte sie ganz deutlich, dass er ihr nachblickte. Unter seinen Blicken bewegte sie sich besonders anmutig, und sie hielt sich gerade, den Kopf hoch. Ihre Hüften wölbten sich unter ihrer schmalen Taille, und ihre Haare, die sie zu Weihnachten frisch gewaschen hatte, lagen wie ein Seidenmantel über ihrem Rücken und glänzten in der Sonne.

Mit dem ersten Tageslicht, das durch die Spalten der Vorhänge drang, verbreitete sich auch der Geruch von Gebäck im Zimmer. Stella lag im Bett und lauschte auf die Geräusche ihrer Eltern in der Küche – die leisen Bewegungen von Grace und Williams schwere Schritte – und ihre murmelnde Unterhaltung. Es waren vertraute, tröstliche Geräusche.

Alles war so, wie es sein sollte.

Stella blickte sich langsam in ihrem Zimmer um, betrachtete die pinkfarbenen Wände, die mit Ballerinas bedruckten Vorhänge und den alten Schrank, an den sie alle ihre Sportabzeichen aus der Schule geheftet hatte – mehr als ein Dutzend blaue Schleifen für den ersten Platz und nur wenige rote für den zweiten Platz. Sie blickte auf ihren steinernen Engel, der auf seinem neuen Platz im Regal stand, umgeben von Stellas Puppen. Dort saß die Babypuppe mit den weichen, lebensechten Gliedmaßen, die

Aborigine-Puppe mit Kräuselhaaren und dunkler Haut, und Stellas Lieblingspuppe Miranda, die laufen konnte und lange rote Haare hatte.

William hatte Miranda Stella geschenkt, als sie in der vierten Klasse einen landesweiten Aufsatzwettbewerb gewonnen hatte. Im Spielzeugladen in St. Louis konnte man zusätzliche Kleidung für sie kaufen, und manchmal hatte William Stella das eine oder andere Puppenkleid mitgebracht, wenn sie besonders artig gewesen war.

Stella blickte zu den Puppenkleidern, die ordentlich im untersten Regal aufgestapelt waren. Eine Jeans, ein Tennisdress aus cremefarbenen Leinen, ein Hosenanzug mit einem kleinen goldenen Kettengürtel, ein marineblauer Pullover, der ein bisschen so aussah wie der, den Grace für William gestrickt hatte, und, das Schönste von allen, ein Brautkleid. Grace hatte es selbst aus einem Rest Seide von ihrem eigenen Hochzeitskleid geschneidert.

Während Stella sich in ihrem Zimmer umblickte, stieg eine dumpfe Angst in ihr auf. Bald schon würde sie das hier alles hinter sich lassen müssen, weil sie in die Stadt ziehen und auf eine andere Schule gehen musste. Natürlich würden Jamie, Laura und alle anderen bei ihr sein, aber trotzdem – so viel Neues und Ungewohntes würde auf sie einstürmen.

Sie sah Zeph vor ihrem geistigen Auge, wie er allein die Segel setzte und nur von einer Katze begleitet ins Ungewisse und zu neuen Abenteuern aufbrach. Das war die Antwort, dachte sie. Sie musste mehr wie Zeph sein, mutig und ohne Angst, ein Risiko einzugehen. Aber dann dachte sie darüber nach, dass William genau entgegengesetzt mit dem Leben umging, und schuldbewusst schob sie die Vorstellung beiseite wie ein Kind, das mit Kugelschreiber in einem Schulbuch gekritzelt hat und es nicht mehr ausradieren kann.

Wieder lauschte sie auf die Geräusche aus der Küche. Metall schlug gegen Metall – Grace spülte die Töpfe. Stella sah ihre hohe Gestalt vor sich, wie sie sich über die Spüle beugte. Ein neuer Gedanke kam ihr und erfüllte sie mit leiser Traurigkeit. Wie würde Grace zurechtkommen, wenn William auf See war, ohne dass ihre Tochter ihr Gesellschaft leistete? Würde sie erneut einen Versuch unternehmen, Auto fahren zu lernen, damit sie öfter wegkam? Stella wusste, dass William vor Jahren versucht hatte, es seiner Frau beizubringen, aber es hatte nicht funktioniert. Die Beule hinten im Lieferwagen, wo Grace gegen den Zaunpfosten geknallt war, war heute noch zu sehen. Es war schwer vorstellbar, dass sie noch einmal versuchte, fahren zu lernen.

Stella drehte sich auf die Seite, wickelte sich fest in ihre Decke ein und dachte an Zeph. Sie stellte ihn sich in der Bucht vor, wie er mit Carla auf seinen gelben Kissen lag und darauf wartete, dass Stella zurückkehrte. Sie sah seine sonnengebleichten Haare vor sich, die ihm bis auf die Schultern fielen. Sie sah den Stein, den er an einer Lederschnur um den Hals trug – ein tropfenförmiger, leuchtend roter Stein, der sich von seinem tief gebräunten Oberkörper abhob. Nur die Unterseiten seiner Arme waren noch blass, erinnerte sie sich – ursprünglich war er wohl genauso hellhäutig wie sie.

Abrupt ging die Tür auf, und William trat ins Zimmer. Er riss die Vorhänge auf. »Du vergeudest den Tag«, sagte er. »Wir frühstücken gleich.«

An einem Ende des Esstisches lagen drei Gedecke: Williams am Kopfende, Grace' rechts von ihm und Stellas links. Alles war bereit für das Boxing-Day-Frühstück der Birchmores. Die Teekanne aus feinem Knochenporzellan stand auf einem Korkuntersetzer neben den dazugehörigen Tassen und Untertassen. Leinenservietten, zusammengerollt und von silbernen Serviettenringen gehalten, lagen neben dem glänzenden Besteck. Stella beugte sich vor und stellte zwei Marmeladengläser mitten auf den Tisch.

William saß im Lehnstuhl und blickte aufs Meer. Er wirkte nachdenklich, beinahe ein wenig besorgt. Stella spürte, wie sich dumpfe Angst in ihr ausbreitete. Hatte sie jemand gesehen, als sie gestern die Straße entlang zu ihrem Geheimpfad gerannt war? Sie hatte sicher nicht besonders krank gewirkt. Oder hatte jemand vom Meer aus durch das Fernglas die Yacht erspäht und sie dort mit Zeph beobachtet? Stella war schon früher erwischt worden, aber noch nie hatte sie so unverfroren gelogen.

In dem Schweigen, das entstand, betrachtete sie unbehaglich den Weihnachtsbaum. Er sah schon jetzt müde aus, so ganz ohne Geschenke. Aber die Zweige bogen sich immer noch unter dem Christbaumschmuck. Der kleine Jesus auf dem Kaminsims wirkte im Licht des frühen Morgens blass und kalt.

Grace kam aus der Küche mit einer Kuchenplatte und einem dritten Töpfchen selbstgemachter Marmelade. Prüfend huschte ihr Blick über den Tisch, um sich ein letztes Mal zu vergewissern, ob alles in Ordnung war.

Stella schaute auf den goldenen Kuchen, auf dem die Butter schmolz. William liebte diese Sorte, und seit Stellas Kindheit war er jedes Jahr am Boxing Day gebacken worden. Heute jedoch schien ihr Vater ihn kaum zu bemerken. Stella beäugte ihn nervös.

Schließlich sagte er zu Frau und Tochter: »Wenn das Wetter so bleibt, fahre ich morgen früh bei Tagesanbruch hinaus.«

Stella starrte auf ihren Teller. Morgen! William blieb zwischen Weihnachten und Neujahr doch immer zu Hause. Er fing erst am ersten Januar wieder an zu arbeiten. Und dann nahm er Stella immer mit.

Sie presste die Lippen zusammen. Nein, hätte sie am liebsten gesagt. Ich kann morgen nicht mitkommen. Ich habe einem Freund etwas versprochen.

»Ich nehme dich auf die nächste Fahrt mit, Stella«, fuhr William fort. »Dieses Mal nicht. Deine Mutter möchte dich gerne eine Weile zu Hause haben.«

Stella hielt den Atem an. Das war ja zu gut, um wahr zu sein. Ihre Wünsche erfüllten sich wie durch Zauberei. Sie warf Grace einen Blick zu, um sich stillschweigend zu bedanken, aber ihre Mutter blickte William erstaunt an. Sie öffnete den Mund, um etwas zu sagen, wandte sich dann jedoch ab.

»Ich nehme stattdessen Jamie mit.« William räusperte sich. »Der Junge hat mich gefragt, und ich glaube, es täte ihm gut.« Stella blickte auf, aber William wich ihrem Blick aus. »Wir kommen noch vor Silvester zurück, sodass wir wie gewöhnlich zusammen feiern können.«

Stella nickte, sagte jedoch nichts, weil sie fürchtete, nicht enttäuscht genug zu klingen.

»Ich wusste, dass du einverstanden bist«, sagte ihr Vater. »Ach, und übrigens, Jamie hat mich gebeten, dir schon einmal auf Wiedersehen zu sagen. Sie haben ja heute ihr Familien-Barbecue an der Nautilus Bay, und heute Abend muss er sich fertig machen, weil wir noch vor Tagesanbruch aufbrechen. Du wirst ihn also nicht mehr sehen.«

»Das ist okay«, erwiderte Stella. »Ich stehe morgen auch schon früh auf, weil ich Joe versprochen habe, am Strand für ihn nach Treibholz zu suchen.«

Schon wieder eine Lüge. Und so leicht.

William rieb sich die Hände. Dann lächelte er nach links und rechts.

»Gut. Dann ist ja alles geklärt. So, Gracie, reich mir doch bitte ein Stück Kuchen. Und gib mir bitte die Marmelade. Es sieht ja alles köstlich aus.«

Stella blickte ihren Vater an. Offensichtlich hatte er erwartet, dass seine Tochter aufgebracht reagieren würde, und jetzt war er froh, weil sie seinen Plan akzeptiert hatte. Sie spürte leisen Zorn, weniger auf William als auf sich selbst. Er konnte sich immer darauf verlassen, dass sie einverstanden war und sich nach ihm richtete.

William betrachtete Stellas T-Shirt. »Ist das dein Weihnachts-Shirt? Es steht dir gut.«

Seine Anerkennung tat ihr gut. »Danke.«

»Iss jetzt. Und du auch, Grace«, sagte William.

Grace hatte ihr erstes Stück Kuchen kaum angerührt. Trotz ihres Interesses am Kochen aß sie nur wenig. Wenn William eine Bemerkung darüber machte, erwiderte sie immer, sie sei satt. Von was, sagte sie nie.

Stella schaute zu, wie Grace ein winziges Stückchen Kuchen abbrach, es sich in den Mund steckte und in kleinen Bissen kaute. In ihrer Wange, neben dem Mundwinkel, war eine Falte. Stella starrte sie an, und plötzlich wurde ihr klar: Grace war wütend auf William.

Satt von heruntergeschluckter Wut.

Stella wandte sich wieder zu ihrem Vater. Er nahm sich gerade ein zweites Stück Kuchen. Als er bemerkte, dass seine Tochter ihn ansah, zwinkerte er ihr zu.

Im Licht unter Wasser wirkte Stellas Hand groß und bleich. Vor ihrer Tauchmaske schwebten Haarsträhnen. Als eine Welle kam und die Algen aufwirbelte, hielt sie sich an einem Felsen fest. Sobald die See wieder ruhig war, zog sie das Messer aus der Scheide, die an ihrem Bein festgeschnallt war, und griff nach einer der pinkfarbenen und braunen Abalone-Muscheln, den Seeohren, die an einem Felsvorsprung saßen. Sie schob die Spitze des Messers unter die Muschel, löste sie vom Felsen und fing sie mit der Hand. Sie arbeitete rasch, um der Abalone keine Chance zu geben, sich wieder festzuklammern. Da sie keine Tauchtasche dabeihatte, nur Maske und Schnorchel, tauchte sie mit jedem Muschelfisch auf und reichte ihn Zeph. Er stand mit einem Eimer auf einem Felsen und streckte ihr die Hand entgegen, wenn sie auftauchte. Sie war stolz auf sich. Man musste geschickt sein, um sie abzulösen, ohne sie fallen zu lassen, und sie spürte, dass er das wusste. Als sie sechs große Abalonen gesammelt hatte, schwamm sie zum Strand.

Dort setzte sie sich im Bikini in die warme Mittagssonne. Zeph kam mit dem Eimer auf sie zu. Er trug nur ein Tuch, das er um die Hüften geschlungen hatte. Noch vor zwei Tagen, dachte Stella, war es ihr komisch vorgekommen, einen Mann im Rock zu sehen, aber jetzt war es ganz normal. So schnell konnten sich die Dinge ändern.

»Was machen wir jetzt damit?«, fragte Zeph. Er setzte sich neben Stella und blickte in den Eimer. Die Abalonen kamen aus ihren Muscheln hervor, und statt der vertrauten Felsoberfläche stießen sie nur auf die glatten Plastikwände des Eimers. »Das willst du gar nicht wissen.« Stella grinste. Man musste sie aus den Muscheln herausschneiden, sie ausnehmen und den schwarzen Schleim abkratzen. Danach konnte man sie in dünne Streifen schneiden und braten.

Zeph lernte rasch, wie man Abalonen säuberte und zubereitete, und schon bald arbeitete er so effizient neben Stella, als mache er seit Jahren nichts anderes. Stella beobachtete, wie seine Hände die Muschel packten und das Messer hielten. Jamie arbeitete genauso, aber dieses Bild verdrängte sie. Sie kam sich illoyal dabei vor, als sei das Säubern und Zerschneiden ein intimes Ritual, das mit niemandem geteilt werden dürfe.

Zeph hielt eine Abalone in der Hand und beobachtete, wie sie sich nass glänzend in der Muschel wand und dabei ständig ihre Form veränderte. Stella spürte, wie ihr die Röte in die Wangen stieg. Die Jungen lachten über die Abalonen und sagten, sie sähen aus wie die Muschi der Mädchen. »Woher wollen sie das denn wissen?«, sagte Laura immer. »Sie haben ja noch nie eine aus der Nähe gesehen.« Das stimmte. Die Jungen durften die Körper ihrer Freundinnen eher fühlen als anschauen. Und wenn sie sich tatsächlich einmal auszogen, dann immer im Dunkeln.

Stella warf Zeph einen Blick zu. Sie stellte sich vor, wie er nackt im hellen Tageslicht dastand, ohne das Bedürfnis zu haben, etwas zu verbergen. Und er würde auch nicht von einem Mädchen erwarten, dass es sich versteckte.

»Am besten brät man sie über offenem Feuer«, erklärte Stella, um etwas zu sagen. »Nur ein paar Minuten, sehr heiß. Aber ich bin mir nicht sicher, ob wir hier eines machen sollen. Wenn jemand den Rauch sieht, kommt er her.« Es konnte sogar sein, dass dann die gesamte Feuerwehrtruppe mit Jamies Onkel Bill an der Spitze anrückte.

»Ich habe einen kleinen Spirituskocher«, erwiderte

Zeph. »Für den Notfall. Ich hole ihn herunter. Was brauchen wir denn außer einer Pfanne noch?«

Stella wies auf ihre Schultertasche. »Ich habe Butter und Zitrone, Salz und Pfeffer dabei.«

Er rannte zur Yacht, als ob er großen Hunger hätte. Seinen Sarong hatte er so geknotet, dass er sich frei bewegen konnte, und Stella beobachtete, wie sich die Muskeln an seinen Unterschenkeln und in seinem Rücken bewegten. Er hatte den Körper eines Mannes, obwohl seine langen Haare und seine Bewegungen ihn wie einen Jungen wirken ließen.

Sie kochten im Schatten eines Kängurubaums, und das weiße Fleisch krümmte sich zischend in der heißen Butter.

»Wie lange bleibst du hier?« Stella hatte einfach fragen müssen. Sie wollte wissen, wann die Zeit des Abschieds gekommen war.

»Ich muss bald aufbrechen«, erwiderte Zeph. »Ich habe das Ruder jetzt wieder repariert. Außerdem will ich mich mit Bakti in Neuseeland treffen.«

»Wie lange brauchst du bis dorthin?«, fragte Stella. Sie bemühte sich, sich ihre Enttäuschung nicht anmerken zu lassen.

»Ich muss morgen abreisen. Spätestens übermorgen.«

Sie schwiegen beide. Dann sagte Zeph: »Warum kommst du nicht einfach mit? Bakti hätte sicher nichts dagegen. Und in ein paar Wochen, rechtzeitig zur Schule, würde ich dich wieder zurückbringen.«

Stella lachte.

»Nein, ich meine es ernst.«

Sie schüttelte den Kopf. Ob er sich wohl wirklich einbildete, dass sie mit ihm auf seiner Yacht wegfahren würde?

»Das geht nicht so einfach.« Sie blickte ihn an. Wahrscheinlich hält er mich ja für älter, dachte sie. Das passierte ihr oft, weil sie so groß war. »Ich bin erst sechzehn.«

»Sechzehn«, wiederholte Zeph. »Da habe ich schon allein gelebt. Bakti ist in einen anderen Aschram gezogen, und ich bin in Goa geblieben.« Er blickte zu der Yacht. »Dort habe ich auch Wolfgang kennen gelernt. Er hat jemanden gesucht, der sich um seine Kinder kümmert. Seine Frau, Lotte, hatte Hepatitis und war sehr krank. Ich habe bei ihnen gewohnt. Sie hatten sechs Kinder. Drei Mädchen und drei Jungen. Das Jüngste war damals noch ein Baby, Nina.«

Zeph ließ trockenen Sand durch seine Finger rieseln, während er redete. Als er den Namen des Babys erwähnte, hielt er kurz inne und lächelte. Dann wurde er wieder ernst.

»Und dann gab es irgendein Problem in Deutschland, und eines Tages waren sie alle weg. Ich kümmerte mich um die *Tailwind*, falls sie zurückkämen. Wolfgang hatte gesagt, sie kämen wieder, und ich hoffte, dass das stimmte, weil ich gerne bei ihnen wohnte. Mir fehlten die Kinder.« Seine Stimme wurde weich. Stella sah ihn vor sich, umringt von blonden Kindern, ein Baby auf dem Arm. »Ich habe fast ein Jahr lang auf sie gewartet. Gelebt habe ich auf dem Schiff. Aber sie kamen nie zurück. Also bin ich schließlich losgesegelt. Und jetzt bin ich hier.«

»Fahr morgen noch nicht«, sprudelte Stella hervor. »Ich möchte noch einmal hierher kommen.«

»Das musst du auch«, erwiderte Zeph. »Ich habe dir noch keinen Abschiedsbrief geschrieben.«

Stella lächelte ihn an. Sie schlang sich die Arme um die Knie. Noch ein Besuch, sagte sie sich, und dann würde alles vorbei sein. Sie würde wieder das Mädchen werden, das sie gewesen war. Jamies Mädchen. Williams Mädchen.

Nur noch ein Besuch.

Das war nichts. Zugleich jedoch wünschte sie sich, es wäre alles. Ein Geschenk, das ihr auf immer bleiben und wie das Murmeln der ruhigen See in ihrem Herzen flüstern würde.

5

Der polierte Tisch in der Küche glänzte in der Sonne. Das in Leinen gebundene Rezeptbuch lag aufgeschlagen neben einem dampfenden Becher Tee. Das klare Licht des Morgens ließ jeden Buchstaben auf den vergilbten Seiten deutlich hervortreten. Grace saß auf einem Hocker und beugte sich über eine Steakpastete in einer Plastiktüte. Mit einem Strohhalm saugte sie den letzten Rest Luft ab und klebte dann die Tüte zu. Schließlich schrieb sie Datum und Namen des Rezepts auf eine kleine Karte und hängte sie an die Pastete. Diesen Prozess wiederholte sie bei fünf weiteren Pasteten. Stella sah von der Tür aus zu und wartete darauf, dass ihre Mutter fertig wurde. Dann lud sie die Pasteten auf ein Tablett und eilte damit zum Schuppen.

Sie drückte das Holztor mit der Schulter auf und trat hinein. Es roch nach Diesel und Tannenholz. In der Ecke stand die große Kühltruhe, weiß und elegant im trüben Dämmerlicht. Sie hob den Deckel und spähte hinein. Die Truhe war beinahe voll. Selbst wenn Grace jetzt aufhörte zu kochen, wäre immer noch genug Essen für sechs oder sieben Fahrten da. Aber Stella wusste, dass ihre Mutter immer weiter kochen würde. Einmal, vor Jahren, hatte sie sich von ihrem Garten ablenken lassen, und als William sich zum Fischfang bereit gemacht hatte, war kein Essen für ihn vorbereitet gewesen. Er konnte lediglich einen halben Laib Brot, je einen Sack Zwiebeln und Kartoffeln und ein paar Gläser Chutney mitnehmen. Stella erinnerte sich noch gut daran, dass das Gewicht seiner Enttäuschung noch lange wie eine dicke Wolke über dem Haushalt gelegen hatte, und es erstaunte sie nicht, dass Grace nie wieder in eine solche Situation geraten wollte.

Kalte Luft strich Stella übers Gesicht, als sie sich über den Tiefkühler beugte und die Päckchen vorsichtig an die richtige Stelle legte. Grace bestand darauf, dass die Füllanleitung der Gefriertruhe aufs Sorgfältigste beachtet wurde. Alles musste so einsortiert werden, dass die ältesten Päckchen als Nächste verbraucht wurden.

Stella blickte zum Tor, um sich zu vergewissern, dass Grace nicht kam, und holte einige gefrorene Päckchen für Zeph heraus. Sie konnte ohne Weiteres ein oder zwei Pasteten, ein paar Eintöpfe und etwas Suppe und mehrere Kuchen wegnehmen, damit er wenigstens in der ersten Woche seiner Reise etwas Anständiges zu essen hatte. Grace würde es nicht auffallen.

Sie stellte gefrorene Lebensmittel für ihn zusammen, dann trat sie an einen alten Bücherschrank, der voller Gläser mit Eingemachtem und Joes Honig war. Auch dort nahm sie ein paar Gläser weg und stellte die verbleibenden so hin, dass keine Lücken entstanden. Dann begann sie sich nach etwas umzuschauen, in dem sie alles transportieren konnte.

Williams Schuppen war ordentlich und gut durchorganisiert. Auf den Werkbänken lag kein Sägemehl, und seine Werkzeuge hingen an den für sie bestimmten, schwarz umrandeten Stellen an der Wand. Stella blickte sich suchend um und fand rasch einen Stapel Jutesäcke, die hinten in der Ecke auf einem Segeltuchballen lagen. Sie griff nach einem der Säcke, aber als sie ihn herauszog, kippte der gesamte Stapel aus Segeltuch und Säcken zur Seite. Dahinter kam ein länglicher Lederkoffer mit Messinggriffen zum Vorschein, der in dem trüben Licht dunkelrot schimmerte. Stella beugte sich vor, um ihn genauer zu betrachten. Sie hatte ihn noch nie zuvor gesehen.

Er sah solide und schwer aus, aber es gelang ihr, ihn mit beiden Händen aus der Ecke herauszuwuchten.

Sie legte ihn flach auf den Boden und kniete sich daneben, um die von der salzigen Luft rostigen Metallriegel aufzuklappen. Dann öffnete sie den Deckel. Lange Reihen von Löffeln, Gabeln, Messern, Teelöffeln, Suppenlöffeln schimmerten auf königsblauem Samt. Es war ein riesiger Besteckkoffer, mehrere Lagen tief, mindestens zwanzigteilig.

Stella sah sofort, dass das Besteck zum Tisch im Esszimmer gehörte. Der Tisch im Seezimmer, so wie er jetzt aufgestellt war, war zwar nicht besonders groß, aber bei Bedarf konnten acht weitere Platten eingelegt werden, und dann passten zahlreiche Gäste daran.

Oder eine große Familie. Eine mit sieben Kindern. »Seven Oaks.«

Die verstaubten Holzeinlegeplatten lehnten drüben, neben dem Tiefkühler, an der Wand. Stella wusste, dass ihre Eltern sie aus England mitgebracht hatten, weil William davon geträumt hatte, am Kopfende eines langen Tischs zu sitzen, mit Kindern auf jeder Seite. Pauline hatte Stella von Williams Traum, hier in seiner neuen Heimat eine große Familie zu gründen, erzählt, weil Grace es der Freundin einmal anvertraut hatte. Später jedoch hatte Grace es bedauert, weil dies eine Privatangelegenheit war, die niemanden etwas anging, und Pauline hatte Stella eingeschärft, ihrem Vater gegenüber nie zu erwähnen, dass das Thema überhaupt besprochen worden war. Es gab auch noch einen anderen Beweis für Williams Plan. In der Kajüte der *Lady Tirian* hatte Stella den Entwurf für eine Erweiterung von Seven Oaks gefunden, die nie stattgefunden hatte. Außerdem hatte William kurz nach ihrer Ankunft in Tasmanien ein Familiengrab auf dem anglikanischen Friedhof gekauft, das er äußerst sorgfältig ausgesucht hatte. Eine sehr schöne Parzelle mit gutem Blick aufs Meer und genügend Platz für viele Gräber.

Aber sein Traum war nicht in Erfüllung gegangen. Grace war nie wieder schwanger geworden. Stella hatte den Verdacht, dass es ihrer Mutter gar nicht so viel ausmachte – sie schreckte immer vor den klebrigen Fingern von Paulines jüngstem Kind zurück. Und auch bei ihnen zu Hause herrschte eine Atmosphäre erwachsener Ordnung und Ruhe. Sie war einfach nicht die Mutter, die gerne mit ihren Kindern spielte oder ihre Unordnung beseitigte; das passte nicht zu ihren englischen Manieren. William hingegen liebte die Dinge, die Väter gemeinhin tun. Er brachte gerne anderen Menschen nützliche Fähigkeiten bei, und Stella tat es Leid für ihn, dass er nur ein einziges Kind hatte, und dazu auch noch eine Tochter.

Stella ergriff eine Gabel und hielt sie in Richtung des Fensters ins Licht. Am Griff war ein Wappen eingraviert, und sie betrachtete es überrascht. Es war dasselbe Emblem wie auf Grace' Kochlöffel. Da waren die Katze, die Blume und der Stern.

Als sie die oberste Lage anhob, stellte Stella fest, dass tatsächlich ein Servierlöffel fehlte – die Stelle, an der er normalerweise auf dem blauen Samt gelegen hätte, war leer.

Das Besteck gehörte vermutlich Grace' Familie, nahm Stella an, weil der Tisch im Seezimmer das einzige Erbstück war, das nicht von den Birchmores stammte. Stella wog die Gabel in ihrer Hand. Das schwere Silber und das Wappen ließen vermuten, dass die Familie reich gewesen war. Vielleicht war das Besteck deshalb im Schuppen versteckt, dachte Stella, abgesehen von dem einen Löffel, mit dem Grace kochte. William mochte es nicht, wenn man seinen Reichtum zur Schau stellte. Das bemängelte er an Lauras Vater, der sein Vermögen als Abalone-Taucher gemacht hatte.

Stella legte die Gabel wieder an ihren Platz und wollte gerade den Deckel des Kastens schließen, als ihr ein weiteres Detail am Wappen auffiel. Die Blume war eine Lilie, und als sie sie genauer studierte, stellte sie fest, dass es genau dieselbe Sorte war, die Grace im Garten gepflanzt hatte. Fasziniert starrte sie darauf. Sie wäre nie auf den Gedanken gekommen, dass dahinter eine Bedeutung steckte.

Unbehaglich blickte sie sich um, ob sich vielleicht noch etwas Ungewöhnliches zeigte, aber es gab nichts mehr zu sehen. Noch einmal betrachtete sie die Lilie. Gegenüber von der Blume war eine Katze eingraviert. Sie war zwar nur klein, sah aber tapfer aus. Carla. Stella musste an das Tier denken, das sich schnurrend auf ihrem Schoß zusammengerollt hatte.

Noch ein letzter Besuch.

Rasch sprang sie auf, schloss den Deckel und stellte den Kasten wieder zurück in die Ecke. Dann packte sie die Lebensmittel für Zeph in den Jutesack und stellte ihn neben die Tür. Als sie zum Haus zurücklief, kam Grace gerade mit einem Eimer voll Seifenwasser aus der Tür.

»Ich kann durch das Küchenfenster kaum noch etwas

sehen«, sagte ihre Mutter. »Diese Spinnen waren wieder am Werk.«

Sie trat ans Fenster und wusch die Scheiben mit einem Schwamm ab. Dann wischte sie sie mit einem Tuch trocken und rieb noch einmal mit Zeitungspapier und Methylalkohol nach.

»Jetzt ist es besser«, meinte sie und trat zurück, um ihre Arbeit prüfend zu betrachten.

Das Fenster blitzte in der Sonne, nachdem die Spinnweben entfernt worden waren. Und Grace brauchte dazu noch nicht einmal besondere Reinigungsprodukte, wie die anderen Frauen sie verwendeten. William hielt das für Geldverschwendung, und er bestand darauf, dass seine Frau einfache Mittel verwendete: Essig zum Säubern der Toiletten; Schmierseife und Soda als Putzmittel; Eukalyptusöl statt Fleckentferner. Ihre Resultate begeisterten ihn. Die Fußböden in seinem Heim, die Scheiben in den Fenstern, die Bettwäsche auf seinem Bett waren sauberer als die irgendeines anderen Mannes in Halfmoon Bay.

Grace beugte sich vor, hauchte auf einen Fleck und wischte ihn weg. Aufmerksam studierte sie ihr Werk, dann trat sie zufrieden lächelnd einen Schritt zurück.

»Ich glaube, ich mache mich mal auf den Weg zu den Buchten«, sagte Stella beiläufig.

Grace nickte. »Ja, mach dir einen schönen Tag.«

Wenn William auf See war, war Grace weiterhin mit Kochen und Saubermachen beschäftigt, aber es machte ihr nichts aus, wenn Stella sie allein ließ. Solange sie wusste und billigte, was ihre Tochter unternahm, schien ihr die Vorstellung, dass Stella sich vergnügte, zu gefallen. Und heute hatte Stella sie noch nicht einmal anlügen müssen. Es war leicht gewesen, ein paar Stücke Treibholz hinten auf ihrem Fahrrad festzuschnallen, als sie einkaufen gefahren war. Und als sie ohne das Holz wieder zurückkehrte, hatte sie einfach behauptet, dass Joe sie gebeten habe, ihm noch mehr zu bringen. Grace hatte ihr sogar ein kleines Lunchpaket mit Obst und Dattelbrot zusammengestellt.

Stella winkte Grace zu und lief in den Schuppen, um ihren Jutesack zu holen. Als ihre Mutter mit der nächsten Fensterscheibe beschäftigt war und nicht hinschaute, rannte sie den Weg hinunter. Am Tor blieb sie stehen und blickte aufs Meer. Die *Lady Tirian*, mit William und Jamie an Bord, war gerade noch am Horizont zu erkennen. Und ein paar Sekunden später war sie verschwunden.

Die Spitze des Stocks sank tief in den festen Sand ein, als Stella ein großes, geschwungenes S damit malte. Dann fügte sie die übrigen Buchstaben ihres Namens hinzu. STELLA. Sie reichte Zeph den Stock, und er begann, seinen Namen neben ihren zu schreiben. Seine Buchstaben waren größer und tiefer eingedrückt.

Während sie ihm zusah, legte Stella sich einen seidigen Sarong, den sie sich von Zeph ausgeliehen hatte, über Kopf und Schultern, um sich gegen die Sonne zu schützen. Es war zwar noch nicht einmal Mittag, aber schon ziemlich heiß.

»So«, sagte Zeph, als er fertig war. »Dieser Strand gehört uns.«

Als ob sie es gehört hätte, kam Carla hinter einem Felsen hervor. Leichtfüßig sprang sie über die Buchstaben im Sand, setzte sich zwischen die zwei Namen und begann sich die Pfote zu lecken.

Stella beobachtete, wie ihre rosa Zunge über das dunkle Fell glitt. Die Katze wirkte an diesem Ort so heimisch, dass Stella sich kaum vorstellen konnte, dass sie bald nicht mehr da sein und auch nie mehr zurückkehren würde. *Tailwind* würde ebenfalls weg sein. Und Zeph auch.

Zeph.

Stella blickte auf die Buchstaben im Sand. »Ich habe noch nie jemanden mit deinem Namen kennen gelernt«, sagte sie zu Zeph.

»Es ist die Kurzform von Zephyrus«, erwiderte er. »Der Westwind.«

Stella blickte ihn überrascht an. Es kam ihr seltsam vor, dass eine Mutter ihr Kind so nannte. Westwind war kalt und böig; das Meer hatte dann weiße Schaumkronen, und der Himmel wurde bleigrau.

»Bakti hat immer behauptet, ich machte meinem Namen alle Ehre«, erklärte Zeph. »Ich sei unkompliziert und unproblematisch.«

Stella runzelte verwirrt die Stirn. »Aber das ist doch bei Westwind gar nicht so.«

»Das liegt am Süden«, erwiderte Zeph. Er bückte sich, um Carla, die ihm um die Beine strich, hinter den Ohren zu kraulen. »Zephyrus war ein griechischer Gott, und in der nördlichen Hemisphäre ist alles andersherum.«

Stella musterte ihn misstrauisch. Ob das wohl stimmte?, fragte sie sich. Dann konnte man doch genauso gut den Winter warm und den Sommer dunkel und kalt nennen.

»Es stimmt«, beharrte Zeph. »Auch die Sterne sind anders. Die Sternbilder stehen auf dem Kopf, am falschen Teil des Himmels.«

Stella fand seine Worte beunruhigend. Sie blickte auf ihre Füße. Fast hatte sie das Gefühl, gleich würde der Sand sich heben und verschieben.

»Wenn man nicht aufpasst, kann man sich verirren«, fügte Zeph hinzu.

»Und, hast du dich jemals verirrt?«, fragte Stella.

»Ja, ganz oft.« Zeph lachte.

»Und was hast du dann gemacht?« Stella versuchte, sich den Alptraum vorzustellen, sich auf dem grenzenlosen Meer zu verirren.

Zeph zuckte mit den Schultern. »Ich bin an einem anderen Ort gelandet, als ich geplant hatte. Auf diese Art habe ich Samoa entdeckt, und das war gut, denn da hat es mir gefallen.«

Eine Möwe flog laut kreischend über ihre Köpfe. Stella blickte ihr nach. Der Himmel war dunkelblau, eine unermessliche leere Fläche, auf die man alles schreiben konnte. Plötzlich empfand sie es als erregend, nichts zu wissen, sich um nichts zu kümmern, die Dinge einfach geschehen zu lassen.

Zeph trat ans Ufer und blickte über das Wasser. Sonnenstrahlen tanzten auf der Oberfläche, aber darunter wirkte das Meer kühl und still.

»Lass uns schwimmen gehen, bevor wir essen.« Er drehte sich zu Stella um. Seine Augen waren so grün wie der Ozean, und sein Haar hatte die Farbe des Sandes.

Er ließ seinen Sarong auf einen Felsen gleiten und stand einen Moment lang ganz still. Sein Körper war überall gleichmäßig gebräunt, und in seiner Nacktheit wirkte er völlig natürlich. Schließlich rannte er in die Wellen und stürzte sich kopfüber in das kalte Wasser. Als er wieder auftauchte, drehte er sich zu Stella um und winkte ihr grinsend zu.

Stella blickte zur Yacht, wo ihr Bikini, in ein Handtuch eingewickelt, auf Carlas gelbem Kissen lag. Sie machte zwei Schritte aufs Schiff zu, hielt dann jedoch inne. Beinahe kam es ihr unhöflich vor, sich Badesachen anzuziehen, da Zeph nackt schwamm – eine Art falscher Bescheidenheit, die an Eitelkeit grenzte. Zögernd blieb sie stehen. Ihre Gedanken überschlugen sich. Schämte sie sich ihres Körpers? Oder wollte sie ihn vor ihm verbergen? So oder so würde etwas Trennendes zwischen ihnen stehen, und dabei wollte sie doch eigentlich Zeph ähnlicher sein. Sie wollte so gerne in einer Welt wie seiner leben, in einer Welt, in der der Westwind warm war und die Sterne am Himmel tanzten.

Kurz entschlossen legte sie ihre Kleider ab und hüllte sich in den Sarong. Beim Gehen streiften die weichen Falten ihre Hüften. Am Ufer knotete sie das Tuch auf und ließ es zu Boden gleiten. Ihre Brüste waren noch nie der Sonne ausgesetzt gewesen, und die Haut leuchtete weiß gegen die Bräune des letzten Sommers. Ihre Nippel richteten sich auf, und sie bedeckte sich mit ihren Armen.

Sie blickte an sich herunter, als das Wasser über ihre Oberschenkel bis an ihr dunkles Dreieck stieg. Als sie wieder aufblickte, sah sie, dass Zeph sie anschaute. Er stand dicht bei ihr, bis zur Taille im Wasser. In seinem Blick lag Staunen und Bewunderung, vermischt mit einer leisen Angst, und Stella kam sich auf einmal stark und frei vor. Lachend bespritzte sie ihn mit Wasser.

Ebenfalls lachend ging er auf ihr Spiel ein, und bald schon war die reinste Wasserschlacht im Gange. Keuchend vor Lachen flüchtete Stella. Mit kräftigen, langen Zügen schwamm sie ins Meer hinaus. Als Zeph neben ihr auftauchte, verlangsamte sie ihr Tempo. Wassertretend blickte sie nach unten. Das Meer war klar und verbarg nichts. Sie wusste, dass er sie ebenfalls betrachtete. Einmal streifte ihr

Bein seines – Haut glitt über Haut. Sie blickten sich an, und dann lachte Stella, um die Stille zu durchbrechen.

»Lass uns um die Wette zurückschwimmen«, schlug sie vor.

Sie tauchte und schwamm auf die Küste zu. Zeph folgte ihr, und sie erreichten gleichzeitig das flache Wasser.

Dort blieben sie liegen, auf die Ellbogen gestützt, und betrachteten ihre Namen am Strand. Kleine Wellen überfluteten sie und legten Algensträhnen über ihre Körper.

»Ich könnte ewig hier liegen«, sagte Stella.

Zeph schüttelte lächelnd den Kopf. »Du kannst nirgendwo für immer bleiben.«

»Willst du denn nicht irgendwann aufhören zu reisen und in einem Haus wohnen?«, fragte Stella.

»Eines Tages werde ich das vermutlich tun.« Zeph blickte auf seine Yacht, die sanft auf den Wellen schaukelte. »Aber wo, das weiß ich nicht.«

»Erzähl mir, wo auf der Welt du es am schönsten gefunden hast«, bat Stella ihn leise. Es kam ihr vor, als sei sie illoyal gegenüber dem feinen Sand, den orangeroten Felsen und dem azurblauen Meer. Es war doch sicherlich nirgendwo so schön wie hier.

»Ich liebe die Strände am Pazifik«, sagte Zeph. »Im Sand wachsen Palmen und biegen sich über das Wasser. Es sieht so aus, als ob dort Leute stünden – große, elegante Menschen. Man nimmt sich einfach eine grüne Kokosnuss, schneidet die Spitze mit einem Messer ab und trinkt den Saft.« Er fuhr sich mit der Zunge über die Lippen, als ob er es immer noch schmecken würde. »Ich liebe auch Indien, aber aus anderen Gründen.«

Stella hörte aufmerksam zu, während Zeph von dem Land erzählte, in dem er den größten Teil seines Lebens verbracht hatte. Er beschrieb ihr, wie die Wüste von einem schwankenden Kamelrücken aus betrachtet aussah. Und er erzählte davon, dass er auf den Dächern alter Festungen geschlafen und in die Sterne geblickt hatte.

Seine Berichte faszinierten Stella. William hatte ihr erklärt, sie brauche ihre Zeit nicht mit Reisen zu vergeuden. Er habe sich auf der Welt umgeschaut und festgestellt, dass es genau hier, in Tasmanien, am schönsten sei. Aber bei Zeph klang Indien wie ein magischer Ort, voller Farben und Licht. Er beschrieb den Aschram in Goa, wo er als Kind gelebt hatte, als großen, lebendigen Ort am Meer. Er sprach über die deutsche Familie, Wolfgang und Lotte und die Kinder. Am meisten jedoch redete er von dem Baby, Nina.

»Ich habe sie immer in einem Tuch an der Brust getragen«, erzählte er. »Die indischen Frauen haben mich ausgelacht und gesagt: ›Wo ist deine Frau? Wo ist deine Schwester? Das ist doch keine Arbeit für einen Mann!‹« Zeph lachte bei der Erinnerung daran. Dann jedoch wurde sein Gesicht wieder ernst. »Aber mir war das egal, weil ich Nina so sicher tragen konnte.«

Stella nickte. Sie stellte sich vor, wie Zeph sich unter den Inderinnen bewegte und ein kleines blondes Baby in den Armen hielt.

Eine Welle rollte über sie. Sie war ein wenig größer als die letzte und reichte bis an ihre Schultern. Stella fröstelte auf einmal. Als sie ins flache Wasser gekommen waren, war es ihr warm erschienen, aber jetzt fühlte es sich kühl auf der nackten Haut an.

»Dir ist kalt.« Zeph warf ihr einen besorgten Blick zu. »Komm aus dem Wasser und leg dich in die Sonne.«

Stella lächelte, weil sie sich mit Zephs Augen sah. Sie war

ein zerbrechliches, kostbares Geschöpf. Sie mochte ja fünf Meter tief tauchen oder schneller laufen können als jedes andere Mädchen in der Schule, aber sie durfte keine Erkältung bekommen.

Stella folgte Zeph zu dem Felsen, wo die beiden Sarongs lagen. Zeph reichte ihr ihren und wickelte sich seinen geschickt um die Taille. Dann beobachtete er, wie Stella sich das Tuch um den Körper schlang und ihre Brüste bedeckte. Der Sarong roch nach ihm, ein würziger Duft nach Kardamom und einem Hauch von frischem Schweiß.

»Du bist wunderschön«, sagte er, als sie fertig war, so als traue er sich jetzt erst zu sprechen. Seine dunkelgrünen Augen ruhten nachdenklich auf ihr, und Stella hielt den Atem an. Ob er sie jetzt wohl berühren, sie küssen würde? Aber er streckte nur die Hand aus und schob ihr sanft eine Haarsträhne, die ihr über die Augen gefallen war, aus der Stirn.

Wie verzaubert starrte sie ihn an. Die Stellen, wo seine Finger sie berührt hatten, wirkten auf einmal irgendwie verändert, so als ob er ihrem Gesicht einen Stempel aufgedrückt habe.

Sie lagen auf dem warmen Sand und ließen sich von der Sonne bescheinen. Aus den Augenwinkeln sah Stella einen Kängurubaum, dessen blaugrüne Wedel fast bis auf den Boden hingen.

Carla streckte vorsichtig die Pfote nach Stellas nackter Schulter aus und zuckte dann erschreckt zurück, um die Wassertropfen abzuschütteln. Stella lachte. Sie wusste, dass Zeph sie beobachtete, und genoss es, dass er ihre perfekten, weißen Zähne sah. Sie putzte sie zweimal am Tag und hatte noch keine einzige Plombe.

Zeph stützte sich auf einen Ellbogen und blickte Stella in die Augen. Ihr Herz schlug schneller, während sie darauf wartete, dass er etwas sagte.

»Ich muss morgen in der Dämmerung aufbrechen.« Seine Stimme klang bedauernd, zugleich jedoch auch fest und klar. »Ich muss zu Bakti fahren. Sie wartet schon auf mich.«

»Ich weiß«, erwiderte Stella leise. Unablässig kreisten die Worte in ihrem Kopf. *Ich muss aufbrechen. Morgen.*

Plötzlich wusste sie, dass er sie deshalb nicht berührt und geküsst hatte. Es wäre nicht richtig gewesen, weil er ja fortgehen musste.

Der Gedanke klang in ihrem Herzen nach. Zeph war ein guter Mensch. Aber bald würde er fort sein, und wenn sie daran dachte, wurde ihr ganz kalt. Wie viele Stunden blieben ihnen noch? Zwei? Drei?

Sie setzte sich auf und erwiderte seinen Blick.

»Ich will eigentlich nicht fahren«, sagte Zeph. »Ich würde lieber hier bei dir bleiben. Aber ich habe es ihr versprochen.«

Stella ließ den Sand durch die Finger rinnen. Bitte, geh nicht, hätte sie am liebsten gesagt. Geh nicht zu Bakti. Ich möchte, dass du hier bleibst. Aber sie lächelte nur verständnisvoll.

»Wahrscheinlich arbeite ich dort zwei Wochen oder so«, erklärte Zeph, »um wieder ein bisschen Geld zu verdienen.«

»Was machst du denn?«, fragte Stella.

»Für gewöhnlich finde ich irgendeinen Job im Yachthafen. Allerdings nicht immer – ein paar Mal hatte ich keinen Treibstoff mehr und nichts mehr zu essen. Aber am Ende geht es meistens doch gut aus. Ich sehe mich nach einer

Yacht um, auf der es etwas zu tun gibt, und biete meine Dienste an.« Er schwieg, als sei er sich nicht sicher, ob er fortfahren sollte. Fast schüchtern fügte er hinzu: »Ich kann gut Sachen reparieren. Das würde ich eines Tages auch gern zu meinem Beruf machen.«

Stella nickte. Dass er geschickt war, hatte sie schon daran gesehen, dass die Yacht in so einem guten Zustand war.

»Ich werde Medizin studieren«, sagte sie. Der Plan stand fest. Wenn sie mit der Schule fertig war, würde sie zur Universität gehen.

»Warum?«, fragte Zeph.

Stella blickte ihn verständnislos an. Sie träumte seit Jahren davon, und in ihrem Kopf war schon alles geklärt. Sie würde ihr Examen mit Auszeichnung bestehen und als Ärztin nach Halfmoon Bay zurückkehren. »Die« Ärztin. Alle würden zu ihr kommen, und Birchmore würde einer der am häufigsten ausgesprochenen und geschriebenen Namen hier werden, obwohl die Familie so neu war, dass noch kein Birchmore hier geboren oder begraben worden war.

»Warum hast du dir gerade Medizin ausgesucht?«, fragte Zeph.

Stirnrunzelnd erinnerte sich Stella daran, wie alles begonnen hatte. Sie sah Williams Gesicht vor sich. Es war seine Idee gewesen, stellte sie fest. Zuerst sein Plan und dann ihrer.

»Ich weiß es nicht genau«, erwiderte Stella. Ihre Entdeckung irritierte sie. Und es ärgerte sie auch, dass William selbst hier einen Weg in ihre Gedanken gefunden hatte. Aber was spielte die Zukunft schon für eine Rolle für sie und Zeph? Sie hatten ja sowieso nur die Gegenwart. Leise Panik stieg in Stella auf. Bald war ihre Zeit vorüber, und es würde nichts mehr übrig sein. Sie begann Zeph zu mustern, damit sie sich immer an sein Gesicht erinnerte. Sie sah die goldenen Stoppeln seines Bartwuchses. Und eine gebogene, rosa Narbe auf der linken Seite seines Kinns. Seine Haare ringelten sich an den Schläfen, und seine Mundwinkel waren leicht nach oben gebogen, auch wenn er gar nicht lächelte.

Schließlich wandte Stella traurig den Blick ab und schaute zum Horizont. Im Westen braute sich ein Sturm zusammen. Dicke, dunkle Wolken zogen auf.

Erschreckt blickte sie noch einmal genau hin. Der Tag war doch so klar gewesen. Und William, der vor einer Fahrt immer den Wetterbericht konsultierte, hatte gesagt, dass er mit mehreren Tagen gutem Wetter rechnete.

Aber es stimmte. Der Himmel bewölkte sich zusehends. Wenn sich tatsächlich ein Sturm aufbaute, dann konnte die Yacht unmöglich die Sicherheit der Bucht verlassen.

Sie fixierte die Wolken und versuchte, sie mit ihrer Willenskraft zum Wachsen zu bewegen. Sie schickte ein stummes Gebet an den Westwind, und als sie ihr Gesicht zum Himmel hob, spürte sie das erste Wispern seiner Antwort.

Stella lächelte. Sie war eine Göttin. Ihr gehorchten der Himmel, der Wind und das Meer. Diese Elemente, die sie so gut kannte, würden ihr zu Hilfe kommen. Ein Unwetter hatte Zeph hierher, in ihre Bucht, gebracht, und ein Unwetter würde ihn hier festhalten.

Nur noch ein bisschen länger. Mehr wollte sie ja gar nicht.

Der Regen trommelte auf das Blechdach des Hauses und lief gurgelnd durch die Regenrinne in die Wassertanks. Hinter diesen Geräuschen hörte man das stetige Donnern des Meeres.

Stella stand am offenen Küchenfenster, schmeckte die salzige Luft auf den Lippen und den Geruch nach nassem Gras. Voller heimlicher Freude umschlang sie ihren Oberkörper mit den Armen, während der Regen auf Grace' Lilien herabprasselte und die zarten Blütenblätter zerschlug.

Hinter sich hörte sie Schritte, und als sie sich umdrehte, sah sie, dass Grace den großen Einmachtopf auf den Tisch gestellt hatte und ihn mit einem Küchentuch abstaubte.

»Ein perfekter Tag, um Marmelade einzukochen«, verkündete Grace. »Zum Glück habe ich gestern die Boysenbeeren gepflückt.«

Der Vorwurf in der Stimme ihrer Mutter war nicht zu überhören. Eigentlich war es Stellas Aufgabe, Obst zu pflücken, aber als sie gestern nach Hause gekommen war, hatten bereits zwei volle Eimer mit Beeren auf dem Küchentisch gestanden. Grace' Hände waren rot von dem Saft gewesen und ihre Unterarme voller Kratzer.

»Ich spüle die Gläser«, bot Stella an. Sie holte sie aus dem Schrank neben dem Herd und legte sie in die Spüle, in die sie heißes Wasser einlaufen ließ. Der Schaum reichte ihr bis zu den Ellbogen, während sie jedes Glas sorgfältig schrubbte und auch den kleinsten Schmutzfleck entfernte. Ab und zu blickte sie durch das Fenster, um sich über den Fortgang des Sturms zu informieren.

Als sie Zeph spät am Nachmittag verlassen hatte, war noch nicht klar gewesen, wie schnell die Wolken näher kamen und wie heftig das Unwetter werden würde.

»Ich muss aufbrechen, wenn es irgendwie geht«, hatte Zeph gesagt. Dabei hatte er so geklungen, als müsse er es auch sich selbst einreden.

Sie hatten sich schnell und einfach voneinander verabschiedet, damit die Verwirrung nicht zu groß wurde. Was sollten zwei Menschen schon sagen, die sich nur kurz und doch so tief begegnet waren? Und was zwischen ihnen lag, war grenzenlos und klein zugleich.

Stella hatte Carla geküsst. »Auf Wiedersehen, kleine Katze«, hatte sie gesagt. Aber als sie ihre Lippen auf das Fell drückte, hatte sie Zeph angeschaut. Er hatte sicher gemerkt, dass sie gar nicht an den Abschied glaubte, weil sie ihr ganzes Vertrauen in den Sturm setzte.

Der Sturm.

Noch vor Einbruch der Nacht war er über der Bucht hereingebrochen und hatte die Wellen hochgepeitscht. Während der Nacht war er noch heftiger geworden, und auch jetzt wütete er mit unverminderter Stärke. Stella war sich ganz sicher, dass Zeph auf keinen Fall abgelegt hatte. Die *Tailwind* lag bestimmt noch sicher in der Bucht vor Anker. Sie brannte vor Ungeduld, dorthin zu kommen und ihn wiederzusehen, aber ihr war noch kein Vorwand eingefallen, um in das Unwetter hinauszulaufen. Im Moment konnte sie sich nur mit dem Gedanken trösten, dass Zeph noch da war, zwar getrennt von ihr, aber doch immer noch ein Teil ihrer Welt.

»Das ist ja ein ordentliches Unwetter«, sagte Grace.

Als Stella sich zu ihr umdrehte, stellte sie fest, dass auch Grace aus dem Fenster blickte.

»Ihnen ist bestimmt nichts passiert«, sagte Stella.

Grace nickte. »Nein, natürlich geht es ihnen gut.«

Sie wussten beide, dass William beim ersten Anzeichen der Wetterveränderung die *Lady Tirian* hinter die Inseln in Sicherheit brachte. Dort wartete er bestimmt, bis der Sturm vorbei war.

Stella stellte sich vor, wie William und Jamie zusammen in der Kajüte saßen, mit rosigen Wangen und umgeben vom Geruch nach nasser Wolle, Diesel und Fischblut. William würde seine Regenmessgeräte und Barometer studieren und alles in sein Logbuch eintragen. Der Sturm würde sie hungrig machen, und sie sah sie vor sich, wie sie sich Grace' Rindfleischpastete teilten, die sie auf dem Gaskocher aufgewärmt hatten. Sie aßen schweigend, während der Regen auf das Deck prasselte. Sie aßen und dachten an Grace und Stella, die zu Hause geduldig auf die Rückkehr ihrer Männer warteten. Stella ließ das Spülwasser ablaufen, das ganz grau und seifig geworden war, und füllte das Becken erneut. Energisch verdrängte sie William und Jamie aus ihren Gedanken. Der Traum, in dem sie sich befand, würde schon bald vorbei sein, und dann war es wieder an der Zeit, in ihr wirkliches Leben zurückzukehren. Aber jetzt im Moment wollte sie nur an Zeph denken. Auch er säße in seiner Kajüte, in seinem geheimen Reich, das Stella bis jetzt noch nicht gesehen hatte. Sie spielte ein Spiel mit sich, indem sie alle Dinge benannte, die Zeph besaß, beginnend mit den Sachen, die sie am ersten Tag am Strand gesehen hatte. Wenn sie sich an alles erinnern konnte, sagte sie sich, dann würde sie ihn wiedersehen. Aber wenn sie etwas vergaß oder ausließ, würde er langsam verblassen.

Die Gläser waren bis zum Rand mit heißer Marmelade gefüllt. Sie leuchteten im Licht der nackten Glühbirne, die von der Decke hing. Stella stand am Küchentisch und blickte auf den kleinen Teich aus rotem Saft, der den geschrubbten Pinienholztisch verunreinigte. Er sah aus wie ein Blutspritzer, aber wenn sie ihren Finger hineinsteckte und ihn dann ableckte, würde sie die Süße des Sommers schmecken.

Die Küche war in einen zuckerigen Dunst getaucht, und

Stella atmete die süße Luft tief ein. Alles war in der Schwebe, wartete.

Grace, die den Einmachtopf weggeräumt hatte, kam wieder in die Küche und goss Tee auf. Stella zog sich einen Stuhl heran und setzte sich. Sie beobachtete, wie ihre Mutter die Teekanne drehte, eine Umdrehung nach links, zwei nach rechts. Ob es in der nördlichen Hemisphäre wohl andersherum war? Oder machten die anderen Mütter, die hier im Süden geboren waren, es anders als Grace?

Grace ließ den Tee ziehen, goss Milch in ein kleines Kännchen und trat damit an den Tisch. Als sie es hinstellte, stieß sie an die Zuckerdose, und Milch spritzte auf den Tisch.

Stella blickte auf. Grace' Ungeschicklichkeit überraschte sie. Erst jetzt sah sie, dass die Lippen ihrer Mutter fest zusammengepresst waren, und sie traute sich nicht so recht, etwas zu sagen, als Grace die Milch aufwischte.

Es war normal, dass zwischen Grace und ihr Schweigen herrschte. Grace liebte die Ruhe, und sie hüllte sich in die Stille wie in einen warmen Mantel. Manchmal, wenn William auf See war, sprachen sie tagelang kaum ein Wort. Aber die Stille war normalerweise ruhig und entspannt und nicht so verkrampft wie jetzt.

Schließlich sagte Grace: »Ich habe gerade an William gedacht, wie er jetzt mit Jamie da draußen ist.«

Stella runzelte verwirrt die Stirn. Die Worte wirkten unbedeutend, aber Grace klang so angespannt. Aber dann verstand sie auf einmal: Grace glaubte, ihre Tochter sei verletzt und eifersüchtig. Sie wusste ja, wie gern Stella mit ihrem Vater allein war, wie sehr sie die kostbaren Momente schätzte, in denen William zu Hause war und ihr etwas beibrachte.

»Es ist schon in Ordnung, Mum«, erwiderte sie. »Es macht mir nichts aus.«

Eine Zeit lang schwieg Grace. Dann sagte sie vorsichtig: »Du begreifst nicht, was er tut.«

»Wie meinst du das?« Stella riss erschreckt die Augen auf. Mit angehaltenem Atem wartete sie auf die Antwort. Selbst der Wind draußen schien zu verstummen.

Grace blickte auf die Teekanne und fuhr fort: »Du gehst ja nach Hobart, und er möchte, dass Jamie auf dich aufpasst, deshalb nimmt er ihn jetzt unter seine Fittiche.« Grace schwieg und blickte besorgt zum Fenster, als ob ihr Mann dort jeden Moment auftauchen könne. »Das kannst du ihm nicht übel nehmen. Du bist seine einzige Tochter, und er möchte sicherstellen, dass dir nichts passiert. Aber …« Sie blickte Stella an. »Wenn du mit Jamie zusammenbleiben willst, dann ist es in Ordnung. Aber tu es nicht, nur weil dein Vater es so möchte. Du sollst deine eigene Wahl treffen. Tu, was du für richtig hältst. Du sollst studieren, was du möchtest, die Welt bereisen. Ich möchte, dass du frei bist.«

Stella starrte sie an. Grace klang wie jemand anderer. Bei allen Gesprächen über Stellas Zukunft, über ihre Ausbildung, ihre Karrierepläne, hatte Grace William auch in ihrem Namen sprechen lassen. Was mochte sie bewogen haben, jetzt so mit ihr zu reden? Stella blickte zum Fenster. Beinahe war es so, als hätte Zeph es mit seiner Anwesenheit bewirkt, dass der Schleier von den Dingen genommen wurde, dass die Dinge auf einmal auf dem Kopf standen. Hatte sie diese Haltung mit nach Hause gebracht? Oder war sie vom Wind hierher geweht worden? Aber was immer es auch sein mochte – sie wollte es bewahren.

»Bist du gereist, bevor du Dad geheiratet hast?«, fragte sie.

Grace blickte aus dem Fenster. »Meine Eltern hatten einen Ferienbesitz in Aquitanien in Südfrankreich. Wir sind zweimal im Jahr dorthin gefahren. Nebenan war eine Gänsefarm, und ich bin immer hingelaufen und habe zugeschaut, wie sie gefüttert wurden. Du weißt schon, sie machen sie fett, indem sie ihnen die Körner direkt in den Hals stopfen.«

Stella lächelte ermutigend. Sie wollte alles über die Familie wissen. Über Daniel. Die Lilien. Die Bankette für zwei Dutzend Personen.

Aber Grace wandte ihre Aufmerksamkeit wieder der verschütteten Milch zu. Sie presste die Lippen fest zusammen. Heute Abend würde sie nichts mehr sagen, das wusste Stella. Ihre Mutter war schon weiter gegangen als sonst, hatte mehr als gewöhnlich hinter dem Rücken ihres Mannes ausgesprochen.

Ich möchte, dass du frei bist. Triff deine eigene Wahl. Geh auf Reisen.

Die Worte schienen auf geheimnisvolle Weise mit Zeph verbunden zu sein. Aber das war nicht möglich, dachte Stella. Zeph war ihr Geheimnis, und Grace wusste nichts von ihm.

Und doch – am liebsten hätte sie Grace alles erzählt. Sie stellte sich vor, wie sie miteinander redeten und lachten, so wie Laura und ihre Mum es oft bei einer Tasse Tee taten. Wie würde sie Zeph ihrer Mutter beschreiben?

Aber dann schob Stella ihre Träumereien energisch beiseite. Die Birchmores stellten hohe Ansprüche, und Grace würde entsetzt sein über Stella Besuche bei Zeph. Sie würde ihrer Tochter verbieten, das Haus zu verlassen, bis ihr Vater zurückkam. Am sichersten war es, das Geheimnis für sich zu behalten.

Sie stand auf, um Tee einzuschenken. »Wo sind die Etiketten für die Marmeladengläser?«, fragte sie.

»In der zweiten Schublade«, erwiderte Grace. »Vergiss nicht, auch Monat und Jahr darauf zu schreiben. Und spitz den Bleistift an, bevor du beginnst.«

Aus den Augenwinkeln beobachtete Stella, wie ihre Mutter zum Rezeptbuch griff. Hoffentlich legte sie es wieder weg. Manchmal ruhte Grace sich auch aus, wenn es regnete. Sie mochte das Geräusch der prasselnden Regentropfen auf dem Dach, und oft schlief sie darüber ein.

Die Seiten raschelten, als Grace sie durchblätterte. Schließlich legte sie es aufgeschlagen auf den Tisch. Über der Seite stand »Tante Janes eingelegte Walnüsse«.

Schweigend sah Stella zu, wie ihre Mutter Salz abmaß, um Lake zu machen.

»Die Walnüsse sind in der Speisekammer«, sagte sie zu Stella. »Ich habe gestern einen halben Eimer voll gepflückt. Du kannst sie schälen.« Sie reichte ihrer Tochter ein paar Gummihandschuhe. »Pass auf, dass der Saft nicht auf die Haut kommt«, warnte sie.

Stella streifte die Handschuhe über und ergriff eine unreife Walnuss. Die glatte Kugel war jetzt noch weich und grün, aber Stella wusste, dass der Saft, sobald er mit Luft in Berührung kam, schwarz wurde. Einmal hatte sie beim Schälen keine Handschuhe angehabt, und ihre Hände hatten monatelang schmutzig ausgesehen.

Langsam drehte Stella die Walnuss in der Hand und spießte sie auf eine Gabel. Sie mochte diese Aufgabe nicht. Es hatte etwas Unheimliches, wie Walnusssaft von hellgrün zu pechschwarz wurde – als ob er durch Magie verwandelt wurde, eine dunkle Magie, die nicht in die Küche gehörte.

Im Flur war es dunkel, nur eine kleine Lampe auf einem Tischchen neben der Küche brannte. Stella stand im Nachthemd an der Tür des Elternschlafzimmers, hatte das Ohr an das weiße Holz gedrückt und lauschte.

Endlich hörte sie über dem Rauschen des Windes und dem Klappern der Fensterläden, worauf sie gewartet hatte. Die Matratzenfedern quietschten, als ihre Mutter ins Bett stieg. Dann klickte es leise, als sie das Licht ausschaltete.

Wieder in ihrem Zimmer, trat Stella ans Fenster. Die Vorhänge schmiegten sich an ihren Rücken, als sie hinausblickte. Das Licht auf der Veranda war noch eingeschaltet, und in seinem warmen Schein schimmerte der Regen golden. Wenn sie sich anstrengte, sah sie die Schaumkronen der Wellen, die an die Küste donnerten. Sie legte die Handfläche an das kalte Glas und spürte die Macht von Wind und Meer, die durch ihren Körper pulsierte.

Ihr Sturm. Und er rief sie hinaus.

Rasch zog sie sich an und nahm ihre Stiefel und ihr Ölzeug. Als sie durchs Zimmer auf die Tür zutrat, blieb sie an ihrem Frisiertisch kurz stehen. Ihr Spiegelbild sah aus wie eine Schwarzweißfotografie. Ihre Haare hingen wie ein dunkler Vorhang über ihren Rücken, und ihre Lippen leuchteten dunkel vom Saft der Beeren. Im Gegensatz dazu hätte ihr Gesicht aus Marmor gemeißelt sein können, wie Daniels Nischenengel, der neben den Puppen im Regal stand.

Nur ihre Augen wirkten lebendig. Groß und hell, furchtlos und mutig.

Kurz darauf stand Stella im Garten am Lilienbeet. Der

Regen strömte über ihr Ölzeug und ihre Gummistiefel. Blinzelnd blickte sie zum Himmel. Die Wolken rissen auf, und ab und zu kam der Mond hervor. Noch einmal warf sie einen Blick hinauf zu Grace' dunklem Fenster, dann schaltete sie ihre Taschenlampe ein und folgte dem dünnen Lichtstrahl in die Nacht.

Es war, als habe er auf sie gewartet. Als ob er gewusst habe, dass sie in der Dunkelheit über ihren Geheimweg gelaufen und über die Felsen geklettert war, wobei sie zum Glück nur einmal ausgerutscht war. Im nassen Sand waren ihre Stiefel tief eingesunken, aber sie war keuchend weitergerannt, bis zum letzten Moment von Angst erfüllt, dass die Yacht nicht mehr da wäre.

Als sie mit der Taschenlampe hinaufleuchtete, stand er an Deck, und als sie auf das Schiff zurannte, sprang er in das Dingi und kam ans Ufer.

Und dann stand er vor ihr, und das Mondlicht lag auf seinem lächelnden Gesicht. Er sagte nichts, sondern legte Stella nur leicht die Hände auf die Schultern, als wolle er prüfen, ob sie real sei. Dann schlang er die Arme um sie und zog sie an sich.

Stella drückte ihr Gesicht gegen seinen warmen, glatten Hals. Hinter dem Geruch der Öljacke lag der Duft von Weihrauch und Kaffee. Regentropfen rannen über ihre Wangen den Hals hinunter in ihr T-Shirt, aber sie bewegte sich nicht. Seine starken Arme hielten sie, und sie spürte durch die Kleidung die festen Muskeln auf seinem Rücken.

Nichts auf der Welt zählte – nur sie und Zeph. Und der Sturm, der sie umgab. Der Regen, der Wind, die Dunkelheit und der Mond, der hoch oben am Himmel hinter eine Wolke glitt.

Die Kerosin-Laterne, die an einem Haken hing, tauchte die Kajüte in gelbliches Licht. Stella blickte sich um. So gepflegt die Yacht von außen aussah, so ordentlich war sie auch hier drinnen, obwohl Zephs bloße Füße, seine Sarongs und seine zerzausten langen Haare das gar nicht vermuten ließen.

Stella faltete ihre Öljacke mit der nassen Seite nach innen, damit sie nicht tropfte, zu einem Bündel zusammen und legte es in eine Hängematte. Zeph hängte seine Jacke an die Tür.

Sie stand mit dem Rücken zu Zeph, unsicher, wie sie sich verhalten, wohin sie sich setzen sollte. Dieser Ort hier schien zu einer anderen Realität zu gehören.

Sie hörte, wie Zeph den Herd einschaltete. »Ich mache Kaffee«, sagte er, als sei sie eine Freundin, die mal eben vorbeigekommen wäre.

Stella nutzte den Moment, um die Kajüte genauer in Augenschein zu nehmen. Die Yacht war mit großer Sorgfalt eingerichtet. Alles war genauestes eingepasst worden oder mit Riegeln und Haken versehen, sodass auch beim schlimmsten Sturm sich nichts lösen und umherrollen konnte. In einer Nische am Einbauschrank befanden sich eine Kehrschaufel und ein Besen. Auf dem Kartentisch lagen Bleistifte in dafür vorgesehenen Rillen. In einem an die Wand geschraubten Vitrinenschrank standen Becher mit dem Bild des Schiffes.

Stella fielen nur wenige Dinge auf, die auf Zephs Anwesenheit hindeuteten. Eine Muschelsammlung, eine geschnitzte Holzmaske mit Kauri-Muscheln anstelle der Augen. Die Sarongs, natürlich. Und der kleine Korb aus Gras und Tang, den er für sie geflochten hatte.

Die gelben Kissen vom Deck fielen ihr ins Auge. Sie vermittelten eine vertraute Atmosphäre an diesem fremden Ort, aber als Stella darauf zutrat, landete ein weiches Gewicht auf ihrer Schulter. Carla. Unwillkürlich schlug die Katze ihre Krallen in Stellas Haut, als sie versuchte, das Gleichgewicht zu halten.

»Aua!«, schrie Stella auf, aber dann musste sie lachen, weil Carla sich ihr unschuldig zuwandte und ihren Kopf an der Wange des Mädchens rieb.

»Das liebt sie«, erklärte Zeph grinsend. »Sie versteckt sich gerne oben auf dem Schrank und springt dann herunter.«

Lächelnd nahm Stella die Katze auf den Arm. Sie blickte Zeph an. Plötzlich war sie überhaupt nicht mehr verlegen.

Sie setzte sich auf das Kissen, mit Carla auf dem Schoß, und schaute zu, wie Zeph zwei blaue Keramikbecher aus einem Schrank holte. Er schüttete Milchpulver in einen Krug und goss Wasser aus einer Flasche dazu. Sie erkannte das Wasser aus dem Fluss, das hellbraun von Tannin war, aber klar und sauber. Ihr Wasser. Nein, dachte sie, unser Wasser. Sie sah ihre Namen vor sich, die sie in den Sand geschrieben hatten. Wie hatte Zeph gesagt? *Dieser Strand gehört uns.*

An der Wand hinter Zephs Kopf hing eine gerahmte Zeichnung, ein detailliertes Diagramm von irgendetwas, vielleicht die Arbeit eines Ingenieurs.

»Das ist eine von Wolfgangs Erfindungen«, sagte Zeph, der ihrem Blick gefolgt war.

»Der Deutsche, Ninas Vater?«, fragte Stella.

Zeph nickte. Er lächelte. »Er hat immer irgendetwas erfunden. Er hat mir auch beigebracht, so zu zeichnen. Ich habe ihm bei seinen Blaupausen geholfen.« Er wies auf den Kartentisch, auf dem der Sextant, gespitzte Bleistifte und

Lineale lagen. »Er hat mir beigebracht, Seekarten zu lesen und zu steuern. Eigentlich hat er mir alles beigebracht.«

Stella beugte sich vor und betrachtete die Seekarte. Zephs Kurs war hier angegeben. Jede Position war mit kleinen Kreuzen markiert, die untereinander mit Linien verbunden waren. Viele kleine Schritte über den Ozean, eine Karte der Reise, die ihn hierher, zu ihr, geführt hatte.

»Ich versuche, alles hier auf der Yacht in Ordnung zu halten«, sagte Zeph. Stella blickte zu dem Bücherschrank, der ebenfalls eingebaut war. Dort standen die deutschen Bilderbücher, die jetzt wieder trocken und nicht mehr so aufgebläht waren. »Ich habe Baktis Adresse für sie im Yacht-Club in Goa hinterlassen. Ich hoffe ... ich hoffe immer noch, dass sie zurückkommen.«

Sein Schmerz stand ihm im Gesicht geschrieben. Er wirkte jung und verloren. Am liebsten hätte sie wieder die Arme um ihn geschlungen und ihn festgehalten wie ein Kind. Aber was für einen Trost konnte sie ihm schon bieten, sie, ein Mädchen, das sein ganzes Leben lang von seinen Eltern umsorgt und geliebt worden war? Ein Mädchen, das noch nie einen Verlust erlitten hatte?

»Es würde ihm sicher nicht gefallen, wenn er einen Topf mit Erde auf seinem Schiff sähe«, sagte Zeph und wies auf eine Pflanze, die in einem Keramiktopf wuchs. Sie hatte dicke, fleischige Blätter und verwelkte Stängel, an denen kürzlich noch Blüten gehangen hatten. »Das ist mein Garten.«

Stella sah, dass die Überreste einer dunkelroten Blüte auf dem Boden lagen. Es war seltsam, sich eine Pflanze auf See vorzustellen, von einer Jahreszeit in die andere, in unterschiedliche Teile der Welt zu segeln, und doch nur in die kleine Welt dieser Kajüte zu gehören. Wie wir, dachte Stella. Diese Kajüte, diese Bucht, das ist alles, was wir haben.

»Ich habe dich heute gesucht«, sagte Zeph.

Stella riss die Augen auf. »Was?«

»Ich wollte sehen, ob ich dich finden kann. Aber ich bin stundenlang herumgelaufen, ohne auf ein Haus zu stoßen, in dem ich hätte fragen können.«

Stella richtete sich so heftig auf, dass die Katze von ihrem Schoß sprang. »Das darfst du nicht! Es weiß doch niemand, dass du hier bist!«

Zeph machte eine abfällige Geste mit der Hand. »Das ist egal. Bis sie jemanden losschicken, um mich zu kontrollieren, bin ich längst weg.«

Verwirrt blickte Stella ihn an, bis ihr plötzlich klar wurde, dass Zeph die Tatsache meinte, dass er illegal hier in der Bucht vor Anker lag.

»Darum geht es nicht«, erwiderte sie. »Wenn meine Eltern wüssten, dass du hier bist, dürfte ich nicht zu dir kommen. Das hat nichts mit dir zu tun, bestimmt nicht.« Jetzt blieb ihr nichts anderes übrig, als es ihm zu erklären. »Sie kennen dich oder deine Familie nicht. Du lebst nicht so wie wir. Sie würden es einfach nicht verstehen. Und wenn jemand anderer erführe, dass ich hier war, bei dir, dann würde er es meinem Vater erzählen. So ist das hier bei uns. Es gibt keine Geheimnisse. Jeder weiß alles.«

Zeph schaute sie verwirrt an. »Aber du bist doch schon sechzehn. Du hast doch gesagt, du gehst nach Hobart.«

»Ja, aber ich bin immer noch ...« Stella schwieg. Was war sie immer noch? Immer noch Williams Tochter. Immer noch Jamies Freundin. Eines der Kinder aus Halfmoon. »Es ist ja nicht schlimm«, verteidigte sie ihr Leben. »Die Leute kümmern sich eben umeinander. Aber – und das meine ich ernst – du darfst nie zu mir kommen.« Sie blickte Zeph an. »Ich komme zu dir. Der Regen oder die Dunkelheit machen mir nichts aus. Ich kenne den Weg hierher wie meine Westentasche, und solange du hier bist, werde ich hierher kommen, wann immer es mir möglich ist. Ich will bei dir sein. Mehr will ich nicht.«

Ihre Stimme bebte, so sehr überwältigten sie ihre Gefühle. Zeph trat zu ihr, von der Kraft ihrer Worte angezogen. Der verlorene, traurige Junge war verschwunden. Er war geheilt, und seine Augen leuchteten vor Freude. Er setzte sich neben sie, beugte sich zu ihr und ergriff ihre Hand. Seine Haut war feucht vom Regen, und seine Fingerspitzen waren immer noch kalt, aber seine Handfläche pulsierte mit einer tiefen Wärme. Stella schloss die Augen. Sie spürte, wie er ihr eine Haarsträhne aus dem Gesicht schob, und dann senkten sich seine Lippen auf ihre, sanft zuerst, als wolle er nur den letzten Tropfen des roten Beerensaftes schmecken. Seine Hand umschloss ihren Hinterkopf, er zog sie an sich und küsste sie leidenschaftlicher.

Der Kuss schien eine Ewigkeit zu dauern – Raum und Zeit gab es nicht mehr. Schließlich öffnete Stella die Augen wieder. Zeph lächelte. Seine Lippen schimmerten im Schein der Lampe, und seine Augen waren von einem warmen, tiefen Grün. Er umfasste Stellas Gesicht mit beiden Händen, hob ihr Kinn und drückte seine Lippen auf ihren Hals. Von dort glitten sie zu ihrem Schlüsselbein, wo sie innehielten, als sei der Stoff ihres T-Shirts eine Grenze, die nicht überschritten werden durfte.

Stella spürte, wie er mit der Hand über die Rundung ihrer Schulter glitt. Er strich ihr über den Rücken bis hinunter zur Taille. Ihr T-Shirt hing lose über der Jeans, aber als er am Saum ankam, schob er seine Hand nicht darunter. Er betastete auch ihre Brüste nicht durch den dünnen Baumwollstoff des Büstenhalters. Stella ließ den Kopf an seine Schulter sinken. Dass er sie mit solcher Fürsorge behandelte, gab ihr das Gefühl, kostbar und sicher zu sein. Geliebt.

»Ich wünschte, du müsstest nicht fahren«, sagte sie.

»Ich auch.«

Er zog sie an sich und hielt sie fest.

Schweigend lauschten sie auf den Sturm. Der Wind pfiff durch die Takelage. Der Regen prasselte aufs Deck. Draußen auf dem offenen Meer donnerten die Wellen an die Küste. Aber die kleine Bucht wurde durch die Felsen geschützt. Die Yacht lag in ruhigem Wasser und schaukelte leicht hin und her, wiegte sie wie eine Mutter ihre Kinder, die sie vor allen Schmerzen und Kümmernissen auf der Welt beschützt.

6

Der Sturm hielt den ganzen nächsten Tag an, und auch in der Nacht trieben dunkle Wolken über den Himmel, und die Wellen türmten sich hoch auf. Als es dunkel war und Grace schlief, besuchte Stella Zeph erneut. In der gemütlichen Kajüte lag sie in Zephs Armen, und sie unterhielten sich, tranken schwarzen Tee aus einem Becher, küssten sich und redeten wieder. Es war wie Magie. Stella hatte das Gefühl, Zeph nach diesen wenigen Stunden besser zu kennen als Jamie nach all diesen Jahren.

Am dritten Morgen nach Ausbruch des Sturms wachte Stella auf und hörte den Regen nur noch sachte aufs Dach tröpfeln. Als sie ihr Frühstück gegessen hatte, hatte es ganz aufgehört zu regnen. Die Wolken rissen auf, und der Himmel wurde klar. Nur das Meer tobte noch, und die Wellen schlugen hoch gegen die Felsen.

Als sie die letzten Krümel ihres Toasts in den Mund steckte, kam ihre Mutter aus dem Seezimmer in die Küche.

»Die Fenster sind schon wieder voller Salz«, sagte Grace. Sie trat an die Spüle und blickte auf ihren Garten, wo der Regen die Blumen niedergemäht hatte. »Und ich muss auch die armen Dinger hier retten.« Sie wandte sich an Stella. »Und was machst du heute?«

»Es ist ein guter Tag, um nach Strandgut zu suchen«, erwiderte Stella.

Grace legte bereits ihre Gartenschürze an und eilte zur Seitentür. Stella nahm sich einen Laib frisches Brot und ein Glas mit Boysenbeeren-Marmelade, das wie ein glitzerndes rotes Juwel in ihrer Hand lag.

Die Strahlen der Morgensonne glitten durch die Kajütenfenster und brachten den Staub in der Luft zum Tanzen. Stella berührte die Blätter von Zephs Pflanze. Sie hatten sich dem Licht zugedreht und wuchsen der Wärme entgegen.

Zeph lag neben ihr in der schmalen Koje, eng an sie gedrückt. Stella tat das Herz weh bei dem Gedanken, dass sie sich nie Rücken an Rücken mit einem Buch auf dem Kopf hinstellen würden, um festzustellen, wer von ihnen beiden größer war. Und sie würden auch nie bei Vollmond miteinander schwimmen gehen, wenn das Meer aussah wie dickflüssiges Öl. Sie hörte die Brandung rauschen. Die Wellen waren noch zu hoch, als dass das Schiff auslaufen konnte, aber in den nächsten Stunden würde es ruhiger werden.

Und dann würde Zeph davonsegeln.

»Ich komme zurück, das weißt du doch, oder?«, sagte Zeph, als könne er ihre Gedanken lesen.

Stella blickte auf die Hängematte, die über ihren Köpfen hing. Sie hatte sich so danach gesehnt, Zeph das sagen zu hören. Sie hatte sogar davon geträumt. Aber sie konnte nicht vergessen, dass er ihr kurz nach ihrem ersten Treffen angeboten hatte, sie mit zu Bakti zu nehmen. Er hatte das Angebot so leichtfertig ausgesprochen. Zu leichtfertig vielleicht.

»Wann gehst du nach Hobart?«, fragte Zeph.

»Am zwölften Februar«, erwiderte Stella. William und Grace würden sie im Lieferwagen hinfahren und dafür sorgen, dass sie gut im Studentenwohnheim untergebracht war.

»Das sind noch sechs Wochen« sagte Zeph. »Bis dahin kann ich bestimmt zurück sein.«

Stella biss sich auf die Lippe. Sie musste es mit absoluter Gewissheit wissen. Sie wollte nicht nur hoffen und warten.

»Versprich es mir«, sagte sie.

Sie holte tief Luft und wartete gespannt. Wenn er es ihr versprechen würde, würde er sein Versprechen auch halten – so wie er auch seine Versprechen Bakti gegenüber hielt.

Zeph stützte sich auf einen Ellbogen und blickte ihr in die Augen. »Ich verspreche es«, sagte er. »Ich verspreche zurückzukommen.«

Die Worte sangen in Stellas Herz wie ein Segensspruch.

»Carla verspricht es dir auch«, fügte Zeph grinsend hinzu. Er stupste die schlafende Katze an. »Nicht wahr?« Dann wurde er wieder ernst. Sanft strich er mit seinen Fingern über Stellas Wange, über ihren Hals bis zum Ausschnitt ihres T-Shirts. Als er sprach, war seine Stimme ruhig und fest.

»Stella, ich habe noch nie für jemanden so viel empfunden. Nichts könnte mich davon abhalten, zu dir zurückzukehren.«

Tränen traten Stella in die Augen. Sie nahm sein Gesicht in beide Hände und küsste ihn, sanft zuerst, dann immer leidenschaftlicher.

Seine Hände glitten auf ihrem Rücken unter ihr T-Shirt zu dem Verschluss ihres Büstenhalters. Die Barriere, die zwischen ihnen gestanden hatte – das Wissen, dass ihre gemeinsame Zeit zu Ende ging –, war gefallen.

Ich verspreche zurückzukommen.

Stella setzte sich auf, zog sich das T-Shirt über den Kopf und öffnete ihren Büstenhalter. Eine Weile berührte Zeph sie nicht, sondern sah sie nur aufmerksam an, als ob er sich ihren Körper einprägen wollte. Stella sah sich selbst mit seinen Augen – den flachen Bauch, die schlanken Schenkel. Im weichen Sonnenlicht sah die Haut ihrer Brüste aus wie Samt, wie Lilienblütenblätter.

Sie legte sich wieder neben Zeph. Seine Erektion zeichnete sich deutlich unter dem dünnen Tuch ab, das er noch nicht abgelegt hatte. Er rollte sich auf sie, verschränkte seine Beine mit ihren und stützte sich mit den Armen ab, damit er nicht zu schwer für sie wurde. Seine Haarsträhnen, steif von Salz, streiften ihre Nippel.

»Hast du schon mal …?«, flüsterte er.

Stella wusste, was er meinte. Sie schüttelte den Kopf.

»Ich auch nicht«, erwiderte Zeph.

Stella schloss die Augen. Erleichterung überflutete sie. Er gehörte ihr. Er hatte noch nie jemand anderem gehört.

Plötzlich jedoch wandte sich Zeph ab. Er setzte sich auf. »Es geht nicht. Wir dürfen es nicht.«

Stella schluckte. Ihr schlug das Herz bis zum Hals. Noch konnte sie sich retten, wenn sie ihm jetzt zustimmte. Aber sie hatte sich alles genau überlegt und wusste, was sie wollte.

»Doch, es geht. Es kann nichts passieren.«

Zeph starrte sie an und blieb reglos sitzen.

»Meine Periode steht kurz bevor«, fügte Stella hinzu. »Und ich habe immer einen regelmäßigen Zyklus.«

»Bist du sicher?«, fragte er.

Sie sah ihm an, dass er nicht so genau Bescheid wusste und dass sie diejenige war, die es entscheiden musste.

»Ja, ich möchte es gerne«, erwiderte sie.

Sie blickte ihm in die Augen und griff nach dem Sarong, den er sich um die Taille geschlungen hatte. Sie löste den Knoten und schob das Tuch beiseite. Dann drehte sie sich auf den Rücken und wartete darauf, dass er sich wieder auf sie legte. Sie war bereit.

Seine Erektion drückte hart gegen ihren Hüftknochen, als er mit den Fingern in ihre Nässe tauchte und sie verrieb. Dann legte er sich so auf sie, dass er zwischen ihren Beinen gefangen war.

Stella schloss die Augen. Jeder Nerv in ihrem Körper fieberte dem Moment entgegen, in dem er in sie eindrang, und als es so weit war, hielt sie den Atem an. Er stieß tief und fest in sie hinein. Dann hielt er inne und zog sie an sich. Ihr Körper, ihr Herz und ihre Seele waren erfüllt von ihm – eins mit ihm.

Die *Lady Tirian* war ein dunkler Umriss vor dem schimmernden Meer. Stella beschirmte die Augen, um die beiden Gestalten an Deck ausmachen zu können. William und Jamie. Während sie beobachtete, wie sie stetig näher kamen, fühlte sie sich taub und benommen wie jemand, der in einem Traum befangen ist und sich nicht bewegen kann. Sie konnte nur hilflos warten und beobachten.

Entschlossen wandte sie die Augen ab und blickte über den Parkplatz, der übersät war mit Gummibaumrinde und Blättern, die der Sturm abgerissen hatte. Sie schaute zum Denkmal mit David Greys verlassener Messingtafel, und sie warf einen Blick auf die Fassade des Halfmoon Hotel mit seinem abgeblätterten Schild.

Alles sah irgendwie klein aus, so als ob sie es von weitem betrachten würde und gar nicht mehr dazugehörte. Als ob die echte Stella vor Stunden mit Zeph weggefahren sei und in dieser Minute auf dem Meer segelte.

Sie hörte Schritte hinter sich den Kai entlangkommen. Joe, dachte sie. Er kam bestimmt von seiner Anlegestelle, um auf Williams Ankunft zu warten, damit er ihn nicht vergaß, falls er noch etwas zu essen übrig hatte.

Aber dann wehte die Brise einen leichten Hauch von Parfüm zu ihr, und sie erstarrte, weil sie den süßen, blumigen Duft erkannte: »Chanel No. 5«. Jamie schenkte es seiner Mutter immer zu Weihnachten.

»Ich dachte mir, dass du hier bist, Liebes«, sagte Pauline. »Ich fahre mit Brian zum Tee nach St. Louis, aber ich wollte vorher noch Jamie sehen.« Sie hatte rosafarbenen Lippenstift aufgelegt. »Du freust dich bestimmt, dass du ihn wiederhast.«

»Ja«, erwiderte Stella. Sie versuchte, noch etwas hinzuzufügen, etwas Beiläufiges, aber das Äußerste, was sie zustande brachte, war ein Lächeln.

Pauline blieb neben Stella stehen und fummelte an ihren Haaren herum. Sie trug sie zu einem losen Knoten aufgesteckt, aber sie hatten sich an einer Seite gelöst. Jetzt zog sie die Haarnadeln heraus und versuchte, sie wieder festzustecken. »Hilf mir mal, Liebes«, sagte sie, den Mund voller Haarnadeln.

Stella kam sich steif und ungeschickt vor, als sie versuchte, die losen Strähnen wieder einzufangen. Sie dachte daran, wie oft sie schon in Paulines Küche gesessen hatte, während die Frau neue Frisuren aus Zeitschriften an ihr ausprobiert hatte. »Ich tue einfach so, als seiest du meine Tochter«, sagte Pauline immer. Jamie lächelte bei diesen

Worten, weil er davon ausging, dass er Stella eines Tages heiraten würde. Er konnte sich bestimmt nicht vorstellen, sie an einen Fremden zu verlieren, der zufällig mit seiner Yacht vorbeigekommen war.

»Ich habe mir wegen Silvester ein bisschen Sorgen gemacht«, meinte Pauline. »Wenn das Wetter noch länger angehalten hätte, hätten wir Mädels es ganz schön ruhig gehabt.«

Stella blickte sie schweigend an. War heute Silvester? Oder erst morgen? Sie dachte daran, wie sie sich für den Tanzabend anzog. William hätte bestimmt wieder etwas an ihrem Kleid und ihrem Make-up auszusetzen und würde sie daran erinnern, dass sie schließlich erst sechzehn war. In der Zwischenzeit würde Grace Ewigkeiten damit zubringen, eines von den Abendkleidern auszuwählen, die sie aus England mitgebracht hatte. Zum Schluss würde sie dann doch wieder ein Kleid anziehen, das ihrem Mann gefiel. Schließlich würden sie alle drei im Lieferwagen losfahren, und im Auto würde es nach Parfüm, Rasierwasser und Mottenkugeln riechen. Im Festsaal würde Jamie schon auf sie warten, das Gesicht pastellfarben schimmernd im Schein der bunten Lichterketten.

Stella erstarrte. Plötzlich wusste sie es. Sie würde nicht eine Minute lang Jamie gegenüber so tun können, als sei nichts geschehen. Sie würde es ihm sagen müssen. Was? Dass sie ihn nicht mehr liebte? Ihm nicht mehr gehörte? Nach all den Jahren und den Plänen, die sie geschmiedet hatten.

Angst stieg in ihr auf, und sie schluckte.

»Bist du fertig? Danke, mein Schatz.« Pauline richtete sich auf. »Schau, da kommen sie.«

Stella wandte ihr Gesicht dem Boot zu, schaute aber daran vorbei und nahm die Gestalten an Bord nur verschwommen wahr. Sie konzentrierte sich auf die Felsen, die das Hafenbecken schützend umgaben. Die Seevögel, die sich für gewöhnlich dort versammelten, waren weggeflogen, um jetzt, wo das Meer wieder ruhig war, auf Nahrungssuche zu gehen. Die weiße Kotschicht, die die Felsen normalerweise bedeckte, war vom Regen der letzten Tage abgewaschen worden.

Sie würde niemandem etwas von Zeph erzählen, beschloss Stella. Weder Jamie noch William noch sonst jemandem. Sie würde ihn für sich behalten. Sie wollte ihn und ihre Erinnerung an ihn nicht preisgeben. Tief im Innern hatte sie das Gefühl, dass sie ihn dann nie wiedersähe. Wie ein Prinz aus dem Märchen würde er mit dem Tageslicht verschwinden, deshalb musste sie ihn bis zu seiner Rückkehr in den Schatten des Geheimnisses verbergen.

»Ich muss gehen.« Die Worte entschlüpften Stella, bevor sie darüber nachdenken konnte. Sie hatte keine Entschuldigung, keinen Plan.

Pauline runzelte besorgt die Stirn. »Was ist los? Ist dir schlecht?«

»Ja«, log Stella, »ein bisschen.«

»Ich fahre dich nach Hause«, erklärte Pauline. »St. Louis kann warten.« Sie wies mit dem Kopf auf den Kutter, der näher kam. »Und sie können auch warten.«

»Nein«, erwiderte Stella. »Nein, danke. Ich habe mein Fahrrad hier.«

Bevor Pauline etwas sagen konnte, drehte sie sich um und rannte weg. Ihre Stiefel hallten laut auf dem Pflaster des Kais. Ohne sich umzuschauen, wusste sie, dass die Frau hinter ihr herstarrte.

Als sie im Schutz des Kängurubaumwäldchens angekommen war, setzte Stella sich hin und blickte aufs Meer hinunter. Wo die Felsen Schatten auf das Wasser warfen, konnte sie in die grünen Tiefen schauen. Algen trieben über den weißen Schalen leerer Austern. Wo keine Schatten waren, spiegelte das Meer das klare Blau des Himmels.

Der Boden war bedeckt mit den Nadeln der Bäume, und hier und dort lagen stachelige Samenhülsen. Stella ergriff eine und umschloss sie fest mit der Hand. Die Stacheln bohrten sich ihr in die Haut. Beinahe genoss sie den Schmerz, weil er ihr zeigte, dass ihr Körper empfindsamer und lebendiger war als jemals zuvor. Auch das Meer roch frischer, und die Bäume rauschten lauter. Sie schlang die Arme um sich. Alles war verändert.

Stella betrachtete den Abdruck, den die Samenkapsel in ihrer Handfläche hinterlassen hatte, und dachte daran, wie es hinterher gebrannt und wehgetan hatte. Das Sperma hatte nach grünen Blättern gerochen und war feucht und klebrig an ihren Schenkeln heruntergelaufen. Und wie es sich angefühlt hatte, als es aus ihr herausrann und in dem Sarong versickerte, der zwischen ihren Beinen lag.

Jetzt, auf dem Bett aus Kängurubaumnadeln, bewegte sie die Hüften und spürte dem schwachen Echo des Schmerzes nach, der noch in ihrem Körper geblieben war. Es war ihr Geheimnis. Ihre Macht. Ihr Wissen, dass sie keine Jungfrau mehr war. Sie und Zeph hatten sich geliebt. Und es konnte nicht mehr ungeschehen gemacht werden.

7

Ein kleiner Teich aus verschütteter Limonade erstreckte sich über die Holzplatte des Tisches, der übersät war mit Brandflecken von Zigarettenkippen. Stella starrte darauf und beobachtete, wie winzige Blasen aufstiegen und zerplatzten.

Jamie trank einen Schluck von seinem Bier. Der Wirt, Griggs, hatte es ihm in einem Becher gegeben, damit Spinks nichts merkte, falls er hereinkam. Jetzt war Griggs im kleinen Saal und sah fern. Es war ein komisches Gefühl, mitten in der Woche am Vormittag hier zu sein, und Stella kam sich so vor, als würde sie die Schule schwänzen.

Jamie beugte sich zu ihr herüber und legte ihr den Arm um die Schultern. Seine Hand strich an der Seite ihrer Brust entlang.

»Willst du noch was trinken?«, fragte er und zeigte auf ihr Glas.

Sie schüttelte den Kopf.

»Mum macht sich Sorgen um dich«, fuhr Jamie fort. »Sie hat gesagt, dir sei schlecht gewesen, und deshalb wärst du gestern, als wir hereingekommen sind, auch nicht da gewesen.«

»Jetzt geht es mir wieder gut«, erwiderte Stella.

Sie wich seinem Blick aus und tat so, als studiere sie die

gerahmten Fotografien an der Wand. Eine Aufnahme zeigte das Hafenbecken während des schlimmsten Sturmes seit Menschengedenken; eines der Fischerboote war hochgeschleudert und auf den Kai geworfen worden. Auf einem anderen Foto war ein bekannter englischer Segler zu sehen, der allein um die Welt gesegelt und bei ihnen vorbeigekommen war. Auch ein paar Zeitungsausschnitte hingen dort – Geschichten über die wundersame Rettung von drei schiffbrüchigen Fischern nach dem Untergang der *Briar Rose*. Und die Porträts: alle Vorsitzenden des Fischer-Verbands. Auch William war darunter, mit stolz vorgerecktem Kinn blickte er in die Kamera.

»Deine Haare riechen komisch«, sagte Jamie und hielt sich eine Strähne an die Nase. »Nach Weihrauch. Du hast Weihrauch verbrannt.« Er zog die Nase kraus.

Stella wandte sich ab und blickte durch die salzverkrusteten Fenster zum Hafen. Von hier aus konnte sie die Gedenkmauer sehen. Sie zählte die Tafeln ab, bis sie zu David Grey gelangte – dem vermissten Seemann, der so innig geliebt worden war. Er würde ihr Kraft geben, das spürte sie, den Mut zu sprechen. Denn er war Teil des Plans.

Wenn Zeph mit der *Tailwind* zurückkam, sollte er im Hafen vor Anker gehen. Er würde nicht lange genug da bleiben, damit Spinks ihn dort sah, und auch Joe würde keine Gelegenheit haben, vorbeizukommen und ein Schwätzchen zu halten. Er würde einfach zur Gedenkmauer gehen und wieder zurück. Dort, hinter David Greys Plakette würde er seine Hand in das Loch im Mauerwerk stecken und Stella eine Nachricht hinterlassen. Es würde natürlich keine schriftliche Notiz sein, das wäre viel zu gefährlich und gewöhnlich. Nein, es würde irgendein Gegenstand sein, dessen Bedeutung nur Stella allein erkennen konnte. Die Zeichnung einer Katze vielleicht, so wie auf Grace' Löffeln. Oder ein winziger, aus tropischen Gräsern geflochtener Korb.

»Bei Ryan findet eine Party statt«, sagte Jamie. »Wir können nach dem Tanz zu Fuß dorthin laufen.« Er blickte auf das handgemalte Plakat eines tanzenden Paares, über dem in Druckbuchstaben »Silvester 1976« stand. Wir müssen nicht bis Mitternacht hier bleiben. Ein paar Stunden tun es auch.«

»Ich komme nicht«, sagte Stella. Ihre Stimme klang klein in dem Raum voller leerer Stühle und Tische.

»Wie meinst du das? Wovon redest du?«, fragte Jamie.

Stella warf ihm einen Blick von der Seite zu. Sie konnte immer noch den blasseren Hautstreifen erkennen, wo er sich für das Abschlussfest die Haare hatte kürzer schneiden lassen. Erst vor ein paar Wochen hatten sie sich noch Witze erzählt und sich in den Kulissen aus Krepppapier und Musselin geküsst.

»In diesem Kleid siehst du ganz anders aus«, hatte Jamie ihr ins Ohr geflüstert.

Das bin ich auch, dachte Stella jetzt. Ich bin eine andere.

Sie musste etwas sagen, um die Grenze zwischen der Vergangenheit und der Zukunft zu ziehen. Sie schloss die Augen, damit sie ihn nicht anschauen musste. Sie wusste ganz genau, wie sich seine Lippen an den Mundwinkeln kräuselten, wenn er versuchte, seine Gefühle unter Kontrolle zu bringen.

»Ich werde nicht mit dir kommen.«

»Hey, guter Witz, Stell.« Jamie grinste, und seine Zähne leuchteten weiß in seinem gebräunten Gesicht. Er tat so, als wolle er sie vom Stuhl schubsen, hielt sie aber gleichzeitig am Arm fest, damit sie nicht herunterfiel.

Sie wandte sich zu ihm und wartete schweigend darauf, dass er wieder ernst wurde.

»Was ist los?«, fragte er stirnrunzelnd. »Was ist los mit dir?«

Stella blickte zur Theke. Griggs war nicht da, und aus dem Saal ertönte das klackende Geräusch von Billardkugeln. »Ich will nicht mehr mit dir zusammen sein. Nie mehr.«

Die Worte hingen in der Luft. Es dauerte einen Moment, bis Jamie sie begriffen hatte, aber dann zuckte er zusammen. Er umklammerte sein Glas fester und musterte es eingehend.

Von draußen ertönte ein Autoradio, das lauter wurde, je näher das Fahrzeug kam, und dann rasch wieder verklang. Schwere Schritte kamen auf sie zu.

»He, ihr Turteltäubchen, bleibt ihr zum Essen?«, rief Griggs. Die Kreide quietschte, als er das Tagesgericht auf die schwarze Tafel neben der Theke schrieb: *»Heute: Surf and Turf«*. Er warf ihnen einen Blick über die Schulter zu. »Das ist Steak mit Austern. Es steht auf der neuen Speisekarte.«

Stella stand auf, sodass die Gläser auf dem Tisch klirrten. »Lass uns gehen«, sagte sie ruhig.

Im Schutz der Walfangstation lehnte sich Stella gegen die Steinmauer. Um sie herum waren die Namen von ihren und Jamies Freunden eingraviert, und ein Stück weiter war auch ihr eigenes Liebesherz, das sie erst vor wenigen Jahren eingeritzt hatten. *Stella liebt Jamie. 1972.*

Jamie stand vor ihr, die Hände hingen schlaff herunter. Er wirkte plötzlich so jung wie ein Kind, das die Welt nicht mehr versteht. Stella schluckte und zwang sich weiterzureden.

»Du bist mein bester Freund. Ich mag dich schrecklich gerne, aber ich kann nicht mehr mit dir zusammen sein.«

Er legte ihr die Hände auf die Schultern. »Das meinst du doch nicht ernst.« Aber er sah ihr an, dass sie es doch ernst meinte. Er kannte sie so gut, und wenigstens das machte es ein bisschen leichter.

»Warum?«, fragte Jamie. »Sag mir, warum. Sag es mir.«

»Ich kann nicht«, erwiderte Stella.

Es stimmte. Sie konnte es Jamie nicht auch noch antun, ihn eifersüchtig zu machen, nach allem, was sie ihm bereits an Schmerz zugefügt hatte. Sie würde es auch Laura nicht erzählen können, wenn die Freundin aus Queensland zurückkam. Sie musste ihr Geheimnis bewahren. Solange sie nichts sagte, würde niemand vermuten, dass sie jemand anderen kennen gelernt hatte. Wie denn auch? Es gab ja niemanden.

»Es hat nichts mit dir zu tun«, sagte Stella. »Es ist nur ...« Sie schwieg und suchte nach den richtigen Worten. Dann fiel ihr ein, was Grace während des Sturms zu ihr gesagt hatte.

»Ich möchte frei sein«, wiederholte sie den Rat ihrer Mutter. »Ich möchte meine eigene Wahl treffen, und ich möchte reisen.«

Jamie starrte sie an. Dann schüttelte er langsam den Kopf, als müsse er ihn klar bekommen. »Aber ich habe dich doch nie davon abgehalten, das zu tun, was du willst. Das habe ich doch nie, oder?«

Stella schüttelte benommen den Kopf.

»Was ist es denn dann?«, fragte er. »Willst du nicht studieren? Wir können ja ein Jahr lang pausieren. Das hat Micks Schwester auch gemacht.«

»Nein.« Das Wort schien genügend Gewicht zu haben, dass es Jamies Ungläubigkeit durchbrach.

»Du liebst mich nicht mehr«, sagte er gepresst.

Stella schüttelte den Kopf. Ihre Lippen zitterten, und Tränen brannten ihr in den Augen. Sie blickte Jamie an, dessen dunkle Augen ebenfalls in Tränen schwammen. Wieder schüttelte sie den Kopf.

»Stell, wir kriegen das wieder hin, ganz gleich, was es ist.« Tröstend hob er die Hand, um ihr über das tränennasse Gesicht zu streicheln. »Du musst das nicht tun.«

»Doch«, erwiderte Stella. »Ich muss.«

Seine Hand sank herab. Er ging ein paar Schritte, drehte sich um und blickte aufs Meer. Die Wellen rollten langsam aus, und es gab keine Gischtkronen. Stella sah, wie seine Schultern herabsanken. Dann hoben sie sich wieder, als er tief Luft holte. Er versuchte, nicht zu weinen. Stark zu sein.

Stella presste die Hände gegen die raue Oberfläche der Sandsteinmauer. Sie wäre am liebsten zu ihm gegangen, sie wollte ihren Freund dort nicht allein stehen lassen. Sie war das Mädchen, das einem anderen Jungen in der vierten Klasse einen Fausthieb versetzt hatte, weil er gemein zu ihm gewesen war. Sie war an jenem Tag in der Morgendämmerung dabei gewesen, als er auf seinem Surfbrett stehend seine erste große Welle bewältigt hatte.

Aber sie gehörte ihm nicht mehr.

Sie musste gehen, etwas anderes blieb ihr nicht übrig. Mit starrem Blick ging sie auf den Baumwipfel zu, der hinter dem Laden aufragte. Wenn sie nicht stehen blieb, gelangte sie in den Wald und konnte sich zwischen den Baumstämmen mit der gerollten Papierrinde in dem dichten Laub, durch das nie ein Sonnenstrahl drang, verstecken. Dort konnte sie im Dämmerlicht allein sein. Sie würde nicht an Jamie denken. Und sie wollte auch nicht an Pauline denken. Jamies Mutter würde erschreckt die Augen aufreißen, und ihr Gesicht mit den Lachfältchen würde sich kummervoll verziehen, wenn ihr Lieblingssohn vor ihr in Tränen ausbrach. Und an William wollte sie erst recht nicht denken.

Sie wollte sich lieber die *Tailwind* vorstellen, wie sie mit vollen Segeln übers Wasser glitt.

Sie wollte sich die Freude ihres heimlichen Geliebten vorstellen und würde sich auf der trockenen Erde zusammenrollen, um zu schlafen.

William rückte das Holzscheit auf dem Hackklotz zurecht und spaltete das trockene Holz mit einem wuchtigen Schlag der Axt. Er trat einen Schritt zurück, damit Stella die beiden Hälften aufheben konnte. Sie spürte das Schweigen, das von ihm ausging, wie kalte Luft.

Er war wütend, das wusste sie. Wütend über das, was sie Jamie angetan hatte.

Stella trug das Brennholz fest an ihren Körper gepresst zum Hof. Die Scheite drückten schwer gegen ihre Brüste. Durch das Küchenfenster sah sie Grace, die gerade Teig ausrollte. Als Stella näher kam, blickte sie auf und sah ihre Tochter an. Sie wirkte schuldbewusst, so als ob sie wüsste, dass Stella ihre unbedachten Worte sofort in die Tat umgesetzt hatte. Dann wandte sie sich wieder dem Teig zu.

An der Seitentür ließ Stella ihre Last auf den Holzhaufen fallen. Dann kniete sie sich hin und begann, die Scheite in die Holzkiste zu stapeln. Eine Spinne lief ihr über die Hand, aber sie nahm es kaum wahr. Sie versuchte, sich darauf zu konzentrieren, die Stücke zusammenzulegen, die perfekt zueinander passten. Sie wollte sich ablenken, damit die Tage schneller vergingen und Zeph endlich wiederkam. Durch die offene Tür wehte der Duft von gebratenen Zwiebeln – das Abendessen für heute. Stella drehte sich der Magen um bei dem Gedanken daran, wie sie einen Teller voll Rindfleischeintopf essen musste, gefolgt von fettigem Gebäck, und das bei Williams eisigem Schweigen und Grace' neuer, unbehaglicher Stille. Wenn sie den letzten Bissen hinuntergewürgt hatte, konnte sie in die Küche fliehen und den Abwasch machen. Erst dann durfte sie auf ihr Zimmer gehen und sich mit einem Buch, das sie zwar aufschlug, aber nicht las, ins Bett legen.

Dort würde sie an Zeph denken. Die Sehnsucht nach ihm breitete sich wie ein süßer Schmerz in ihrem Körper aus. Sie teilte sie nur mit dem steinernen Engel, der stumm vom Regal auf sie herunterblickte. Und mit den Puppen, die neben ihr saßen. Ihnen vertraute Stella all ihre Geheimnisse an. Sie verrieten sie nicht.

Eines Abends hatte Stella Miranda, die Puppe, die laufen konnte, vom Regal genommen. Sie hatte sie sich auf den Schoß gesetzt und ihr den Fischerpullover ausgezogen. Einen Moment lang war der Zelluloidkörper der Puppe nackt gewesen, jungenhaft und geschlechtslos. Dann hatte Stella das weiße Hochzeitskleid vom Puppenkleiderstapel genommen und es ihr liebevoll übergestreift.

Die Braut stand jetzt im Regal, ein wenig abseits von den anderen, und wartete, ganz allein. Neben den nackten Füßen der Puppe, versteckt hinter einem Bücherstapel, stand das Körbchen, das Zeph nach ihrem ersten Treffen für Stella geflochten hatte. Die Gräser waren trocken und steif geworden und der Seetang brüchig. Wenn Stella es hervorholte, hielt sie es ganz vorsichtig in der Hand, als sei es ein Nest mit einem Küken darin.

Zeph hatte es ihr kurz vor ihrem Abschied gegeben, mit einem zusammengefalteten Brief darin, den Stella erst gelesen hatte, als er weg war.

Sie hatte sich in ihrem Zimmer mit dem Rücken gegen die Tür gelehnt und atemlos das Papier entfaltet. Die Worte, mit blauer Tinte geschrieben, waren durch die Feuchtigkeit leicht verwischt.

Liebe Stella,
ich liebe dich. Ich liebe dich auf ewig.
Ich verspreche zurückzukommen.
Zeph (und Carla)

Stella kannte die Nachricht auswendig, sie kannte die Form jedes Buchstabens und die kleinste Unregelmäßigkeit. Ihre Finger glitten am gezackten Papierrand entlang – die Seite war aus dem Logbuch gerissen worden, und sie roch nach Seetang und Gras. Oft saß sie da und las die Worte immer wieder. Sie schlang die Arme um sich, war sich jeder Hautfalte, jedes Muskels bewusst. Sie bewunderte ihren Körper und liebte ihn, weil er ihm gehörte.

Wenn sie es müde war, den Brief immer wieder zu lesen und das Körbchen zu betrachten, nahm Stella ihren Schulatlas hervor und schlug ihn bei Neuseeland auf. Sie fuhr mit dem Finger über die Umrisse der Südinsel und las die seltsamen Maori-Namen der Orte. Zeph hatte ihr den Namen des Postamtes gesagt, das der Küstenfarm, auf der er sich mit Bakti treffen wollte, am nächsten lag. Er hatte auch gesagt, er würde ihn ihr aufschreiben, damit Stella ihm einen Brief dorthin schicken konnte, aber selbst wenn er es getan hatte, so hatte er wohl bei all den Vorbereitungen zu seinem Aufbruch vergessen, ihn ihr zu geben. Aber Zeph hatte auf jeden Fall verstanden, dass es zu gefährlich war, Stella über Mrs. Barrons Laden zu schreiben, und deshalb wusste Stella, dass sie in den nächsten Wochen keinen Kontakt haben würden, wenn ihr der Name, den er erwähnt hatte, nicht einfiel.

»Tuatapere. Waihoaka. Otatara. Wakaputa.« Sie rollte die Laute auf der Zunge, um herauszufinden, ob sich ein Name vertraut anhörte. Aber es hätte jeder sein können. Sie konnte sich nicht erinnern. Immer wieder studierte sie die Landkarten. Allerdings war es eher eine angenehme als eine verzweifelte Beschäftigung. Die Tatsache, dass ein Kontakt nicht möglich war, ließ die Trennung noch intensiver werden, so als ob der Schmerz, den sie empfand, nur zur Freude ihrer Wiedervereinigung beitragen könne.

Stella beugte sich über die Reling und blickte durch ein großes Plastikrohr mit Glas an einem Ende ins Wasser. Das Meer war trüb von aufgewühltem Plankton, aber sie konnte trotzdem die Algen auf dem Grund erkennen. Sie richtete sich auf und gab William in der Steuerkajüte ein Zeichen: dies war der richtige Ort, um die Reuse auszuwerfen.

Er verlangsamte das Tempo, und das Schiff schaukelte in der Dünung. Dieselgeruch hing in der Luft. Stella hielt sich an der Reling fest, weil eine Welle von Übelkeit in ihr aufstieg. William trat hinter sie, griff sich eine Reuse und ließ sie über die Bordwand hinunter.

»Komm her, hilf mir mal!«, rief er. Er warf einen raschen Blick auf ihr Gesicht, während er das Tau durch die Finger gleiten ließ. »Was ist los mit dir?«

Stella schüttelte den Kopf. »Nichts. Ich bin ein bisschen seekrank.«

Für gewöhnlich hatte sie keine Probleme auf See, ganz gleich, welches Wetter herrschte, solange sie nur oben an Deck in der frischen Luft war. Aber manchmal wurde ihr ein bisschen übel.

»Du warst zu lange an Land«, erwiderte William. »Du musst erst wieder seetauglich werden.«

Stella zwang sich zu einem Lächeln, zumal Williams Stimme freundlich geklungen hatte. So war es häufig bei ihrem Vater – nach Tagen des Schweigens wurde er plötzlich wieder nett und hatte seinen Zorn oder seine Enttäuschung völlig vergessen. Dann fiel es einem schwer, sich seinen verschlossenen, distanzierten Gesichtsausdruck vorzustellen.

Als William ins Ruderhaus eilte, um die Geschwindigkeit anzupassen, kletterte sie zum Vordeck und zog eine weitere Reuse hervor. Eine Flunder war im Köderkorb zurückgeblieben. Sie warf nur einen Blick auf den blassen Fischleib, und als der Geruch von verwesendem Fisch ihr in die Nase stieg, schaffte sie es gerade noch bis zur Reling. Dann erbrach sie sich ins Meer.

»Du solltest jetzt etwas essen«, sagte William, als sie sich aufrichtete und sich den Mund mit dem Handrücken abwischte. »Nichts ist schlimmer als ein leerer Magen.« Er wies mit dem Kopf zum Ruderhaus. »Schau mal nach, was wir haben.«

Die Luft im Ruderhaus war abgestanden. Es roch so wie immer – nach Diesel, Teer, nasser Wolle, gebratenen Eiern und Speck. Stella atmete tief durch und setzte sich auf die Polsterbank. Dabei drückte ihr Overall ihre Hose zwischen die Beine. Sie spürte Feuchtigkeit dort und schloss erleichtert die Augen. Endlich hatte sie ihre Periode bekommen. Rasch stand sie auf und ließ ihre Hand in die Hose zwischen ihre Beine gleiten. Sie zog sie wieder heraus und betrachtete prüfend ihren Finger. Aber es war keine Spur von Rot zu sehen. Ihr Finger war lediglich mit klarem Schleim bedeckt. Voller Panik starrte sie darauf, und das Wissen, das sie so lange verdrängt hatte, schloss sich wie eine dunkle Wolke um sie. Immer wieder hatte sie die Tage gezählt und gehofft, sie habe sich verrechnet. Sie und Laura hatten das gleiche System. Weil sie nicht im Schulbus oder in der Klasse von der Blutung überrascht werden wollten, markierten sie immer den ersten Tag der Periode im Kalender.

3. Dezember.

Vor Wochen hatte Stella dieses Datum sorglos eingekreist. Da wusste sie noch nicht, wie oft sie es später anstarren und versuchen würde, es zu verlegen, weil der achtundzwanzigste und neunundzwanzigste Tag schon vorbei waren.

Heute Morgen, bevor sie mit William zum Hafen aufgebrochen war, hatte sie den sechsunddreißigsten Tag markiert. Sie war über die Zeit. Und sie wusste es – aber sie hatte es nicht wahrhaben wollen.

Aus den Augenwinkeln sah sie eine Bewegung: William gab ihr ein Zeichen, sie solle das Schiff weiter von der Küste wegsteuern. Sie gehorchte mechanisch, gab Gas und drehte das Steuerrad, als ob sie neben sich stünde und sich selbst zuschaute.

Nach außen hin wirkte sie ganz normal, aber innerlich wand sie sich wie jemand, der einen harten Schlag versetzt bekommen hatte und jetzt kaum noch aufstehen konnte.

Der Koffer roch nach Mottenkugeln und alten Kleidern. Grace wischte ihn mit einem feuchten Tuch aus und trat dann einen Schritt zurück, damit Stella ihn betrachten konnte.

Das Mädchen nickte. »Das ist in Ordnung. Ich nehme sowieso nicht alle meine Sachen mit.«

»Ich wünschte, sie hätten eine Uniform.« Grace seufzte. »Das würde es sehr viel einfacher machen.«

Stella trat an ihre Kommode und begann, Jeans und T-Shirts herauszuholen. Sie musste erst in zwei Wochen nach Hobart, aber William wollte sichergehen, dass seine Tochter schon lange vorher alles fertig hatte.

Nein, nicht in zwei Wochen. In dreizehn Tagen.

In dieser Zeit würde Zeph kommen. Es konnte jetzt jeden Tag geschehen, dass sie in dem Mauerwerk hinter David Greys Gedenktafel irgendeine Botschaft finden würde.

Stella dachte nicht darüber nach, was passieren würde, wenn Zeph zurückkam. Es war unmöglich, sich vorzustellen, wie er sich hier im Haus mit William auseinander setzte. Aber sie wusste, er würde sie retten. Er war ganz allein und furchtlos über die Weltmeere gesegelt. Er würde wissen, was sie tun sollten.

Ihre Hand glitt über ein blauweiß kariertes Hemd. Es war eines von Jamies. Sie drückte es ans Gesicht und atmete seinen Geruch ein – vertraut und sicher. Plötzlich sehnte sie sich danach, bei ihm zu sein. Ihm alles zu erzählen und ihn um Hilfe zu bitten. Als sie aufblickte, stellte sie fest, dass Grace sie ansah. Sofort legte sie das Hemd wieder in die Schublade und schob es ganz nach hinten. Jetzt war es sowieso zu spät, es zurückzugeben. Jamie war weg. Nicht nach Hobart, um die Schule zu beenden, sondern als Landarbeiter auf eine Farm auf dem Festland. Der Gedanke daran, dass er freiwillig dieses Exil gewählt hatte, tat Stella weh – ein Junge, der so gern surfte, lebte jetzt tausend Meilen entfernt am Rand der Wüste. Und alles nur wegen ihr.

Die Seitentür schlug laut zu. In der Diele hallten Schritte, dann trat William ins Zimmer. Er blickte auf den leeren Koffer.

»Ich kann es noch gar nicht glauben, dass du fortgehst.« Traurig schüttelte er den Kopf. »Mein kleines Mädchen ist jetzt erwachsen.« Er rieb sich die Hände. »Aber an Ostern bist du ja schon wieder zu Hause. So lange ist das nicht. Übrigens habe ich Laura im Laden getroffen. Ich hatte geglaubt, sie kämen erst nächste Woche zurück.«

Der Gedanke an das Treffen mit ihrer Freundin bereitete Stella Unbehagen. Laura hatte bestimmt einen neuen Bikini und einen tief gebräunten Körper, den sie unbedingt vorzeigen wollte. Sie würde gleich mit Stella an den Strand gehen wollen. Dort würden sie in der Sonne liegen, die Haut glänzend von Kokosöl. Und sie würden ihre Körper vergleichen, wie sie es immer taten, um festzustellen, wer über Weihnachten zugenommen hatte und wie viel. Stella fand nicht, dass ihr Körper sich schon verändert hatte, aber sie fühlte sich so anders, als sei sie über eine Schwelle in eine Parallelwelt eingetreten. Wie sollte sie sich benehmen können, als wenn nichts geschehen wäre? Es würde unmöglich sein, ihr Geheimnis zu wahren.

Stella holte tief Luft. Sie beobachtete sich selbst mit entsetzter Faszination. Sie würde es sagen, jetzt, sofort.

»Ich gehe nicht weg«, sagte sie. »Ich gehe nicht nach Hobart.«

William seufzte. »Nur weil Jamie …«

»Nein, nicht deshalb«, erwiderte Stella. Sie wich zurück

bis an die Wand. Jetzt gab es kein Zurück mehr. »Ich bin schwanger.«

Sie blickte zu Boden, den Körper angespannt, als erwarte sie, geschlagen zu werden. Sie hörte Grace aufkeuchen, und sie spürte, dass William reglos dastand und sie anstarrte. Zunächst drangen nur unverständliche Laute aus seinem Mund, aber dann sagte er mit fester Stimme: »Er muss zurückkommen. Was hat er sich dabei gedacht, einfach wegzulaufen und dich allein zu lassen?«

Stella runzelte verwirrt die Stirn. Angestrengt versuchte sie, nachzudenken und Sinn in seine Worte zu bekommen, aber in ihrem Kopf überschlugen sich die Gedanken.

»Ich dachte, wir könnten dir vertrauen«, fuhr William fort. »Und ihm auch.« Er trat auf sie zu. Sein Gesicht war hart. »Wer weiß sonst noch davon?«, zischte er. »Wissen Brian und Pauline Bescheid?«

Stella blickte an seiner Schulter vorbei auf ihren steinernen Engel, der betend im Regal kniete.

Hilf mir. Bitte.

»Es ist nicht Jamie.«

Williams Augen weiteten sich. »Was?«

Stella schluckte. »Es ist jemand anderer.«

»Wer?«, fragte William schneidend. »Sag es mir.«

»Niemand, den du kennst«, erwiderte Stella. »Er ist Segler und hat nach einem Sturm hier angelegt.« Sie wandte sich zu Grace, weil sie sich von ihr Mitgefühl und Unterstützung erwartete.

Triff deine eigene Wahl. Sei frei.

Aber ihre Mutter starrte sie nur entsetzt an. Ihr Blick machte Stella Angst. So hatte sie Grace noch nie gesehen.

William trat ans Fenster und blickte hinaus aufs Meer, als ob er erwartete, den Schuldigen dort zu finden.

»Er musste wieder weg«, sagte Stella. »Aber er kommt zurück.« Sie hob ihr Gesicht. Ein dünner Sonnenstrahl traf ihre Wange und wärmte sie. Tränen traten ihr in die Augen. »Wir lieben uns.«

William lachte, ein hässliches, rasselndes Geräusch. »Du bist doch noch ein Kind.«

In dem angespannten Schweigen, das folgte, rauschte das Meer so laut, als sei es näher gekommen, um zuzuhören.

William räusperte sich. »Und wer ist es? Wo lebt er?«

»Er lebt nirgendwo. Er segelt um die ganze Welt.«

Das machte William für ein paar Sekunden sprachlos. Dann schüttelte er den Kopf wie jemand, der aus einem Traum erwacht. »Spinks wird mir schon sagen, wer er ist«, erklärte er. »Ich überlege mir, wie ich ihn am besten frage, damit ihm nichts auffällt.« Er wandte sich an Grace. »Niemand darf es erfahren. Niemand.«

»Er war nicht in Halfmoon Bay. Spinks weiß nichts von ihm«, sagte Stella. Leiser Stolz stieg in ihr auf. »Niemand weiß etwas von ihm.«

Sie blickte Grace an. Die Lippen ihrer Mutter bewegten sich, als suche sie nach Worten. In ihren Augen standen Erschrecken und Bestürzung.

»Und? Hat er einen Namen?«, wollte William wissen.

Stella blickte auf ihre Hände.

Zephyrus, der Westwind, sanft und freundlich.

Sie würde es ihnen nicht sagen. Entschlossen hob sie den Blick und schaute ihren Vater an. »Robert.«

»Robert«, wiederholte William. Wenigstens war es ein solider, vernünftiger Name – nicht einer, der die Sterne durcheinander wirbelte und zu einem Jungen passte, der aus Versehen ins Paradies geraten war. »Und wie weiter?«

»Ich weiß nicht«, erwiderte Stella. »Das hat er nie gesagt.«

»Das hat er nie gesagt«, echote William, als versuche er, eine verborgene Bedeutung dahinter zu entdecken.

»Wie lange bist du über die Zeit?«, fragte Grace. Ihre Stimme klang scharf, und William warf ihr einen überraschten Blick zu.

»Ein paar Wochen«, antwortete Stella.

»Dann bist du dir also noch nicht sicher«, sagte Grace.

William wandte sich hoffnungsvoll an seine Tochter.

»Doch, ich bin mir sicher«, erwiderte Stella. »Ich hätte eigentlich meine Periode bekommen sollen, als es passiert ist, und das ist mittlerweile Wochen her. Ich habe geglaubt, es sei sicher.«

»Du hast geglaubt, es sei sicher?«, unterbrach William sie. »Haben wir dich nicht zu einem anständigen, achtbaren Menschen erzogen?« Er rieb sich mit der Hand übers Gesicht. »Weiß Jamie davon?«

Stella schüttelte den Kopf.

»Nun, Gott sei Dank. Das hat er nicht verdient. Er ist ein guter Junge.«

Stella zuckte zusammen. Sie wusste, was er damit sagen wollte.

Du bist kein gutes Mädchen mehr.

Sie blickte zu dem Steinengel, den Daniel ihr geschickt hatte. Was immer ihr Patenonkel auch getan haben mochte, es konnte nicht schlimmer sein als das hier. Würde man auch sie wegschicken und ihren Namen nie wieder erwähnen?

»Du hast deine Zukunft ruiniert«, sagte William. »Jetzt wirst du die Schule nicht beenden können. Du wirst nicht Medizin studieren können.« Stella stand da mit gesenktem

Kopf und ließ die Worte ihres Vaters über sich ergehen. »Und es geht nicht nur um dich. Du hast auch Jamies Pläne ruiniert. Pauline ist niedergeschmettert. Und das war noch ohne … das hier!« Seine Stimme klang plötzlich anders, und Stella blickte auf. »Alles, wofür ich gearbeitet habe. Ich bin extra aus England hierher gekommen, um von vorne anzufangen.« Er blickte von Grace zu Stella und wieder zu seiner Frau. In seinen Augen stand Panik, und Stella spürte, wie sie mit Angst darauf reagierte. »Ich will nicht, dass die Leute über uns reden. Ich will es nicht.« William hob die Hand an die Stirn. Seine Finger zitterten wie Espenlaub. »Du bleibst hier in deinem Zimmer«, befahl er. »Ist das klar?«

Stella nickte. »Ja.«

Grace folgte William in den Flur, und Stella atmete erleichtert auf, als sie weg waren. Der erste Schritt war getan. Sie hatte es ihnen gesagt. Und jetzt würde sie bestraft werden. Einen kurzen, wahnsinnigen Moment lang stellte sie sich vor, nur irgendein gewöhnliches Verbrechen begangen zu haben. Sie würden ihr eine Strafpredigt halten, ihr zusätzliche Pflichten auferlegen. Und dann würde ihr alles verziehen werden.

Aber so war es natürlich nicht. Etwas Unwiderrufliches war losgetreten worden. In neun – acht – Monaten würde sie ein Baby bekommen. Es würde ihres und Zephs Baby sein. Sie zwang sich, nicht auf Williams Stimme zu hören, die zornig aus dem Elternschlafzimmer dröhnte. Stattdessen dachte sie an die kleine Nina, die Zeph liebevoll umhergetragen hatte. Er hatte dieses deutsche Baby geliebt. Sie fehlte ihm immer noch.

Er würde auch Stellas Baby lieben – das Baby, das halb er und halb sie war.

Es würde dunkle Haare haben und eine helle Haut, die vor der Sonne geschützt werden musste. Sie würden es in einen weichen Sarong in Regenbogenfarben hüllen und es in eine Hängematte auf der *Tailwind* legen.

Und dort würde es sanft vom Meer in den Schlaf gewiegt werden.

Stella lag auf ihrem Bett und drückte ihre Hände auf ihren Bauch. Er war so flach und fest, es fiel ihr schwer, sich vorzustellen, dass sich da drinnen etwas geändert haben könnte. Sie erinnerte sich an das Plastikmodell eines weiblichen Körpers im Naturkunderaum in der Schule. Man konnte die Haut abnehmen, und dahinter kringelte sich der bräunliche Darm wie Würste. Hob man auch ihn heraus, dann versteckten sich dahinter die Fortpflanzungsorgane. Die Kinder hatten miteinander geflüstert und Witze gemacht, als der Lehrer ihnen alles gezeigt und erklärt hatte, und Stella konnte sich noch gut daran erinnern, wie hart und kalt alles ausgesehen hatte. Die einzelnen Teile hatten geklappert, als das Modell wieder zusammengebaut worden war.

Sie wusste nicht, wie lange sie in ihrem Zimmer gewartet hatte, aber vermutlich waren es Stunden gewesen. Sie hatte gehört, wie William die Seitentür hinter sich zuschlug und mit dem Lieferwagen wegfuhr. Schließlich war er wiedergekommen.

Sie setzte sich auf, als Schritte im Flur ertönten. Sie ballte die Fäuste und verkrampfte die Zehen in den Schuhen, um sich zu wappnen.

William trat ins Zimmer und stellte sich vor sie.

»Es abzutreiben kommt nicht in Frage«, sagte er. »Wir gehen zwar nicht jeden Sonntag in die Kirche, aber das heißt noch lange nicht, dass wir richtig und falsch nicht unterscheiden können.«

Stella starrte ihn an. Sie wusste, dass Frauen in anderen Ländern – vielleicht auch auf dem Festland – häufig Abtreibungen vornahmen. Mädchen an anderen Schulen hatten davon erzählt, dass sich manche Frauen Kleiderbügel hineinschoben und dann allein in ihrem Hotelzimmer verbluteten. Und Laura hatte von einem Schulmädchen aus Hobart gehört, das in eine Klinik nach Melbourne gegangen war – dort bekam man eine Nummer, und der Name wurde nie genannt.

Aber all das hatte nichts mit Stella zu tun. Sie wartete auf Zeph.

»Du bleibst so lange hier, wie du deinen Zustand noch verbergen kannst. Solange alles noch einigermaßen normal abläuft«, fuhr William fort. Er wirkte ruhig und sprach seine Worte langsam und sorgfältig aus. Aber er blickte Stella nicht in die Augen, weil es ihm anscheinend peinlich war, über ihren Körper sprechen zu müssen – den Körper einer Frau. »Und dann gehst du weg. Ich habe ein paar Anrufe getätigt. Auf dem Festland gibt es einen Ort in Victoria, wo ein Heim der Heilsarmee für unverheiratete Mütter ist.« Er warf Stella einen raschen Blick zu und holte tief Luft, bevor er hinzufügte: »Es gehört auch ein Krankenhaus dazu, und solange du kannst, wirst du dort mitarbeiten. Dann entbindest du dort, und das Heim arrangiert alles – die Adoption, die Nachsorge. Sie bandagieren die Körper der Mädchen, sodass schon nach ein paar Tagen niemand mehr sehen kann, dass überhaupt etwas passiert ist.«

Stella senkte den Kopf und schwieg.

William trat auf sie zu und legte ihr die Hand auf die

Schulter. Sie wusste, er versuchte, nett zu sein und trotz seiner Wut und seiner Enttäuschung ihr entgegenzukommen.

»Und dann haben wir noch etwas arrangiert – etwas, auf das du dich freuen kannst. Ich habe mit Tante Jane gesprochen, und sie hat eingewilligt, dass du bei ihr wohnen kannst, um die Schule in England zu beenden. Sie hat mir sogar angeboten, das Schulgeld zu bezahlen, damit du auf eines der besten Frauen-Colleges gehen kannst. Natürlich weiß sie nichts hiervon, ich habe mit ihr nur über deine Ausbildung gesprochen.« William blickte seine Tochter mit einer Art grimmigem Triumph an. »Dann hast du Zeit, über alles hinwegzukommen. Und danach kannst du hier, wie geplant, Medizin studieren. Niemand wird je erfahren, was geschehen ist.«

Sie schwiegen beide.

William beugte sich vor. Ein leises Lächeln umspielte seine Lippen.

»Na, was hältst du davon?«, fragte er, als ob er ihr gerade seine Pläne für ihr Geburtstagsfest oder ihre Hochzeit dargelegt hätte.

Stella zupfte an ihrem Bettüberwurf aus Chenille. Sie zog blassgelbe Fäden heraus und drehte sie zwischen den Fingern.

»Ich will mein Baby nicht weggeben.« Sie blickte ihrem Vater in die Augen und hatte dabei das Gefühl, Zeph stünde unsichtbar neben ihr, um sie zu unterstützen.

William presste die Lippen zusammen. Sie sah ihm an, wie die Wut erneut in ihm aufstieg.

»Es ist nicht ›dein‹ Baby«, fuhr er sie an. »Es wäre ›dein‹ Baby gewesen, wenn du verheiratet und alt genug wärst, um Mutter zu sein.« Ruhiger fuhr er fort: »Wenn du erst einmal darüber nachgedacht hast, wirst du es auch so sehen. Ein Baby muss eine richtige Familie haben. Ein richtiges Zuhause.«

Nicht nur Stella, Zeph, Carla und Tailwind.

»Jedenfalls müssen wir uns jetzt erst einmal um andere Dinge kümmern«, fuhr William fort. »Es klingt seltsam, wenn wir auf einmal verkünden, dass du nicht in Hobart auf die Schule gehst. Wir brauchen einen Grund dafür und einen Vorwand, warum du in der nächsten Zeit nicht mit Laura und den anderen Mädchen an den Strand gehen kannst.« Er schwieg, als wolle er Stella die Möglichkeit geben, ihre Einwände zu äußern. Aber sie blickte ihn nur an. »Wir werden sagen, deine Mutter sei krank«, erklärte er. »Sie kann nicht allein zu Hause bleiben. Von heute an braucht sie dich ständig um sich. Wenn du zum Laden gehst, kommst du anschließend sofort wieder nach Hause.«

»Was fehlt ihr?«, fragte Stella. »Ich meine, was soll ich den Leuten sagen, wenn sie fragen?« Sie bemühte sich zu verbergen, wie froh sie darüber war. Schließlich wollte sie nichts lieber, als hier zu Hause mit ihrem Geheimnis allein zu sein, bis Zeph zurückkam.

»Sie hat es im Rücken«, erwiderte William. »Ein verrutschter Wirbel. Sie kann nicht allein aufstehen, und sie kann auch nicht kochen oder sauber machen. Aber Doktor Higgins braucht nicht hierher zu kommen, um sie zu untersuchen, weil sie so etwas früher schon einmal gehabt hat.«

Die Worte kamen ihm so glatt über die Lippen, dass es Stella ganz kalt wurde. Aufrichtigkeit war ihrem Vater immer über alles gegangen. Als er Vorsitzender des Fischer-Verbands gewesen war, hatte er den Schatzmeister gegen sich aufgebracht, weil er nicht zugelassen hatte, dass man Bier als Köder abrechnete. Er würde noch nicht einmal sagen, dass ihm ein neues Kleid gefiel oder dass ihm Paulines Kuchen schmeckte, wenn es nicht stimmte. Eine Lüge war eine Lüge, erklärte er immer, auch wenn sie aus Höflichkeit oder Freundlichkeit ausgesprochen wurde. Und jetzt stand er hier vor ihr und entwarf ein Lügengeflecht, das er überall verbreiten wollte. Ihretwegen.

»Was meint Mum dazu?«, fragte Stella. Sie hörte, wie Grace in der Küche hantierte und Töpfe in die Spüle stellte.

»Sie hat viel mit ihrem Garten und der Kocherei zu tun. Glücklicherweise leben wir ja weit außerhalb vom Ort, deshalb kommt uns auch niemand zufällig besuchen. Es wird ihr nicht besonders viel ausmachen.«

»Nein, ich meinte den übrigen Plan«, sagte Stella.

Sie dachte an Grace' Gesichtsausdruck, als sie erklärt hatte, schwanger zu sein. William war schockiert und außer sich gewesen, aber ihre Mutter hatte zutiefst erschrocken gewirkt. Sie hatte Stella einen Blick zugeworfen, aus dem sie erst später schlau geworden war: Es war der ungläubige Blick eines Menschen, der zusah, wie ein anderer eine goldene Gelegenheit verschenkte.

Triff deine eigene Wahl. Studiere. Reise.

»Sie denkt genauso wie ich«, erwiderte William. »Natürlich weiß sie besser als wir beide, was für eine unermessliche Verantwortung es ist, ein Kind zu haben.« William schwieg einen Moment, dann fuhr er fort: »Du weißt, dass das Schuljahr in England später beginnt als hier. Wenn du nach Victoria gehst, können wir sagen, dass du schon zu deiner Tante Jane fährst, um dich einzugewöhnen, bevor die Schule beginnt. Das passt zeitlich sehr gut.« Er wirkte äußerst zufrieden mit sich. »So, jetzt ist es Mittag. Es ist wichtig, dass du nicht zu viel über all das nachgrübelst. Ich habe Grace erklärt, dass wir über das Thema nicht sprechen werden. Je weniger wir darüber reden, desto schneller ist alles wieder in Ordnung. Es liegen ein paar schwierige Monate vor uns, aber sie werden vorübergehen, und dann können wir neu anfangen.« Optimistisch fügte er hinzu: »Im Frühjahr ist alles überstanden.«

Als er das Zimmer verlassen hatte, trat Stella ans Fenster und blickte über das Meer. Wo immer Zeph auch sein mochte, er war nicht weit von der *Tailwind* entfernt, und die Wellen, die gegen die Yacht schlugen, waren dieselben Wellen, die sich nur einen Steinwurf von ihr entfernt an den Felsen brachen. Sie stellte sich vor, wie das Meer all ihre Gedanken und Gefühle zu Zeph trug – ihre Angst, ihre Hoffnung, ihre Liebe.

Wenn sie genau hinsah, konnte sie sich beinahe einreden, die *Tailwind* dort draußen zu sehen – ein dunkler Umriss am Horizont, der immer näher kam.

8

Stella lief barfuß den Strand entlang und spürte die Wärme der Nachmittagssonne auf dem Sand. Darunter stieg feuchte Kühle auf. Vor ihr lag der schmale Kanal, in dem die *Tailwind* vor Anker gelegen hatte. Sie sah die Yacht deutlich vor sich, wie sie sich in der Dünung wiegte. Eine leichte Brise strich über die Blüten der Strohblumen, die sie in der Hand hielt. Sie blickte auf die steifen Blütenköpfchen. Sie würden ihre Farbe behalten und nicht welken, und wenn Zeph wiederkam, würden sie ihn mit ihrem hellen Gelb empfangen.

Sie trat an die Stelle, wo der kleine Süßwasserfluss in einen Teich mündete – nicht weit von dem Felsen entfernt, wo die Schlange sie damals, als sie Zeph das erste Mal begegnet war, erschreckt hatte. Wenn er ankam, würde er frisches Wasser brauchen, vermutete sie. Er würde direkt hierher kommen, und dann würde er ihren Willkommensgruß sehen.

Am Ufer des Teiches lagen zahlreiche Treibholzstücke. Stella nahm sich Zeit und suchte sich sorgfältig aus, was sie haben wollte. Grace arbeitete im Garten, und William war auf See. Bevor er gefahren war, hatte er Stella und Grace strikte Anweisung gegeben, auf Fahrzeuge zu achten, die den Weg entlangfuhren. Er hatte Mrs. Barron und auch

Laura erklärt, dass Grace absolute Ruhe brauche und nicht besucht werden dürfe. Aber man konnte ja nie sicher sein, dass sich die Leute auch an das hielten, was man ihnen sagte. Und wenn doch jemand auftauchte, musste Grace außer Sichtweite in ihrem Zimmer sein.

Stella sammelte das Holz, das sie sich ausgesucht hatte, auf, ebenso wie einige Stücke Tau, und legte sie auf eine Felsplatte, um sie sich genauer anzuschauen. Wenn sie sich zu lange bückte, wurde ihr schwindlig.

Sie legte die Fundstücke nebeneinander. Sie sahen aus wie die Knochen eines unbekannten Geschöpfes – glatt, weiß und elegant gebogen. Nachdem sie sie ein paar Minuten lang eingehend betrachtet hatte, konnte sie sich vorstellen, wie sie sie zusammenfügen musste, damit die Blumen hineinpassten – eine Mischung zwischen einem Rahmen und einem Altar.

Sorgfältig stellte sie die Struktur zusammen und befestigte sie mit den Stricken, damit noch nicht einmal ein Wallaby, das dagegen stieß, Schaden anrichten konnte. Als sie fertig war, trug sie das Objekt zu einem geschützten Platz in der Nähe des Teiches. Dort stellte sie es auf einen flachen Felsbrocken und steckte die Strohblumen in ein Astloch an einem Stück Treibholz.

Dann trat sie zurück und bewunderte ihr Werk. Die Blumen leuchteten stark und mutig, und ihr Anblick erfüllte Stella mit Hoffnung. Der Alptraum von Williams Wut und Grace' Abscheu fiel von ihr ab. Sie war sicher, dass Zeph bald da sein würde. Irgendetwas hatte ihn aufgehalten, aber sie wusste, dass er kommen würde, auch wenn er glauben musste, sie sei schon in Hobart. Er würde ihr eine Nachricht hinterlassen, wie sie es vereinbart hatten, hinter David Greys Gedenktafel. Und er würde wissen, dass sie einen Weg fände, sich die Nachricht zu beschaffen. Er würde einen neuen Plan machen. Sie brauchte nur zu warten.

Sie lächelte den Möwen zu, die sich versammelt hatten, um sie zu beobachten. Keine Sorge, sagte sie zu ihnen. Alles wird gut.

Mrs. Barron beugte sich über die Gefriertruhe, um Fleisch herauszuholen.

»Hier, halt das mal.«

Sie reichte Stella ein großes, ovales Päckchen. Das Fleisch unter dem Plastik war tiefrot.

»Was ist das?«, fragte die Frau.

Stella drehte den gefrorenen Klumpen in der Hand, um ein Etikett zu finden, konnte aber nichts sehen. »Es steht nicht drauf.«

Mrs. Barron seufzte frustriert. »Ich habe Laurie extra gesagt, er soll die Gefrierbeutel auszeichnen, aber wenn er es eilig hat, schmeißt er es einfach wild durcheinander hier hinein und lässt die Leute raten. Eines Tages werfe ich noch mal alles vor die Tür.«

Stella nickte, erwiderte jedoch nichts. Mrs. Barron beklagte sich gerne über Laurie, aber eigentlich hing sie, was ihr Fleischangebot anging, von ihm ab, da der Jäger alle möglichen Sorten Wild anbrachte: Reh, Kaninchen, Wallaby, Wildvögel und wilde Truthähne und auch Ziegen, die niemandem zu gehören schienen. Manche Kunden, so wie Grace, wollten davon nichts essen, aber viele Familien konnten sich kein anderes Fleisch leisten. Sie tauschten Rezepte untereinander aus und diskutierten über die beste Art der Zubereitung.

Laurie war mit Brian befreundet, und Stella war schon

häufiger zum Essen dort gewesen, wenn auch der Jäger eingeladen war. Im Gegensatz zu anderen Männern, die im Wohnzimmer oder auf der Veranda saßen und Bier tranken, hielt sich Laurie gern in der Küche auf und half Pauline beim Kochen. Und was er kochte, schmeckte immer gut. Jamie und Stella fanden ihn faszinierend. Er war zwar im selben Alter wie William und Brian, aber er trug seine Haare lang und zu einem Pferdeschwanz zusammengebunden. Er lief immer in Jeans und Cowboystiefeln herum, und die Leute sagten, er könne ein bewegliches Ziel auf zwanzig Fuß Entfernung mit dem Gewehr in einer Hand treffen.

Als sie klein waren, lungerten Jamie und Stella immer um seinen Jeep herum und spekulierten darüber, woher die Beulen und Flecken kamen. Am Armaturenbrett klemmten unterschiedlich geformte Knochen, und damals hielten sie Laurie für einen gefährlichen Mann mit einer dunklen, geheimnisvollen Vergangenheit. Als sie jedoch älter wurden, änderten sie ihre Meinung über ihn und begannen ihn als Verbündeten zu betrachten. Er hatte immerzu Probleme mit den Behörden und mit Spinks.

Stella hatte eines Morgens miterlebt, wie Spinks Laurie auf dem Parkplatz am Hafen einen Strafzettel verpassen wollte. »Du hast keinen Respekt vor dem Gesetz«, hatte Spinks gesagt.

»Da irrst du dich«, hatte Laurie ruhig erwidert. Er stand mit blutbeschmierten Hosen an seinem Jeep. Hinter ihm lag ein totes Reh. »Es ist nur so, dass meine Gesetze nichts mit deinen zu tun haben.«

Meine Gesetze haben nichts mit deinen zu tun.

An diesen Satz dachte Stella, während sie wartend bei Mrs. Barron stand. Lauries Stimme hatte an jenem Tag beiläufig geklungen, aber Stella begriff jetzt, dass es mutige Worte gewesen waren.

Es war nicht einfach, nach seinen eigenen Regeln zu leben, vor allem, wenn man so tun musste, als sei es nicht der Fall. Für Außenseiter war Stella die pflichtbewusste Tochter, die ihre Schulausbildung unterbrach, um sich um ihre kranke Mutter zu kümmern. Für William und Grace war sie ein Mädchen, das einen schrecklichen Fehltritt begangen hatte, aber zumindest dankbar dafür war, dass die Eltern ihr bei der Lösung des Problems halfen. Für Laura war sie eine Freundin, die zu Hause feststeckte und nichts Interessantes zu berichten hatte, während ihre ehemaligen Klassenkameraden Sport trieben und aufregende neue Dinge lernten. Und während Stella all diese Rollen spielte, wartete sie die ganze Zeit nur darauf, dass Zeph zurückkam und sie rettete. Sie kam sich vor wie eine Schauspielerin, die in verschiedenen Stücken auftrat: Es bestand immer das Risiko, dass sie ihren Text verwechselte.

»Hier ist es!« Mrs. Barron richtete sich auf. Sie hielt eine Schaumstoffschale mit Fleisch in der Hand, auf deren Etikett der Name eines Metzgers in St. Louis stand. »Rinderbrust. Ich wusste doch, dass sie mir welche geschickt hatten. Leg das einfach wieder hinein, Liebes, und schließ den Deckel.«

Mrs. Barron schlurfte in ihren Schlappen zur Theke, ergriff einen Bleistift, leckte die Spitze an und strich das letzte Wort auf Grace' Einkaufsliste aus.

Stella trat zu ihr. Die Theke war übersät mit Körbchen voller Ostereier, die in bunte Folie eingewickelt waren. Manche waren dekoriert mit gelben Flauschküken mit orangefarbenen Füßen aus Draht und Papierschnäbeln.

Stella tippte eines mit dem Finger an. Die kleinen Vögel

waren ein Symbol für das Frühjahr – neues Leben. Aber wie Zephs umgedrehte Sterne gehörten auch sie zur nördlichen Hemisphäre. Ostern in Tasmanien bedeutete das Ende des Sommers – die letzten Camping-Ausflüge, die letzten Barbecue-Partys und die letzten Schwimmzüge im eiskalten Meer.

Stella lief ein Schauer über den Rücken. Der Winter stand vor der Tür.

Und Zeph war immer noch nicht zurückgekehrt.

Mrs. Barron rechnete die Einzelbeträge des Einkaufs zusammen und trug die Summe in ihr Rechnungsbuch ein. Stella wünschte, sie würde sich beeilen. Sie versuchte, nicht zu atmen, weil ihr der abgestandene Geruch aus dem Kuchenwärmer Übelkeit verursachte. Sie konnte die vertrockneten Teilchen, die den ganzen Tag darin gelegen hatten, noch nicht einmal anschauen. Wenn sie plötzlich aus dem Laden rennen müsste, würde Mrs. Barron sich bestimmt sehr wundern.

»Ach, bevor du gehst, möchte ich noch mit dir reden«, sagte Mrs. Barron.

Stella erstarrte mitten in der Bewegung. Hatte sie einen Fehler gemacht? War irgendetwas durchgesickert?

»Es geht um das dreißigjährige Jubiläum der Vereinigung der Fischerfrauen«, fuhr Mrs. Barron fort. »Wir wollten ein Kochbuch herausgeben, aber es soll etwas Besonderes sein. Und zwar soll jede von uns ein Rezept beisteuern, das sie selbst erfunden hat.« Sie schwieg, damit Stella antworten konnte.

»Das klingt interessant«, sagte Stella höflich. Sie betrachtete eine Tüte Kartoffelchips. Salz und Essig. Der würzige Geschmack würde ihren Magen bestimmt beruhigen.

»Es muss kein komplett neues Gericht sein, sondern irgendetwas, das verbessert worden ist oder so. Nur kopiert darf es nicht sein. Das Kapitel ›Weihnachten‹ diskutieren wir gerade noch. Wir können uns nicht einigen, ob wir auch kalte Hauptgerichte hineinnehmen sollen. Betty ist der Meinung, sie gehörten nicht in das Kapitel über tasmanische Küche, weil sie nicht traditionell sind. Aber da sage ich dir noch Bescheid.«

Stella nickte geistesabwesend. Sie blickte auf die Postfächer, jedes mit einem handgeschriebenen Buchstaben gekennzeichnet. In manchen steckte viel Post, andere waren leer. In »B« lag ein Brief, aber Stella konnte das Stadtwappen von St. Louis erkennen – es war bestimmt ein Steuerbescheid oder so etwas.

Was mochte es wohl für ein Gefühl sein, wenn sie einen Brief von Zeph im Fach liegen sah? Wenn er allen Warnungen und Vorsichtsmaßnahmen zum Trotz doch an sie geschrieben hätte? Sie stellte sich vor, wie Mrs. Barron den Brief beiseite gelegt hätte, weil sie seine Bedeutung erriet. »Etwas Besonderes für dich, Stella«, würde sie mit verschwörerischem Lächeln sagen und den Umschlag über die Theke schieben.

Er würde von der feuchten Meerluft ganz zerknittert sein. Und am Kleberand würde noch ein Katzenhaar haften.

»Wenn du also das nächste Mal kommst«, fuhr Mrs. Barron fort, »wäre es nett, wenn du ein Rezept von Grace mitbringen könntest.« Sie lächelte traurig, als habe sie gerade von einer Toten gesprochen. »Du kannst es ja für sie aufschreiben, wenn sie es nur im Kopf hat. Sie soll sich nicht unnötig anstrengen. Aber es wäre eine Schande, sie nicht in das Buch aufzunehmen, sie ist eine so gute Köchin. Und wenn sie sich nicht entscheiden kann, welches Rezept sie beitragen soll, dann würde ich den Kuchen vorschlagen, den sie für den Kuchenstand in der Kirche gebacken hat. Alle haben gesagt …«

»Aber es sind nicht ihre Rezepte«, unterbrach Stella sie. »Sie stammen aus einem Buch mit Familienrezepten, die Dads Mutter gesammelt hat.«

»Ach so«, sagte Mrs. Barron, »die Rezepte der Schwiegermutter, die sie an uns weitergegeben hat, damit wir für unsere lieben Männer das Essen kochen können, an das sie gewöhnt sind.«

Stella blickte Mrs. Barron an. Ein zynisches Lächeln umspielte die Lippen der Frau, und Stella kam der Gedanke, dass sie diese Geste, die das Mädchen immer für nett und hilfreich gehalten hatte, wohl ganz anders sah.

»Aber Grace kocht ja bestimmt auch andere Sachen, die nicht in dem Buch stehen«, meinte Mrs. Barron.

Stella schüttelte den Kopf.

Mrs. Barron lächelte wissend. »Das würde er wahrscheinlich auch nicht essen. Manche Männer sind so.«

Stella musterte sie schweigend. Es wäre ihrem Vater gegenüber illoyal gewesen, etwas darauf zu erwidern, aber sie wusste, dass die Frau Recht hatte. Sie konnte sich William absolut nicht am Esstisch vor einem Gericht vorstellen, das er nicht wiedererkannte. Er sagte oft, er habe auf See genügend Überraschungen zu bewältigen. Wenn ein Mann nach Hause kam, wollte er gerne wissen, was ihn erwartete.

Mrs. Barron tippte sich nachdenklich mit dem Finger gegen die Wange. »Nun, ich weiß nicht. Vielleicht könnte sie ja einfach so tun, als ob es ihr Rezept wäre. Schließlich kommen die Rezepte ja alle aus England, und es erfährt sowieso niemand.« Sie warf Stella einen Blick zu. »Ich meine damit natürlich nicht, dass sie lügen soll.«

»Natürlich nicht«, erwiderte Stella lächelnd. Sie wollte das Gespräch jetzt endlich beenden. »Wissen Sie, was? Ich sage ihr einfach nur, dass Sie um ein Rezept gebeten haben.«

Mrs. Barron nickte. »Danke, Liebes. Sag mir dann Bescheid.« Sie lehnte sich an die Wand. »Ich habe gehört, du bist auch schon eine kleine Köchin geworden.«

Stella blickte auf ihre Hände. Sie wusste nicht genau, was die Frau meinte.

»Miss Spinks hat gesagt, sie ist bei euch vorbeigekommen, um zu sehen, wie es Grace geht, und du hattest ein Blech mit Keksen im Backofen und einen Eintopf auf dem Herd.«

Stella schwieg. Sie erinnerte sich noch gut an die Hektik, mit der Grace in ihrem Schlafzimmer verschwunden war, ehe Miss Spinks' Volkswagen vor dem Haus vorfuhr.

Mrs. Barron lächelte sie an. »Du bist ein liebes Mädchen. Nicht jede Tochter würde sich so gut um ihre Mutter kümmern.«

Auch darauf erwiderte Stella nichts. Sie blickte über die Schulter der Frau zum Hafen.

»Ich muss gehen«, sagte sie, ergriff den Karton mit den Einkäufen und eilte hinaus.

In den Linien von David Greys Namen hatte sich Salz abgesetzt. Stella lehnte sich gegen die Wand neben der Tafel und zögerte den Moment hinaus, wo sie in das Loch im Mauerwerk greifen würde.

Sie rieb sich den schmerzenden Rücken und zupfte an den Trägern ihres Büstenhalters. Sie schnitten in die Schulter ein, weil ihre Brüste schwerer geworden waren.

Es war ein anderer Büstenhalter als diejenigen, die sie

üblicherweise trug. William hatte ihn aus St. Louis mitgebracht. Eines Nachmittags hatte er auf einmal in Stellas Zimmer gestanden und ihr ein in braunes Papier eingewickeltes Päckchen in die Hand gedrückt. Er hatte sie dabei nicht angesehen und auch nichts gesagt. Offensichtlich hatte Grace gewusst, dass sie jetzt einen größeren BH brauchte, und mit ihm geredet. Wie peinlich musste es dem Fischer gewesen sein, in St. Louis ins Wäschegeschäft zu gehen und wieder einmal die Lüge von seiner bettlägerigen Frau zu erzählen.

Die Verkäuferin hatte einen hässlichen Altfrauen-Büstenhalter mit breiten Trägern und vier Haken hinten ausgesucht. Die Körbchen waren mit beigefarbener Spitze bedeckt. Stella versuchte zu vergessen, dass sie ihn unter dem alten Arbeitshemd von William trug. Wie den Büstenhalter hatte William ihr vor einer Woche auch das Hemd ohne jeden Kommentar gegeben. Sie hatte begriffen, dass sie es in der Öffentlichkeit tragen sollte, um die Tatsache zu verbergen, dass sie ihre Jeans nicht mehr zubekam. Dabei war es kein Fett, dass den Hosenbund zu eng werden ließ. Wenn Stella auf dem Bett lag und die Finger auf den Bauch drückte, dann konnte sie ihre Gebärmutter als harte Kugel spüren. Und darin lag ein kleines, zusammengekrümmtes Geschöpf, das aussah wie ein neugeborenes Kaninchen – haarlos, mit übergroßem Kopf. Stella hatte sich auf Schnittzeichnungen angeschaut, wie der Fötus sich in der Schwangerschaft veränderte.

Die Zeichnungen befanden sich in einem Buch mit dem Titel *Deine Schwangerschaft*, das Stella bei den Nachschlagewerken im Büchereibus entdeckt hatte. Sie hatte das Buch ganz hinten im Regal versteckt. Beim Durchblättern waren ihr bestimmte Sätze in Erinnerung geblieben.

Von der Plazenta ernährt … Saug- und Schluckreflexe … Die Leber produziert Galle … Es sieht jetzt beinahe schon wie ein kleiner Mensch aus, könnte jedoch außerhalb der Gebärmutter nicht überleben … Jetzt wachsen die Zehennägel …

Stella hatte sich bemüht, sich so viel wie möglich über die verschiedenen Phasen zu merken. Dann hatte sie jedoch festgestellt, dass es ganze Kapitel über Ernährung, Gesundheit, Wehen und Geburt gab. So vieles, was sie wissen musste. Panik stieg in ihr auf. Die Bücher wurden jeden Monat ausgetauscht, und wenn der Bus das nächste Mal kam, wäre *Deine Schwangerschaft* möglicherweise nicht mehr da.

Stella konnte sich nicht erinnern, wann sie beschlossen hatte, das Buch zu stehlen. Ihre Hand schien sich wie von selbst zu bewegen, als sie das Buch unter das weite Hemd in den Bund der Jeans steckte. Dann trat sie mit klopfendem Herz an den Tisch der Bibliothekarin vorne im Bus.

»Ich wusste gar nicht, dass du Krimis liest«, sagte Miss Morrel und stempelte die Leihkarte ab.

Stella blickte sie verständnislos an. Sie hatte sich einfach ein paar Bücher aus dem Regal gegriffen, ohne auf die Titel zu achten.

»Ich werde dir noch ein paar andere empfehlen.« Die ältliche Frau machte sich eine Notiz. *Stella. Krimis.*

Als sie aufblickte, war Stella bereits an der Tür. Sie lächelte der Bibliothekarin zu und verließ den Bus.

Stella stieß sich mit beiden Händen von der Steinmauer ab und ging langsam zu dem Loch im Mauerwerk. Dabei schloss sie die Augen, damit sie nicht wieder nach Vorzeichen suchte.

Wenn mir eine Ameise vor die Füße läuft, ist das Loch leer.

Wenn eine Möwe schreit …

Wenn ich es schaffe, ganz gleichmäßig und langsam zu atmen …

Sie schob die Hand in das Mauerloch und tastete den Raum hinter der Tafel ab. Sie kannte jeden Riss in den Steinen und jede Mörtellinie.

Und sie wusste genau, wie es sich anfühlte, wenn die Höhlung völlig leer war.

Sie blickte aufs Meer und ballte die Fäuste. Er kommt bestimmt, sagte sie sich. Er kommt bestimmt. Irgendetwas hat ihn aufgehalten.

Sie gab Bakti die Schuld. Zephs Mutter hatte ihn bestimmt länger zurückgehalten.

Sie gab *Tailwind* die Schuld. Die Yacht war in einem Sturm beschädigt worden und musste erst repariert werden. Sie stellte sich vor, wie Zeph hart auf dem Schiff eines Fremden arbeitete, um genügend Geld für Segeltuch, Taue und Holzplanken zu verdienen.

Aber da waren auch noch andere Stimmen in ihrem Kopf, und sie wurden mit jedem Tag, der verging, lauter. Sie murrten, dass Zeph schon längst da wäre, wenn er wirklich hätte zurückkommen wollen. Oder dass er irgendeinen Weg gefunden hätte, um Kontakt zu ihr aufzunehmen und ihr mitzuteilen, was los war.

Wenn er überhaupt noch lebte.

Wenn er sie wirklich liebte.

Zweifel nistete sich eisig in ihrem Herzen ein, aber sie wehrte sich dagegen. Tief im Innern wusste sie, dass er zurückkommen würde.

Ich verspreche zurückzukommen.

9

Stella läutete die kleine Messingglocke, die neben der Registrierkasse stand. Aus dem Wohnzimmer drang das Knacken der Couch, und dann erschien Mr. Barron in der Tür. Er wischte sich mit dem Handrücken Krümel vom Mund.

»Was willst du?«, fragte er. Vor einer Woche war seine Frau zu ihrer Schwester gefahren, die in Melbourne im Krankenhaus lag. Der Mann gab sich keine Mühe, sein Missfallen darüber zu verbergen, dass er den Laden übernehmen musste.

»Ist Post gekommen?«, fragte Stella.

Mr. Barron blickte zu den Postfächern. »William hat sie schon geholt.«

»War ein Brief für mich dabei?« Stella versuchte, ihre Stimme so beiläufig wie möglich klingen zu lassen, und blickte Mr. Barron nicht an, sondern studierte das Angebot an Lutschern auf der Theke.

»Woher soll ich das denn wissen – ich stecke sie nur in die Fächer«, erwiderte Mr. Barron.

»Ich dachte nur, Sie hätten es vielleicht zufällig gesehen.«

Mr. Barron runzelte verwirrt die Stirn. »Warum fragst du denn nicht deinen Dad?«

»Oh, natürlich«, sagte Stella rasch. »Ich bin noch nicht dazu gekommen.« Sie zwang sich zu lächeln.

Mr. Barron trommelte ungeduldig mit den Fingern auf der Theke. »Willst du etwas kaufen?«

Das Mädchen schüttelte den Kopf.

»Na, dann tschüss.« Noch bevor Stella etwas erwidern konnte, hatte er sich schon umgedreht und seinen Blick wieder auf den Farbfernseher im Wohnzimmer gerichtet.

Stella trat aus dem Laden hinaus in den Wind. Prüfend blickte sie sich um, um zu sehen, ob jemand kam. Der Platz schien leer zu sein, und sie blieb einen Augenblick lang stehen und atmete tief den frischen Duft der Regenluft ein. Dann ging sie zu ihrem Fahrrad, das an der Mauer lehnte. Sie wollte gerade den Lenker ergreifen, als eine Frau um die Ecke gelaufen kam. Stella erkannte sie sofort. Pauline. Wie erstarrt vor Schreck blieb Stella stehen. Gehetzt blickte sie sich um, aber es war zu spät. Sie konnte sich nirgendwo mehr verstecken. Eine Begegnung war nicht zu vermeiden.

Paulines Gesichtsausdruck spiegelte ihre gemischten Gefühle wider. Stella brachte es nicht über sich, nach Jamie zu fragen, wie es ihm ging, so weit weg von zu Hause, und wie Pauline ohne ihn zurechtkam. Ein anderes Thema war aber auch nicht möglich, und da Pauline ebenfalls um Worte verlegen zu sein schien, blickten sich die beiden nur stumm an. Pauline machte eine hilflose Geste. In ihren Augen standen Tränen.

Schließlich sagte sie: »Ich habe dich ja seit einer Ewigkeit nicht mehr gesehen. Ich wollte eigentlich zu euch hinauskommen und Grace besuchen, aber ich bin einfach nicht dazu gekommen. Brian ist aufs Festland geflogen, um Jamie zu besuchen, und dann wurden die zwei Kleinen krank …« Sie brach ab und betrachtete Stella forschend. »Du siehst müde aus. Ist alles in Ordnung?«

»Ja, mir geht es gut«, erwiderte Stella und zwang sich zu einem Lächeln.

Paulines Gesichtsausdruck wurde weicher. »Ich verstehe nicht, was zwischen dir und Jamie passiert ist. Aber du sollst wissen, dass ich dir keinen Vorwurf daraus mache. Du warst ehrlich zu ihm. Aber ich kann nicht so tun, als ob ich nicht traurig wäre.«

Tränen brannten in Stellas Augen, und sie holte tief Luft. Sie musste so kühl und ruhig wie möglich wirken. Ein Gespräch mit Pauline konnte sie sich nicht leisten, weil sie bei Jamies Mutter ihr Lügengebilde nicht aufrechterhalten konnte.

Plötzlich breitete Pauline die Arme aus. »Komm her, Liebes.«

Stella erstarrte. Wenn Pauline sie in die Arme nahm, würde sie sofort merken, dass sich Stellas Körper verändert hatte. Ängstlich wich sie zurück.

Bestürzt blickte Pauline sie an. Sie wirkte tief verletzt. Stella versuchte verzweifelt, eine Erklärung für ihr Verhalten zu finden, aber es gab keine.

»Ich bin in Eile«, murmelte sie. »Bis dann.«

Sie packte ihr Fahrrad und schob es hastig seitlich an Pauline vorbei. Dann schwang sie sich in den Sattel und radelte davon. Sie spürte, dass die Frau immer noch reglos an der Mauer stand.

Es regnete in Strömen, und der Regen floss in Bächen über die cremefarbenen Steine des Seefahrer-Denkmals. Stella wurde nass bis auf die Haut. Blicklos starrte sie aufs Meer. Sie merkte nicht, was um sie herum vorging, und deshalb zuckte sie auch erschreckt zusammen, als eine Hand sich auf ihre Schulter legte und sie herumzog.

William blickte sie besorgt an. Er trug seine Öljacke, hatte aber nichts auf dem Kopf, und seine Haare klebten an seiner Stirn. Aus seinen Augenbrauen perlten Regentropfen.

»Was machst du hier?«, wollte er wissen. »Stehst hier einfach so im Regen.«

Stella antwortete nicht. Sie rieb mit dem Finger über David Greys Gedenktafel und verschmierte dabei weißen Vogelkot.

William seufzte verärgert. Er folgte ihrem Blick über den Hafen aufs Meer und musterte die Fischkutter, die dort lagen, und die leeren Liegeplätze. »Wartest du auf Robert? Glaubst du immer noch, er kommt zurück?«

Stella blickte ihren Vater stumm an. Der Regen trommelte auf das Blechdach des Bootsschuppens.

»Es muss einen Grund dafür geben, dass er nicht gekommen ist«, sagte sie. »Es ist ihm bestimmt etwas passiert.« Sie schwieg einen Moment. »Ich muss es wissen. Ist jemals ein Brief für mich gekommen?«

Sie hielt den Atem an, weil sie in gewisser Weise damit ihren Vater der Unehrenhaftigkeit bezichtigte.

William wich überrascht zurück. Ungläubig schüttelte er den Kopf. »Wenn ein Brief für dich gekommen wäre, hätte ich ihn dir gegeben. Das weißt du doch.«

Seine Worte klangen klar und fest. Stella nickte.

»Er hat dich einfach vergessen«, erklärte William. »Du musst es akzeptieren.« Sein Ton wurde versöhnlicher. »Es ist sowieso das Beste für dich. Wir müssen allein damit fertig werden.«

Er legte Stella die Hand auf die Schulter. Unwillkürlich

trat sie einen Schritt auf ihn zu. Es war das erste Mal, dass er sie liebevoll berührte, seitdem sie ihn so enttäuscht hatte.

»Es wird alles wieder gut, Stella. Vertrau mir. Ich weiß, was am besten für dich ist. Wir müssen nur zusammenhalten.«

In seinen Augen stand Schmerz, und einen Moment lang erkannte Stella, wie tief sie ihn verletzt und enttäuscht hatte.

»Es tut mir Leid, Dad«, sagte sie.

Er nickte müde. »Mir auch.«

Schweigend standen sie im Regen. Dann ertönte eine Stimme vom Hafen. Jemand rief nach ihnen.

Als sie sich umdrehten, stand Spinks in der Tür von Joes Ruderhaus. »Ist alles in Ordnung?«, rief er.

William hob eine Hand und winkte dem Mann beruhigend zu. Sein Gesichtsausdruck wurde hart. »Da siehst du, was du getan hast!« Er blickte zum Pub und zur Fischfabrik. Dann packte er Stella am Arm und zog sie weg. »Die Leute beobachten uns!«

Stella schloss den Deckel des Henkelmanns und stellte ihn an die Seitentür neben den Stapel Ölzeug. Dann ging sie wieder in die Küche und begann Kuchen und Brotlaibe in die zerknitterten Folienstücke einzupacken, die William immer vom Schiff mit nach Hause brachte, damit sie gespült und wiederverwendet werden konnten. Die Küche wurde von der nackten Glühbirne über dem Esstisch in gelbes Licht getaucht. Draußen war es noch dunkel, und nur ein grauer Streifen am Horizont kündete die Morgendämmerung an.

Stella unterdrückte ein Gähnen, als sie die in Folie verpackten Päckchen in einen Pappkarton legte. Grace beobachtete sie aufmerksam, um sicherzugehen, dass ihre Tochter auch nicht die winzigsten Lücken in der Verpackung zuließ, durch die Feuchtigkeit entweichen konnte. Wenn William auf See war, dann waren Kuchen oder Brot, die hart und trocken geworden waren, sicher das Letzte, was er essen wollte.

Obwohl es noch nicht einmal fünf Uhr war, war Grace bereits in Rock, Bluse, Schuhe und Strümpfe gekleidet. Die Haare hatte sie zurückgekämmt und zusammengebunden. Die Ehefrauen mancher Fischer blieben im Bett, wenn ihre Männer aufstanden, um zur Arbeit zu gehen, oder sie werkelten in fleckigen Morgenröcken und alten Hausschuhen in der Küche herum. Grace jedoch stand immer mit William auf, um ihrem Mann ein richtiges Frühstück zuzubereiten und das Essen für seine Reise einzupacken. Und jetzt, wo Stella weder zur Schule ging noch Ferien hatte, merkte sie, dass ihre Hilfe erwünscht war.

Sie war heute früh schon zweimal im Schuppen gewesen, um Pasteten und Kuchen aus der Tiefkühltruhe zu holen. Während sie durch den Garten ging, spürte sie, wie die kühle Luft ihre Lebensgeister weckte. Die ersten Vögel zwitscherten, und sie konnte förmlich sehen, wie die Nacht verging und der Tag begann. Wochenlang hatte sie sich elend und erschöpft gefühlt, aber jetzt erfüllte neue Energie ihren Körper. Sie sah sie auch in ihrem Gesicht, das sich im Küchenfenster spiegelte. Ihre Haut schimmerte blass und klar. Ihre Wangen waren rosig, ihre Lippen voll und rot.

Im zweiten Schwangerschaftsdrittel werden Sie sich gut fühlen, voller Leben und Energie. Genießen Sie diese Zeit mit Ihrem Mann …

Stella empfand sich selbst wie eine Frucht: mit makelloser Haut, strahlend gesund von außen und innen weich und süß. Nur ihr Herz war hart, von Stahl umhüllt.

Die Hoffnung war gestorben. Zeph kam nicht mehr zurück. Und niemand konnte Stella vor Williams Plänen bewahren. Der einzige Verwandte, den sie in Australien hatte, war Daniel, und wenn man einmal von seinen Geschenken absah, war er ihr völlig fremd. Und wie sollte auch ein Mann, der, soweit sie wusste, Junggeselle war, einem jungen Mädchen und ihrem Baby helfen?

Stella lehnte sich gegen die Metallkante der Spüle, die sich kalt an ihren Bauch drückte. Draußen wurde es langsam hell. Aber es würde kein schöner Tag werden, die Sonne blieb hinter dicken, grauen Wolken verborgen.

William schlüpfte in seine Stiefel. An der Hintertür blieb er stehen, den Henkelmann in der einen und einen Eimer in der anderen Hand, und warf Stella einen Blick zu, als beleidige ihn der Anblick ihres Körpers. Das T-Shirt, das sie sich heute früh rasch übergezogen hatte, spannte über ihren Brüsten und war hochgerutscht, sodass man einen schmalen Streifen ihres Bauches sah. Verlegen drehte sie sich halb zur Seite.

»Alles, was du brauchst, ist hier.« William wies mit dem Kinn auf die Speisekammer. »Ich werde das Tor hinter mir verriegeln, damit ihr keine unerwünschten Besucher bekommt.« Warnend runzelte er die Stirn. »Du wirst das Haus nicht verlassen.«

»Nein«, erwiderte Stella.

Nach der Szene am Hafen hatte William beschlossen, dass seine Tochter zu Hause bleiben musste, damit sie kein Aufsehen erregte. Schließlich brauchte nur einmal eine Windböe ihr T-Shirt gegen den Leib drücken, und ihr Geheimnis würde sichtbar werden. Es war zu riskant, zumal sie schon in einem Monat abreiste. Sie musste abfahren, wenn man ihr ihren Zustand noch nicht ansah, für den Fall, dass jemand sie am Flughafen oder im Flugzeug erkannte. Bald schon würde es Grace besser gehen, und weil Stella so eine brave Tochter gewesen war, würden sie ihr zur Belohnung angeblich erlauben, vor der Schulzeit in England eine Europareise zu machen.

Aber im Moment musste sich Grace' Gesundheitszustand erst einmal verschlimmern. William hatte Mrs. Barron erklärt, dass er die Einkäufe machen und zwischen seinen Fahrten die Post abholen würde, solange es Grace so schlecht ginge. Grace hatte ihm eine lange Einkaufsliste geschrieben, und jetzt hatten sie frische Lebensmittel für mindestens eine Woche und Vorräte für einen ganzen Monat.

William öffnete die Seitentür. Eine Windzug wehte die restlichen Folienstücke vom Tisch, und Grace beeilte sich, sie aufzuheben.

»Ich bin dann weg«, sagte William.

Er wartete darauf, dass Grace ihn auf die Wange küsste, und dann nahm er die übrigen Sachen, die er mitnehmen musste. Dieses Mal bat er Stella nicht, auf ihre Mutter aufzupassen, wie er es getan hatte, seit sie alt genug gewesen war, um auf einem Stuhl zu stehen und beim Abwasch zu helfen. Er warf seiner Tochter lediglich einen zweifelnden Blick zu. Stella war klar, dass er lieber zu Hause geblieben wäre, um ein Auge auf sie haben zu können. Aber er musste arbeiten und sogar mehr Geld verdienen als sonst, damit sie genug sparen konnten, um Stellas Reise nach England zu bezahlen. Außerdem musste auch noch ihre heimliche Reise nach Victoria in das Heim für unverheiratete Mütter finanziert werden. William konnte es sich einfach nicht leisten, zu Hause zu bleiben.

Als er sich zum Gehen wandte, sah Stella einen Ausdruck grimmiger Zufriedenheit auf seinem Gesicht. So sah ein Mann aus, der wusste, dass alles erst einmal schlimmer wurde, bevor es wieder besser werden konnte. Aber jetzt sah er zumindest ein Licht am Ende des Tunnels.

Als der Lieferwagen nicht mehr zu hören war, senkte sich tiefe Stille über das Haus. Die Vorräte, die William gekauft hatte, und das Wissen, dass er das Tor hinter sich abgeschlossen hatte, gaben Stella das Gefühl, sie und Grace seien von der Welt abgeschnitten.

Stella warf einen Blick zum Tisch, wo Grace das Teegeschirr zusammenräumte. Wenn ihre Mutter ähnlich empfand, so ließ sie es sich nicht anmerken. Sie blickte bereits zum Rezeptbuch, das auf dem Regal lag.

Stella ließ heißes Wasser in das Becken laufen und stellte die Teller hinein. Dann begann sie mit dem Abwasch.

»Zieh dir Handschuhe über«, sagte Grace. »Deine Hände trocknen sonst aus.«

»Ich trage nie Handschuhe«, protestierte Stella.

»Ja, aber …« Grace brachte die Tassen zur Spüle. »Jetzt ist es etwas anderes.«

Stella hielt inne. *Anders, weil du schwanger bist.*

»Warum? Warum ist es jetzt etwas anderes?« Sie drehte sich um.

»Deine Haut verändert sich«, entgegnete Grace. Sie war wieder an den Tisch getreten und bearbeitete einen Fleck auf der polierten Platte. »Bis dahin hatte ich auch nie trockene Hände.«

Stella warf ihrer Mutter einen Blick zu. Das war das erste Mal, dass Grace davon redete, selbst einmal schwanger gewesen zu sein. Sonst hatte es eher immer so wie eine exotische Krankheit geklungen, vor der Stella sich schützen musste. Sie hatte ihrer Tochter lediglich eine Creme gegen Schwangerschaftsstreifen gegeben und ihr geraten, ihren Rücken zu schonen. Wenn Stella aufpasste, hatte sie gesagt, würde man ihrem Körper hinterher nichts ansehen.

»Was ist denn sonst noch alles geschehen, als du schwanger warst?«, fragte Stella.

Grace gab keine Antwort. Sie presste fest die Lippen zusammen, und Stella konnte ihr ansehen, dass sie ihre Äußerung am liebsten zurücknähme. Aber sie ließ sich nicht abschrecken. Das Bröckchen, das Grace ihr hingeworfen hatte, hatte ihren Hunger geweckt. Das Buch über die Schwangerschaft reichte nicht aus, sie musste mit jemandem reden, der die gleiche Erfahrung gemacht hatte. Mit einer Frau. Mit einer Mutter.

»Bitte, sag es mir«, flehte Stella.

»Ich glaube nicht, dass es etwas hilft, wenn wir darüber sprechen«, erwiderte Grace in festem Tonfall. »Ich bin einer Meinung mit deinem Vater. Je weniger wir darüber reden, desto schneller wird alles wieder gut.«

Stella ließ ihre Hände in das heiße Seifenwasser sinken. Es prickelte auf der Haut, die sich sofort rosa färbte.

Es wird nie wieder gut werden.

Sie schloss die Augen und drängte die Tränen zurück. Hinter ihr war ihre Mutter immer noch mit dem Fleck auf dem Tisch beschäftigt. Sie drehte sich zu ihr um.

»Ich habe über alles nachgedacht.« Sie musste sich sehr zusammenreißen, damit ihre Stimme nicht zu sehr bebte. »Du weißt schon, darüber, dass ich weggehen muss, um das Baby zu bekommen. Über die Adoption.«

Ihre Mutter erstarrte. Vorsicht stand in ihrem Blick.

»Ich weiß, dass ich es nicht sehen werde, wenn es auf der Welt ist. Ich weiß, dass es das Beste ist.«

Sie holte tief Luft. Was sollte sie als Nächstes sagen? Dass sie die Hoffnung auf Zephs Rückkehr aufgegeben hatte? Dass sie sich damit abgefunden hatte, in dieses Entbindungsheim zu gehen? Dort würde sie das Baby bekommen und es an Fremde weggeben. Es war alles viel zu schrecklich, um es in Worte zu fassen. Die Gedanken allein taten ihr schon weh genug. Sie überschlugen sich in ihrem Kopf wie die Strudel des Potboil, wo die Sandbänke wanderten und die See einen Sog entwickelte, der einen in die Tiefe ziehen konnte.

Stumm starrte Stella ihre Mutter an. Ihr Schmerz spiegelte sich auch in Grace' Gesicht wider. Einen Moment lang sah es so aus, als wolle sie etwas sagen, aber dann schüttelte sie den Kopf, und Stella sah ihr an, dass sie schweigen würde. Verzweiflung stieg in ihr auf, weil sie nichts dagegen tun konnte. Aber dann fiel ihr plötzlich etwas ein.

»Ich möchte dem Kind ein Geschenk mitgeben«, sagte sie. »Etwas, das es zu der Familie mitnehmen kann.«

Grace nickte leicht, einen wachsamen Ausdruck im Gesicht.

»Es muss etwas sein, was ich selbst gemacht habe«, fügte Stella hinzu.

Man sah Grace förmlich an, wie sie sich entspannte. »Das kann ganz sicherlich nicht schaden«, erwiderte sie erleichtert.

»Ich möchte, dass du mir dabei hilfst. Ich brauche deine Hilfe. Bitte.« Der Schmerz schnürte Stella beinahe den Brustkorb zu. Sie hatte das Gefühl, in einem dunklen

Meer zu ertrinken. Grace war ihre einzige Hoffnung auf Rettung.

»Gut«, erwiderte Grace. »Was möchtest du denn machen?«

»Ich weiß nicht.« Die Worte klangen dunkel, wie ein Stöhnen in der Nacht. Stella umfasste ihre Hände, damit sie nicht zitterten.

Grace vermied es, ihre Tochter anzusehen. Sie strich ihre Schürze glatt, und als sie schließlich etwas sagte, bemühte sie sich um einen leichten Tonfall.

»Nun, vielleicht eine Decke«, schlug sie vor. »Du könntest sie aus Flanell oder Wollstoff machen. Oder ein gehäkeltes Mützchen. Das wäre nicht zu schwierig.«

Hinter der heiteren Stimme hörte Stella leisen Zweifel. Grace wusste, dass ihre Tochter noch nie Interesse am Stricken oder Nähen gehabt hatte. Im Handarbeitsunterricht in der Schule hatte sie immer kläglich versagt.

»Es soll nicht zu einfach sein«, erwiderte Stella. »Ich möchte, dass es etwas wirklich Schönes ist.«

»Ich verstehe«, sagte Grace sanft. Sie schien endlich zu begreifen, wie sehr ihre Tochter sie brauchte. »Dann wollen wir mal Wolle aussuchen. Ich habe bestimmt noch welche aufbewahrt.«

Stella blickte zum Seezimmer, wo Grace' Nähkasten am Kamin stand. Sie stellte sich die Stoffe und Wollknäuel vor, die darin verstaut waren, und der Gedanke an die Ordnung, die sie vorfinden würde, gab ihr ein sicheres, ruhiges Gefühl.

»Nein, dort nicht«, sagte Grace. »Warte mal.«

Sie verließ das Zimmer, und Stella hörte, wie sie zum Schlafzimmer ging. Kurz darauf kam sie zurück und winkte ihrer Tochter, ihr in den Schuppen zu folgen.

Die Tiefkühltruhe summte leise vor sich hin. Die ersten Sonnenstrahlen drangen durch die Fenster und warfen helle Flecken auf den staubigen Fußboden.

Grace ging in die hinterste Ecke und bückte sich, um unter Williams Werkbank zu schauen. Dort stand eine alte Truhe mit Metallbeschlägen. Stella wusste, dass sie da war, und einmal hatte sie auch versucht, sie zu öffnen, aber sie war verschlossen gewesen.

»Du musst mir helfen.« Grace trat beiseite, damit Stella mit ihr zusammen die Truhe hervorziehen konnte. Sie war zwar nicht schwer, aber zwischen den Beinen der Werkbank schwierig zu manövrieren. Schließlich jedoch gelang es ihnen, und die Truhe stand vor ihnen.

Grace holte einen kleinen Messingschlüssel aus ihrer Rocktasche. Sie betrachtete ihn kurz, dann kniete sie sich hin und steckte ihn in das verrostete Schloss. Stella musste an den Besteckkasten denken, der unter den Jutesäcken verborgen lag. Sie blickte sich im Schuppen um. Was mochte hier noch alles von Grace versteckt worden sein? Sie hatte den Schuppen immer für die Domäne ihres Vaters gehalten.

Grace hob den Deckel, und auf einmal hing ein leichter Duft nach Holz in der Luft. Sie schloss die Augen und atmete ihn ein. Dann beugte sie sich über die Truhe und begann darin zu kramen.

Stella blickte ihr über die Schulter und betrachtete die Dinge, die ihre Mutter herausholte und beiseite legte. Ein pinkfarbener Ballettschuh; ein Bündel Briefe, mit einem weißen Band zusammengebunden, geheimnisvolle Päckchen in weißem Seidenpapier. Eine Schallplatte mit der Fotografie einer dunkelhäutigen Frau auf dem Cover und ein gefaltetes Tischtuch mit dem Wappen der Familie Boyd.

Stella nahm alles gierig in sich auf, als es kurz auftauchte und dann wieder verschwand, wie Treibgut im aufgewühlten Meer.

»Hier ist es.« Grace griff nach ganz unten in die Truhe und holte eine ausladende Tasche aus blauem Stoff heraus. Durch ein Loch an der Seite ragte die Spitze einer Stricknadel.

Wieder in der Küche, schob Stella Zweige in den Ofen, um die bläulichen Flammen aus der getrockneten Orangenschale zu nähren, die die Birchmores als Feueranzünder verwendeten. Grace stellte Teetassen auf den Tisch und begann dann, die blaue Stofftasche auszupacken. Als das Feuer richtig brannte, lagen zwei Dutzend Knäuel feiner Wolle auf dem Tisch. Grace hatte sie nach Farben geordnet. Weiß. Rosa. Cremefarben. Gelbe und grüne Pastelltöne.

»Da ist ja gar kein Blau«, stellte Stella fest und setzte sich Grace gegenüber.

»Ich habe nichts Blaues gemacht«, erwiderte Grace. Ein nachdenklicher, verwunderter Ausdruck huschte über ihr Gesicht, als ob ihr etwas Außergewöhnliches einfiele. »Ich wusste, dass du ein Mädchen werden würdest.«

»Woher wusstest du das?«, fragte Stella.

»Ich konnte dich sehen«, antwortete Grace. »Ich konnte dein Gesicht in meinem Kopf sehen.«

Stella blickte auf die Wollknäuel und dachte daran, wie sie sich das Baby in einem Sarong vorgestellt hatte. Es lag in der Hängematte und blickte sie aus Zephs grünen Augen an, und sein Gesicht war blass wie ihres.

Sie schob das Bild beiseite. Wer konnte schon sagen, was aus diesem Klumpen in ihr werden würde? Was für ein Gesicht es haben würde? Vielleicht würde es ja seinen neuen Eltern ähnlich werden – so wie Pferdeliebhaber dicke Lippen und große Zähne bekamen. Diese Vorstellung fand Stella seltsam beruhigend. Das Baby in ihr war noch nicht real, es wuchs erst noch, und sein Leben würde erst wirklich beginnen, wenn seine Mutter es im Arm hielt.

»Am sichersten ist Weiß«, sagte Grace. »Oder cremefarben. Und die Kanten könntest du mit Zitronengelb einfassen.« Sie hob die Tasche, um die letzten Reste herauszukippen. Eine Häkelnadel und ein paar Stricknadeln fielen klappernd auf den Tisch, gefolgt von einem weichen Bündel. Grace betrachtete den weißen Musselin verwirrt, als sie ihn auseinander faltete, und dann erstarrten ihre Hände.

Vor ihr lag ein gefaltetes Häkeljäckchen aus rosa Wolle. Als Stella merkte, dass Grace es in einem ersten Impuls am liebsten versteckt hätte, griff sie danach. Grace blickte sie schweigend an. Im Ofen knackte ein Zweig.

»Es ist meines, nicht wahr?«, fragte Stella. Sie schluckte. Es war wie das Kleidungsstück einer Fee, so fein und so zart. Die Satinbänder am Halsausschnitt schimmerten wie das Mondlicht. Und es war extra für sie gemacht worden. Aber dann kam ihr ein Gedanke, und sie runzelte die Stirn. »Warum liegt es hier in der Tasche? Habe ich es nicht getragen?«

Grace presste die Lippen zusammen und runzelte die Stirn, als müsse sie eine Entscheidung treffen. Schließlich sagte sie: »Ich wollte es dir nicht anziehen. Bevor du auf der Welt warst, habe ich mich so sehr darauf gefreut. Aber als es dann so weit war, war alles anders.«

Stella wurde es ganz kalt. Sie blickte aufs Meer. Die Wellen rollten heran, unbeeindruckt von dem, was auf der Welt geschah. »Wie meinst du das?«, flüsterte sie.

Grace kaute an ihrer Unterlippe und sah auf ihre Hände, als sie antwortete. »Ich will versuchen, es dir zu erklären. Als ich dich erwartete, bereitete William sich gerade auf sein Abschlussexamen vor. Er hatte Medizin studiert.« Sie blickte auf, als Stella überrascht den Mund öffnete. »Ja, ich weiß, er hat immer behauptet, er könne nicht drinnen arbeiten. Aber Fischer war nicht Williams Traumberuf. Er wollte Arzt werden. Wir haben nie darüber gesprochen – du wirst gleich verstehen, warum –, aber dein Großvater war Arzt gewesen. Als er starb, hatte er eine viel versprechende Karriere vor sich, laut Tante Jane.« Grace' Stimme klang auf einmal kälter. »Sie ermutigte William, in seine Fußstapfen zu treten. Das Problem war nur, dass William eigentlich nicht den Kopf für ein solches Studium besaß. Als ich ihn kennen lernte, war er bereits ein Mal durchs Examen gefallen, dies war sein zweiter Versuch. Seine letzte Chance.« Grace schüttelte langsam den Kopf. »Er arbeitete Tag und Nacht und schloss sich in seinem Arbeitszimmer ein. Ich habe nie erlebt, dass sich jemand einer Aufgabe so total verschrieben hat wie er. Ich bewunderte seine Entschlossenheit und vertrieb mir die Zeit mit Stricken, Nähen und Kochen. Abgesehen von den Mahlzeiten, sah ich deinen Vater praktisch nicht, aber ich machte mir nichts daraus, weil ich wusste, er würde Arzt sein, wenn das Examen vorüber war. Und dann wäre er glücklich.«

Stella zog die Augenbrauen hoch. Ihr fiel es schwer, sich einen anderen Beruf als Fischer für William vorzustellen.

»Er hatte alles geplant«, fuhr Grace fort. »Kollegen seines Vaters setzten sich für ihn ein. Nach dem Examen wollte er seine Facharztausbildung in einem Krankenhaus in Gloucester machen, und danach sollte er in einer Praxis in einem nahe gelegenen Ort mitarbeiten. Wir würden über der Praxis wohnen, und ich sollte auch mitarbeiten, jedenfalls soweit das mit einem Baby ging.«

Stella blickte ihre Mutter erstaunt an. »Aber du magst doch Lärm und ständiges Kommen und Gehen nicht. Deshalb hast du doch auch beschlossen, außerhalb des Ortes zu leben.«

Eine Weile schwieg Grace, dann sagte sie: »Ich wollte mich nützlich machen und Menschen helfen. So habe ich auch deinen Vater kennen gelernt. Ich habe als Freiwillige in einem Wohnheim der Heilsarmee in Bristol gearbeitet. Einen Abend in der Woche half dort auch William aus, als Medizinstudent. Wir trafen uns in der Cafeteria.« Sie lächelte zärtlich. »Ich habe mich auf den ersten Blick in ihn verliebt. Er sah so gut aus, die anderen Frauen blickten ihm ständig nach. Aber es lag nicht nur an seinem Aussehen. Er hatte eine besondere Ausstrahlung von Stärke und Sicherheit. Alle schauten zu ihm auf, weil er immer genau wusste, was zu tun war.«

Grace schwieg. Die Erinnerung machte ihr Gesicht ganz weich. »Und dann fiel er durchs Examen. Es war schrecklich. Ich war dabei, als er auf die Bühne musste, um seine Ergebnisse entgegenzunehmen. Es ist ein grausames System. Die Studenten, die bestanden haben, dürfen oben bleiben, aber diejenigen, die durchgefallen sind, müssen vor aller Augen wieder heruntergehen. Und das musste auch William.« Grace erschauerte. »Ich werde den Ausdruck auf seinem Gesicht nie vergessen. Er kam tagelang nicht aus seinem Arbeitszimmer heraus, wo immer noch alle Bücher und Aufzeichnungen auf seinem Schreibtisch ausgebreitet lagen. Er wollte nichts essen und wollte nicht schlafen. Ich versuchte ihm zu helfen, aber nichts, was ich tat oder sagte, nützte etwas.

Einen Monat später kamst du auf die Welt. Die Geburt war schwierig, aber du warst ein braves Baby. Ruhig, fast als ob du wüsstest, wie die Dinge standen. Als ich aus dem Krankenhaus nach Hause kam, mussten wir uns eine andere Wohnung suchen. William hatte unsere alte Wohnung gekündigt, weil wir ja in eine Krankenhauswohnung ziehen wollten, und jetzt gefiel ihm nichts, was wir uns anschauten. Er wollte einfach nicht akzeptieren, dass sich alles geändert hatte. Sein Traum war vorbei. Es war eine schreckliche Zeit. Meine Familie versuchte zu helfen. Sie boten William eine Position bei Boyd Shipping an, und mein Vater sagte, in Avonmouth stünde das Haus eines Managers leer, das wir haben könnten. Er wollte uns auch Geld leihen, aber das machte alles nur noch schlimmer.«

»Warum?«, fragte Stella. »Ihr brauchtet doch Hilfe, und dafür sind Familien schließlich da.«

Grace strich mit der Hand über ein Wollknäuel. »Meine Familie war ganz anders als die von William. Die Boyds sind eine alteingesessene, sehr wohlhabende Familie, und William fühlte sich ihnen unterlegen.« Sie warf Stella einen Blick zu. »In England ist es anders als hier. Die Leute denken auch heute noch so. Na ja, auf jeden Fall wollte uns mein Vater also unbedingt helfen, und William wurde sehr zornig. Er wollte meine Eltern noch nicht einmal mehr besuchen. Er glaubte, die gesamte Boyd-Sippe würde ihn verachten.«

»Mag er deswegen Daniel nicht?«, fragte Stella.

Grace' Hand erstarrte. »Das ist nur einer der Gründe«,

erwiderte sie. »William billigt – wir billigen – seinen Lebensstil nicht. Mehr möchte ich dazu nicht sagen.«

Stella nickte. Sie hätte zwar gerne mehr über Daniel erfahren, wollte aber nicht riskieren, dass ihre Mutter das Gespräch abbrach.

»Als Nächstes«, fuhr Grace fort, »ging William nach London, um sich Arbeit zu suchen. Auf dem Weg zu einem Bewerbungsgespräch sah er Werbeplakate im Schaufenster des Australia House. Er beschloss, wir würden nach Sydney auswandern. Dann erfuhr er von Tasmanien, das für sein Gefühl weit genug von allem weg war.« Sie verzog die Lippen zu einem gequälten Lächeln. »›Das nächste Ziel ist dann die Antarktis‹, sagte er.«

Grace machte eine Geste, die das Haus und die Umgebung umfasste.

»Und so seid ihr hierher gekommen«, sagte Stella lächelnd.

Ein seltsamer Ausdruck huschte über Grace' Gesicht, und es dauerte einen Augenblick, bis Stella begriff, was er bedeutete. Sie keuchte auf. »Du warst nicht glücklich darüber. Du wolltest gar nicht hierher!«

»Nein«, erwiderte Grace. Einfach nur nein.

Leiser Ärger stieg in Stella auf, weil ihre Mutter mit diesem einen kurzen Wort alles ablehnte, was sie miteinander teilten – ihr ganzes Leben.

»Wenn du nicht hierher kommen wolltest, warum bist du denn dann mitgegangen?«

Grace zuckte mit den Schultern. »Es war 1960. Frauen gingen dahin, wo die Ehemänner hingingen. Sie kamen gar nicht auf die Idee, das in Frage zu stellen. Außerdem musste ich auch an dich denken. Ich wollte einfach nur, dass dein Vater glücklich war. Deshalb war es die richtige

Entscheidung. Es war zwar schwerer, als ich dachte, aber letztendlich hatte ich Erfolg.« Grace hob stolz das Kinn. »Er ist glücklich hier.«

»Aber was ist mit dir?«, fragte Stella.

»Als Frau und Mutter stellt man sich selbst hintenan«, erwiderte Grace ruhig.

»Aber das ist doch nicht fair«, wandte Stella ein.

»Vieles ist nicht fair.« Grace griff nach dem rosa Jäckchen, das Stella mittlerweile wieder auf den Tisch gelegt hatte. »Sieh dir Pauline an – fünf Kinder in acht Jahren, zwei davon ungewollt. Und mir ist nur ein einziges gelungen.«

Stella beugte sich vor. »Wolltest du denn auch mehr Kinder? Nicht nur Dad?«

Grace holte tief Luft und warf Stella einen eindringlichen Blick zu. »Ich wollte vieles.« Dann wandte sie sich ab und blickte über das Meer, um den Horizont nach der *Lady Tirian* abzusuchen. Sie straffte die Schultern, als müsse sie sich wappnen.

»William wäre ärgerlich, wenn er wüsste, dass ich dir das alles erzähle«, sagte sie. »Ich habe ihm versprochen, dass ich nie jemandem erzählen würde, warum wir England verlassen haben. Er hat sich hier ein neues Leben geschaffen und will die Vergangenheit hinter sich lassen. Aber ich musste jetzt mit dir reden, weil du begreifen musst, wie wichtig es ist, diese schwierige Zeit zu überstehen und dann alles hinter dir zu lassen.« Sie blickte Stella an. Ihre Augen waren so grau wie das Meer. »Wenn du die Schule in England beendet hast, brauchst du nicht wieder nach Halfmoon Bay zurückzukommen. Ich werde dich schrecklich vermissen, und ich hoffe, du besuchst uns oft, aber du darfst dich nicht an uns gebunden fühlen. Ich möchte, dass du frei bist, um so zu leben, wie du willst. Verstehst du?«

Stella blickte auf ihre Hände. Was hatte William gesagt? Bis zum Frühling wäre sie wieder frei.

Frei, zu kommen und zu gehen. Frei zu bleiben. Wie Zeph.

Stella nickte langsam. »Ja«, erwiderte sie. »Ich verstehe.«

Grace legte ihr die Hand auf den Arm. »Ich helfe dir«, sagte sie. »Ich helfe dir, es durchzustehen.« Sie griff nach der blauen Tasche und holte ein Bündel Häkelnadeln heraus. »Dann wollen wir mal anfangen.«

Die weiße Wolle schien sich in Grace' Händen wie von selbst zu bewegen. Fasziniert sah Stella zu, wie sie zwischen den Fingern und der Häkelnadel hin- und herlief und eine lange Maschenkette entstand. Am liebsten hätte sie den Augenblick festgehalten, weil er sie ihrer Mutter so nahe brachte.

Schließlich reichte Grace Stella die Nadel und sah zu, wie das Mädchen versuchte, ihre Bewegungen nachzuahmen. Aber es war schwerer, als es aussah, und Grace stand auf, um ihre Tochter zu unterstützen. Sie beugte sich über die Stuhllehne.

»Mach es mir einfach nach«, sagte sie und führte die ungeschickten Finger des Mädchens langsam um die Wolle herum. Stella tat ihr Bestes, aber die Tatsache, dass ihre Mutter ihr so nahe war, lenkte sie ab.

»Ja, genau, jetzt hast du es«, sagte Grace.

Stella blickte auf. Ihre Mutter schien nicht zu bemerken, dass sie ständig den Faden falsch herum um die Nadel schlang. Auch die unterschiedliche Maschengröße fiel ihr nicht auf, und als das Mädchen die Nadel fallen ließ, schüttelte sie noch nicht einmal den Kopf. Es war, als ob sie entspannter und offener geworden wäre, weil sie Stella von der Vergangenheit erzählt hatte.

Am nächsten Tag hatte leichter Regen eingesetzt, der so aussah, als würde er andauern. Es herrschte jedoch kein Wind, sodass es keinen Grund für William gab, die Reise abzubrechen und nach Hause zurückzukehren. Grace und Stella aber gingen nicht vor die Tür und machten es sich im Haus gemütlich.

Nach dem Mittagessen schlug Grace ihrer Tochter vor, sich ein wenig auf die Couch im Seezimmer zu legen, was sie sonst nur durfte, wenn sie krank war. Grace brachte sogar die Mohairdecke aus ihrem Schlafzimmer und legte sie Stella über die Beine. Dann ging sie wieder in die Küche, um zu backen.

Stella hatte *Anna Karenina* neben sich liegen, gab es aber bald schon auf, lesen zu wollen. Sie lag einfach nur ganz still da und lauschte dem Regen, der auf das Dach prasselte. Sie war beinahe eingeschlafen, als Grace ins Zimmer trat und ihr zwei Kissen mit Samtbezug brachte, die sonst im Lehnsessel im Schlafzimmer lagen. Sie beugte sich über Stella und schob ihr die Kissen fürsorglich in den Rücken. »So, jetzt hast du es doch bequemer.«

Grace redete so sanft mit ihr, als sei sie ein krankes Kind. Ihr Tonfall erinnerte Stella an jemanden, und nach einer Weile fiel ihr ein, dass Pauline sich auch immer so verhielt. Ihre Mutter verschwand noch einmal in die Küche und kam mit einem Tablett wieder, das sie neben Stella abstellte. Ein Glas Milch stand darauf und ein Teller mit drei Stück Kuchen. Stella erkannte Tante Janes besten Biskuit.

Sie stützte sich auf einen Ellbogen, nahm sich ein Stück Kuchen und biss hinein, wobei sie die Hand unter ihr

Kinn hielt, um Krümel aufzufangen. Der Kuchen sah anders aus als sonst, und er schmeckte auch anders – dunkler, schwerer.

»Ich habe Malz hineingetan«, sagte Grace. »Und etwas Lecithin.«

Stella sah sie erstaunt an, dann warf sie einen Blick zur Anrichte, als wenn Tante Janes Ahnen sie beobachten könnten.

»Er wird dadurch ein wenig schwer«, fuhr Grace fort, »aber es ist besser für dich und für das Baby auch.« Sie lächelte verlegen, als sei ihr etwas entschlüpft, was sie eigentlich nicht sagen wollte. »Willst du jetzt ein bisschen fernsehen?«, fragte sie.

»Nein, außer Sport kommt ja doch nichts«, erwiderte Stella zerstreut. Sie dachte darüber nach, wie das Wort »Baby« aus dem Mund ihrer Mutter geklungen hatte – kühn und klar, wie ein Wahrzeichen am Horizont.

»Ich habe eine Idee«, erklärte Grace und ging rasch aus dem Zimmer. Als sie wiederkam, war ihr Gesicht nass vom Regen. Sie hielt eine Schallplatte in der Hand. Stella erinnerte sich, sie in der Truhe gesehen zu haben. Sie sah anders aus als die anderen Platten, die Grace besaß. Stella blickte zu dem ordentlichen Stapel von LPs, die auf dem Regal lagen. Es war nur klassische Musik. William kaufte Grace jedes Jahr zum Geburtstag eine neue Aufnahme, und seine Frau freute sich jedes Mal sehr über seine Auswahl. Stella hatte sie einmal zu Miss Spinks sagen hören, William kenne ihren Musikgeschmack besser als sie selbst.

Grace nahm die Platte aus der Hülle und trat zum Plattenspieler. Bevor sie den Deckel anhob und die Platte auflegte, warf sie Stella ein kleines, geheimnisvolles Lächeln zu.

Stella hörte, wie sich die Nadel auf die Platte senkte, und dann vernahm sie das kratzige Rauschen, das den ersten Tönen voranging. Überrascht hob sie den Kopf, als eine üppige, kräftige Stimme ertönte.

Eine Frau sang. Die Stimme war samtweich, tief und voller Emotionen. Stella verstand kein Wort, aber es spielte keine Rolle. Die Stimme war das Lied, und sie spürte, wie es ihr bis in die Seele drang. Wild und frei.

Stella blickte zu ihrer Mutter. Grace stand mitten im Zimmer, lauschte mit geschlossenen Augen und bewegte sich leicht im Takt der Musik. Das Lied brachte sie in das Leben zurück, das sie hinter sich gelassen hatte.

Die Häkelnadel war klein und die Wolle so fein, dass Stella klar war, sie würde eine unmöglich lange Zeit brauchen, um das Jäckchen fertig zu stellen. Sie kam sich vor wie die Prinzessin im Märchen, die in den Turm eingesperrt war, wo sie Stroh zu Gold spinnen musste. Wenn nicht ein Wunder geschah, würde sie die Aufgabe nicht zu Ende bringen können.

Aber dieser Gedanke tröstete sie seltsamerweise auch, als ob dadurch die Zeit stehen bliebe. Solange das Jäckchen nicht fertig war, würde das Baby in Stellas Leib ungestört wachsen. Grace würde neue, besondere Wege finden, um sie zu verwöhnen. Und die *Lady Tirian* würde auf See bleiben.

Die Zukunft würde nie eintreten.

Aber in Wirklichkeit gab es natürlich kein Mittel, um die Zeit aufzuhalten. Jeden Morgen beim Aufstehen markierte Stella den Tag im Kalender. Der Tag ihrer Abreise, wenn William sie in Hobart in das Flugzeug nach Melbourne setzen würde, war nicht mehr fern. Es blieben ihr noch exakt zweieinhalb Wochen. Dann war sie in der zwanzigsten Schwangerschaftswoche.

Im fünften Monat kündigen sich aufregende Veränderungen an. Mittlerweile können alle sehen, dass Sie ein Baby erwarten!

Haare beginnen zu wachsen, und das Baby hat winzige Wimpern und Augenbrauen.

Stella packte die Häkelnadel fester und häkelte bis zum Ende der Reihe. Dann betrachtete sie das kleine Stück, das sie gerade fertig gemacht hatte. Zwei Reihen zurück hatte sie aus Versehen zwei Maschen auf einmal aufgenommen. Außerdem waren die Maschen unterschiedlich fest. Eine Welle der Verzweiflung überkam sie. Das Jäckchen würde auf keinen Fall gut genug sein, und die neue Mutter würde es vielleicht gar nicht mit nach Hause nehmen. Stella schloss die Augen und stellte sich vor, wie ihr Geschenk verlassen in einer Ecke des grün gestrichenen Raums zurückblieb, in dem es nach Desinfektionsmitteln roch, ein düsterer Ort ohne Fenster, in den sie die Neugeborenen legten, während sie auf ihr neues Leben warteten. Ob sie die Babys wohl allein dort ließen? Weinten sie im Dunkeln?

Sie stand auf und ging im Zimmer auf und ab. Angst schnürte ihr den Brustkorb zusammen. Plötzlich konnte sie es nicht mehr ertragen, allein zu sein.

Sie ging in die Küche, wo Grace schon wieder einen Kuchen backte. Dazu benutzte sie den Silberlöffel mit dem Familienwappen der Boyds.

Die Lilie, die Katze, der Stern …

Vielleicht hatten diese Symbole ja eine tröstliche Bedeutung. Stella wies auf den Löffel. »Was bedeutet euer Familienwappen eigentlich?«

Grace blickte sie überrascht an. »Woher weißt du, dass es unseres ist?«

»Ich habe den Besteckkasten im Schuppen gefunden und habe mir gedacht, dass er und der große Esstisch sicher von deiner Familie stammen.«

Grace hob den Löffel, sodass der Teig in die Schüssel tropfte.

»Die Lilie ist ein Symbol der Reinheit. Der Stern gehört zu unserem Familienmotto ›*Super Sidera Votum*‹. Greif nach den Sternen. Und was die Katze bedeuten soll, weiß keiner.« Grace lächelte. »Als ich klein war, glaubte ich, es sei unsere Katze, Silky. Deshalb habe ich wahrscheinlich auch den Löffel mit ins Haus genommen, damit ich immer an sie erinnert werde!« Grace trat an die Spüle und drehte den Wasserhahn auf, um sich die Hände zu waschen. »Wir haben natürlich keine Verwendung für das Besteck – es ist für vierundzwanzig Personen! William wollte es verkaufen. Aber das konnte ich nicht. Es gehört nicht wirklich mir, weißt du.« Sie wandte sich zu Stella. »Es wird seit Jahrhunderten in jeder Generation an die älteste Tochter weitergegeben – oder auch Nichte, wenn es keine Tochter gibt. Ich bewahre es für dich auf, und du gibst es dann an deine …«

Sie brach ab. Das Wasser lief immer weiter, und draußen hämmerte die Tankpumpe. »Ich meine«, fügte Grace hastig hinzu, »wenn du eines Tages verheiratet bist. Dann wirst du sicher noch ein Baby bekommen.«

Stella starrte ihre Mutter an. Der Moment dauerte nur ein paar Sekunden, doch plötzlich sah alles anders aus, als ob ein Lichtstrahl in einen dunklen Raum gefallen wäre. Stella begriff auf einmal, wie falsch Williams Plan war. Wie verrückt. Man gibt ein Baby nicht einfach so weg. Man hat etwas zu vererben. Man pflanzt einen Baum, um seine Geburt zu feiern. Man strickt Jäckchen und macht Decken, die man von Hand in Eukalyptusöl wäscht und in sanftem Licht trocknet.

Grace wandte sich ab. Sie trat wieder an den Tisch und beugte sich über ihre Teigschüssel. Aber Stella sah ihr an, dass ihre Mutter das alles ebenso begriffen hatte wie sie. Sie wusste es.

Stella wartete, bis sie sich ein wenig gefasst hatte. Dann holte sie tief Luft. »Wir können unser Baby nicht weggeben. Es ist ein Teil unserer Familie. Ein Teil von uns.«

In Grace' Gesicht zuckte ein Muskel, und sie packte die Teigschüssel fester.

»Wir müssen es hier bei uns behalten«, fuhr Stella fort.

Ein langes Schweigen trat ein, und Stella hatte das Gefühl, ihr Leben und ihre Seele stünden auf Messers Schneide – auf dem schmalen Grat zwischen Hoffnung und Dunkelheit. Dann blickte Grace auf. »Ja«, hauchte sie. »Ich weiß. Und wir tun es auch.«

Ihre Stimme war leise, aber Stella verstand jedes Wort und bewahrte sie tief in ihrem Herzen. Sie wandte sich zum Fenster, als wolle sie den Himmel zum Zeugen anrufen. Gerade brach die Sonne durch die Wolken, und ein kleiner Fleck Blau war zu sehen. Tränen der Erleichterung traten Stella in die Augen.

10

Stella stand an einem Beet, bohrte Löcher in den Boden und ließ Kohlsamen hineinfallen. Sie folgte einer Schnur, die Grace gespannt hatte, damit die Reihen gerade und parallel zueinander verliefen.

Aus dem Haus drang das Lied von Grace' Schallplatte, so laut, dass sie es im Garten hören konnte. Die Stimme verbreitete einen solchen Zauber, dass Stella die simple Gartenarbeit wie eine Szene aus einem epischen Film vorkam.

Nicht weit von ihr entfernt arbeitete Grace im Lilienbeet. Sie stand breitbeinig da und schaufelte Kompost auf die Erde. Heute trug sie nicht ihren Gartenrock, sondern hatte Stella damit verblüfft, dass sie in einer Hose in der Küche erschienen war. Stella hatte ihre Mutter noch nie in einer Hose gesehen, weil sie sich immer dem Wunsch von William gefügt hatte, der der Ansicht war, eine erwachsene Frau sollte nur Kleider tragen. Die Hose, die sie trug, war eigentlich nicht für die Gartenarbeit geeignet, und Stella wusste, ohne zu fragen, woher sie stammte. Sie war aus tief dunkelrotem Samt und betonte Grace' lange, schlanke Beine.

Während Stella den Kohl aussäte, warf sie verstohlene Blicke auf ihre Mutter. Sie sah so anders aus als sonst, größer und stärker. Und das lag nicht nur an der Hose – irgendwie bewegte Grace ihren Körper auf eine neue Art, so als ob sie erfüllt sei von der Kraft der Musik, die aus der Küche drang. Sie machte sie freier.

Die beiden waren seit dem frühen Morgen im Garten. In dieser Zeit hatten sie lediglich ein paar Worte gewechselt, aber die Stille, die sie umgab, war fröhlich und voller Energie. Sie brauchten nicht zu reden, es war bereits alles gesagt. Grace hatte zugestimmt, dass das Baby nicht weggegeben werden konnte, und ihre Worte klangen immer noch in Stella nach, fest wie in Stein gemeißelt. Noch hatten sie nicht darüber gesprochen, wie sie das Thema bei William anschneiden wollten, aber dazu war noch genug Zeit. Die Bedingungen zum Fischen waren perfekt, und er würde mindestens noch zwei Tage auf See bleiben.

Im Moment konzentrierte Grace sich völlig auf ihren Garten. Ihre Hände bewegten sich rasch, und sie hielt oft inne, um einen Blick zum Himmel oder aufs Meer zu werfen. Sie hatte noch nicht einmal im Haus gefrühstückt, sondern einen Kuchen mit nach draußen gebracht. Sie und Stella hatten ihn in der Mitte durchgeschnitten und mit erdbeschmierten Fingern große Stücke davon abgebrochen.

»Der Winter kommt bald«, hatte Grace zu ihrer Tochter gesagt, und Stella hatte genickt. Sie war kein Kind mehr und wusste natürlich, wie viel Arbeit es im Herbst im Garten gab.

Bevor der Boden schwer vom Regen wurde, mussten noch sechs weitere Beete vorbereitet werden. Die einjährigen Blumen, die den ganzen Sommer über geblüht hatten und jetzt verwelkt waren, mussten abgeschnitten und weggeworfen werden. Dann musste der Boden umgegraben und der Kompost eingearbeitet werden, damit die Erde während der langen Wintermonate geschützt war. Monate, in denen sie nur ruhte und wartete.

Stella blickte zum Lilienbeet. Sie stellte sich vor, wie die Zwiebeln sich tief in der Erde verbargen, bis es wieder warm wurde. Dann würden sich die ersten grünen Spitzen an die kühle Luft wagen. Die Möwen würden ihre Eier in die Felsennester legen, und die Wedel der Kängurubäume würden erste Knospen bekommen.

Es würde Frühling werden, und das Baby käme zur Welt.

Stella reckte sich. Sie lehnte sich gegen den Zaun und hob ihr Gesicht mit geschlossenen Augen zum Himmel. Die Sonne war zwar nicht mehr so stark, aber sie spürte ihre Wärme trotzdem. Rosig schimmerte das Licht durch ihre Augenlider. Stella stellte sich vor, wie das Baby in dem weißen gehäkelten Jäckchen in ihren Armen lag. Sie konnte die weiche Haut spüren, die glatte Wange, die sich an ihre Brust schmiegte.

Ein Schmerz durchfuhr sie, als ihr eine andere Berührung einfiel. Zeph, der ihre Brust mit der Hand umschlossen hielt und mit seinen kühlen Fingern über ihren Nippel glitt. Er hatte sie so fest im Arm gehalten, als wolle er sie nie wieder gehen lassen. Sie nie wieder verlassen.

Sie legte die Hand auf ihren Bauch.

Niemals, flüsterte sie.

Niemals.

Algen hatten sich im hinteren Teil des kleinen Strandes am Haus angesammelt. Stella ging mit einem leeren Sack zu der Stelle, wo der Haufen am größten war. Ihre Stiefel sanken tief in den weichen Tang ein, und der Geruch von frischem Schellfisch, feuchtem Sand und Salz drang scharf in ihre Nase. Zwischen den dunklen Algenblättern lagen die winzigen kegelförmigen Muscheln, aus denen die Aborigines Ketten machten. Joe hatte Stella erzählt, dass seine Tanten immer noch die geheime Methode kannten, die äußere Haut zu entfernen, sodass sie tief bräunlich und grün schimmerten. Lächelnd dachte Stella, wie viel Schönheit sich doch in der Natur verbarg.

Grace hatte sie zum Algensammeln geschickt, weil sie den Boden um den Apfelbaum mit diesen Algen bedecken wollte. Es war ein großer Baum, aber Stella erinnerte sich noch gut an den Tag, als ihre Mutter ihn gepflanzt hatte vor ungefähr acht Jahren. Als sie die Erde über dem kleinen Wurzelballen festgeklopft hatte, hatte sie Stella auf ihrem Fahrrad losgeschickt, damit sie im Hafenbecken Fische fing.

»Was für Fische, das spielt keine Rolle«, hatte sie gesagt. »Es müssen nur viele sein, mindestens zwanzig.«

»Warum bittest du Dad nicht, dir welche aus der Köderfalle mitzubringen?«, hatte Stella gefragt. Es würde Tage dauern, so viele Fische zu fangen.

»Dein Vater hält es nicht für nötig«, hatte Grace erwidert.

Die Fische waren in einem weiten Kreis um das Bäumchen vergraben worden. Die Wurzeln, hatte Grace ihr erklärt, würden auf den Fisch, der im Boden verrottete, zu wachsen und ihre Kraft aus ihm ziehen.

»Wie bist du darauf gekommen?«, hatte Stella gefragt.

»Ich habe es mal gesehen«, war alles, was Grace erwiderte.

Als William vom Fischen zurückgekommen war, hatte er finster auf die frisch aufgeworfene Erde um den Apfelbaum geschaut. Den ganzen Abend über hatte er kaum einen Ton gesagt, offensichtlich verärgert.

Er hatte sich geweigert, die Äpfel von diesem Baum zu essen, und behauptete, sie schmeckten nach Fisch. Die meisten gaben sie Joe; er beschwerte sich nie über den Geschmack. Und selbst als Kind hatte Stella nicht geglaubt, dass der Fisch seinen Geschmack auf die Äpfel übertragen könnte. Aber weder Grace noch Stella stritten sich mit William. Wenn er sagte, die Äpfel schmeckten nach Fisch, dann war es so. Wenn er etwas beschlossen hatte, dann wurde es zur Tatsache, und nichts konnte daran etwas ändern.

Stella blickte auf den federigen Tang, der hier und da mit kleinen Muscheln gesprenkelt war. Leise Angst stieg in ihr auf, als sie sich vorstellte, wie er die Lippen zusammenpresste und sein Gesicht zu einer steinernen Maske wurde. Entschlossen schüttelte sie den Kopf und verdrängte das Bild. Dieses Mal würde alles anders sein. Wenn William von seiner Fahrt zurückkehrte, würde die neue starke Grace ihn dazu bringen, seine Meinung zu ändern. Stella würde neben ihr stehen, wenn sie mit ihm redete. Und William würde es letztendlich verstehen. Das Baby konnte nicht weggegeben werden. Es war sein Enkelkind. Der oder die erste tasmanische Birchmore.

Stella bückte sich, um einen Strang Algen aufzuheben. Dabei glaubte sie zu spüren, wie sich das Kind in ihr bewegte.

Im Buch stand, dass es jetzt ungefähr zwanzig Zentimeter lang war. Stella hatte es mit einem Metermaß nachgemessen. Es war ein bisschen größer als ihre Hand. Sie stellte es sich im Wasser vor. *Fruchtwasser. Eine farblose Flüssigkeit, die das Baby in der Fruchtblase beschützt.* Stella lächelte bei dem Gedanken an ein handgroßes Baby, das wie ein kleiner Fisch in ihrem Uterus schwamm. Ein zu kleiner Fisch, wie die, die sie manchmal im Hafen fing. Sie wusste auf den ersten Blick, wenn ein Fisch zu leicht war, selbst wenn er noch an der Angel hing wie eine perfekte Miniatur, die in der Sonne glitzerte – aber zu klein, und deshalb konnte sie ihn nicht behalten.

Immer noch lächelnd, stopfte Stella Algen in den Sack, bis er voll war, dann brachte sie ihn hinter den Schuppen, dorthin, wo ihre Meerwand mit den Fundstücken am Zaun lehnte. Als sie den Sack fallen ließ, stieß sie gegen den Holzrahmen, sodass die Objekte an ihren Schnüren hin und her schaukelten. Sie schienen auf sich aufmerksam machen zu wollen, aber sie hatte keinen Blick für ihre Schätze, die zu einer anderen Welt gehörten, mit der sie nichts mehr zu tun hatte.

Stella blickte sich nach Grace' blauem Sonnenhut um, aber sie konnte ihn nirgendwo erblicken. Ihre Mutter war wohl hineingegangen, um das Mittagessen vorzubereiten. Plötzlich verspürte Stella Hunger. Grace hatte am Abend zuvor »Meine eigene Lammpastete« zubereitet und sie zum Auskühlen ans Fenster gestellt. Stella lief das Wasser im Mund zusammen, als sie daran dachte. Der goldbraune Teig, aus dem ein Rosmarinzweig in der Mitte herausragte, dessen Nadeln in der Hitze des Backofens schwarz geworden waren.

An der Seitentür schlüpfte sie aus ihren Stiefeln und lief auf bloßen Füßen in die Küche. Die Musik war zu Ende, und im Haus war es still. Auf dem Tisch lag ein ausgenommenes Huhn. Stella taumelte ein wenig, als sie es dort liegen sah. Es gab also Braten zum Abendessen. Sie wusste, was das bedeutete, und leise Angst lief prickelnd durch ihren Körper. William kam nach Hause. Grace, die immer ein Auge auf die Bucht hatte, hatte die *Lady Tirian* näher kommen sehen.

Stella fiel ein, wie angespannt Williams Gesichtsausdruck gewesen war, als er aufgebrochen war. Wahrscheinlich kam er so früh zurück, um sich zu vergewissern, dass alles in Ordnung war. Stella holte tief Luft und lief ins Seezimmer. Die zusätzlichen Kissen auf der Couch waren weg. Auf dem Tisch lagen keine Wollknäuel mehr, und auch die ausladende blaue Tasche war verschwunden. Sie trat an den Plattenspieler. Die Drehscheibe war leer. Grace hatte die Schallplatte weggeräumt.

Sie hörte leise Schritte hinter sich und drehte sich um. Ihre Mutter stand da, in einer frisch gebügelten Bluse und einem Rock. Sie hielt das Rezeptbuch aufgeschlagen in der Hand.

»Er kommt zurück«, sagte sie. »Wir müssen alles vorbereiten. Hol mir etwas Schnittlauch und Petersilie aus dem Garten für das Huhn.«

Stella warf ihrer Mutter einen verwunderten Blick zu. Sie wirkte völlig ruhig, als ob nichts Ungewöhnliches geschehen würde. Stella spürte, wie sich Panik in ihr ausbreitete.

Aber als Grace sich umdrehte, um in die Küche zu gehen, sah sie, auf welcher Seite das Buch aufgeschlagen war. Cousine Elizabeth' Spezialpudding. Williams Lieblingsdessert. Das Mädchen atmete erleichtert auf. Jetzt verstand sie. Grace gab sich besondere Mühe. Alles sollte perfekt und makellos sein, damit William gute Laune hatte, bevor sie etwas sagten und bevor alles begann.

Stella zwang sich Bissen für Bissen in den Mund. Ihr Besteck klapperte auf dem Teller, und als sie eine Kartoffel durchschnitt, rutschte eine Hälfte vom Teller und fiel auf ihre Bluse, wobei sie einen Soßenspur hinterließ.

»Entschuldigung«, sagte Stella.

»Zieh den Stuhl näher an den Tisch«, sagte William. »Und beug dich mehr über deinen Teller.«

Er wirkte müde, als habe ihn die Fahrt jeder Energie beraubt, dabei sah er normalerweise, wenn er vom Meer zurückkam, gesünder und stärker aus, weil er das Meer, den Wind und die Fische besiegt hatte.

Stella blickte zu Grace. Sie hatte ihr Essen kaum angerührt, trank jedoch ständig Wasser, als ob sie Angst habe, die Hände ruhig zu halten.

»Ich bin früher zurückgekommen, weil ich glaube, dass es für Stella an der Zeit ist zu gehen«, verkündete William.

Stella starrte ihn an. Er erwiderte ihren Blick kurz und wandte sich dann an seine Frau.

»Ich fahre morgen nach St. Louis, um die Flugtickets zu besorgen. Wir sollten jetzt kein Risiko mehr eingehen, dass die Wahrheit herauskommt.«

Stella blickte ihre Mutter an und wartete darauf, dass sie etwas sagte. Das Schweigen dehnte sich. Selbst das Meer schien auf einmal still zu sein. Und dann merkte sie, dass ihre Mutter nichts sagen würde. Noch nicht. Sie musste anfangen.

»Mum und ich, wir haben nachgedacht …«, begann Stella. Sie hörte, wie Grace scharf die Luft einsog. »Als du weg warst … Wir wollen das Baby nicht weggeben.« Stella schluckte. »Wir wollen es behalten.«

William warf Grace einen verwirrten Blick zu. »Wovon, um alles in der Welt, redet sie?«

Grace schien ihn nicht gehört zu haben. Sie blickte an William vorbei aufs Meer hinaus.

»Wir wollen …« Die Worte erstarben in Stellas Mund. »Ich habe meine Meinung geändert. Ich möchte mein Baby behalten.«

Nachdem sie es ausgesprochen hatte, fühlte sie sich stark, als ob der Triumph bereits vor ihr läge. Sie fuhr fort: »Ich gehe nicht ins Heim. Ich will hier bleiben. Es wird unser Baby sein. Du wolltest doch immer noch mehr Kinder, und es wird dich glücklich machen. Alles wird sich ändern. Und Mum wird auch glücklich sein, und es wird ihr hier endlich gefallen.«

Stella schwieg, damit auch Grace etwas sagen konnte, aber ihre Mutter starrte auf die braune Soße in der Soßenschüssel, auf der sich eine Haut gebildet hatte.

Stella blickte ihren Vater an. Er saß wie erstarrt auf seinem Stuhl, ob vor Schock oder Zorn, konnte man nicht sagen. In ihrer Verzweiflung redete Stella einfach weiter, sprach alles aus, was ihr in den Sinn kam.

»Wir brauchen niemanden. Du kannst mich untersuchen, du bist ja beinahe Arzt.«

William wandte sich zu Grace. Er wirkte fassungslos, aber seine Stimme klang ruhig und leise. »Was hast du ihr erzählt?«

Grace zuckte ein wenig mit dem Kopf, als wolle sie eine Fliege verscheuchen. William stand auf, wobei er polternd seinen Stuhl zurückschob.

Grace wurde blass und griff sich mit zitternden Fingern an die Schläfe. Stella sagte: »Es ist nicht ihre Schuld.«

William wandte sich heftig zu ihr: »Du hast genug geredet. Deine Mutter und ich müssen uns erst einmal unter vier Augen unterhalten.«

Grace stand sofort auf, als würde sie von unsichtbaren Fäden gezogen. Stella streckte die Hand nach ihr aus.

»Mum …« Ihre Mutter zuckte, als sie sie am Arm berührte. »Es ist alles in Ordnung. Sag es ihm. Bitte.«

Grace blickte ihre Tochter an, und Stella zwang sich zu einem ermunternden Lächeln. Aber das Gesicht ihrer Mutter war ausdruckslos und maskenhaft. Am liebsten hätte Stella laut geschrien und sie geohrfeigt, zugleich jedoch fühlte sie sich leer und ohne jede Hoffnung. Sie wusste, was jetzt passieren würde. William würde mit Grace in ihr Schlafzimmer gehen, und er würde sie wieder überreden, seinem Plan zuzustimmen.

»Nein!«, schrie Stella und sprang auf. Dabei stieß sie ein Glas Wasser um, und ein nasser Fleck breitete sich auf dem Tischtuch aus. »Du musst mir zuhören. Ich bin kein Kind mehr. Mum – bitte!«

William ergriff Grace am Arm und zog sie aus dem Zimmer. Stella hörte, wie ihre Schritte im Flur verklangen. Dann schloss sich die Schlafzimmertür hinter ihnen.

Sie blieb am Tisch stehen und wartete. Sie hörte Williams Stimme und das leise Knarren der Dielen, während er auf und ab ging. Dann warf Grace etwas ein. Ihr Tonfall war fest und bestimmt, und Stella schöpfte neue Hoffnung. Sie malte sich aus, was ihre Mutter sagen mochte.

Stella muss ihre eigene Entscheidung treffen.

Ich möchte es auch.

Ich bin nicht damit einverstanden, das Baby wegzugeben.

Niemals.

Aber dann wurde die Stimme ihrer Mutter leiser. Williams tiefe Stimme unterbrach sie immer wieder. Stille trat ein, und Stella konnte förmlich spüren, wie sich Grace in Schweigen flüchtete. Sie zog sich an einen Ort zurück, wo niemand sie erreichen konnte, und ließ ihre Tochter allein.

Wieder ertönten Schritte im Flur. William trat ins Wohnzimmer. Er war allein, und sein Gesicht war ernst wie bei einem Arzt im Fernsehen, der eine schlechte Nachricht überbringen muss.

»Deine Mutter und ich wissen, was für dich am besten ist, Stella. Du hast dein ganzes Leben noch vor dir, und wir können nicht zulassen, dass du deine Zukunft zerstörst. Wir haben unsere Entscheidung getroffen. Dieselbe Entscheidung, die wir ursprünglich getroffen haben.«

»Aber ich habe nie zugestimmt«, erwiderte Stella. Sie versuchte, ihrer Stimme ein wenig Leben und Feuer zu verleihen, aber sie klang hohl und schwach. »Ich habe auf …« Sie brach ab. Beinahe hätte sie Zephs Namen preisgegeben. Aber er sollte ihr Geheimnis bleiben. Es war alles, was ihr von ihm geblieben war. Sein Name und sein Baby. »Ich dachte, Robert würde zurückkommen, und er wüsste schon, was zu tun sei. Aber jetzt sehe ich, dass ich es allein entscheiden muss.«

»Nein, du musst überhaupt nichts entscheiden«, sagte William geduldig. »Du bist noch nicht achtzehn, und wir treffen die Entscheidung für dich.« Er faltete die Hände, und Stella hatte auf einmal das Gefühl, vor Panik ersticken zu müssen. Er sah aus wie ein Priester – ein Mann, der alles wusste und dem man nicht widersprechen konnte.

»Mum ist nicht deiner Meinung«, wandte Stella ein. »Sie will das Baby behalten. Das weiß ich.«

»Woher willst du es wissen?«

»Sie hat es mir gesagt. Und sie hat es auch so gemeint. Das habe ich ihr angesehen.« Stella blickte ihren Vater an. Wenn sie ihm doch nur erklären könnte, wie lebendig Grace auf einmal gewirkt hatte.

»Wir fragen sie einfach. Einverstanden?« William legte

Stella den Arm um die Schultern. Es sollte wie eine freundliche Geste wirken, aber sie spürte seine Hand eisern in ihrem Kreuz. Sie konnte sich ihm nicht entziehen.

Im Schlafzimmer roch es nach Teerosen und Lavendel. Eine dünne Puderschicht bedeckte die polierte Fläche des Frisiertisches, auf dem Grace' silberne Haarbürsten neben den Cremetiegeln lagen.

Als Stella ins Zimmer trat, fiel ihr Blick auf einen roten Stoffhaufen am Fußende des Bettes. Die Samthose. Leise Hoffnung regte sich in ihr. Dann waren die letzten Tage doch kein Traum gewesen.

Grace saß auf der Bettkante. Sie sah klein aus, in sich zusammengesunken, mit gesenktem Kopf. William stellte sich neben sie, und sie lehnte sich instinktiv an ihn wie eine Blume, die sich zur Sonne dreht.

William legte seiner Frau die Hand auf die Schulter und sagte zu Stella: »Frag sie, Stella. Frag deine Mutter, was sie für richtig hält.«

Stella blickte Grace an. Ihre Mutter erwiderte zwar ihren Blick, aber in ihren Augen stand nur stumme Resignation. Stella zwang sich zu sprechen. »Mum, möchtest du das Baby behalten?«

Grace blickte zu Boden.

»Antworte ihr«, befahl William.

Ihre Mutter hob den Blick wieder. Sie sah aus wie ein junges Mädchen, völlig machtlos.

»Bitte, sag es ihm einfach«, bat Stella. »Wir müssen es ihm jetzt sagen.« Sie versuchte zu lächeln.

»Dein Vater hat Recht«, erwiderte Grace. »Du hast noch dein ganzes Leben vor dir.«

Stella starrte sie an. »Aber du hast doch gesagt, du willst es auch behalten.« Sie kniete sich vor Grace. »Erinnerst du dich nicht mehr? Worüber wir geredet haben – was wir gemacht haben? Das Babyjäckchen, die Schallplatte.«

Grace schüttelte den Kopf.

Stella stand auf und wich zurück. Sie musste sich am Fensterbrett festhalten, sonst wäre sie zusammengebrochen. Wenn Grace ihr nicht half, wie sollte sie William dann standhalten? An wen konnte sie sich denn sonst wenden?

Sie holte tief Luft, und aller Schmerz, alle Angst, Hoffnung und Sehnsucht sammelten sich in ihr zu einem dicken Strang. Sie stellte sich vor, wie er sich um all ihre Wörter wickelte, um sie zusammenzuhalten. Aber ihre Stimme war dünn und traurig, als sie schließlich sagte: »Mum, gib ihm nicht nach! Erinnerst du dich nicht mehr an gestern? Sag es ihm! Bitte! Du musst es ihm sagen! Ich will nicht weggehen!«

»Es ist das Beste für dich«, erwiderte Grace ruhig. »Eines Tages wirst du uns zustimmen.«

William tätschelte seiner Frau die Schulter.

»Tu das nicht!« Stellas Stimme überschlug sich. »Du musst ihm entgegentreten! Was ist los mit dir?« Am liebsten hätte sie Grace gepackt und geschüttelt, bis wieder Leben in dieses starre Gesicht trat.

»Es reicht, Stella! Ich verbiete dir, so mit deiner Mutter zu sprechen.« Williams Stimme war hart, so kalt wie das Meer im Winter.

Stella ließ die Hände sinken. Alle Kraft verließ sie plötzlich. Ihre Beine gaben nach. Sie spürte die Macht ihres Vaters, wie sie Grace' Schwäche spürte. Sie wusste, er würde siegen.

Grace hob die Hand. »Bitte«, sagte sie zu Stella. »Versuch doch zu verstehen.«

Stella wandte sich ab und presste die Stirn an die kühle Scheibe. Draußen auf der Weide, hinter dem Gartenzaun, grasten die Kühe. Ein Rabe pickte am Kadaver eines Wallabys, das im Gebüsch lag. Links stand die Eiche. Sie war kahl, bis auf ein paar welke Blätter, die noch an den Zweigen hingen. Um ihren schlanken Stamm wuchs dichtes Gras und auch auf der großen Fläche, die für die sechs anderen Bäume freigehalten worden war.

In diesem Augenblick wusste Stella es genau. Die Eiche würde für immer allein bleiben. Kein anderer Baum würde daneben gepflanzt werden.

11

Über der Couch und auf den Sesseln lagen zahlreiche Abendkleider – Wolken von Satin, Samt, Brokat und Chiffon. Die Muster und Farben leuchteten im Schein der Lampe. Am Kamin waren mehrere Paar Schuhe aufgereiht – hochhackige Pumps in Gold und Silber, schwarze, braune und blaue Schuhe. Auf dem Esstisch lag Schmuck: Broschen, Perlenketten, Goldketten und ein Diamantencollier. William ging auf und ab und betrachtete alles eingehend wie ein Händler. Grace stand mitten im Zimmer, in einem langen Unterrock. Ihre Haare waren bereits aufgesteckt, und sie hatte sich die Lippen tiefrot geschminkt.

Stella beobachtete die Szene von ihrem Platz am Fenster aus. Sie betrachtete ihre Mutter. Ihre Figur wirkte wie die einer jungen Frau – ihre Brüste waren fest, und ihr Bauch war flach. Allerdings trug sie auch ein Mieder unter der elfenbeinfarbenen Seide des Unterrocks. Nur so passten ihr die Abendkleider aus ihrer Jugend noch.

Es hatte Stella immer mit Stolz erfüllt, wie schön ihre Mutter in den Abendkleidern aussah, die sie aus England mitgebracht hatte – sie waren alle maßgeschneidert und aus teuren Stoffen. Manche waren überraschend weit ausgeschnitten, aber bei der Abendgarderobe tolerierte William tiefe Ausschnitte und kaum bedeckte Schultern – ein

Kleidungsstil, den er am Tag nicht dulden würde. Bei besonderen Anlässen schien er es sogar zu genießen, wenn sich seine Frau in eine jüngere, glamourösere Ausgabe ihrer selbst verwandelte. Wenn Grace den Speisesaal betrat, wirkten alle anderen Frauen auf einmal herausgeputzt und ordinär.

Heute Abend jedoch kräuselten sich Stellas Lippen vor Verachtung, während sie ihre Mutter beobachtete. Grace hatte noch nicht einmal den Versuch gemacht, selbst auszusuchen, was sie tragen wollte. Sie stand einfach nur passiv da und ließ sich wie eine Puppe von William ankleiden, damit er sie in die Welt hinausführen konnte, wo sie die Rolle spielte, die er ihr zugewiesen hatte.

Heute Abend zeigte sich Grace zum ersten Mal wieder in der Öffentlichkeit, nachdem sie monatelang angeblich unter so schlimmen Rückenschmerzen gelitten hatte, dass niemand sie zu Gesicht bekommen hatte. Sie würde während des Essens fröhlich plaudern, und wenn die Kapelle anfing zu spielen, würde William Grace auf die Tanzfläche führen, und wie immer würden sie gekonnt und elegant miteinander tanzen, um aller Welt zu zeigen, dass Grace' Rücken wieder in Ordnung war.

Sie würden allen erzählen, dass die Heilung nur auf die ununterbrochene Ruhe zurückzuführen war, die ihre Tochter ermöglicht hatte – ihre wundervolle Tochter, die jetzt bald nach England abreiste. Stella sah die Frauen förmlich vor sich, wie sie nickten, mit ihren steifen Haarspray-Frisuren, und sich über das Glück des Mädchens unterhielten. Endlich würde sie ihre Studien wieder aufnehmen, und das in der Obhut ihrer Großtante Jane. Sie würde in London leben und auf eine der besten Mädchenschulen Englands gehen.

Die Lügen waren alle für den heutigen Abend vorbereitet worden – alles war so sorgfältig abgestimmt wie das Kleid, die Schuhe und der Schmuck. Glücklicherweise brauchte für Stellas Abwesenheit keine Geschichte erfunden zu werden: Auf der jährlichen Abendveranstaltung des Rotary-Clubs erwartete niemand junge Leute.

Grace nahm die von William ausgewählten Sachen entgegen. Früher am Abend hatten sie eine Schallplatte aufgelegt – die, die William vergangenes Jahr zu Weihnachten gekauft hatte. Die Musik war verklungen, und aus den Lautsprechern drang nur noch kratziges Rauschen.

»Im Kühlschrank ist gedämpfte Hähnchenbrust«, sagte Grace. »Und auch noch etwas Gerstenpudding mit Vanillesoße.« Sie wandte sich Stella zu.

»Ich habe keinen Hunger«, erwiderte Stella.

Das stimmte. Sie hatte früher am Tag im Schuppen harte, grüne Äpfel aus einer Kiste gegessen. Die Säure hatte angenehm auf ihrer Zunge geprickelt, aber sie hatte wohl zu viele Äpfel zu schnell gegessen, und jetzt rebellierte ihr Magen. Wenn ihre Eltern weg war, würde sie ins Badezimmer laufen und sich übergeben.

Grace verzog die Lippen zu einem kleinen Lächeln. Flehend fuhr sie fort: »Du solltest aber etwas essen. Probier doch wenigstens einmal.«

Stella blickte sie nur an.

In dieser letzten Woche vor der Abreise ihrer Tochter aufs Festland hatte Grace aufgehört, für William zu kochen, und all ihre Aufmerksamkeit Stella zugewandt. Sie kochte jedes Gericht, das in ihrem Rezeptbuch unter der Rubrik »Gerichte für Kranke« stand, schlug Eier, drehte das Fleisch zweimal durch und schnitt trockenen Toast in dünne Streifen. Alles brachte sie auf einem Tablett in Stellas Zimmer und stellte es vor sie hin. Aber Stella rührte nie etwas an. Sie ernährte sich von Resten aus dem Kühlschrank und von dem rauchigen Honig aus dem Schuppen, wobei sie nicht darauf achtete, ob sie mit dem klebrigen Sirup ihre Kleidung oder ihre Haare beschmierte.

William hielt wieder Wache über seine Tochter, und sein Blick folgte ihr mit einer Mischung aus Mitleid und Bestürzung. Seit seiner Rückkehr hatte er das Haus nur ein Mal verlassen, als er nach St. Louis gefahren war, um die Flugtickets zu kaufen. Er vermittelte verletzte Freundlichkeit, aber selbst Stella merkte ihm an, dass auch er Angst um sie hatte.

Im Haus herrschte eine düstere Atmosphäre. Niemand redete unaufgefordert, das Fernsehprogramm wirkte hohl und oberflächlich, und selbst die traurigste Musik schien herzlos zu sein. Wenn der Himmel grau war, passte er zu der Stimmung im Haus; schien jedoch die Sonne, dann wirkten die Farben des Meeres und des Sandes viel zu leuchtend und grell. Die drei Menschen gingen sich aus dem Weg, und wenn sie miteinander reden mussten, war ihr Tonfall unnatürlich. Es war, als ob jemand gestorben sei. Als ob alle gestorben seien.

Stella verbrachte die meiste Zeit in ihrem Zimmer. Sie lag auf dem Bett und zupfte an ihrer Chenille-Decke die Fäden heraus, bis ganze Flecken völlig kahl waren. Ihr fehlte die Energie, um die Brautpuppe in der Schublade zu verstecken oder eine tote Motte zu entfernen, die auf der Schulter des steinernen Engels lag. Sie war müde und krank vor unterdrückter Wut, die sich in ihrem Innern wie ein kalter Stein zusammenballte. Sie nahm es Grace übel, dass sie so schwach war, und William, dass er so stark war. Zeph nahm sie übel, dass er sein Versprechen nicht gehalten hatte, und sich selbst gab sie die Schuld, sich der Gnade der anderen ausgeliefert zu haben.

Und sie gab auch dem Baby die Schuld.

Ganz langsam war in ihr der Gedanke gewachsen, dass das Baby ihr Böses wollte – dass es ihm gleichgültig war, ob sie es behielt oder weggab. Es war nur ein Parasit, der sich von ihr nährte, sie ihres Jungmädchenkörpers beraubt hatte und sie fett und hässlich werden ließ. Stella passte nicht mehr in ihre eigenen Kleider, sie trug alte Hosen von William, mit aufgekrempelten Hosenbeinen und einem Gürtel, der ihr ins Fleisch schnitt. Sie duschte im Dunkeln, damit sie ihre Brüste nicht zu sehen brauchte, schwer und von dicken blauen Venen durchzogen, oder ihren Bauch, den sie nicht einmal mehr einziehen konnte, um sich wenigstens vorzumachen, sie habe noch eine normale Figur.

Alles hatte sie dem gesichtslosen Wesen in ihrem Leib opfern müssen. William und Grace – die Eltern, die sie geliebt hatte – kamen ihr vor wie Figuren aus einem Buch, die nie wieder lebendig werden würden. Sie hatte ihre Freunde verloren – alle waren sie aufs College gegangen. Und bald würde sie auch ihr Zuhause verlieren. Sie wurde an einen Ort geschickt, von dem sie noch nie gehört hatte – weit entfernt vom Meer –, und musste dort wie eine Gefangene für Fremde arbeiten. Ihr Körper würde immer mehr anschwellen, bis dann schließlich das Baby zur Welt kam und ein Leben ohne sie beginnen würde. Sie würde zurückbleiben, eine wertlose Hülle.

Oft dachte sie darüber nach, wie es wohl wäre, wenn sie die Zeit zurückdrehen und alles ungeschehen machen könnte.

Wenn sie an jenem Morgen nicht zu den Buchten gegangen wäre, wäre sie Zeph nie begegnet.

Wenn sie nicht wieder hingegangen wäre, um ihm etwas zu essen zu bringen …

Wenn sie es nicht geheim gehalten und Spinks Bescheid gesagt hätte, dass die *Tailwind* dort ankerte …

Aber irgendwie löste sich die Kälte in ihr auf, wenn sie versuchte, so zu denken. Sie vergaß den Zeph, der nicht wiedergekommen war, und sah stattdessen den Jungen mit den grünen Augen vor sich. Seine sandfarbenen Haare vermischten sich mit ihren. Seine Lippen drückten sich auf ihre Wange. Und er lächelte sie an.

Und während sie so dalag und zur Decke blickte, traten ihr Tränen in die Augen und liefen ihr heiß übers Gesicht. Zeph war der einzige Mensch auf der ganzen Welt, der sie trösten konnte. Aber er war nicht mehr da. Er war nur noch ein Geist, den sie im Herzen trug. Sie drückte ihr Kissen an die Brust und ließ ihre Tränen auf den Baumwollbezug tropfen.

William stand in der Tür zu ihrem Zimmer, eine gefaltete Decke über dem Arm. Er legte sie immer auf die Sitze im Lieferwagen, wenn man sich mit guten Kleidern hineinsetzte, als Schutz gegen Fischschuppen und Roststaub. Er hatte seine Haare mit Frisiercreme zurückgekämmt, und seine Krawatte saß straff um den Hals.

»Wir sind um elf zurück«, sagte er und spähte in das dunkle Zimmer, in das nur der Schein der Flurlampe fiel. Stella lag auf dem Bett. »Ich weiß, es ist spät, aber nach dem Tanzen werden Reden gehalten, und bevor sie vorbei sind, können wir nicht gehen.«

Er schaltete das Licht ein. Stella blinzelte ihn an, und ihre Hand fuhr automatisch zu ihrem Hemd, um sich zu vergewissern, dass es nicht über den Bauch hochgerutscht war.

»Willst du nicht aufstehen?«, schlug ihr Vater vor. »Im Fernsehen läuft gleich ein Naturfilm.«

»Ja, später vielleicht«, erwiderte Stella.

William blickte sie an. »Wir müssen dorthin gehen«, sagte er. »Das weißt du doch, oder? Ich bekomme heute Abend eine Auszeichnung vom Fischer-Verband.«

»Ja, natürlich, ihr sollt auf jeden Fall dorthin gehen«, erklärte Stella. »Mir geht es gut.« Sie stellte sich vor, wie Grace und William die Dunkelheit mitnahmen, wenn sie fuhren und sie in Frieden ließen. Der Gedanke brachte sie zum Lächeln.

Die Anspannung wich aus Williams Gesicht, und er erwiderte ihr Lächeln. »Dann gute Nacht.«

Er wandte sich zum Gehen. Das Licht ließ er an.

»Eine Giraffe legt sich nie hin«, erklärte der Mann im Safari-Anzug und trat unter eine Schirmakazie. »Sollte sie es jemals versuchen, käme sie nie mehr auf die Füße, weil ihr langer Hals viel zu viel wiegt.«

Die Kamera schwenkte über die Savanne. Giraffen fraßen an den Wipfeln der Akazien.

»Das bedeutet auch, dass die weibliche Giraffe im Stehen gebiert. Das Kalb beginnt sein Leben, indem es zunächst einmal mindestens zwei Meter tief zu Boden fällt.«

Ein neugeborenes Giraffenkalb kam ins Bild. Es konnte sich kaum auf den staksigen Beinen halten. Dicht dahinter tauchte der Kopf der Mutter auf, die über seine holperigen Schritte wachte. Sie beugte den eleganten Hals, um auf Augenhöhe mit ihrem Baby zu sein, das sie aus ihren riesigen dunklen Augen mit den langen Wimpern zärtlich betrachtete.

»Wie alle Tiere weiß auch die Muttergiraffe, was sie zu tun hat«, fuhr der Mann in seinem britischen Singsang fort.

Stella schaltete den Fernseher aus. Als sie sich vorbeugte, überfiel sie eine Welle von Übelkeit. Sie hatte sich übergeben, nachdem William und Grace gegangen waren, aber die Bauchschmerzen hatten nicht nachgelassen, sondern waren sogar stärker geworden.

Sie stand auf und reckte sich, und als daraufhin die Schmerzen noch heftiger wurden, lief sie ins Badezimmer, wo Grace Aspirin im Medizinschränkchen aufbewahrte.

Sie war noch nicht an der Tür angekommen, als sie ein so scharfer Schmerz durchfuhr, dass sie taumelte und sich den Bauch hielt. Das hatte nichts mehr mit grünen Äpfeln zu tun. Irgendetwas stimmte nicht.

Sie eilte in ihr Zimmer, wobei sie die Hand an die Seite drückte. Hastig schaltete sie ihre Nachttischlampe ein und blickte sich suchend nach ihrem Schwangerschaftsbuch um. Sie hatte es nicht mehr in der Hand gehabt, seit William vom Fischfang zurückgekommen war, und so brauchte sie ein paar Minuten, bis sie es zwischen der Matratze und der Wand, wo sie es versteckt hatte, fand.

Mit ungeschickten Fingern schlug sie es auf und riss eine Seite ein, bis sie das Kapitel fand, das sie suchte. »Wann Sie unverzüglich einen Arzt informieren sollten«.

Wenn Sie Zweifel haben, gehen Sie kein Risiko ein – greifen Sie zum Telefon.

Rufen Sie den Arzt oder einen Krankenwagen. Rufen Sie eine Freundin an oder Ihren Mann auf der Arbeit.

Hier konnte sie nicht bleiben, wurde Stella klar. Sie ließ das Buch auf dem Bett liegen und schleppte sich zur Küche.

Im Raum roch es nach Kuchen, und an der Wand tickte

die Uhr. Stella blickte auf die gefalteten Küchenhandtücher und die Stühle, die ordentlich an den Tisch gerückt waren. Alles sah so normal, so sicher aus.

Erneut baute sich der Schmerz auf. Sie öffnete die Hintertür und blickte zum Schuppen, wo ihr Fahrrad seit Wochen schon ungenutzt neben der Tiefkühltruhe stand. Über den Himmel zogen dicke, dunkle Wolken, aber ab und zu kam der Mond heraus und warf ein graues Licht auf den Garten. Sie würde noch nicht einmal eine Taschenlampe brauchen, um den Weg zu erkennen. Kurz lehnte sie sich an den Türpfosten, um zu überlegen. Die nächsten Nachbarn waren die Lincolns. Das Ehepaar war bestimmt wie alle anderen auch im Pub, aber sie hatten ein Telefon, das Stella benutzen konnte. Sollte sie bei Dr. Higgins zu Hause anrufen? Oder ihn im Pub ans Telefon holen? Angestrengt bemühte sie sich, einen klaren Gedanken zu fassen. Sie rief wohl am besten im Pub an, sagte sie sich, aber nach dem Arzt fragte sie besser nicht. Am Ende bildete sie sich nur etwas ein, und ihr fehlte gar nichts. Sie würde einfach ihren Vater ans Telefon holen. Sie konnte ja irgendeine Lüge erfinden. Noch eine Lüge.

Wieder krümmte sie sich vor Schmerzen. Dieses Mal dauerte es länger und tat in ihr weh. Als der Anfall vorüber war, atmete sie tief die feuchte Nachtluft ein. Ihr Magen hob sich bei dem Geruch von verrottetem Seetang und Kompost. Es war nicht daran zu denken, mit dem Fahrrad durch die Dunkelheit zu fahren. Ihre Beine zitterten so sehr, dass sie kaum stehen konnte.

Wieder in ihrem Zimmer, öffnete Stella ihren Gürtel und stieg aus ihrer Hose. Dann legte sie sich aufs Bett. Als die nächste Schmerzwelle kam, stützte sie sich auf die Ellbogen und blickte auf ihren Bauch. Blut tropfte zwischen ihren Beinen auf den Bettüberwurf – ein hellroter Fleck, der sich rasch ausbreitete. Sie würde die Decke später auswaschen müssen, damit das Blut nicht eintrocknete. Und sie musste kaltes Wasser dafür nehmen, kein warmes. Es war ein guter Bettüberwurf. Grace hatte ihn aus England mitgebracht.

Beinahe hätte Stella laut aufgelacht. Es war vielleicht einmal ein guter Bettüberwurf gewesen, bevor sie alle Fäden herausgezupft hatte, sodass er in der Mitte so kahl war wie ein abgeerntetes Kartoffelfeld. Aber sie lachte nicht, weil sie Angst hatte, so hysterisch zu werden, dass sie nicht mehr aufhören konnte.

Der Schweiß brach ihr aus, und das Herz schlug ihr bis zum Hals. Sie blickte auf den Steinengel und versuchte, ruhig und gleichmäßig zu atmen.

Hilf mir, flehte sie. *Lass die Schmerzen aufhören.*

Aber sie wurden immer schlimmer, und sie hatte das Gefühl, auseinander gerissen zu werden.

Ihre Gedanken überschlugen sich. Wenn sie nun verblutete? Sie war seit Monaten keine Minute mehr allein gewesen, und jetzt, wo sie Hilfe gebraucht hätte, war niemand da. Das war kein Zufall, das wusste sie. Es war ihre Bestrafung.

Das geschah mit Mädchen, die schwanger wurden.

Das geschah mit einem Mädchen, das sein Baby hasste.

Stella schloss die Augen, als ein weiterer scharfer Schmerz durch ihren Bauch schoss. Es war so ähnlich wie schlimme Bauchschmerzen während der Periode, nur um ein Vielfaches stärker, so als ob sie jetzt alle Perioden, die sie in ihrem Kalender nicht hatte einkreisen können, auf einmal bekam. Sie klammerte sich an die Matratze. Sie musste aufstehen. Sie musste zur Toilette.

Aber dazu war keine Zeit mehr. Erneut durchfuhr sie ein Schmerz, und sie musste pressen. Es war ein Impuls, den sie nicht kontrollieren konnte. Sie hatte das Gefühl, ihr Körper wolle sein Innerstes ausstülpen, wie bei dem blassen Stachelfisch, den die Fischer manchmal mitbrachten. Wenn er aus der Tiefe heraufgezogen wurde, veränderte sich der Druck in ihm: seine Augen quollen hervor und die Eingeweide wurden durch das Maul herausgedrückt.

Das Bett war mittlerweile voll von Blut, das im Schein der Nachttischlampe dunkel wie Öl aussah.

Als die Schmerzen einen Moment lang nachließen, sank Stella erschöpft ins Kissen zurück. Aber schon baute sich der Schmerz erneut auf, überschwemmte sie wie eine Welle, und sie musste wieder pressen. Es hörte gar nicht mehr auf, sondern ging immer weiter. Und schließlich glitt etwas aus ihr heraus. Stella stützte sich auf die Ellbogen und blickte zwischen ihre Beine.

Ein blutbeschmiertes, graues Etwas lag mitten auf dem Bett. Erschrocken schob Stella sich nach hinten, um davon wegzukommen. Auf einmal jedoch wurde ihr klar: Es war vorüber. Sie war frei.

Sie wischte sich mit der Hand übers Gesicht und begann, heftig zu zittern. Mit einem Ruck, dass alle Knöpfe abrissen, zerrte sie sich die Bluse vom Leib, um sie über das Blut auf dem Bett zu breiten. Aber dann hielt sie inne. Das graue Etwas war das halb entwickelte Baby in seiner Fruchtblase. Im Buch hatte sie gelesen, dass so etwas manchmal passierte – die Fruchtblase kam unversehrt heraus, mit allem, was darin war: der Plazenta, der Nabelschnur, dem Baby.

Jamies Dad war so zur Welt gekommen. Pauline hatte es »in der Glückshaube« genannt. Sie hatte immer behauptet, dass es für einen Fischer ein guter Start ins Leben sei, weil ein Mensch, der in der Fruchtblase geboren wurde, nie ertrinken konnte.

Stella starrte auf das kleine Etwas in der silbrigen Hülle. Tränen brannten ihr in den Augen und liefen ihr übers Gesicht. Dieses Baby konnte gar nicht ertrinken, denn es war bereits tot. Es war viel zu klein, um lebensfähig zu sein.

Heutzutage hat ein Baby, das nach der vierunddreißigsten Woche geboren ist, gute Überlebenschancen außerhalb der Gebärmutter.

Dieses Baby hier war erst achtzehn Wochen alt.

Stella erschauerte und wollte es gerade mit ihrem Hemd zudecken, als der Mond durch das Fenster schien und die Szene in ein silbernes Licht tauchte. Die Fruchtblase, die auf dem dunklen Blutfleck lag, schimmerte blass und durchscheinend, und plötzlich kam ihr das Baby wie ein wunderschön eingepacktes Geschenk vor.

Stella rückte ein wenig näher und hielt den Atem an. Sie sah winzige, gekrümmte Finger. Sie drückten gegen die Fruchtblase, als seien sie bei dem Versuch, sie aufzubrechen, erstarrt. Auch der Umriss eines Fußes war zu sehen.

Stellas Hände bewegten sich wie von selbst. Sie packten die Hülle und rissen sie auf. Klare Flüssigkeit floss heraus, und ein nussiger Geruch verbreitete sich im Zimmer. Die Haut sackte zusammen und legte sich wie ein Leichentuch über die kleine Gestalt. Das Rückgrat war leicht gekrümmt wie bei einem Kätzchen, das zusammengerollt in einem Korb schläft. Staunend öffnete Stella die Lippen. Sie zog die Überreste der Fruchtblase weg, wobei sie kaum darauf achtete, dass sie dadurch die Nabelschnur und die geriffelte Unterseite der Plazenta freilegte. Sie wandte den Blick nicht von dem kleinen Gesicht ab. Von den geschwungenen Lippen. Der Stupsnase. Den friedlich geschlossenen Augen. Ihr winziges, perfektes Baby.

Es sah so aus, als schliefe es. Aber der Brustkorb hob und senkte sich nicht, keine leichten Atemzüge waren zu vernehmen. Sie hielt es mit beiden Händen. Es war schlaff und warm. Flaum bedeckte den Kopf, es hatte weiße Wimpern und Fingernägel. Und es war ein Junge. Ein Sohn.

Stella schluchzte auf. Sie blickte sich verzweifelt um, als ob sie Hilfe und Trost suche, aber ihr Blick traf nur auf den Steinengel, der auf dem Regal kniete.

Hilf mir, flehte Stella.

Der Engel schwieg, die Hände fromm gefaltet. Aber seine Flügel vermittelten Kraft.

Stella legte das Baby vorsichtig auf ihr Kopfkissen. Durch die Nabelschnur war es noch mit der Plazenta und den Überresten der Fruchtblase verbunden. Langsam erhob sich Stella vom Bett. Ihre Beine zitterten, als sie zur Kommode ging, und sie spürte, wie ein dünnes, blutiges Rinnsal an ihren Beinen entlangfloss. Sie holte ihr Taschenmesser aus der Schublade – dasselbe scharfe Messer, mit dem sie einst die Abalonen von ihren Muscheln gelöst und in dünne Streifen geschnitten hatte. Jetzt schnitt sie damit die Nabelschnur durch, damit sie die blutigen Überreste der Geburt endlich mit ihrem Hemd bedecken konnte.

Sie legte das Baby wieder aufs Kopfkissen, ließ das Blut aus dem Nabel herausfließen, und dann wischte sie mit ihrem Pyjama-Oberteil den kleinen Körper trocken und sauber.

Anschließend stand sie da und betrachtete ihren Sohn. Er sah so nackt und kalt aus – nichts konnte ihn vor der Welt beschützen. Wieder warf Stella dem Engel einen hilfesuchenden Blick zu. Der Mondschein fiel auf das weiße Seidenkleid der Brautpuppe, die ebenfalls im Regal stand.

Mit zitternden Fingern öffnete Stella die kleinen Häkchen und Knöpfe und zog Miranda das Kleid aus. Vorsichtig, um es nicht mit Blut zu beschmieren, trug sie es zum Bett und kleidete die winzige leblose Gestalt in das Kleid. Sie beugte sich über den kleinen Jungen und arrangierte die seidigen Falten zärtlich um seinen Körper. Er sah aus wie ein Prinz, der zu seiner Taufe ein Taufkleid trug, das seit Generationen in der Familie weitergegeben wurde.

Mit dem Kind in den Armen setzte sich Stella vor dem Fenster auf den Boden. Das zarte Gesicht schimmerte im Mondschein. Die Haut des Babys war beinahe durchscheinend, und ein dunkles Aderngeflecht legte ein Spitzenmuster über das Köpfchen, die Hände und die Füße.

Stella hielt das kleine Bündel in einem Arm und fuhr mit einem Finger der anderen Hand die Form der Augen, Lippen und Wangen nach. Vorsichtig ließ sie die Fingerspitze zwischen die Lippen gleiten, um die kleine Zunge zu spüren.

Die Zunge, die nie einen Laut bilden würde.

Die fest geschlossenen Augen, die niemals sehen würden.

Die Stimme, die nie jemand hören würde.

Stella hätte so gerne mit ihm gesprochen und ihm gesagt, wie Leid es ihr tat. Sie verstand jetzt, warum das Baby gehen musste. Der kleine Junge hatte keinen Vater. Seine Großeltern hatten ihn weggeben wollen. Und seine Mutter, die ihn in sich getragen hatte, hatte ihre Liebe zu ihm erkalten lassen.

Sie hatte nicht verstanden, wer er war. Dieser perfekte kleine Junge.

Und während sie seinen Körper in den Armen hielt, spürte Stella auf einmal eine tiefe, fast greifbare Abwesenheit. Die Seele ihres Kindes war gegangen.

»Wo bist du?«, fragte sie.

Du bist zurückgegangen, dachte sie. Dorthin, wo du hergekommen bist. Sie stellte sich einen Ort vor, an dem Engel waren. Einen Garten vielleicht. Einen französischen Garten.

Ihre Tränen fielen auf sein stilles Gesichtchen, benetzten seine glatten Wangen. Dort schimmerten sie wie Regentropfen auf Lilienblättern.

Sie drehte sein Gesicht dem Mond, den fernen Sternen entgegen. Mehr konnte sie nicht für ihn tun. Er würde nie den Sonnenschein auf seiner Haut spüren, nie das Meer auf den Lippen schmecken. Und er würde auch nie in seinen Träumen das Lied einer Mutter hören.

12

Williams Schritte klangen fremd, als er in seinen guten Schuhen den Flur entlangkam. Stella wich in die Zimmerecke zurück und zog die Decke fester um ihre bloßen Schultern. Sie blickte auf das Baby, das sie an ihre Brust gedrückt hielt. In diesen Teil des Zimmers drang das Mondlicht nicht, und das winzige Gesichtchen wirkte geheimnisvoll, als ob es Dinge wisse, von denen Stella noch nicht einmal etwas ahnte.

Sie versuchte, die Schritte ihres Vaters nicht zu hören, um den Zauber, das Gespinst aus Frieden und Ruhe, das sie um sich und das Baby gewoben hatte, nicht zu zerstören.

Sie hielt den Kopf gesenkt und blickte nicht auf, als der Mann vor ihr stand. Sie antwortete auch nicht auf seine Fragen. Aus den Augenwinkeln sah sie ihre Mutter in der Tür stehen. Sie stand da wie erstarrt, glitzernd vor Diamanten wie eine Königin.

Die Stimmen ihrer Eltern drangen wie durch einen Nebel zu ihr. Schließlich bewegte sich William, und als Stella aufblickte, sah sie, wie er ans Bett trat. Er zog das Hemd weg und nahm die Plazenta in die Hand. Er hielt sie unter die Nachttischlampe und drehte sie hin und her.

Der Arzt wird die Plazenta untersuchen, um sich zu ver-

gewissern, dass sie intakt ist. Bleibt ein Stück von der Plazenta im Uterus zurück, so bedeutet dies eine ernsthafte Bedrohung für die Gesundheit der Mutter.

Grace trat zu ihrer Tochter und kniete sich vor sie. Ihr Teerosen-Parfüm vertrieb den süßen Nussgeruch der Geburt. Sie strich Stella die von Blut und Tränen verklebten Haarsträhnen aus dem Gesicht.

William sagte: »Irgendetwas muss nicht in Ordnung gewesen sein. Die Natur findet immer einen Weg, um etwas Krankes loszuwerden.«

Stella blickte ihn an.

»Es ist das Beste so«, sagte er sanft. »Jetzt ist alles vorbei.«

Das Mädchen hörte den kaum verhüllten Triumph in seiner Stimme. *Alles ist vorbei. Du brauchst nicht mehr ins Heim. Das schändliche Geheimnis bleibt gewahrt.*

»Es ist nicht deine Schuld«, sagte Grace. »Es liegt nicht daran, dass du etwas falsch gemacht hast. Dein Vater hat Recht. Es gibt einen Grund, warum es gestorben ist.«

»Einen gesunden Apfel kann man nicht vom Baum schütteln«, warf William ein. »Und das gilt auch für eine Fehlgeburt.«

Fehlgeburt. Das Wort kreiste in Stellas Kopf. Darüber hatte sie auch gelesen, über die bekannten und unbekannten Ursachen. Das hatte überhaupt nichts mit ihrem Baby zu tun. Der kleine Junge hatte einfach nur nicht bleiben wollen. Sie ergriff die kleine Hand – eine perfekte Miniatur. Sie spreizte die Finger wie einen winzigen Stern.

William stieß Grace an, damit sie das Baby genauer in Augenschein nahm.

»Es ist ein kleiner Junge«, sagte Stella. Sie strich das Seidenkleid glatt und arrangierte die Spitze am Saum. Dann hielt sie ihn ihrer Mutter hin, damit sie ihn anschauen konnte.

Als Grace sich vorbeugte, schwang ihre Kette auf das Köpfchen zu, und Stella hielt gerade noch rechtzeitig die Hand dazwischen, damit die Steine ihr Baby nicht verletzten.

Grace hielt den kleinen Körper mit ausgestreckten Armen von sich weg. Sie wirkte geschockt und entsetzt, als könne sie die Schönheit des Babys nicht erkennen. Als Stella es wieder nehmen wollte, sagte William: »Gib es mir.«

»Nein!«, schrie Stella auf.

Grace erstarrte und blickte von Stella zu William. Sie zog das Baby an sich, als wolle sie es keinem von beiden geben.

»Gib ihn mir!«, verlangte Stella in scharfem Ton. William streckte bereits die Hände aus. »Mum! Dad darf ihn nicht haben!«

»Es ist tot, Stella«, sagte William. Seine Stimme klang hart, als hoffe er, sie so zu Verstand zu bringen. »Ich bringe es weg.« Er wandte sich zu seiner Frau und bedeutete ihr, sie solle ihm das Baby geben.

Stella blickte ihre Mutter an. »Mum, bitte. Gib mir mein Baby«, flehte sie mit erstickter Stimme. Panik stieg in ihr auf.

»Es ist kein Baby«, sagte William gleichmütig. »Es ist ein Fötus. Ein achtzehn Wochen alter Fötus. Mehr nicht.« Er blickte seine Frau an. »Grace! Hier!«

Grace ignorierte ihn. »Wir müssen den Arzt holen«, sagte sie und blickte dabei auf das Baby.

»Nein«, erwiderte William. »In diesem frühen Stadium nicht. Rechtlich gesehen ist es ein Fötus. Das können wir selbst regeln.« Er warf einen Blick auf seine Tochter und wandte sich dann wieder an seine Frau. »Wenn ich es für nötig hielte, würde ich sofort mit ihr nach St. Louis fahren. Aber es gibt kein Anzeichen für übermäßige Blutungen.« Er wies auf das Bett. »Und die Plazenta ist intakt. Es gibt wirklich keinen Grund zur Sorge.« Er wies auf das in Seide gehüllte Bündel in Grace' Händen. »Aber je eher das hier weg ist, desto besser. Du siehst ja selbst, dass sie völlig außer sich ist.«

Grace sah ihre Tochter an. Stellas Nacktheit wurde von der Decke nur notdürftig verhüllt. Langsam wandte sie sich William zu. Als Stella erkannte, was sie vorhatte, ging sie auf die Knie, um ihr Baby an sich zu reißen. Aber dann hielt sie inne. Er sah so zerbrechlich aus, mit der durchsichtigen Haut, unter der sich bläulich die Adern abzeichneten, und den winzigen Gliedmaßen. Wenn sie ihn zu fest anpackte, würde sie ihn sicherlich in Stücke reißen.

»Bitte nicht. Bitte«, stöhnte sie. »Gib ihn mir.«

Aber Grace hatte das Baby schon mit einer raschen Bewegung an William weitergereicht.

Stella öffnete den Mund zu einem stummen Schrei. Aber es war zu spät. William war schon fast aus dem Zimmer.

Grace starrte auf die Stelle, an der eben noch ihr Mann gestanden hatte. »Es ist am besten so«, sagte sie. »Es ist am besten so.« Immer wieder wiederholte sie diesen Satz.

Stella begann zu weinen. Die Decke glitt ihr von den Schultern, und als Grace versuchte, sie wieder hochzuziehen, stieß sie sie weg.

Hilflos schüttelte Grace den Kopf.

Schluchzend vergrub Stella das Gesicht in den Händen. Nur einmal hob sie den Kopf, als sie hörte, wie die Hintertür aufging – und dann zugeschlagen wurde.

»Es ist vorbei«, sagte Grace. Ihre Stimme zitterte. »Alles wird wieder gut.«

Durch die Bretter des Außenzimmers drangen lange Lichtstreifen. William hatte grünes Holz verwendet, um das Ende der Veranda abzutrennen. In den Jahren danach hatte das Holz gearbeitet, und Moskitos, Spinnen und sogar Mäuse gingen durch die Risse ein und aus.

Stella lag auf dem klumpigen Bett und betrachtete eine Spinne in ihrem Netz. Zahlreiche Fliegen hingen darin. Sie hatte sich eine raue Decke bis ans Kinn gezogen und lag da, ein hilfloses Geschöpf, ohne Leben.

Aus ihrem Uterus rann Blut in die Vorlagen, die Grace ihr gegeben hatte. Aus ihren Augen rannen Tränen, Tag für Tag, als verfüge sie im Innern über ein endloses Reservoir. Und auch aus ihren Brüsten lief die Flüssigkeit heraus, keine Milch wie bei einer stillenden Mutter, sondern eine klare Flüssigkeit, die wie Tränen an ihren Nippeln hing.

Sie hielt die Hände weg von ihrem Körper. Sie wollte nicht fühlen, wie ihr Bauch eingesunken war, wie schnell sie ihre Jungmädchenfigur wiederbekommen hatte. Man sah schon nichts mehr von ihrer Verwandlung.

Wie viele Tage waren vergangen, seitdem sie ihr Zimmer verlassen und Zuflucht auf der Veranda gesucht hatte? Sie wusste es nicht. Sie schlief, und sie wachte auf, sie stand auf, um zur Toilette zu gehen, und Grace stellte Mahlzeiten auf hübsch gedeckten Tabletts neben sie.

Grace hatte es aufgegeben, Krankenkost zuzubereiten, und kochte jetzt sämtliche Lieblingsgerichte ihrer Tochter. Stella aß alles auf, sie öffnete ihren Mund, kaute und schluckte. Aber sie zog keine Kraft aus dem Essen, es war, als ob ihr Körper nicht mehr zu ihr gehörte.

William blieb zu Hause. Oft kam er bei ihr vorbei, versuchte jedoch nicht, mit ihr zu reden. Und er sagte vor allem nicht das, was sie hören wollte.

»Wo ist er?«, hatte Stella am ersten Morgen nach der Geburt gefragt – und seitdem jeden Tag.

»Begraben.«

»Wo?«

Das brauchst du nicht zu wissen. Es ist nicht gesund. Am besten vergisst du es.

Du musst jetzt nach vorne blicken.

Ich sage es dir nicht. Es ist besser so.

Irgendwo im Garten. Mehr sage ich nicht.

Und es ist kein Grab.

Es war kein Baby.

Stella drehte sich mit dem Rücken zum Fenster und zog sich die Decke über den Kopf, damit sie das Meer nicht hören musste. Sie konnte das Geräusch der Brandung nicht ertragen. Und sie hasste es, an den Garten zu denken … an die frisch umgegrabenen Beete, wo Samenkörner in der Erde ruhten. Und wo das Baby begraben war.

Sie stellte sich vor, es liege in einer feuchten, vergessenen Ecke, tief in der Erde. Wenn sie schlief, träumte sie von ihm. Sie sah das weiße Kleid über seinem Gesicht, sodass er keine Luft bekam. Sie sah ihn nackt, das Kleid weggeworfen.

Grace kam auf die Veranda, mit dem grauen Koffer in der Hand.

»Ein komischer Gedanke, dass dieser alte Koffer wieder nach England reist«, sagte sie. Ihre Stimme klang dünn und falsch, und der traurige Ausdruck in ihren Augen strafte ihren fröhlichen Tonfall Lügen. »Du brauchst nicht viel einzupacken – nur ein paar Sachen. Tante Jane hat geschrieben. Sobald du in London bist, geht sie mit dir einkaufen.« Sie schwieg und presste fest die Lippen zusammen. »Sie weiß am besten, welche Art von Kleidung du brauchst.«

Stella schwieg. Sie wusste, dass das Leben um sie herum weiterging, aber alles schien so unwirklich. Es hatte nichts mit ihr zu tun.

Grace verließ sie wieder. Stella hörte, wie sie in ihr früheres Zimmer ging und Schubladen auf- und zumachte, während sie die Kleidungsstücke zusammensuchte. Das Mädchen versuchte, sich das Zimmer nicht vorzustellen – mit dem leeren Bettgestell und dem blanken Holzfußboden.

Die Matratze, die Chenille-Tagesdecke, die Decke und der Teppich waren verbrannt worden. William hatte sie auf die Weide getragen, eine Kanne Petroleum darüber gegossen und sie dann angezündet. Grace hatte alle Türen und Fenster geschlossen, aber der beißende Qualm war trotzdem überall eingedrungen und hing jetzt noch in der Luft. Stella atmete durch die Decke, die nach Mottenkugeln und Staub roch, um ihm zu entgehen.

Kurz darauf näherten sich Grace' Schritte wieder der Veranda. Sie streckte Stella die Hand entgegen, in der wie ein Küken das kleine Körbchen aus Tang und Gras lag, das Zeph geflochten hatte.

»Hast du das gemacht?«, fragte sie.

In ihrer Stimme war ein flehender Unterton, und Stella begriff, dass ihre Mutter das Körbchen als Vorwand benutzen wollte, um das Gespräch mit ihr wieder aufzunehmen. Es herrschte zu viel Schweigen im Haus – selbst für Grace.

Stella schüttelte müde den Kopf. Sie hatte ihrer Mutter nichts zu sagen. Sie hatte niemandem etwas zu sagen.

Wirf es weg, dachte sie und drehte ihr Gesicht zur Wand.

Wirf alles weg.

Als Grace gegangen war, studierte Stella einen Riss zwischen den Brettern. Er war schwarz und führte tief in die Wand hinein. Wie mochte es wohl sein, wenn sie klein genug wäre, um hineinzuschlüpfen? Sich in Nichts aufzulösen? Die Vorstellung war irgendwie beruhigend. Sie versuchte, sich darin zu verlieren, aber das Meer war zu laut, und das ständige Rauschen der Wellen zerrte an ihren Nerven. Und das Heulen des Windes, der um das Haus strich, klang wie Klagelaute eines Menschen. Stella erstarrte und lauschte aufmerksam. Jemand hatte sich verirrt und rief um Hilfe.

Sie wusste, wer es war.

Es war ihr Baby, das sein wahres Zuhause suchte, den Platz, an den es gehörte.

Ich gehöre auch nicht hierher, stellte sie fest. Nicht mehr. Nie wieder.

Sie schlug die Decke zurück, setzte sich auf und griff nach den Kleidern, die auf dem Fußboden lagen.

Nie wieder.

Das Einwickelpapier von Daniels Weihnachtspaket lag immer noch da, wo sie es vor Monaten hingelegt hatte – zusammengefaltet in der Küchenschublade. Sie nahm es an sich und ging damit auf die Veranda. Dort riss sie die Adresse des Absenders heraus.

Mr. Daniel Boyd, 125 Willowdene Street, Melbourne, Victoria

Das restliche Papier legte sie wieder in die Schublade zurück.

Während Grace das Abendessen zubereitete und William Holz hackte, lief sie in ihr altes Zimmer und packte hastig ein paar Sachen in ihre Schultasche. An der Wand neben dem Bett war ein winziger Blutspritzer – wie ein kleiner schwarzer Stern.

Sie blickte sich noch einmal um, und ihr Blick fiel auf den steinernen Engel, der immer noch im Regal kniete. Als sie danach griff, um auch ihn einzupacken, stieß sie an die Puppe, Miranda. Sie fiel zu Boden.

Einen Moment lang starrte Stella auf die nackte Puppe und auf den dunklen Fleck auf ihren roten Haaren. Dann wandte sie sich abrupt ab und rannte aus dem Zimmer.

Es war noch dunkel, und William und Grace schliefen noch fest, als Stella am nächsten Morgen im Schein ihrer Taschenlampe durch das stille Haus schlich. Sie hatte einen Zettel vorbereitet, den sie in der Küche unter Grace' Rezeptbuch schob, das auf dem Tisch lag.

Ich habe Geld von euch genommen.

Ich lasse euch wissen, wo ich bin. Kommt mir nicht nach.

Ich komme nie wieder nach Hause.

Was hätte sie sonst noch schreiben sollen? *Ich liebe euch. Ich hasse euch.*

Beides stimmte. Keines von beidem stimmte.

Draußen im Garten richtete sie den Strahl der Taschenlampe auf den Weg. Jetzt konnte sie auch nicht mehr nach der Stelle suchen, wo ihr Baby begraben war. Wenn sie nur mit der Taschenlampe in der Dunkelheit aufgeworfene Erde erkennen wollte, müsste sie ewig hier bleiben.

Im Herbst gab es im Garten immer viel zu tun. Die meisten Beete waren umgegraben worden.

Frische Einschusslöcher lagen um den Buchstaben H auf dem Wegweiser nach Halfmoon Bay. Das Brett war zersplittert und die Farbe abgeblättert. Stella zählte die Einschüsse – es waren elf –, während sie darauf wartete, dass ein Auto den Hügel herunterkam. Es war zwar noch früh am Morgen, aber ein Auto und ein Lieferwagen waren bereits vorbeigefahren. Stella hatte sich hinter den Büschen versteckt, als sie die Fahrzeuge erkannte. Zuerst war der gelbe Holden der Barrons vorbeigefahren. Mr. Barron saß träge hinter dem Steuer und stützte sich am Fenster mit dem Ellbogen auf. Den Lieferwagen, der danach kam, hatte Stella schon einmal auf dem Parkplatz der Fischfabrik gesehen, deshalb hielt sie es für ratsam, sich auch hier noch nicht zu zeigen.

Als das zweite Fahrzeug verschwunden war, setzte Stella sich auf einen kleinen Granitblock. Vorsichtig ließ sie sich darauf nieder, weil ihr Körper immer noch empfindlich war. Auf der gegenüberliegenden Straßenseite landete eine Krähe auf dem Seitenstreifen und begann mit ihrem langen schwarzen Schnabel in den pelzigen Kadaver eines Opossums zu hacken. Stella bemerkte eine Blutspur, die bis zur Mitte der Straße reichte. Offensichtlich war das Tier von einem Auto angefahren worden und hatte sich ins Gebüsch geschleppt, um dort zu sterben.

Als Stella sich auf dem harten Stein ein wenig anders hinsetzte, knisterte das Papier in ihrer Tasche. Daniels Adresse. Es war ihr Talisman – ihre einzige Hoffnung zu überleben.

Sie blickte auf, als sie erneut Motorengeräusch hörte. Sie warf sich ihre Schultasche über die Schulter und stellte sich hin. Eine hellblaue Limousine näherte sich, und sie sah am Nummernschild, dass sie aus Victoria kam. Rasch trat sie auf die Straße und winkte. Das Auto wurde langsamer und hielt an, und Stella schloss die Augen, als eine Staubwolke aufwirbelte. Als sie sie wieder öffnete, kurbelte die Fahrerin gerade das Fenster herunter. Es war eine Frau mittleren Alters in Stadtkleidung.

Stella warf ihre Haare zurück und zwang sich zu einem Lächeln. »Fahren Sie nach Norden?«, fragte sie. »Oder biegen Sie ab?«

Die Fahrerin zog an einer Zigarette mit weißem Filter und blies den Rauch durch ihre geschminkten Lippen. »Wo abbiegen?«, fragte sie.

Stella wies auf das Schild »Halfmoon Bay«.

Die Frau schüttelte den Kopf. »Ach du lieber Himmel, nein. Von dem Ort habe ich noch nie gehört. Ich fahre nach Hobart.«

»Ich auch«, erwiderte Stella.

»Dann steig ein. Ich habe es eilig.«

Als Stella um das Auto herumging, sah sie sich in der Windschutzscheibe. Sie sah völlig normal aus, wie jedes andere junge Mädchen, das in die Stadt trampte. Entschlossen öffnete sie die Tür und ließ sich in den Sitz sinken. Hoffentlich hatte sie sich nicht zu vorsichtig bewegt. Sie bemühte sich, so fröhlich wie möglich zu wirken.

Die Fremde brauchte nicht zu wissen, dass ihr Körper verletzt worden war. Dass ihr Herz gebrochen war.

13

Fünfzehn Jahre später

Halfmoon Bay, Tasmanien

Wellen bauten sich entlang der Küste auf und brachen sich donnernd an den Felsen. Stella stand an der Wasserlinie und starrte zum Horizont. Der Wind zerrte an ihrem Körper, riss ihre Haare nach hinten und brannte ihr in den Augen. Sie spürte seine Macht und nahm ihn auf, als könne er ihr Innerstes betäuben.

Wenn sie ewig hier stehen bliebe, würde sie zu einer kalten Steinstatue erstarren.

Eine Möwe landete neben ihren Füßen, bog den Kopf zurück und kreischte laut. Dann flog sie wieder auf. Stella sah ihr nach, wie sie mit gleichmäßigem Flügelschlag davonzog. Der graue Himmel wurde immer dunkler, je mehr das Tageslicht schwand.

Sie blickte an einer felsigen Landzunge vorbei auf den weit geschwungenen Strand von Halfmoon Bay. In der Ferne konnte sie die Mauern der Walfangstation sehen und dahinter die Masten der Schiffe im Hafen. Sie sah auf ihre Armbanduhr und stellte fest, dass es schon nach fünf war.

Grace würde sich fragen, wo sie bliebe. Und Spinks auch. Sie hatte gar nicht gemerkt, dass sie so weit gelaufen war.

Sie wandte sich zum Gehen, wobei ihr einfiel, dass in der Nähe ein Pfad war, der zur Straße führte. Dort käme sie schneller voran als am Strand.

Der Pfad war schmal und mit Büschen überwuchert. Es roch nach Zitronenthymian, Gummibäumen und Ameisen. Auf der Schotterstraße angekommen, schritt sie rasch aus. Die Büsche zu beiden Seiten waren hoch und schützten sie vor dem Wind, aber sie schlang trotzdem die Arme beim Gehen um sich, weil sie fröstelte. Die Vergangenheit hatte sie wieder eingeholt, und sie fühlte sich schutzlos und verletzlich.

Als sie ein Fahrzeug kommen hörte, trat sie auf den Seitenstreifen und blickte sich um. Ein alter roter Kombi näherte sich. Automatisch hob sie grüßend die Hand, wie es die Einheimischen immer taten. Dann wandte sie sich ab, um der Staubwolke zu entgehen.

Das Auto wurde langsamer und hielt an. Stella trat an die Fahrerseite und spähte hinein. Sie erkannte den Fahrer sofort. Laurie trug immer noch denselben Lederhut wie vor Jahren. Seine Haare waren mittlerweile grau geworden, aber er hatte sie immer noch zu einem Pferdeschwanz zusammengebunden. Stella war sich sicher, dass er sie erkannte, aber wenn er überrascht war, sie hier anzutreffen, so ließ er sich nichts anmerken.

»Soll ich dich mitnehmen?«, fragte er. Er schob einen Stapel alter Seile vom Beifahrersitz zu Boden. Stella stieg ein, wobei sie den Kopf einziehen musste, da ein langes Stück Treibholz über den Sitz ragte, und als sie sich setzte, drückte sich ein Gewehr, das zwischen den beiden Sitzen lag, gegen ihr Bein.

Während sie noch die Tür zuzog, fuhr Laurie bereits an. Der Wagen rumpelte laut über die unebene Straße.

Laurie warf Stella einen Blick zu. »Wann bist du zurückgekommen?«

»Heute.« Sie konnte es selbst kaum glauben, weil es schon eine Ewigkeit her zu sein schien, seit sie auf dem Flughafen in Hobart gelandet war.

»Hast du Spinks schon gesehen? Warst du schon am Hafen?«, fragte Laurie.

Stella nickte.

»Ich war oben am Sloop Rock«, erklärte Laurie. »Vorgestern haben sie da schon mal gesucht, aber ich habe gedacht, es lohnt sich vielleicht, noch mal nachzuschauen. Aber ich habe nichts gefunden. Ich wollte auch beim Suchtrupp mitmachen, aber Spinks meinte, nur ohne das Ding da.« Er wies auf sein Gewehr. Dann warf er Stella einen Blick aus seinen harten, blauen Augen zu. »Typisch Spinks. Aber er kann mich nicht davon abhalten. Dann suche ich eben auf eigene Faust.«

Stella drehte ihr Fenster hoch, um das Geräusch des Windes abzumildern. In der plötzlichen Stille im Wageninnern dröhnte der Motor besonders laut.

»Meinen Sie, sie finden ihn?«, fragte sie.

Laurie blickte angestrengt durch die Windschutzscheibe. »Wir müssen einfach immer weitersuchen. Mehr können wir nicht tun.« Eine Weile schwieg er. Dann sagte er sanft: »Ich hoffe, er lebt noch. Ich hatte über die Jahre so meine Differenzen mit deinem Dad. Aber ich habe ihn respektiert.«

Stella blickte auf ihre Hände, die verschränkt in ihrem Schoß lagen. Darauf fiel ihr keine Antwort ein.

Laurie bremste scharf, als ein Wallaby auf die Straße

hüpfte. Es gab ein krachendes Geräusch, als er einen Gang herunterschaltete.

»An dieses Auto muss ich mich erst gewöhnen«, erklärte er. »Der alte Jeep hat letzte Woche den Geist aufgegeben, und den hier hat mir ein Kumpel geliehen. Wenn man die Gänge findet, ist er ganz in Ordnung.«

Er bremste wieder. Das Stück Treibholz glitt an Stellas Schulter vorbei. Als sie es zurückschob, warf sie einen Blick in den hinteren Teil des Wagen. Auf der Ablagefläche lag ein ganzer Stapel Treibholz. Stella betrachtete die silbergrauen Bretter und stellte fest, dass es gute Stücke waren. Wer immer sie gesammelt hatte, wusste, wo er suchen und worauf er achten musste.

»Wessen Wagen ist das denn?«, fragte Stella. Sie verspürte eine irrationale Eifersucht, als ob sie immer noch hier zu Hause wäre und die Schätze des Meeres ihr gehörten.

»Neuer Typ«, erwiderte Laurie. »Er ist erst seit ein paar Jahren hier. Ich mag ihn. Alle kommen gut mit ihm klar. Er ist nicht so wie die anderen, die neu zugezogen sind. Den Pub haben jetzt Leute vom Festland übernommen, weißt du. Zu essen gibt es jetzt dort nichts mehr, und ich habe meinen größten Kunden verloren. Früher brauchten sie viel Wallaby, um alle Leute satt zu kriegen.«

Am Stadtrand verlangsamte Laurie das Tempo. Stella betrachtete die Häuser, an denen sie vorbeifuhren – einstöckige, selbst gebaute Gebäude aus Holz und Blech, bei denen nur der Kamin gemauert war. Da sie so lange weg gewesen war, kamen sie ihr klein vor, und viele wirkten auch recht heruntergekommen. Stella sah verwitterte Bretter und Rostflecken auf den Dächern. Nur die Gärten blühten üppiger als je zuvor. Die Veranda eines Hauses war so von den Ranken der Passionsfrucht überwuchert, dass man sie kaum noch sehen konnte. Und vor einem anderen Haus stand ein wahrer Dschungel aus Kartoffelpflanzen.

Kurz darauf kam der Hafen in Sicht. Der Parkplatz war halb leer – die meisten Bootsanhänger waren weg, und es standen nur noch ein paar orangefarbene Fahrzeuge da. Ein paar orange gekleidete Freiwillige liefen noch herum, aber ganz offensichtlich hatte es keinen Durchbruch bei der Suche gegeben.

Der Wagen hielt, und Laurie wies auf den Griff an der Beifahrertür. »Du musst fest daran ziehen!«

»Danke fürs Mitnehmen«, sagte Stella.

»Jederzeit. Schön, dass du wieder da bist.«

Der Wind riss ihr die Tür aus den Händen, als sie ausstieg, und sie musste sie mit aller Kraft wieder zudrücken.

Sie lief über den Parkplatz zum Caravan. Die Lampe neben der Tür war eingeschaltet und warf einen gelben Schein in die zunehmende Dunkelheit. Die Tische mit dem Essen standen immer noch davor, aber das Geschirr war bereits abgeräumt worden, und die Frauen waren weg.

Nur Grace war noch da. Ihr langer, dunkler Mantel flatterte im Wind, und sie stand ganz still, als sei sie aus Holz geschnitzt, wie eine Galionsfigur an einem Schiff. Sie starrte zu der Felsenmauer, die das Hafenbecken begrenzte. Auf dem Boden neben ihr lag Stellas Rucksack.

Stella eilte auf sie zu, wobei sie überlegte, wie sie ihr erklären sollte, dass sie auf einmal verschwunden und so lange weggeblieben war. Als sie näher kam, knirschte der Kies auf dem Platz unter ihren Sohlen, und ihre Mutter fuhr erschrocken herum.

»Ach, du bist es«, sagte sie und schenkte ihr ein kleines Lächeln. Sie bückte sich, um ihren Korb hochzuheben. »Ich habe auf dich gewartet. Es ist Zeit, nach Hause zu fahren.«

Stella versuchte, das Lächeln zu erwidern, aber ihr Gesicht fühlte sich an, als gehöre es zu jemand anderem.

Sie warf sich den Rucksack über die Schultern und trug einen großen Suppentopf zum Lieferwagen. Die restliche Suppe gluckerte bei jedem Schritt, den sie machte. Neben ihr ging Grace. Sie hatte sich den Korb über den Arm gehängt. Als sie den Wagen erreichten, verstauten sie die Sachen hinten auf der Ladefläche zwischen Plastikdosen und einer Fischfalle. Dann stieg Grace auf der Beifahrerseite ein.

Stella setzte sich hinters Steuer, drehte den Zündschlüssel um und trat pumpend auf das Gaspedal, wie sie es bei William immer gesehen hatte. Der alte Wagen sprang an, und sie fuhr am Pub und am Laden vorbei zur Straße, die nach Seven Oaks führte. Als sie aus dem Ort heraus war, gab sie Gas.

Nach ein paar Minuten warf sie Grace einen raschen Blick von der Seite zu. Ihre Mutter saß still und reglos neben ihr. Stella stieg ihr gewohnter Duft nach Teerose in die Nase. Sie blickte wieder auf die Straße und tat so, als müsse sie sich voll und ganz auf das Fahren konzentrieren. Hier war nicht der richtige Ort, um mit ihrer Mutter zu reden.

Vorsichtig lenkte Stella den Lieferwagen um die Schlaglöcher und Unebenheiten auf der Straße herum. Die Scheinwerfer des Wagens ließen die Umgebung dunkler erscheinen, als es wirklich war. Es war früher Abend, die Zeit, wenn der Tag noch nicht ganz vorbei, die Nacht aber noch nicht hereingekrochen war.

Der Weg führte an Weiden entlang, die sich bis zum

Strand erstreckten, und bald schon erkannte Stella die dunklen Umrisse länglicher Gebäude. Ihr ehemaliges Zuhause. Sie umklammerte das Lenkrad fester, als sie darauf zufuhr.

Und plötzlich war sie da. Sie wandte sich an Grace. »Geh du schon hinein. Ich lasse die Scheinwerfer an, bis du am Haus bist.«

Sie blickte ihrer Mutter nach, als sie über den Weg lief und im Garten verschwand. Kurz darauf schaltete Stella das Licht am Wagen aus und stieg ebenfalls aus. Es roch nach nassem Tang und Salz. Sie ging zur Ladefläche, um ihren Rucksack und den Suppentopf zu holen.

Dann wandte sie sich zum Haus.

Es wirkte größer als in ihrer Erinnerung. Das geschwungene Dach hob sich kühn gegen den dunklen Himmel ab. Die großen Fenster waren leere Flächen vor zugezogenen Vorhängen. Stella blickte an der Fassade entlang zur Haustür. Irgendetwas bewegte sich dort. Als sie genauer hinschaute, sah sie, dass es ein Baum war, dessen Zweige vom Wind gepeitscht wurden.

Williams Eiche.

Sie war groß geworden. Obwohl vom Wind gebeugt, reichten die höchsten Äste fast bis an die Regenrinne. Aber der Stamm war immer noch schmächtig, und auch das Laub war nicht gerade üppig. Stella wandte sich ab und lief den Weg entlang.

Grace' Garten bestand aus verschwommenen, grauen Umrissen – Bäume, Sträucher und Hecken –, die sich ständig im Wind veränderten. Grace blickte krampfhaft zu Boden, während sie zur Seitentür ging. Sie hatte das Gefühl, als sammelten sich Gespenster um sie. Und hinter ihnen kroch die Dunkelheit heran, die ihre Finger nach ihr ausstreckte. Sie stieg aus einer verborgenen Quelle tief in der Erde.

Stella war froh, als sie die Küche erreichte und aus dem Fenster ein gelblicher Schein auf das Lilienbeet fiel. Rasch eilte sie darauf zu, den Topf wie einen Schild vor die Brust gepresst.

In der Küche war es warm, und es duftete nach Backwaren. Grace stand am Tisch, noch im Mantel, und blätterte mit konzentriert gerunzelter Stirn in ihrem Rezeptbuch.

»Wäschst du ab?«, fragte sie und blickte kurz auf. »Ich fange schon mal mit der Suppe für morgen an.«

Stella stellte den Suppentopf an der Spüle ins Abtropfbrett. »Er hat eine gute Größe«, sagte sie. »Wo hast du ihn her?«

»Joe hat ihn zum Hafen gebracht«, erwiderte Grace. »Er stammt aus dem Pub. Als sie die Küche aufgelöst haben, haben sie ihn einfach weggeworfen.«

»Was für eine Verschwendung«, erwiderte Stella. Erleichterung stieg in ihr auf, weil sie sich so höflich und ruhig miteinander unterhielten. So würde es die ganze Zeit über sein, dachte sie. Entweder würden sie über unverfängliche, einfache Themen reden oder schweigen.

Sie wandte ihre Aufmerksamkeit dem Abwasch zu. Sie steckte den Gummistöpsel ins Spülbecken und musterte dabei die Gegenstände, die an der Spüle lagen. Der sorgfältig gefaltete rotweiße Wischlappen. Die Spülbürste in ihrem Becher. Die gelbe Seife, halb benutzt, deren rissige Oberfläche mit grauem Schaum bedeckt war. Alles sah zutiefst vertraut aus. Sie drehte sich um und warf einen Blick durch das Zimmer, das sie so gut kannte. Die Uhr in ihrer Nische über dem Kaminsims tickte laut, als ob sie darauf hinweisen wolle, dass die Zeit verging. Und doch hatte sich nichts verändert.

Stella blickte zu Grace, die immer noch über das Rezeptbuch gebeugt dastand, und dann ging sie aus der Küche hinaus ins Seezimmer.

Die Kissen lagen ordentlich aufgereiht auf der Couch. Der Fernseher stand auf seinem Platz neben der Anrichte. Sogar das Brennholz war genauso aufgestapelt wie immer. Stella wurde es eng ums Herz. Es sah wirklich so aus, als ob vor fünfzehn Jahren, an dem Tag, an dem sie gegangen war, die Zeit stehen geblieben war.

Sie fuhr mit den Fingern über die Rückenlehne eines Sessels. Williams Sessel. Das Polster war auf einer Seite eingedrückt, weil er sich immer zur Wärme des Feuers beugte. Auf dem Tischchen daneben lag eine aufgeschlagene, halb gelesene Zeitung.

Daneben stand Williams Kaffeebecher – ein Souvenir von Lord Nelsons Schiff *HMS Victory*. Stella ergriff ihn und las den Spruch, der eingedruckt war. »*England erwartet, dass jeder Mann seine Pflicht tut.*« Dieses berühmte Zitat hatte sie als einen der ersten Sätze lesen können. Sie erinnerte sich noch gut daran, wie William ihr die Wörter vorgesagt hatte. Damals, als Kind, war ihr die Tasse so viel größer vorgekommen.

Sie nahm sie mit in die Küche. Ihre Mutter blickte auf, als sie hereinkam, und erstarrte.

»Was machst du da?« Sie sah auf den Becher.

»Ich stelle ihn nur weg«, erwiderte Stella und trat auf den Küchenschrank zu.

Grace riss ihr den Becher aus der Hand und verschwand damit im Flur. Kurz darauf kam sie mit geröteten Wangen wieder.

»Lass alles so, wie es jetzt ist«, sagte sie. »Fass nichts an.«

»Es tut mir Leid«, sagte Stella.

»Ich möchte nur, dass nichts verändert wird«, fügte Grace mit fester Stimme hinzu.

Sie zog ihren Mantel aus und hängte ihn über die Stuhllehne. Dann band sie sich eine frische Schürze um und wandte sich wieder ihrem Rezeptbuch zu.

Stella beobachtete sie unbehaglich. Es war, als ob ihre Mutter glaubte, sie könne William heil zurückholen, wenn sie nur das richtige Rezept auswählte und genügend zu essen kochte. Ihr fiel ein, was Pauline gesagt hatte – dass Grace häufig krank gewesen sei, seit ihre Tochter weg war. Die Leute hatten sie in all den Jahren kaum zu Gesicht bekommen. Mit leisem Unbehagen fragte sich Stella, ob ihre Mutter wohl langsam den Verstand verloren und sich hier verkrochen und niemand anderes als William gesehen hatte, Jahr für Jahr.

Stella schloss die Augen. So etwas wollte sie lieber nicht denken, sagte sie sich schuldbewusst. Und doch hatte es einen Grund, warum sie es bisher nicht über sich gebracht hatte, hierher zurückzukommen.

Sie nahm einen Holzspatel aus der Schublade und begann den Topf sauber zu kratzen. Dann ließ sie Wasser in die Spüle laufen und Seife in den heißen Strahl tropfen, sodass sich Schaum bildete.

Als sie aufblickte, sah sie ihr Spiegelbild in der dunklen Fensterscheibe. Schwarze Augen, weiße Haut. Die vom Wind zerzausten Haare ließen ihr Gesicht jung aussehen, und da die Details, wie die Fältchen um Augen und Mund, nicht zu erkennen waren, wirkte sie beinahe wieder wie ein Kind.

Als Stella den Abwasch erledigt hatte, reichte Grace ihr ein Messer und ein Brettchen, damit sie Zwiebeln hacken konnte.

»Ich multipliziere alles mit zehn«, erklärte sie. »Das macht zwanzig Zwiebeln. Sie sind in der Speisekammer.« Sie nahm sich ebenfalls ein Brettchen. »Ich helfe dir.«

Stella schälte die spröde braune Schale einer Zwiebel ab, halbierte sie und begann sie zu zerschneiden. Sie merkte, dass Grace sie beobachtete.

»Das ist ja eine seltsame Art, Zwiebeln zu hacken«, sagte ihre Mutter.

»Findest du?« Stella zuckte mit den Schultern. »Ich habe seit Jahren nicht mehr gekocht.«

Grace warf ihr einen ungläubigen Blick zu.

»Es stimmt«, fuhr Stella fort. »Ich weiß noch nicht einmal mehr, wann ich das letzte Mal in einer Küche war. Die Leute wollen für gewöhnlich nicht, dass man ihnen zu sehr auf die Pelle rückt, ob man nun in einem Café, im Hotel oder auch bei jemandem zu Hause ist. Sie glauben, man will die Gerichte nicht mehr essen, wenn man gesehen hat, wie sie zubereitet werden.«

»Warum? Sind sie schmutzig?« Grace sah sich in ihrer makellos sauberen Küche um.

»Oft geht es nur darum, dass alles schwarz ist. Die Leute kochen über Holzkohle, und Wasser zum Waschen ist knapp«, erwiderte Stella. Sie war froh, über das Leben von Menschen reden zu können, die weit weg waren. »Sie haben keine Elektrizität«, fuhr sie fort. »Die einzigen Lichtquellen sind Kerosinlampen. Es ist wie beim Camping. Aber die Leute können sich nicht vorstellen, dass ein Ausländer unter diesen Bedingungen auch schon einmal gekocht hat. Und vieles ist natürlich auch schmutzig. Man sieht es am Essen und an den schmierigen Tellern und Löffeln. Manchmal muss man sich richtig überwinden, um etwas zu essen.«

»Bist du deshalb so dünn?«, fragte Grace. Sie musterte ihre Tochter, und Stella spürte, wie sie unter dem Blick ihrer Mutter erstarrte. »Nein, ich esse schon. Nur nicht mehr so viel wie früher.«

»Du hast immer so gerne gegessen«, sagte Grace. »Du hattest so viele Lieblingsspeisen.«

Stella schwieg und fragte sich, wie sie ihrer Mutter erklären sollte, dass Essen in ihrer Vorstellung mittlerweile etwas mit Macht und Schmerzen zu tun hatte. Schließlich sagte sie: »Ich habe an einem Tisch mit Folterern gesessen und mich gezwungen, die Speisen zu essen, die sie mit ihren Händen berührt hatten. Einmal habe ich sogar noch Blutspritzer auf dem Hemdsärmel eines Mannes gesehen. Ein anderes Mal habe ich Fleisch gegessen, das angeblich Schweinefleisch war, aber dazu war es zu süß und zu blass …«

Grace riss die Augen auf. Dann senkte sie den Kopf über ihr Schneidbrett.

Stella zerschnitt weiter die Zwiebeln. Die Dämpfe, die aufstiegen, trieben ihr die Tränen in die Augen. Sie liefen ihr übers Gesicht und tropften auf den Tisch.

Überrascht betrachtete sie die nassen Pünktchen. Sie weinte nie. Es fiel allen auf, wie gefasst sie angesichts von Tragödien war. Opfer fühlten sich zu ihr hingezogen, weil sie ihre innere Leere irrtümlich für Stärke hielten. Manchmal hieß es, Stella Boyd sei eine Frau ohne Herz, eine Journalistin, die zu hart geworden sei. Niemand wusste, wie oft sie sich gewünscht hatte, weinen zu können.

Stella ergriff ein Küchenhandtuch, wischte sich damit

über die Augen und fuhr in ihrer Arbeit fort. Als sie nach ein paar Minuten aufblickte, sah sie, dass Grace ebenfalls nasse Wangen hatte. Auch ihr strömten die Tränen übers Gesicht. Sie hob die Hand und wischte sie weg. Ihre Finger zitterten.

Als ob sie den Blick ihrer Tochter spürte, wandte sie sich zu ihr.

»Ich habe Angst«, sagte sie so leise, als fürchte sie, belauscht zu werden. »Wenn er nun nicht mehr zurückkommt?«

Stella starrte sie schweigend an. Mitgefühl stieg in ihr auf, aber sie fand keine Worte des Trostes. Sie konnte sich nicht vorstellen, was Grace machen würde, wenn ihr Mann tot war. Er war alles, was sie hatte. Sie hatte sonst niemanden.

Schniefend wischte sich Grace wieder über die Augen. Dann trat sie an die Spüle und nahm den Suppentopf vom Abtropfbrett.

»Gib mir das Küchenhandtuch«, sagte sie zu Stella. »Wir müssen die Suppe aufsetzen. Es ist schon spät.«

Stella drückte ein Bündel Bettwäsche gegen die Brust – weiche Laken, die schwach nach Lavendel dufteten – und ging damit zur Veranda. Links von ihr war ihr altes Zimmer. Unter der Tür schimmerte Licht hindurch. Offensichtlich hatte Grace es angelassen, als sie darin gewesen war, um ein Kopfkissen und eine Steppdecke zu holen.

Entschlossen trat Stella ein.

Auf dem schmalen Bett lag ein neuer Überwurf aus türkisfarbener, gesteppter Baumwolle mit orangefarbenen Fransen. Auf dem Boden lag ein neuer, unbefleckter Teppich. Ansonsten war das Zimmer unverändert – all ihre

Sportabzeichen, ihre Fotos und Bücher waren noch da, als ob ihre Eltern jeden Tag mit ihrer Rückkehr gerechnet hätten.

Selbst von der Tür aus konnte Stella die dünne Staubschicht auf allen Flächen erkennen. Das Zimmer hatte die zeitlose Atmosphäre eines Altars – ein Ort des Gedenkens an das Kind, das sie einmal gewesen war.

Ihre Finger schlossen sich um den Lichtschalter, aber dann hielt sie inne. Auf dem Regal, neben den anderen Puppen, lag Miranda, die Laufpuppe, immer noch nackt. Stella betrachtete den steifen Zelluloidkörper und dachte daran, wie sie ihr mit blutverschmierten Fingern das weiße, seidene Hochzeitskleid ausgezogen hatte.

Sie schloss die Augen und schaltete das Licht aus. Als sie die Augen wieder aufmachte, sah alles ganz anders aus. In die plötzliche Dunkelheit drang ein heller Mondstrahl. Es war dasselbe silberne Licht, in dem das Gesicht des Kindes gebadet worden war, als Stella es hochgehalten hatte, um ihm die Schönheit der Sterne zu zeigen.

Stella drückte die Tür zum Verandazimmer auf und ließ die Bettwäsche auf das Bett fallen. Über der Matratze lag ein alter, cremefarbener Vorhang, der voller toter Spinnen und Fliegen war. Sie nahm ihn weg, legte das Laken über die gestreifte Matratze und zog es glatt. Dann hielt sie inne, um auf den Wind und das Meer zu lauschen. Der starke Wind hatte sich mittlerweile zu einem richtigen Sturm entwickelt, stellte sie fest. Die Wellen schlugen krachend gegen die Küste, und das Eisen klapperte auf dem Dach. Sie versuchte, nicht daran zu denken, was das für die Suche nach William bedeutete.

Sie wandte sich vom Bett ab, hob ihren Rucksack auf

den Tisch und leerte ihn aus. Die Sachen, die darin waren – Kleider, Ausrüstung, Toilettengegenstände –, ließ sie der Einfachheit halber gleich auf dem Tisch liegen. Es gab zwar eine Kommode im Zimmer, aber sie legte nur den staubigen Vorhang, der die Matratze bedeckt hatte, hinein.

Dann wickelte sie den steinernen Engel aus dem Seidenschal. Die vertraute Form in der Hand zu spüren tröstete sie. Sie stellte ihn mit dem Gesicht zum Bett, und dabei musste sie an Daniel denken. Als sie in Melbourne umsteigen musste, hatte sie ihn angerufen, aber zu ihrer Enttäuschung war der Anrufbeantworter angesprungen. Daniel hatte darauf gesprochen, und seine Stimme hatte fröhlich und vergnügt geklungen.

»Miles und Daniel machen einen wohlverdienten Urlaub. Hinterlassen Sie uns eine Nachricht, und wir rufen Sie zurück, wenn wir wieder da sind.«

In Stella stieg ein warmes Gefühl auf, als sie an die Nachricht dachte. Sie sah die beiden vor sich. Miles und Daniel hatten sie immer angeschaut, als sei sie ein unvorstellbar kostbares Geschenk. Ein Mädchen. Eine Tochter für diese beiden Männer, die niemals Väter gewesen waren. Sie lächelte bei dem Gedanken, dass sie jetzt Urlaub auf Bali machten, unter Palmen lagen und von anmutigen jungen Männern bedient wurden – während sie einander damit neckten, wie ihnen das Alter zusetzte.

Stella schlüpfte aus ihren Stiefeln und legte sich angekleidet aufs Bett, um Energie zu sammeln, damit sie wieder ins Haus gehen und sich waschen konnte. Der Wind blies eisig durch die Ritzen und Spalten in den Holzwänden, und das Donnern der Brandung ließ die Fensterscheiben erbeben. Und jetzt war zu dem Tosen des Sturms noch ein weiteres Geräusch hinzugekommen, ein seltsames, tiefes

Grollen. Stella hob den Kopf. William hatte ihr einmal erklärt, dass bei einem besonders heftigen Sturm manchmal die Felsblöcke an der Landzunge verschoben wurden – als ob ein Riese kegelte.

»Ein Felsen-Rüttler«, hatte William es genannt und eine lange Notiz darüber in sein Wetterjournal geschrieben. Stella erinnerte sich noch gut daran, wie sie ihm dabei über die Schulter geblickt hatte. Damals hatte sie gedacht, dass das Wort nicht zu Ausdrücken wie Kumulus, Stratus oder Nimbus passte, es klang viel zu grob und stark.

Plötzlich erstarrte sie und blickte zur Decke, die übersät war von Spinnweben.

Das Tagebuch.

Es standen bestimmt Informationen darin. Der letzte Eintrag enthielt alle Details von Williams vorletzter Reise, vielleicht half ihnen das ja bei der Suche weiter. Aber wenn Grace nichts von dem Buch gesagt hatte, konnte Spinks auch nicht ahnen, dass es überhaupt vorhanden war.

Sie schlug die Decke zurück und sprang auf. Auf bloßen Füßen lief sie ins Haus, den Flur entlang. An der Tür zum Elternschlafzimmer blieb sie stehen und horchte, ob Grace noch wach war. Aber hinter der geschlossenen Tür war es still. Leise schlich sie ins Seezimmer.

Als sie auf Tante Janes Anrichte zutrat, fiel ihr ein, dass William ja die Schublade, in der er das Tagebuch verwahrte, immer abschloss. Und den einzigen Schlüssel nahm er mit. Sie blieb stehen und blickte sich unschlüssig um. Dann trat sie an den Kamin und ergriff einen Schürhaken. Er hatte eine dünne, scharfe Spitze, die sie wie einen Hebel ansetzte, um die Schublade aufzubrechen. Holz splitterte, und schließlich konnte sie sie aufziehen und das schwere, in Leinen gebundene Buch herausholen.

Sie trug es zum Esstisch und schaltete eine Lampe ein. Ein vertrauter Geruch nach Tinte und Diesel stieg von den Seiten auf. Einen schmerzlichen Moment lang sah sie William vor sich.

Rasch blätterte Stella bis zum letzten Eintrag. Sie überflog die Beschreibungen des Meeres und des Windes und hielt inne bei der Zahl der gefangenen Fische und der Lage der Reusen. William hatte in tieferen Gewässern als üblich gearbeitet, stellte sie fest. Aber sonst fand sie nichts Auffälliges daran, weil er einer der am häufigsten befahrenen Routen westlich vom Standaway Island gefolgt war.

Stella schob das Tagebuch weg und warf einen Blick auf die beschädigte Anrichte. Grace würde außer sich sein, wenn sie es sah. Und es hatte nichts gebracht. Müde griff sie nach dem Buch, um es wieder an seinen Platz zu legen, aber dann hielt sie doch noch einmal inne. William hatte seine Wetterbeobachtungen in dieses Tagebuch geschrieben, seit sie denken konnte. Jahrzehntelang hatte er versucht, die Naturgewalten zu ergründen und zu verstehen. Es war sein Leben, das er hier aufgeschrieben hatte.

Ihre Hände bewegten sich wie von selbst, als sie zu dem Jahr zurückblätterte, das sie suchte. 1976. Der Monat Mai. Montag, der siebzehnte …

Plötzlich wollte sie wissen, was William damals geschrieben hatte, welche Besonderheiten am Himmel und am Meer seine Aufmerksamkeit an dem Tag gefesselt hatten, als er wusste, dass seine Tochter gegangen war.

Da war es. Stella presste die Hände auf die Seite, die im Lauf der Jahre vergilbt war.

Mir ist das Herz herausgerissen worden. Ich kann kaum atmen. Mein Schmerz ist so groß. Mein Kind ist weg.

Stella starrte auf die Worte. Die Buchstaben wirkten unbeholfen und waren tief ins Papier eingedrückt. Immer wieder las sie den Eintrag. Dann überflog sie die nächsten Seiten, aber dort standen nur die üblichen Wetterberichte in der nüchternen Sprache, die den emotionalen Ausbruch umso überraschender erscheinen ließen.

Sie blätterte weiter, bis sie zu den Einträgen kam, die er ein Jahr nach ihrem Weggehen geschrieben hatte. In dieser Zeit, fiel ihr ein, hatte er ihr den ersten Brief geschickt. Grace hatte zu schreiben begonnen, sobald Daniel es zugelassen hatte – als er Stella für stark genug hielt. Aber William hatte Monat um Monat geschwiegen. Dann war ein Umschlag gekommen, mit der gleichen sorgfältigen Handschrift wie die Wetterberichte. Der Brief bestand nur aus einer einzigen Seite. Zwischen formellen Grüßen und ein paar Kommentaren über das Fischen standen zwei Sätze. Jedes Wort hatte Stella wie ein Stachel ins Herz getroffen.

Ich sehe ein, dass ich falsch gehandelt habe. Ich hielte es für das Beste, wenn du nach Hause kämest.

Damals war sie wütend geworden. Der Funke von Zuneigung, den William dadurch entzündet hatte, dass er sein Unrecht zugab, wurde durch seinen Vorschlag, nach Hause zurückzukehren, wieder erstickt. Stella war klar, dass er sie nur von Daniel weglocken und wieder unter seine Kontrolle bringen wollte. Sie spürte förmlich, wie er darauf wartete, ihr Leben wieder in die Hand nehmen zu können.

Sie hatte den Brief ins Feuer geschleudert.

Die Lampe warf graue Schatten über die Seiten, als Stella sie eine nach der anderen umblätterte. Und dann war sie bei dem Datum angelangt, nach dem sie gesucht hatte. Siebzehnter Mai 1977.

Schuldgefühle bedrängen meine Seele. Sie verfolgen

mich Tag und Nacht, an Land und auf See. Ich kann mich nirgendwo verstecken. Zeit und Gezeiten kann man nicht zurückdrehen. Wenn ich doch nur in diese Zeit zurückkehren und jemand anderer sein könnte. Jemand, der gut ist.

Stella starrte auf die Worte. Ihre Finger glitten über das Papier, als wollten sie sie fühlen, sie festhalten.

Sie schlug das Buch zu und drückte es an ihre Brust.

14

Die Morgendämmerung legte einen rosigen Schimmer über den Hafen. Stella stand an der Helling, eine orangefarbene Jacke und eine Latzhose über dem Arm. Sie spürte, wie sich die Spannung in ihrem Körper aufbaute und ihr Magen sich zusammenkrampfte, während sie darauf wartete, zur Suche eingeteilt zu werden.

Um ihre wachsende Ungeduld zu bekämpfen, begann sie auf und ab zu gehen. Der Sturm war in der Nacht rasch über Halfmoon Bay hinweggezogen, und jetzt wurde das Wetter stetig besser. Einige Boote waren schon ausgelaufen, und zwei Suchmannschaften zu Land waren in einem Minibus aufgebrochen. Das Team jedoch, dem Stella zugeteilt worden war, hatte seine Aufgabenstellung noch nicht erfahren, und dadurch verloren sie kostbare Zeit.

Sie blickte zu den anderen Freiwilligen, die in einem Grüppchen zusammenstanden. Unter ihnen sah sie auch die Leiterin ihres Teams, eine rothaarige Frau namens Wendy. Als Stella früh am Morgen mit Grace am Hafen angekommen war, war Spinks nicht da, und so hatte Wendy Stellas Daten notiert.

»Wie heißen Sie?«, hatte sie gefragt, um es auf ihrem Klemmbrett einzutragen.

»Stella Boyd. Ich meine Birchmore.«

Wendy hatte aufgeblickt.

»Ich bin seine Tochter«, hatte Stella erklärt.

Die Frau hatte sie mit einer Mischung aus Mitgefühl und Zweifel angesehen. »Es kann kompliziert sein, wenn Angehörige sich an der Suche beteiligen«, hatte sie gewarnt. »Aber wir können es verstehen, wenn sie mitmachen möchten. Es kann hilfreich sein.«

Bei dem Gespräch hatte Wendy so gewirkt, als zähle jede Minute für sie, aber jetzt stand sie müßig herum. Der Mann neben ihr flickte einen Riss in seiner Jacke. Einige Leute aus der Gruppe saßen wartend auf dem Boden.

Stella drehte sich um und blickte zu den Frauen, die den Essensstand aufbauten. Geschirr klapperte, und das leise Murmeln von Stimmen drang zu Stella. Ihre Mutter wärmte sich die Hände an einem Suppentopf. Joe stand neben ihr und schnitt Kuchen in Stücke. Vielleicht sollte sie lieber dort helfen, solange sie warten musste.

Das Knistern eines Funkgerätes erregte ihre Aufmerksamkeit. Sie sah, dass Wendy einen Transceiver von ihrem Gürtel nahm und ans Ohr hielt. Stella eilte zu ihr.

»Verstanden. Okay.« Wendy steckte ihr Funkgerät wieder weg und sagte zu dem Mann neben ihr: »Die Typen in Hobart haben die Suche abgeblasen. Oben im Norden muss wohl ein anderes Drama stattgefunden haben.«

Der Mann nickte. »Na ja, wir haben ja hier auch unser Möglichstes getan. Der arme Kerl ist hinüber. Wir wissen doch alle, dass sie tot sind, wenn die Suche so lange dauert.«

Stella packte Wendy am Arm. »Mit wem haben Sie gesprochen? Wer hat diese Entscheidung getroffen?«

Wendy wandte sich erschrocken um. »Oh, Entschuldigung«, sagte sie. »Ich wusste nicht, dass Sie hier stehen.« Verlegen blickte sie ihre Kollegen an. »Es stimmt, die Suche wurde abgebrochen. Wir suchen nicht mehr weiter.«

»Das geht nicht«, sagte Stella. »Das dürfen Sie nicht. Wo ist Spinks? Glauben Sie, man hat es ihm auch gesagt?«

Die Frau wies auf das Funkgerät an ihrem Gürtel. »Ich habe gerade mit ihm gesprochen. Er hat mir die Nachricht aus Hobart übermittelt.«

Stella starrte sie schweigend an. Dann wandte sie sich ab und ging mit unsicheren Schritten zum Seemanns-Denkmal. Blicklos starrte sie auf die Gedenktafeln.

James Maitland
Fischer aus Halfmoon Bay
Das Meer gibt und das Meer nimmt.

Michael Maitland, Vater von James Maitland
Das Meer kennet keine Gnade.

Panik stieg in ihr auf, und sie sah vor ihrem geistigen Auge eine weitere Messingtafel, die bald hier angebracht sein würde.

William Charles Birchmore
Fischer aus Halfmoon Bay

Auf einmal empfand sie den Verlust zutiefst – nicht nur den Verlust des Vaters, den sie gekannt hatte, sondern auch des Mannes, der so unvorstellbare, verzweifelte Worte in sein Tagebuch geschrieben hatte.

Jemand anderer. Jemand, der gut ist.

»Es kann nicht vorbei sein«, sagte Stella leise zu sich.

Entschlossen drehte sie sich um und ging zum Caravan.

Sie stellte sich vor die Karten, die Spinks dort an die Wand geheftet hatte. Die schwarzen Linien von Williams Routen hoben sich deutlich vom Hellblau des Meeres ab. Die Suchgebiete waren in unterschiedliche Farben unterteilt, die auf die Suche aus der Luft oder am Boden hinwiesen. Bei der Suche am Boden gab es noch zwei weitere Kategorien: konzentriert und breit gestreut. Alle Sektoren waren jetzt abgehakt, da die Suche vorüber war.

Aufmerksam studierte sie jedes Detail auf den Karten. Die Suche aus der Luft hatte den gesamten Küstenbereich nördlich und südlich von Halfmoon Bay abgedeckt. Die konzentrierte Bodensuche hatte auch die Inseln, in deren Nähe William fischte, und das Gebiet südlich der Bucht einbezogen. Die Suche nach Norden war als »breit« gekennzeichnet. Stella nickte – das machte Sinn: William fuhr nie in diese Richtung, und die vorherrschenden Strömungen gingen nach Süden.

Plötzlich erstarrte sie. Es gab noch einen Ort, zu dem William immer fuhr. Eine Route, die niemand außer ihr kannte.

Sie war nur einmal mit ihm dort gewesen. Das Wetter war stürmisch, und die Reusen, die sie einholten, waren alle leer gewesen.

»Sieht so aus, als müssten wir einen Griff in die Speisekammer tun«, hatte William gesagt.

»Was ist das denn?«, fragte Stella.

William zwinkerte ihr zu. »Eine Stelle, die ich geheim halte.«

Sie waren an der Küste entlang nach Norden getuckert, weit weg von den Gebieten, in denen die anderen Langustenfischer arbeiteten. Dann vorbei an Stellas geheimen Buchten, bis hinter die nächste Landzunge, und auf einmal hatte William ohne Vorwarnung den Motor ausgeschaltet. Stella hatte die Stelle auf den Seekarten gefunden, aber es war nur eine Sandbank.

»Hier ist doch gar kein Riff«, hatte sie gesagt.

»Ja, das stimmt.« William hatte gelächelt. »Aber ein altes Wrack ist hier. Es steht auf keiner Karte und ist auch nur klein. Aber es reicht aus, damit ein bisschen Gras hier wächst und sich ein paar Langusten ansiedeln können.«

In der Speisekammer hatten sie so viel Fisch gefangen, wie sie brauchten. Als sie wieder wegfuhren, hatte Stella ihrem Vater versprechen müssen, niemandem etwas davon zu verraten. Er selbst fuhr auch nur ganz selten dorthin, hatte er gesagt. Und er habe noch nie einer Menschenseele davon erzählt.

Stella trat dichter an die Karte heran. Sie fuhr mit dem Finger an der Küste entlang, vorbei an den Buchten in das Gebiet, wo die Speisekammer lag. Dort befand sich eine hufeisenförmige Bucht, und die Farbmarkierung zeigte, dass dort breit gestreut am Boden gesucht worden war. Vermutlich waren nur zwei Leute dort entlanggegangen. Dabei konnte man leicht etwas übersehen.

Stella fuhr die Küstenstraße entlang, vorbei an der Abzweigung nach Seven Oaks. Durch die Rostlöcher in der Tür des Lieferwagens drang kalte, staubige Luft. Sie griff nach einem alten Pullover von William, den sie hinter dem Sitz gefunden hatte, und zog ihn sich während des Fahrens über.

Aufmerksam achtete sie auf die Merkmale an der Küste. Nach der nächsten Landzunge würde die Straße unpassierbar werden. Als sie vor hundert Jahren von Sträflingen gebaut worden war, hatte sie noch fünfzig Meilen weiter geführt, aber dann war die Zinnmine geschlossen worden, und man hatte die Straße abgesperrt und überwuchern lassen, weil niemand sie mehr brauchte. Stella wollte den Wagen dort parken und zu Fuß weitergehen.

Sie würde keine Zeit verlieren, sagte sie sich. Sie würde nicht durch die Bäume und Büsche auf die Buchten blicken, auf die von Felsen umschlossenen Strände am türkisfarbenen Meer. Sie würde nicht zu dem Graben schauen, wo die *Tailwind* Zuflucht vor dem Sturm gesucht hatte. Wo sie und Zeph ihre Namen in den Sand geschrieben hatten.

Dieser Strand gehört uns.

Die Straße lief allmählich aus. Gras wuchs durch den Schotter. Stella wendete und parkte den Wagen. Sie griff nach dem orangefarbenen Notfallrucksack, den Wendy ihr gegeben hatte. Er enthielt eine Flasche Wasser, einen Regenumhang, eine Pfeife und einen verschrumpelten Apfel, der zwischen Spinks' Papieren im Caravan auf dem Tisch gelegen hatte.

Sie schlang sich den Rucksack über die Schulter und machte sich auf den Weg. Rechts von ihr fiel das Buschland steil zum Wasser ab. Zu ihren Buchten. Aber Stella blickte nicht dorthin, sondern marschierte weiter. An der letzten Kurve jedoch blieb sie auf einmal abrupt stehen. Vor ihr ragte ein russisches Minarett über die Baumwipfel. Wie eine Fata Morgana flimmerte es in der Sonne mit einer blaugoldenen, zwiebelförmigen Kuppel.

Ungläubig starrte Stella das Gebäude an. Sie holte tief Luft. Jemand hatte wahrhaftig hier ein Haus gebaut, mit Blick über die Buchten. Kurz flammte Zorn in ihr auf, aber dann machte sich doch Erleichterung breit. Wenn ein Fremder von diesem Ort Besitz ergriffen hatte, würde er endlich seiner Macht beraubt und wieder Teil der normalen Welt sein.

Kurz darauf hatte sie einen freien Blick auf das Haus. Die Wände schimmerten in den Regenbogenfarben von Treibholzbrettern. Die Fensterrahmen bestanden aus ausgebleichtem Knochenholz und rahmten die großen Fenster mit elegantem Grau ein. Es war kein großes Haus – eigentlich war es mehr eine Hütte –, aber es war immerhin drei Stockwerke hoch. Die oberste Etage wurde von dem Minarett gekrönt, mit einem Fenster und einem winzigen Balkon. Wenn man dort oben stand, konnte man vermutlich direkt hinunter in die Bucht blicken. Und der Seewind blies einem ins Gesicht …

Ihr stockte der Atem. Das Haus war wunderschön – die Art von Haus, die sie sich selbst ausgesucht hätte, wenn sie jemals daran gedacht hätte, sich ein eigenes Haus zu bauen.

Sie kam an einem großen Garten vorbei, der von einem Treibholzzaun umgeben und mit alten Fischernetzen geschmückt war, in denen noch Korken und Bojen hingen. Unter einem Carport sah sie Chrom und etwas Rotes blitzen. Offensichtlich wohnte Lauries Kumpel hier. Der Neuankömmling vom Festland.

Sie verfiel in Laufschritt, weil sie nicht gesehen werden wollte. Dann jedoch glitt der Rucksack ihr von der Schulter, und sie blieb stehen, um ihn wieder zurechtzurücken. Sie spürte, dass jemand näher kam, noch bevor sie die Schritte hörte, und drehte sich um.

»Entschuldigung, ich muss hier durch …«

Die Worte erstarben ihr auf den Lippen.

Ein Mann stand dort und blickte sie an.

Einen Moment lang versank sie in seinen Augen. Grün wie das Meer.

Stella packte den Riemen der Tasche fester. Nichts schien real – weder der Boden unter ihren Füßen noch der Himmel über ihr.

»Stella.« Die Stimme klang wie von fern.

»Zeph.«

Stella rang nach Luft. Sie fand keine Worte, und ihre Emotionen überwältigten sie. Beinahe ohne es zu wollen sagte sie leise: »Was machst du hier?«

Jedoch ganz andere Worte drängten an die Oberfläche.

Du bist nicht zurückgekommen. Ich habe auf dich gewartet. Du hast versprochen wiederzukommen.

Sie verschränkte die Arme, als wolle sie sich selbst schützen.

Zeph antwortete nicht. Er sah Stella nur an – sein Blick glitt langsam über ihr Gesicht, ihre Haare, ihren Hals.

Stella wandte sich ab und schaute die Küste entlang, als ob William und die *Lady Tirian* dort auf sie warteten. Es drängte sie, ihren Vater zu finden, und sie machte ein paar Schritte.

»Er ist nicht da oben«, sagte Zeph.

Stella blieb stehen und drehte sich um.

»Wir haben vor drei Tagen dort gesucht«, erklärte Zeph. »Ich war auf See, um nach ihm Ausschau zu halten, und wir haben alle Inseln abgesucht, aber wir haben nirgendwo ein Zeichen von ihm oder seinem Schiff gefunden.«

Er hatte immer noch die gleiche sanfte Stimme, immer noch den unbestimmbaren Akzent eines Jungen, der aus dem Nichts kam.

Stella hätte sich am liebsten in seine Arme gestürzt, aber sie dachte an William und ging weiter.

Sie spürte, dass Zeph stehen blieb und ihr nachblickte. Das Wissen machte ihre Schritte unsicher, und sie stolperte über ein Grasbüschel. Aber sie ging immer weiter, an den bemalten Steinen vorbei, die das Ende der Straße signalisierten, den unebenen Pfad entlang. Zephs Gesicht stand ihr mit überraschender Klarheit vor Augen. Obwohl sie sich nur kurz gesehen hatten, hatte sich ihr jedes Detail eingeprägt. Seine Haare waren kürzer geschnitten und fielen ihm zerzaust in die Stirn. Um die Augen und an den Mundwinkeln zeigten sich erste Fältchen. Und seine Lippen. Sie waren immer noch so geschwungen, wirkten jedoch irgendwie fester und stärker.

Sie dachte daran, wie sie sich auf ihre Haut gedrückt hatten. Wie sich seine Hände auf ihren Schultern angefühlt hatten.

Etwas regte sich in ihr – das sechzehnjährige Mädchen, das sie vor so langer Zeit begraben hatte, erwachte zu neuem Leben und strebte ans Licht. Aber Stella verdrängte den Gedanken mit aller Entschlossenheit. Wenn sie das zuließe, würde auch der Schmerz wiederkommen, und die langen Jahre der Heilung wären umsonst gewesen. Alles, was Daniel und Miles ihrer angenommenen Tochter beigebracht hatten – wieder zu lachen, Champagnerkorken auf Lilienbeete knallen zu lassen, morgens aufzuwachen und sich auf den neuen Tag zu freuen –, würde zunichte gemacht.

Mit gesenktem Blick lief Stella weiter. Das Herz schlug ihr bis zum Hals, als kämpfe das in ihr gefangene Mädchen darum, wieder zum Vorschein zu kommen.

Einen Moment lang stellte sich Stella vor, sie liefe zurück zu Zeph. Er würde sie erwarten, mit ausgebreiteten Armen. Sie fühlte seinen starken Körper an ihrem. Aber dann kam das Schweigen. Was sollte sie ihm sagen? Wie sollte sie ihm erzählen, was ihr geschehen war, nachdem er weggefahren war und sie allein gelassen hatte? Dafür gab es keine Worte. Niemals würde es dafür Worte geben, das wusste sie mit absoluter Sicherheit.

Was sie durchgemacht hatte – das Baby, von dem Zeph nichts wusste; die zerstörten Hoffnungen, der Verlust, der Schmerz … Nie würde sie es mit ihm teilen.

Stella hob ihr Gesicht dem Wind entgegen und ging weiter. Sie spürte, wie die Entfernung zwischen ihnen größer wurde. Schließlich traute sie sich, sich umzudrehen. Sie konnte nur noch das blaue Minarett sehen, das über die Baumwipfel hinausragte.

Der Pfad wurde schmaler und war von Dickicht überwuchert. Stella ging unter Eukalyptusbäumen entlang und atmete tief den frischen, scharfen Duft der Blätter ein. Sie wusste, dass der Weg nach ein paar Kilometern aus dem Wald herausführte, nicht weit von der Stelle entfernt, wo sie hinwollte.

Sie ging in einem stetigen Tempo, und der Schweiß stand ihr auf der Stirn. Sie blieb stehen, um den Pullover auszuziehen, und band ihn sich um die Taille. Auf dem Boden waren schwach Reifenspuren zu erkennen. Offensichtlich benutzte jemand den Weg wieder, Jäger vermutlich, die die Gänse schossen, die in der Lagune nisteten. Als sie die Landzunge in der Nähe der Speisekammer erreichte, war es schon fast Mittag. Rasch ging sie zu den Büschen hinter den Felsen an der Küste und suchte sich ihren Weg mitten hindurch. Eidechsen und Vögel huschten aufgeschreckt durchs Unterholz, Zweige verfingen sich in ihren Kleidern und schlugen ihr ins Gesicht, aber sie achtete nicht darauf.

Sie spürte nur ihre Angst – Angst, etwas zu finden, und zugleich Angst, nichts zu finden. Als sie die Felsenküste erreicht hatte, hielt sie den Atem an.

Sie beschirmte die Augen mit der Hand und blickte suchend über die Bucht. Ihr Blick glitt langsam über Tangklumpen, Felsen, die aus dem Wasser ragten, und Sandbänke. Nichts, was ihre Aufmerksamkeit erregte. Alles sah ganz normal aus.

Vorsichtig suchte sie sich ihren Weg zwischen den Felsblöcken zum Strand hinunter. Dann ging sie langsam am Wasser entlang und schaute in alle Einlassungen und Tümpel.

Plötzlich blieb sie stehen, weil ein hellroter Fleck zwischen den dunklen Algen ihre Aufmerksamkeit erregte. Sie bückte sich und hob ein Stück geborstenes Holz auf. Und sie wusste genau, was es war: ein Teil einer Planke von der *Lady Tirian.*

Hektisch blickte sie sich um, als erwarte sie, auf das restliche Schiff zu stoßen. Und auf William.

»Dad! Dad!«, schrie sie.

Aber nur das Kreischen der Möwen antwortete ihr.

Forschend glitt ihr Blick am Rand des Buschlands entlang, um eine Stelle ausfindig zu machen, wo er vielleicht hätte Schutz finden können, wenn er verletzt oder geschwächt gewesen wäre. Ein Glitzern auf den Felsen zog ihren Blick an. Dort war frisches Wasser durchgesickert.

Rasch kletterte sie dorthin und studierte aufmerksam alle Büsche außen herum.

Es war still, und sie hörte nur das Rauschen des Meeres und das Rascheln der Vögel im Dickicht. Es gab kein Anzeichen dafür, dass in der letzten Zeit – oder überhaupt jemals – ein Mensch hier gewesen war.

Schließlich beschloss sie, den höchsten Punkt zu erklimmen und von dort alles noch einmal genau zu betrachten. Lange stand sie da und sah auf das Gras, das sich im Wind bewegte. Sie wollte sich gerade abwenden, als sie sekundenlang im Wasser etwas liegen sah, das in dem Spalt zwischen zwei Felsen eingeklemmt war. Es sah aus wie ein gestrandeter Wal.

Sie wusste sofort, was es war. Ein umgedrehter Schiffsrumpf.

Stella rannte über die Felsen darauf zu. Hastig legte sie den Pullover ab und schlüpfte aus Jeans und Bluse. Nur mit T-Shirt und Unterwäsche bekleidet, watete sie über die schlüpfrigen Steine ins Wasser. Sie keuchte auf, als das eisige Wasser ihren Körper umschloss.

Mit kräftigen Zügen schwamm sie auf das Schiff zu. Es war nicht weit, und kurz darauf streifte ihr Fuß schon den Kiel. Panik stieg in ihr auf, und nur mit äußerster Willensanstrengung gelang es ihr, ruhig und beherrscht zu bleiben. Sie schwamm zum Heck, und dabei fiel ihr ein, dass William in dem Fach an der Seite eine Tauchermaske und einen Schnorchel aufbewahrte. Sie holte tief Luft und tauchte am Schiffsrumpf entlang, bis sie die Klappe fand.

Nachdem sie wieder aufgetaucht war, zog sie die Maske über die Augen und steckte den Schnorchel in den Mund. Das Gummi schmeckte nach Salz. Dann tauchte sie erneut.

Sonnenstrahlen spielten in dem klaren Wasser, und die Szene wirkte wie im Traum. Stella schwamm an dem vertrauten Rumpf entlang. Der Kiel war unbeschädigt und wirkte seltsam friedlich, wie er da lag.

Mit dem letzten Atem schwamm Stella zum Ruderhaus, das gegen den felsigen Untergrund gedrückt worden war.

Die Tür war aus den Angeln gerissen worden, und Williams Habseligkeiten hatte das Meer weggeschwemmt – seine Seekarten, sein Bettzeug, Stellas gerahmte Zeichnung vom Baum im Wind …

Sie tauchte kurz auf, um Luft zu holen. Wenn sie jetzt weitersuchte, musste sie sich auf alles gefasst machen. Sie hatte gesehen, wie nach einer Flutwelle in Papua-Neuguinea Menschen aus dem Wasser gezogen worden waren. Seeläuse können einen Körper innerhalb von Stunden verändern, sodass nur noch das Skelett und die Sehnen bleiben. Auch Fische fressen an dem Körper, und Langusten säubern die Knochen von den letzten Fetzchen Fleisch.

Immer wieder tauchte Stella hinunter. Sie untersuchte jeden Quadratzentimeter des Schiffs. Die Tauchermaske war beschädigt, und Wasser drang ein, sodass sie nur noch verschwommen sehen konnte und ihre Augen vom Salzwasser brannten. Aber sie schwamm immer weiter, unterbrochen nur von kurzen Ausflügen an die Oberfläche, um Luft zu holen.

Schließlich hatte sie das gesamte Wrack erkundet. Das Rettungsfloß war weg, die Schwimmwesten und der Rettungsring ebenfalls. Alles war weg. Die *Lady Tirian* war nur noch eine leere Hülse. William war nicht da.

Während Stella zur Küste zurückschwamm, sagte sie sich, dass das nichts bedeutete. Er konnte trotzdem ertrunken sein. Aber er konnte auch noch am Leben sein.

Sie brach auf dem Kiesstrand zusammen, zitternd vor Kälte. Sie konnte keinen klaren Gedanken fassen und kauerte wie betäubt neben ihren Sachen, die Arme um den Körper geschlungen, das Kinn auf die Knie gestützt.

Sie blickte einer Möwe nach, die über ihr kreiste und

sich hinter ein paar Felsen niederließ. Dort lag etwas Farbiges, undeutlich zwischen den Felsblöcken zu erkennen.

Stella stand auf und trat darauf zu.

Der Fischer lag mit dem Gesicht nach unten auf einem schmalen Sandstreifen zwischen zwei Felsen. Er trug den marineblauen Pullover, den Grace ihm gestrickt hatte – mit dem besonderen Muster auf der Vorder- und Rückseite. Seine Füße steckten in dicken Wollsocken. Nur sein Kopf mit den dunklen Haaren war unbedeckt.

Wie erstarrt stand Stella da. Eine Welle spülte über die untere Hälfte seines Körpers, und als das Wasser ablief, klebte seine grüne Hose an seinen Beinen. Da erst bemerkte Stella, dass ein Bein gebrochen und geschient war.

Es war kein Platz, um sich neben ihn zu hocken, deshalb legte sie sich auf den Bauch und beugte sich hinunter, um ihn anzufassen.

Sein Hinterkopf war kalt und nass.

»Nein. Oh nein. Bitte – nein«, murmelte Stella so leise, als wolle sie ihn nicht aufwecken. Sie kroch dichter heran und streckte eine zitternde Hand nach seinem Nacken aus. In diesem Moment wurde der Körper erneut von einer Welle überspült. Stella glitt vom Felsen herunter und schob sich seitwärts vorbei, bis sie an Williams Kopf stand. Sie packte seine Schultern und zog mit aller Kraft daran. Als eine weitere Welle kam, gelang es ihr, ihn ein wenig zu drehen. Verzweifelt mühte sie sich ab, und schließlich hatte sie ihn von den Felsen weggezogen, und er lag auf dem kleinen Sandstreifen. Stella drehte ihn um.

Sein Kopf glitt zur Seite, und Wasser lief aus seinem geöffneten Mund. Seine Augen waren friedlich geschlossen, und sein Gesicht sah aus wie eine zweifarbige Maske. Die Hälfte, die nach oben gezeigt hatte, war weiß wie ungebackener Teig. Stella zuckte erschrocken zurück, weil ganze Fetzen aus der Haut herausgerissen waren. Die andere Hälfte des Gesichts war dunkelrot, aber unbeschädigt, weil sie durch den Sand geschützt worden war.

Stella kniete sich neben Williams Kopf. Ganz langsam breitete sich die Erkenntnis in ihr aus, dass er tot war. Sanft drehte sie sein Gesicht so, dass die heile Hälfte nach oben lag, aber auch so sah er fremd aus. Wenn er nicht Grace' Pullover angehabt hätte und die *Lady Tirian* in der Nähe gewesen wäre, hätte sie sich ohne Weiteres einreden können, dass ein Fremder still und kalt vor ihr lag.

Sie legte ihm die Hand auf die Wange und spürte die Form des Knochens unter der Haut. Mit dem Finger fuhr sie an seiner Nase entlang, bis hoch zur Stirn. Dort war die Narbe, wo er einmal während eines Sturm gegen die Bank gefallen war. Er hatte sich geweigert, zum Arzt zu gehen, und einfach nur ein Pflaster auf die Wunde geklebt und sie heilen lassen.

Langsam wurde er real für sie. William. Ihr Vater. Der Mann, der sie geliebt und so sehr verletzt hatte. Der Mann, dem es Leid getan hatte, was er ihr angetan hatte – der aber dennoch keinen Weg gefunden hatte, es ihr zu sagen. Und jetzt war es zu spät.

Ihre Kehle brannte, und sie zog die Schultern hoch, als eine Welle des Schmerzes sie überflutete. In ihren Augen standen ungeweinte Tränen.

Ihr war kalt, und sie klapperte mit den Zähnen. Aber sie bewegte sich nicht. Wortfetzen, zusammenhanglose Gedanken kreisten ihr durch den Kopf. Wie lange mochte er schon tot sein? War es bereits geschehen, bevor sie wieder zurückgekehrt war? Oder hätte sie etwas tun müssen, was zu einem anderen Ende geführt hätte?

Sie betrachtete das gebrochene Bein. Es war ein offener Bruch, und ein Stück Knochen hatte sich durch das Hosenbein gebohrt. Der Anblick ließ sie zusammenzucken. Sie konnte sich die Geschichte ungefähr zusammenreimen. Ein Unfall auf See – ein gebrochenes Bein, ein beschädigtes Schiff. Die *Lady Tirian* manövrierunfähig, ein winziger Fleck im Ozean. William, der ums Überleben kämpfte, und wartete und auf Rettung hoffte, die niemals kam. Sie blickte in sein Gesicht. Er wirkte noch so lebendig.

Die Zeit schien sich endlos zu dehnen, während sie dasaß und über den Leichnam ihres Vaters wachte. Als sich Schritte näherten, merkte sie es kaum. Dann legte sich eine Hand auf ihre Schulter. Die Berührung ließ sie erschauern.

Starke Arme zogen sie hoch, und Zeph stand vor ihr.

»Du frierst«, sagte er besorgt. Er holte ihre Kleider, und Stella ließ sich wie ein Kind das nasse T-Shirt über den Kopf ziehen. Er ließ sie in ihre Jeans steigen und zog ihr den Pullover an.

»Du musst aus dem Wind heraus«, sagte er. »Mein Auto steht oben. Du kannst Spinks vom Haus aus anrufen.«

»Nein«, erwiderte Stella. »Ich kann ihn hier nicht zurücklassen.«

Zeph warf einen Blick auf William. »Es wird nicht leicht sein, ihn zu bewegen.« Er überlegte kurz, dann lief er mit langen Schritten den Strand hinauf zu seinem Wagen. Als er zurückkam, trug er zwei Treibholzbretter und hatte ein Seil über die Schulter geschlungen.

Er legte die Bretter über Kreuz und band sie mit dem Seil zu einer Art Trage zusammen. Als er fertig war, bat er Stella, Williams Beine zu nehmen, während er den Mann an den Schultern packte. Nach zwei Versuchen gelang es ihnen, den Körper auf die Trage zu wuchten, und Zeph band ihn fest.

Dann hoben sie die Bretter an einer Seite an.

»Bist du bereit?«, fragte Zeph.

Stella nickte. Ihre Zähne hörten nicht auf zu klappern.

»Dann lass uns gehen.«

Sie stemmten sich gegen das Gewicht und zogen die behelfsmäßige Trage langsam über den steinigen Strand.

Stella blickte starr geradeaus, weil sie nicht sehen wollte, wie Williams Kopf hin und her rollte, aber Zeph warf immer wieder einen Blick über seine Schulter, um sich zu vergewissern, dass seine Konstruktion hielt.

An den Büschen legten sie die Trage ab, und Zeph ging voraus, um eine Schneise zur Straße zu schlagen. Dann kam er wieder zu Stella zurück, und gemeinsam zogen sie Williams Körper noch das letzte Stück bis zum Wagen. Zeph band die Leiche los und stellte die Trage neben die Ablagefläche des Kombis. Anschließend ging er nach vorne, beugte sich über den Fahrersitz und zog den toten Mann an den Schultern ins Auto.

Stella betrachtete die Leiche ihres Vaters. Als sie sah, dass die zerfressene Seite seines Gesichts sichtbar war, schloss sie die Augen.

Als sie wieder hinschaute, schüttelte Zeph gerade einen gefalteten Sarong aus, der mit gelben und blauen Blumen bedruckt war. Er legte ihn über Williams Körper und zog ihn hoch, um das Gesicht zu bedecken. Seine Hände bewegten sich sanft und vorsichtig, als wolle er es wieder gutmachen, dass sie den Leichnam so grob hier heraufgezerrt hatten.

»Danke«, sagte Stella.

»Ich bin froh, dass ich dich gefunden habe«, erwiderte Zeph.

Stella blickte ihn an. Sie fragte ihn nicht, warum er ihr über die abgesperrte Straße gefolgt war. Sie war einfach dankbar dafür. Wenn er nicht gekommen wäre, säße sie immer noch da unten, weil sie die Leiche ihres Vaters nicht zurücklassen konnte. Sie säße ganz allein am leeren Steinstrand.

15

Auch im Auto hatte Stella die Beine an den Körper gezogen und die Arme um sich geschlungen. Sie zitterte am ganzen Leib. Sie versuchte, den Gedanken zu verdrängen, dass William tot hinter ihr lag, und sie wollte auch nicht daran denken, dass Zeph neben ihr saß. Ganz gleich, in welche Richtung sie dachte, sie würde immer in einen Mahlstrom der Emotionen geraten. Also blickte sie starr geradeaus und dachte gar nichts.

»Wir müssen zu Spinks«, sagte Zeph.

Stella nickte stumm.

An der Abzweigung bog Zeph zum Hafen ein. An der Einfahrt zum Parkplatz drosselte er die Geschwindigkeit und fuhr im Schritttempo an den letzten Freiwilligen vorbei, die ihre Sachen zusammenpackten.

»Da drüben ist er«, sagte Stella und zeigte auf Spinks, der vor der vorderen Stoßstange eines orangefarbenen Vierradantriebs hockte und unter das Fahrgestell griff.

Zeph hielt an, damit Stella aussteigen konnte. Sie ging auf bloßen Füßen auf Spinks zu, und der Polizist schien ihre Anwesenheit förmlich zu spüren, denn er richtete sich auf und blickte ihr entgegen.

»Was ist los?«, fragte er und legte einen Schraubenschlüssel beiseite.

»Ich habe Dad gefunden«, erwiderte Stella mit erstickter Stimme.

»Wie meinst du das?«, fragte Spinks.

Statt einer Antwort blickte Stella zum Auto.

Der Mann riss die Augen auf. In drei Schritten war er hinten an Zephs Wagen. Er öffnete die Heckklappe und beugte sich hinein. Nach einem langen Moment warf er Stella einen Blick zu.

Er rang nach Worten. Als er sah, dass Zeph ausstieg, trat er auf ihn zu und fragte leise: »Wo habt ihr ihn gefunden?«

»Ein ganzes Stück hinter meinem Haus«, erwiderte Zeph.

Stella trat zu ihnen. »Die *Lady Tirian* ist auch dort«, sagte sie. Ihre Stimme klang nüchtern und distanziert, als sei sie eine Journalistin bei der Arbeit und würde Fakten berichten. »Sie ist gesunken und steckt umgekippt in einer kleinen Bucht.«

Spinks zog überrascht die Augenbrauen hoch. »Dort haben wir gesucht.«

»Wahrscheinlich hat der Sturm letzte Nacht sie hereingetrieben«, sagte Zeph.

Spinks rieb sich mit der Hand übers Gesicht. »Dann war sie also die ganze Zeit auf See …« Einen Moment lang stand er ganz still, dann ging er wieder nach hinten ans Auto. Seufzend schüttelte er den Kopf. »Ihr hättet ihn nicht vom Fundort wegschaffen dürfen. Eigentlich hättet ihr ihn gar nicht anfassen dürfen. Andererseits … was hättet ihr sonst machen sollen?« Spinks wandte sich an Stella und fügte leise hinzu: »Es tut mir Leid, dass es so gekommen ist. Es tut mir wirklich Leid.«

Stella nickte benommen. Über Spinks Schultern sah sie,

dass sich Zuschauer sammelten. Und dann erblickte sie Grace, die auf das Auto zugelaufen kam.

»Oh nein«, flüsterte sie Spinks zu. »Schaffen Sie die Leute hier weg.«

Der Polizist begann die Umstehenden wegzuscheuchen. Grace schien ihre Anwesenheit gar nicht zu bemerken. Wie von einem Magneten angezogen, bewegte sie sich auf den Wagen zu.

Sie trat neben Stella, blickte ihre Tochter jedoch nicht an. Sie starrte in den Kombi, und als Stella ihrem Blick folgte, sah sie, dass einer von Williams blauen Socken aus dem Sarong herausragte.

Nach einer Sekunde der Erstarrung beugte Grace sich vor und begann, das Tuch langsam von der Leiche herunterzuziehen, bis das Gesicht ihres Mannes frei lag. Zuerst schwieg sie, dann löste sich ein leises Stöhnen aus ihrer Kehle, ein beängstigender Laut, wie das Heulen eines Tieres. Es schwoll an und zerriss die Stille. Eine Möwe, die in der Nähe auf einem Pfosten saß, flog kreischend auf.

Grace wich vor dem Leichnam zurück, zugleich jedoch wurde sie auch magisch angezogen. Sie kroch in das Auto hinein, hockte sich auf die Ladefläche neben den starren Körper und zog den Sarong völlig zurück. Als sie den Pullover sah, warf sie sich über ihren Mann.

»Nein. Nein. Nein«, stöhnte sie. Ihre Schreie wurden immer lauter, schwollen zu einem heftigen Schluchzen an, und dann begann sie, mit ihrem Kopf auf Williams Brust zu schlagen, als könne sie ihn dadurch aufwecken und wieder lebendig machen.

Stella drehte sich um, und als sie sah, wie gebannt die Menge zuschaute, machte sie die Heckklappe zu. Sie ging um das Auto herum zur Beifahrertür, wobei sie Spinks' warnendes Kopfschütteln ignorierte.

Als sie die Tür öffnete, saß Zeph bereits hinter dem Steuer und ließ den Wagen an. Sie hatte sich kaum hingesetzt, da fuhr er auch schon los, weg vom Parkplatz auf die Straße.

Grace' Schreie erfüllten den Wagen. Ihre Trauer klang wie Angst – das Entsetzen eines Kindes, das sich unter Fremden verirrt und keine Hoffnung auf Rettung mehr hat. Stella konnte es kaum ertragen. Sie schlug die Hände vors Gesicht.

Als das Auto durch ein Schlagloch fuhr, wurde sie gegen die Tür geschleudert. Zwar war sie erleichtert, den Hafen und die Menschen immer weiter hinter sich zu lassen, aber ihr Kopf war leer, und sie hatte keine Ahnung, was als Nächstes geschehen sollte.

Sie schluckte. Daniel fiel ihr ein. Lass die Angst an dir vorbeigleiten, hatte er sie gelehrt. Atme sie aus wie Schmerzen. Und dann sieh nach vorne und mach den nächsten Schritt.

»Bring uns nach Hause«, sagte sie zu Zeph. »Bring uns bitte nach Hause.«

Grace lag völlig angekleidet auf dem Doppelbett. Nur die Schuhe hatte sie ihr ausgezogen. Williams Hälfte des Betts wirkte groß und leer neben ihr. Sie starrte in die Luft. Stella legte eine Decke über ihre Mutter und stellte sich dann wieder ans Fenster.

Hinter der Eiche sah sie Spinks an seinem Wagen stehen. Nicht weit davon entfernt stand der rote Kombi, dessen Heckklappe nun wieder geschlossen war. Stella fragte sich, ob William wohl noch darin lag oder ob sie ihn schon weggebracht hatten. Sie war sich nicht sicher, wie lange sie sich hier aufgehalten hatte, Grace' Hände gehalten und ihr übers Haar gestreichelt hatte, bis das Schluchzen langsam nachgelassen hatte und es still im Zimmer geworden war.

Zeph war nirgends zu sehen. Wenn nicht sein Auto draußen stehen würde, hätte man denken können, er sei gar nicht hier gewesen. Es kam ihr so unwirklich vor. Unzählige Fragen wirbelten ihr durch den Kopf. Wie lange war er schon in Halfmoon Bay? Warum war er hierher gekommen? Wusste jemand, dass er früher schon einmal hier gewesen war?

Sie versuchte, sich zu erinnern, was sie zu ihm gesagt hatte, als sie Grace aus dem Auto geholt hatte und mit ihr zum Haus gegangen war. Er hatte ihr angeboten, sie zu begleiten, aber Stella wusste, dass ihre Mutter in einer solchen Situation ganz bestimmt keinen Fremden im Haus haben wollte.

Aber Stella konnte sich nur undeutlich an die Szene erinnern. Sie hatte Zeph gebeten zu gehen, aber sie wusste nicht mehr, mit welchen Worten. Sie sollte hinausgehen und ihn suchen, dachte sie. Schließlich schuldete sie ihm zumindest Dank.

»Ich muss rasch nach draußen«, sagte sie und blickte zum Bett. Grace lag reglos da wie eine steinerne Statue und reagierte nicht. Ihr gequältes Weinen war beängstigend gewesen, aber dieser Rückzug in die Starre machte Stella noch viel mehr Angst.

Sie blieb an der Tür stehen, die Hand auf dem Messingknauf. »Ich bin gleich wieder zurück.«

Draußen lief sie rasch zu Zephs Auto, aber er war nirgendwo zu sehen. Spinks sprach in sein Funkgerät im Wagen, und als er sie erblickte, bedeutete er ihr, dazubleiben, bis er seinen Funkspruch beendet hatte.

Stella legte die Hände auf das Dach des roten Kombis und blickte hinein. William lag immer noch darin. Jemand hatte Zephs Sarong wieder über den Leichnam gezogen und dabei eine Hand unbedeckt gelassen.

Stella starrte sie an. Wenn sie die Augen zusammenkniff, sah sie das Werk der Seeläuse nicht, die kleinen Löcher im Fleisch. Sie versuchte, sich vorzustellen, dass die Hand zu jemandem gehörte, der nur schlief und gleich aufwachen würde. Aber es funktionierte nicht. William, ihr Vater, war nicht hier. Er war gegangen. Seine Essenz – sein Wissen, seine Stärke, seine Vorlieben und Abneigungen – gab es nicht mehr.

Und auch der eiserne Wille, mit dem er seine kleine Welt regiert hatte, existierte nicht mehr.

Irgendetwas regte sich in Stella, ein Gefühl, das sich fremd und falsch anfühlte. Es lag hinter dem Schock, der Trauer und dem Schmerz, und entsetzt erkannte sie, was es war.

Erleichterung.

Spinks trat neben sie. »Ich habe einen der freiwilligen Helfer angerufen, und er hat Zeph nach Hause gefahren.«

Stella blickte ihn verwirrt an.

»Warum hat er denn nicht hier gewartet, bis er mit seinem Auto fahren konnte?«

»Er kann es nicht sofort zurückbekommen.« Spinks holte tief Luft. »Sieh mal, Stella, wir müssen den Amtsweg einhalten. Sie haben einen neuen Sergeant in St. Louis, und er ist einer von den Typen, die auf sich aufmerksam machen wollen. Es gefällt ihm gar nicht, dass du die Leiche gefunden hast.«

Stella runzelte die Stirn. »Wie meinen Sie das?«

»Na ja, wenn jemand, der nicht an der polizeilichen Suche beteiligt war, einen Vermissten findet, dann sieht es am Ende so aus, als ob wir unsere Arbeit nicht gut gemacht hätten. Und wenn es ein Angehöriger ist, ist es sogar noch schlimmer. Die Presse ist jetzt schon hinter uns her und will die Geschichte haben. Und dann hast du ihn auch noch vom Fundort weggebracht.« Der Polizist seufzte. »Der Sergeant hat sein Handbuch vor sich auf dem Schreibtisch liegen, und ich konnte förmlich hören, wie er darin geblättert hat. Er wird die gesetzlichen Bestimmungen bis auf den letzten Buchstaben einhalten.«

Stella öffnete den Mund, um etwas zu sagen, aber Spinks schnitt ihr das Wort ab. »Ich habe versucht, ihm klar zu machen, dass wir hier die Dinge anders regeln, aber letztendlich ist er der Boss.«

Ein Fahrzeug kam den Weg entlang, und Spinks drehte sich um. »Das wird Constable Brown von der Polizei in St. Louis sein«, sagte er und verzog spöttisch die Lippen. »Er soll den Kombi bewachen, bis der Leichenwagen kommt. Bis dahin muss die Leiche deines Vaters leider da bleiben, wo sie ist. Wenn sie ihn abtransportiert haben, wird das Fahrzeug beschlagnahmt, bis der Staatsanwalt es wieder freigibt.«

Stella starrte ihn an. Nur langsam dämmerte ihr die Bedeutung von Spinks' Worten. »Glauben Sie, dass da draußen irgendetwas anderes passiert ist – dass es nicht nur ein Unfall war?«

Spinks schüttelte den Kopf.

»Der Sergeant will nur die Vorschriften einhalten, mehr nicht. Dein Vater steckte nicht in Schwierigkeiten, und er hatte auch keine Feinde.« Er blickte zur Küste. »Die See ist gefährlich, Stella. Das wissen wir alle.«

»Was passiert mit ihm?« Aber eigentlich kannte Stella die Antwort bereits. Sie dachte an ihre ersten Interviews mit Gerichtsmedizinern in ihren Anfängen als Journalistin in Melbourne, und sie sah Williams Körper vor sich, aufgeschnitten, die Lunge herausgeholt, das Herz freigelegt.

»Sie wollen die tatsächliche Todesursache feststellen. Sie untersuchen sein Blut auf Alkohol oder Gifte und suchen nach Verletzungen – solche Dinge. Länger als ein oder zwei Tage wird es nicht dauern. Dann sagen sie in St. Louis Bescheid, dass es Tod durch Unfall war und es keine verdächtigen Umstände gibt. Und dann ist alles vorbei.«

Stella blickte ihn an. Es würde nicht vorbei sein. Das wussten sie beide.

»Wie geht es Grace?«, fragte Spinks.

»Sie hat sich beruhigt«, erwiderte Stella. Sie presste die Lippen zusammen, damit sie nicht bebten. »Sie ruht sich im Schlafzimmer aus.«

Spinks nickte. »Das ist gut. Ich kann über Funk den Arzt für euch rufen. Und ich werde Pauline oder meine Schwester bitten, hier herauszukommen. Sie wollen bestimmt alle helfen.«

»Nein«, sagte Stella mit fester Stimme. »Bitte, lasst uns einfach in Ruhe.«

Als Schritte hinter ihnen zu hören waren, drehte Spinks sich um. Mit hoch erhobenem Kopf marschierte ein junger Polizist auf sie zu. Er war dünn und hatte einen deutlich sichtbaren Adamsapfel.

»Stella, das ist Constable Brown«, sagte Spinks. »Brown, das ist Miss Birchmore.«

Brown nickte Stella knapp zu, bevor er sich an Spinks wandte. »Ich habe weitere Anweisungen«, verkündete er.

»Ja?«, fragte Spinks.

Brown warf Stella einen bedeutsamen Blick zu, und Spinks riet ihr: »Du kannst im Haus warten. Ich hole dich, wenn wir hier fertig sind.«

»Nein«, protestierte Stella. »Ich möchte gerne dabei sein.«

Brown lächelte sie herablassend an. »Sie werden es nur unnötig abstoßend finden ...« Hilfesuchend blickte er den älteren Mann an.

»Es ist ihre Entscheidung«, meinte Spinks. »Sie ist kein Kind mehr.«

Brown gab keine Antwort, sondern reichte Spinks ein Paar Gummihandschuhe.

Die beiden Polizisten zogen William Plastiktüten über die Hände, die sie am Handgelenk fest mit Klebeband verschnürten. Dann schoben sie die Leiche in einen schwarzen Segeltuchsack. Den Sarong stopften sie ebenfalls hinein, und Stella sah zu, wie die blauen und gelben Blumen verschwanden, als Spinks den Reißverschluss zuzog.

Schweigend blieben sie einen Moment lang stehen, dann schloss Brown die Heckklappe. Er stellte sich davor, als fürchtete er, Stella könne sie wieder öffnen und ihren Vater stehlen. Spinks ergriff sie am Arm und zog sie außer Hörweite des jungen Polizisten. »Deine Aussage muss ich später noch aufnehmen. Zuerst fahre ich zu Zeph und rede mit ihm, dann hast du noch ein bisschen Zeit, um dich um Grace zu kümmern.«

»In Ordnung.« Stella nickte. »Wie Sie wollen.«

»Nur eine Frage vorher noch. Der Sergeant hat mich gebeten herauszufinden, ob du eine Beziehung zu dem Mann hast, der am Fundort aufgetaucht ist.« Er lächelte Stella beruhigend an. »Das ist in einer solchen Situation eine Standardfrage, direkt aus dem Handbuch. Ich habe ihm gesagt, ich könnte mir nicht vorstellen, woher du Zeph kennen solltest, schließlich ist er ja erst vor zwei Jahren hierher gezogen. Und du warst fünfzehn Jahre lang nicht zu Hause.« Spinks kratzte sich an der Wange. »Es ist nur … mir ist aufgefallen, wie ihr da am Hafen miteinander umgegangen seid. Du hast die Heckklappe geschlossen, und er wusste sofort, dass du wegfahren wolltest. Das ist mir nicht mehr aus dem Kopf gegangen …«

Stella blickte zu Boden.

Sag die Wahrheit. Du musst nur die Wahrheit sagen.

Sie holte tief Luft. »Ich habe ihn gekannt – vor vielen Jahren. Aber nicht lange.«

Nur sieben Tage.

»Mit heute hat das nichts zu tun.«

Spinks beobachtete sie aufmerksam, während er sein Notizbuch herausholte und aufschlug. »Dann war es also nur Zufall, dass er dich dort mit William gefunden hat.«

Stella blickte auf den Kugelschreiber, den er zum Schreiben gezückt hatte. Sie schüttelte den Kopf. »Er ist mir dorthin gefolgt.«

Spinks zog eine Augenbraue hoch.

»Nur eins noch«, sagte er. »Hast du Zeph hier kennen gelernt? In Halfmoon Bay?«

Stella nickte, sagte aber nichts.

Spinks klappte sein Notizbuch wieder zu. »Gut, dann ist das also erledigt. Ich sage dem Sergeant, dass ihr in keiner Beziehung zueinander steht. Wir wollen den Fall so einfach wie möglich halten.«

Stella blickte ihm in die Augen. »Danke.«

Besorgt erwiderte Spinks ihren Blick. »Kommst du zurecht?«

Sie hob das Kinn. »Ja.«

Der Mann tätschelte ihr die Schulter. »Denk dran, Stella, man muss nicht immer stark sein.«

Das Funkgerät in seiner Tasche gab krachende Geräusche von sich. Er zog es heraus, und Stella drehte sich um und ging.

Im Garten blieb sie am Lilienbeet stehen und blickte auf die grünen Spitzen, die aus der Erde trieben. Das Wetter war so stürmisch gewesen, dass sie noch gar nicht gemerkt hatte, dass es schon beinahe Frühling war. Die Bäume schlugen aus, und an den Beerensträuchern zeigten sich grüne Knospen. Rasch eilte sie ins Haus, wo Grace, die Gärtnerin, auf sie wartete; blass und still lag sie auf ihrem Bett, als ob ihre Seele sich nach innen gewandt habe, dem Tod entgegen.

16

Heller Sonnenschein drang an den Kanten der Küchenvorhänge vorbei. Stella zog sie auf und stand blinzelnd in dem hellen Licht. Sie setzte den Wasserkessel auf und trat dann wieder ans Fenster, um den gepflegten Garten zu betrachten. Kleine Vögel pickten an dem Mulch, der auf den Beeten lag, und flogen mit Rindenstückchen im Schnabel zu ihren Nestern. Hinter den Beerensträuchern konnte Stella das Meer sehen – eine glitzernde, azurblaue Fläche. Alles wirkte friedlich und heiter, und es war nur schwer vorstellbar, dass es die ganze Woche lang stürmisch und gefährlich gewesen war.

Im Gegensatz zu der freundlichen Atmosphäre draußen herrschte im Haus drückende Stille. Sie kroch wie Nebel aus dem Schlafzimmer, wo Grace reglos im Bett lag. Eine Nacht, ein ganzer Tag und noch eine Nacht waren vergangen, seit sie die Leiche ihres Mannes gesehen und begriffen hatte, dass er wirklich tot war. Seitdem war sie unverändert. Sie wirkte wie betäubt vor Schmerz.

Stella spürte, wie die Stille um sie herum von ihr Besitz ergriff, während sie in der Küche hin und her ging. Selbst ihr Herzschlag und das Ticken der Uhr auf dem Kaminsims klangen zu laut. Sie klapperte mit dem Geschirr, während sie das Frühstückstablett deckte – auf ein gestärktes

Leinendeckchen stellte sie Teller, Tasse und Untertasse, Eierbecher, Salzstreuer und ein kleines Tellerchen mit Butter. Sie schob eine Scheibe Weißbrot in den Toaster. Dabei stieß sie mit dem Ellbogen gegen eine Plätzchendose, die klappernd zu Boden fiel.

Das Geräusch hing in der Luft. Stella hob die Dose auf und sah sich nach einem anderen Platz um, wo sie sie hinstellen konnte, aber auf jedem freien Fleck in der Küche stand etwas Essbares. Tupperware-Behälter voller Kekse und Sandwiches; Töpfe mit Eintopf und Suppe; Pasteten und Quiches, in Küchenhandtücher eingeschlagen; Milchflaschen und Brotlaibe.

Am Tag zuvor waren zahlreiche Nahrungsmittel an die Tür gestellt worden. Die Leute hatten Stellas Bitte, sie in Ruhe zu lassen, aber respektiert, und deshalb hatte niemand geklopft. Alle hatten sich damit begnügt, ein paar Zeilen zu hinterlassen.

Mit tiefstem Mitgefühl. Sylvia und Ted Barron.

Lassen Sie uns wissen, wenn wir irgendetwas für Sie tun können. Alle aus der Fischfabrik.

Ich dachte, ihr könntet vielleicht noch etwas Honig brauchen. Joe.

Ich mache mir Sorgen um dich, Stella. Bitte ruf an. Pauline XXX.

Stella brach ein Stück Kruste von einer Quiche ab und aß zwei Bissen, bevor sie es in die Spüle warf. Sie hatte zwar Hunger, schien aber noch nicht einmal entscheiden zu können, was sie essen wollte, ganz zu schweigen davon, dass sie etwas warm machte und auf einen Teller legte.

Als das Tablett mit dem weich gekochten Ei und den Toastfingern ohne Kruste fertig war, trug sie es in Grace' Zimmer. Sie dachte daran, wie Grace in ihrem Bett lag, weder schlafend noch wach, sondern in einem Zustand, der irgendwo dazwischen lag.

An der Tür jedoch erstarrte sie. Decken und Kissen lagen am Boden. Ihre Mutter war nicht da.

Stella stellte das Tablett ab und lief ins Seezimmer. Aber auch dort war Grace nicht. Schließlich fand sie sie in der Toilette. Sie sah so aus, als wisse sie nicht mehr, warum sie eigentlich aufgestanden war. Sie stand einfach da, eine Hand auf der Wasserspülung, den Kopf mit den wirren Haaren gesenkt, und starrte in die Schüssel.

»Musst du zur Toilette?«, fragte Stella. Sie sprach langsam, als habe sie eine Ausländerin vor sich, die ihre Sprache kaum verstand.

Grace nickte, und Stella ergriff sie an den Schultern und drehte sie um. Ihre Mutter bewegte sich wie eine Marionette. Stella schob ihr das Nachthemd hoch. Sie entblößte schlanke weiße Schenkel, ein Dreieck aus schwarzen Haaren und einen weichen Bauch.

»Setz dich«, befahl sie. Sie überlegte, ob sie dabeibleiben oder gehen sollte. Dann hörte sie ein Geräusch. Ein Auto kam den Weg entlang.

»Ich schaue mal nach, wer da kommt«, sagte sie.

Rasch trat sie an die Haustür. Von hier aus konnte sie den Weg überblicken, ohne selbst gesehen zu werden. Gegen ihren Willen stellte sie sich vor, dass ein geliehener Wagen, Lauries Jeep vielleicht, sich näherte und vor dem Haus hielt. Zeph stieg aus, die Haare fielen ihm in die Stirn wie ein goldener Schleier …

Es gab keinen Grund, warum er herkommen sollte, sagte sie sich. Warum auch immer er hier in Halfmoon Bay lebte, hatte nichts mit ihr zu tun.

Sie hielt sich die Fakten vor Augen wie ein Kartenspiel, das man auslegt.

Selbst wenn Zeph gehofft hatte, sie wiederzusehen, als er nach all den Jahren zurückgekommen war, hatte er bald schon herausgefunden, dass sie weg war.

Und dass sie noch nicht einmal für kurze Besuche nach Hause kam.

Laurie konnte ihm das gesagt haben oder Mrs. Barron.

Und doch hatte Zeph das Grundstück gekauft und sich dort ein Haus gebaut.

Er liebte die Buchten, sagte Stella sich. Deshalb hatte er es getan.

Damals, fiel ihr ein, hatte er gesagt, dass die verborgene Bucht, in der die *Tailwind* vor Anker gegangen war, einer der schönsten Flecken sei, die er je gesehen habe. Wahrscheinlich war er mit Carla immer weiter durch die Welt gesegelt und hatte keinen besseren Ort gefunden, um seine Zelte aufzuschlagen, um sich niederzulassen und eine Familie zu gründen.

Das taten die Leute doch im Allgemeinen.

Eine Stimme in ihrem Innern widersprach dieser Argumentation, aber Stella weigerte sich, ihr zu lauschen, weil sie nicht mehr das Risiko eingehen wollte, verletzt und enttäuscht zu werden. Aufmerksam spähte sie durch das schmale Fenster neben der Tür.

Kurz darauf kam ein Fahrzeug in Sicht, eine dunkelblaue Limousine mit weißen Karos auf dem Dach und der Aufschrift »Tasmania Police« auf der Seite.

Spinks stieg aus. Er strich seine Uniform glatt, dann griff er noch einmal ins Auto und hob eine gläserne Auflaufform heraus. Er trug sie jedoch nicht wie die anderen zur Haustür, sondern ging um das Haus herum zur Seitentür. Stella hörte, wie er kurz anklopfte, dann kam er herein.

Als sie in die Küche trat, streckte er ihr die Auflaufform entgegen. Sie blickte durch den gläsernen Deckel auf geschmolzenen Käse und in Scheiben geschnittene, hart gekochte Eier.

»Thunfisch-Auflauf«, sagte er. »Die Spezialität meiner Schwester.« Er blickte sich suchend nach einem Platz um, wo er die Auflaufform hinstellen konnte. »Es sieht so aus, als seiest du gut versorgt«, stellte er fest.

Stella antwortete nicht. Sie blickte den Polizisten besorgt an. Ihr war klar, dass er nicht nur vorbeigekommen war, um ihnen etwas zu essen zu bringen.

»Wie geht es Grace?«, fragte Spinks.

»Es geht ihr ein bisschen besser«, erwiderte Stella.

Spinks warf ihr einen Blick zu. »Und du? Kommst du klar?«

»Ja«, sagte Stella.

»Gut. Pauline macht sich Sorgen um dich. Ich glaube, du solltest sie herkommen lassen.«

Stella dachte an Grace, die ungewaschen und ungekämmt im Bett lag, nur noch ein Schatten ihrer selbst. »Noch nicht.«

Spinks räusperte sich, dann sagte er in offiziellem Tonfall: »Ich bin hauptsächlich vorbeigekommen, um dich davon zu unterrichten, dass die gerichtsmedizinische Untersuchung abgeschlossen ist und sie den Bericht aus St. Louis geschickt haben. Sie haben festgestellt, dass William an Unterkühlung gestorben ist. Im Bericht steht ›wahrscheinlich infolge eines Unfalls auf See‹.« Er malte mit den Fingern die Anführungszeichen in die Luft, um anzudeuten, dass er zitierte. »Sie konnten auch nicht mehr feststellen als wir – offener Beinbruch, Dehydrierung …« Spinks seufzte. »Was tatsächlich da draußen passiert ist, kann man nur vermuten. Wahrscheinlich ist er von einer Welle quer über Deck geschleudert worden, oder es ist etwas auf ihn draufgestürzt. Auf jeden Fall war er verletzt und konnte das Schiff nicht mehr auf Kurs halten. Es bekam Schlagseite, und der Motorraum lief voll. So passieren diese Sachen immer – es beginnt mit irgendeiner Kleinigkeit, und dann geht es immer weiter.«

Stella nickte. Sie hatte sich dieses Szenario auch schon vor Augen gehalten. Ihr war klar, dass sie die wahre Geschichte hinter der Tragödie nie erfahren würden. Das war eben so auf See. Es blieb ein Geheimnis.

Vom Meer genommen.

Die Worte waren immer simpel und vage.

»Auf jeden Fall«, fuhr Spinks fort, »ist der Staatsanwalt zufrieden, dass keine verdächtigen Umstände gefunden wurden, und sie haben die Leiche zur Beerdigung freigegeben.«

»Das ist gut«, sagte Stella. Sie sollte jetzt eigentlich Erleichterung verspüren, sagte sie sich. Aber sie fühlte sich nur leer.

»Zeph hat sein Auto auch wieder zurückbekommen«, fügte Spinks hinzu. Er blickte Stella forschend an. »Ich habe seine Aussage für den Sergeant aufgenommen. Als ich ihn gefragt habe, ob er dich schon vorher gekannt habe, hat er das Gleiche geantwortet wie du. Fast wortwörtlich.«

Stella blickte zu Boden. Sie erinnerte sich noch, was sie gesagt hatte.

Ich habe ihn vor vielen Jahren gekannt.

Mit heute hat das nichts zu tun.

Sie blickte Spinks an und zwang sich zu einem Lächeln. »Nun, das ist gut. Das macht die Sache einfach.«

»Ja«, stimmte Spinks zu. Er schwieg eine Weile und blickte sich nachdenklich in der Küche um. Dann sagte er: »Soll ich den Pfarrer herschicken, damit ihr über die Beerdigung sprechen könnt?«

»Nein, ich fahre zu ihm. Danke, dass Sie hergekommen sind. Und vielen Dank an Ihre Schwester für den Auflauf.«

Spinks hob grüßend die Hand und trat hinaus in den Sonnenschein.

Stella schüttelte zwei Kissen für Grace auf, ihr eigenes und eines, das sie von Williams Seite des Bettes genommen hatte. Dann setzte sie sich mit dem Frühstückstablett auf dem Schoß auf die Bettkante neben ihre Mutter. Sie schlug die Spitze des Eis ab und tauchte den Löffel in das weiche Eigelb. Liebevoll begann sie ihre Mutter zu füttern. Als sie aufblickte, sah sie sich im Spiegel des Frisiertisches. Bei jedem Bissen öffnete sie selbst halb den Mund.

Hier kommt das Flugzeug.

Grace hatte das früher immer zu ihr gesagt und den Löffel mit kreisenden Bewegungen auf sie zubewegt.

Mach den Hangar auf. So ist es brav.

Grace blickte auf Stellas offene Lippen und öffnete ebenfalls den Mund. Stella schob den Löffel hinein, und ihre Mutter kaute und schluckte. Dann öffnete sie erneut den Mund.

»Willst du nach dem Frühstück nicht aufstehen?«, schlug Stella vor. »Es ist ein herrlicher Tag.«

Zuerst schien Grace nicht zu verstehen, was ihre Tochter sagte. Dann jedoch schüttelte sie langsam den Kopf, wie jemand, der sehr erschöpft oder krank ist.

»Du kannst nicht einfach im Bett bleiben«, sagte Stella in festem, mütterlichem Tonfall. »Spinks war hier. Der Staatsanwalt hat die Leiche freigegeben. Wir müssen uns um die Beerdigung kümmern.«

Grace wandte sich ab und drückte ihr Gesicht ins Kissen. »Das kann ich noch nicht«, sagte sie mit erstickter Stimme. »Ohne ihn kann ich das alles nicht.«

»Doch«, erwiderte Stella hart, »doch, du kannst. Du musst.«

Grace hob den Kopf. »Ich will mich um nichts kümmern. Ich will nichts wissen.« Mit angstverzerrter Miene blickte sie Stella an.

Stella betrachtete sie. Etwas an dieser seltsamen Mischung aus kindlicher Emotion und den Gesichtszügen einer erwachsenen Frau zerstörte die Zärtlichkeit, die sie eben noch empfunden hatte. Stattdessen stieg dunkler Zorn in ihr auf. Ihr fiel ein, wie Grace sich hinter dieser Fassade versteckt hatte, als sie damals hier auf der Bettkante gesessen und die Worte nachgesprochen hatte, die William hören wollte.

Sie dachte daran, wie ihre Mutter sie ein zweites Mal verraten hatte, als sie das tote Baby an William weitergereicht hatte, trotz Stellas flehentlicher Bitten, ihr ihren Sohn wiederzugeben.

Abrupt erhob sich Stella, und das Tablett fiel krachend zu Boden. Das Ei kullerte aus dem Eierbecher und verschwand unter dem Bett. Sie holte tief Luft.

»Dad war zu stark, zu hart«, brach es aus ihr hervor. »Aber du hast ihm seinen Willen gelassen. Du hast viel zu viel aufgegeben.«

Grace schloss die Augen, als könne sie sich schützen, wenn sie nichts sähe.

»Hör mir zu!« Stellas Stimme war scharf. Sie fühlte sich wieder wie eine Sechzehnjährige. »Du hättest dich ihm widersetzen müssen. Du hättest stärker sein müssen. Du hast mich im Stich gelassen.« Ein Schluchzen erstickte ihre Stimme, aber sie redete trotzdem weiter. »Du warst doch meine Mutter.«

Grace hielt die Augen geschlossen. Ein Zucken ging über ihr Gesicht. Sie umklammerte die Decke so fest, dass ihre Knöchel weiß hervortraten.

Stella starrte sie einen Moment lang an. Dann atmete sie tief durch und ging langsam aus dem Zimmer.

Stella saß dem Pfarrer, der sich über ein Buch beugte, an einem breiten Schreibtisch, dessen Platte mit grünem Filz bezogen war, gegenüber.

»Sie haben Recht«, sagte er. »Ihr Vater hat 1963 eine Familiengrabstelle erworben.« Er lächelte Stella freundlich an. »Es macht alles so viel leichter, wenn solche Vorkehrungen getroffen worden sind. Hat er auch Anweisungen wegen des Trauergottesdienstes hinterlassen? In seinem Testament vielleicht?«

Stella schüttelte den Kopf. »Er hätte bestimmt keinen Gottesdienst gewollt. Er ist nie in die Kirche gegangen. Früher zumindest nicht.«

»Ich muss zugeben, ich habe ihn auch nie gesehen«, erwiderte der Pfarrer. »Aber ich bin auch erst seit einem halben Jahr hier. Ich glaube, Ihrer Mutter bin ich auch noch nie begegnet.« Er blickte Stella ernst an. »Sie sollte wirklich besser hier sein, um die Angelegenheit mit mir zu besprechen.«

»Es geht ihr nicht gut«, erwiderte Stella.

»Wir könnten noch ein oder zwei Tage warten …« Der Pfarrer musterte Stella beinahe misstrauisch. »Normalerweise kümmert sich die Witwe darum.«

Stella blickte an dem Mann vorbei auf eine Reihe von leeren, staubigen Vasen. Sie dachte an Grace in Seven Oaks. Ihre Mutter lag immer noch Tag und Nacht im Bett. Sie aß nicht mehr und trank nur ab und zu einen Schluck Wasser, wenn man es ihr zwischen die Lippen zwang.

»Ich halte es für wichtig, es endlich abzuschließen«, fuhr Stella fort, »damit wir weiterleben können.«

Der Pfarrer zog die Augenbrauen hoch. Dann schlug er ein Gebetbuch auf und blätterte darin. Er hatte lange, bleiche Finger. »Man kann verschiedene Arten von Gottesdiensten wählen. Und wir müssen Kirchenlieder aussuchen.«

»Wir brauchen keinen Gottesdienst«, erklärte Stella. »Nur eine Beerdigung.«

Der Pfarrer legte die Hände auf das aufgeschlagene Buch. »Man muss bei so einem Ereignis auch die Gefühle anderer berücksichtigen – seiner Freunde und Verwandten …«

»Es gibt keine Verwandten«, unterbrach Stella ihn. »Und seine Freunde wissen alle, dass er kein Kirchgänger war.«

Der Pfarrer nickte langsam und blickte auf sein Gebetbuch, als suche er Rat darin. Dann blickte er Stella mit einer Mischung aus Mitgefühl und Duldsamkeit an. »So einfach ist es nicht, Miss Birchmore. Es gibt Regeln, wie so etwas auf geheiligtem Boden vonstatten gehen muss. Regeln, die uns daran erinnern sollen, dass das menschliche Leben heilig ist.« Er schwieg und musterte sie aufmerksam. »Wenn Sie darauf keinen Wert legen, können Sie ihn ebenso gut – verzeihen Sie mir meine Offenheit – in einem Loch im Garten verbuddeln.«

Stella schob den Stuhl zurück und stand auf. »Tun Sie, was Sie tun müssen. Aber halten Sie es so einfach wie möglich – keine Predigt, kein Gesang.«

Der Pfarrer blickte sie einen Moment lang schweigend an, dann lächelte er schwach. »Ich glaube, ich verstehe, was Sie erwarten.«

Bienen summten um die bunten Blumensträuße, die auf dem Boden neben dem offenen Grab lagen. Stella blickte auf den einfachen Sarg. Sie stellte sich vor, wie William in seinem Anzug darin lag. Es würde ihm gefallen, dass so viele Menschen gekommen waren, um ihm die letzte Ehre zu erweisen. Die Fischfabrik, der Laden und der Pub hatten geschlossen. Alle waren hier.

Bis auf Grace.

Als Stella heute früh ins Schlafzimmer getreten war, um sich zu verabschieden, hatte ihre Mutter so still im Bett gelegen, als atme sie kaum. Sie hatte sich in den letzten Tagen immer mehr in sich zurückgezogen, und mittlerweile redete sie noch nicht einmal mehr. Stella gab sich daran die Schuld. Was hatte sie sich bloß dabei gedacht, die Vergangenheit aufzuwühlen, wo Grace gerade ihren Mann verloren hatte.

Stella schüttelte den Kopf, um das Bild zu vertreiben, dass Grace jetzt ganz allein zu Hause war.

»Ist alles in Ordnung, Liebes?«, fragte Pauline.

Sie stand neben Stella. Seit Stella auf dem Friedhof angekommen war, war Pauline ihr nicht von der Seite gewichen. Sie hatte nur wenig gesagt; sie hatte Stella lediglich von Zeit zu Zeit an der Schulter oder am Ellbogen berührt, um sie spüren zu lassen, dass sie nicht allein war.

Stella blickte auf, als der Pfarrer ans Grab trat und ernst über die Menge blickte. Er trug ein langes, weißes Gewand und eine schwarze Stola um den Hals. Eine dünne Schweißschicht lag auf seiner Glatze. Er hielt sein Gebetbuch vor sich und schlug es an einer markierten Stelle auf.

»Der Mann ist vom Weibe geboren, und sein Leben ist voller Mühe«, las er mit weithin schallender Stimme. »Er wächst wie eine Blume und verwelkt. Er vergeht wie ein Schatten und bleibt nicht.«

Langsam ließ er seinen Blick über die Trauergemeinde schweifen. Traurig lächelte er Stella an.

»Liebe Freunde«, sagte er dann, »wir haben uns heute hier versammelt, um Dank zu sagen für das Leben unseres Bruders William Charles Birchmore, der so tragisch aus unserer Mitte gerissen wurde. Er war ein Mann mit bewundernswerten Eigenschaften, ein erfahrener Fischer, der seine Arbeit liebte und große Achtung vor dem Meer hatte.«

Stella starrte den Pfarrer an, aber er erwiderte ihren Blick nicht mehr.

»William Birchmore besaß die Führungsqualitäten, die jede Gemeinschaft schätzt …«

Immer weiter redete er. Dann wurde seine Stimme langsamer und tiefer, um anzuzeigen, dass eine bedeutungsvolle Stelle nahte. Stella senkte den Kopf.

»William hatte in seinem Leben zwei große Lieben: seine geliebte Frau Grace, die heute leider nicht bei uns sein kann, und seine Tochter. Als Vater und als Ehemann war er uns allen ein Vorbild.«

Stella schloss die Augen. Williams schuldbewusste Worte gingen ihr durch den Kopf.

Wenn ich doch nur anders sein könnte. Wenn ich doch nur gut sein könnte.

»Er war ein Mann von Prinzipien«, fuhr der Pfarrer fort. »Ein einfacher, aufrichtiger Mann.«

Stella hob den Kopf. Die Leute nickten zustimmend. Sie waren einverstanden mit dem Bild, das der Pfarrer malte. Vielen der Frauen standen Tränen in den Augen.

Nur Spinks wirkte ungerührt. Stella entdeckte ihn nicht weit vom Pfarrer entfernt. Sie merkte, dass er sie beobachtet hatte. Als sie ihn anblickte, nickte er leicht, als verstünde er, dass die Situation nicht so simpel war, wie sie schien.

Sie schloss wieder die Augen. Plötzlich hatte sie Angst vor dem, was die Zukunft ihr bringen mochte. Sie hatte die Vergangenheit ja noch nicht einmal bewältigt – William, Grace und Zeph. Und der kleine Junge, der sie immer noch in ihren Träumen mit dem blassen Gesicht des Albino-Kindes in Afrika heimsuchte.

Sie dachte an den winzigen Leichnam, der an einem verborgenen, ungeheiligten Platz vergraben war. Er lag nicht in einem Sarg, der ihn vor der kalten Erde beschützen konnte. Er hatte nur das Kleidchen angehabt, und vielleicht war er noch in ein Tuch eingehüllt worden. Oder hatte William ihn einfach so in der Erde verscharrt …?

Stella machte die Augen wieder auf und betrachtete

die Blumensträuße, die am Grab lagen. Die meisten bestanden aus Frühlingsblumen, Narzissen, Tulpen, Hyazinthen, und die empfindlicheren Blüten welkten bereits in der Sonne. Ganz hinten jedoch lag ein Strauß, der durch seine einfache Schönheit hervorstach. Es dauerte einen Moment, bis Stella merkte, woran das lag, aber dann sah sie es: Er enthielt keine Blumen, sondern war lediglich aus Zweigen mit Laub in verschiedenen Grüntönen gebunden.

Eine einzelne, lange Papageienfeder in leuchtendem Smaragdgrün steckte zwischen den Ästen, und auf einmal wusste sie, von wem der Strauß stammte. Was bedeutete es, dass Zeph den Strauß hierhin gelegt hatte? Hatte er William als Freund gekannt? Oder war es nur eine Geste des Respekts? Vielleicht wollte er ihr damit etwas sagen … Ihr wurde ein wenig schwindlig, und sie hatte das Gefühl, es könnten sie Emotionen überwältigen, denen sie sich nicht stellen wollte.

Plötzlich berührte Pauline sie am Arm. »Du musst jetzt Erde auf den Sarg werfen, Liebes.«

Jemand gab Stella eine Hand voll Erde, und sie schloss die Finger um die feuchte Wärme.

»Erde zu Erde, Asche zu Asche, Staub zu Staub«, intonierte der Pfarrer.

Stella ließ die Erde ins Grab fallen, und sie landete mit einem dumpfen Geräusch auf dem Sarg.

Sie wünschte, sie könnte weinen. Um William, um ihr Baby, um Zeph und um Grace – um alles, was sie verloren und nie besessen hatte.

Sie stellte sich vor, wie ein ganzer Strom aus ihren Augen floss und sie gereinigt und offen zurückließ. Neu geboren. Aber ihre Augen blieben trocken.

Der Tee war lauwarm. Stella trank rasch einen Schluck, um den Bissen Schokoladenkuchen hinunterzuspülen. Den Rest des Kuchens ließ sie auf dem Teller, damit es so aussah, als äße sie ihn noch.

Sie lächelte Lauras Eltern an. Dann begrüßte sie Jamies Vater. Der Mann wirkte unbehaglich in Jackett und Hose. Er hielt sich an Paulines Seite, aber während der Beerdigung hatte er bei den anderen Fischern gestanden. Sie hatten als Gruppe an der Beerdigung teilgenommen, als eine Art Ehrenwache, und hatten angestrengt und unsicher gewirkt. Stella spürte ihre Angst, dass es ihnen eines Tages genauso ergehen könnte wie William ... davor konnte sie keine Vorsichtsmaßnahme und keine noch so sorgfältige Planung schützen.

»William war schließlich kein Idiot«, hatte einer von ihnen zu Stella gesagt. »Der arme Kerl – er ist immer auf Nummer sicher gegangen. Immer auf Nummer sicher.«

Stella trank ihren letzten Schluck Tee. Dann stellte sie die Tasse ab und blickte sich im Raum um. Sie musterte die vertrauten und die neuen Gesichter, wobei sie in Wirklichkeit nach Zeph Ausschau hielt. Sie wollte gerade aufgeben, als sie ihn in der Menge erblickte. Er trug einen dunklen Anzug und ein blassgraues Hemd. Stella trat einen Schritt vor, um ihn besser sehen zu können.

Er wirkte in seiner formellen Kleidung wie ein Fremder – ein Mann, der in einem Konferenzsaal, einer Kunstgalerie oder einer städtischen Straße irgendwo auf der Welt zu Hause war. Und doch strahlte er etwas aus, das Stella immer noch an den Jungen in dem verblichenen Sarong erinnerte. Er hatte sie nicht gesehen und unterhielt sich mit einem Mann, den Stella nicht kannte. Sie beobachtete ihn noch eine kleine Weile, dann wandte sie entschlossen den Blick ab. Gegen ihren Willen ließ sie ihre Blicke schweifen und stieß auf ein weiteres Gesicht, das sie nicht kannte. Das Gesicht einer Frau, die wie Zeph teure Stadtkleidung trug. Eine Frau mit Kindern an ihrer Seite oder vielleicht auch mit einem Baby auf dem Arm.

Plötzlich kam ein Taxifahrer in Uniform auf Stella zu und streckte ihr einen riesigen Strauß mit violetten Gerbera entgegen. »Ich soll sie persönlich überreichen«, sagte er und verneigte sich respektvoll.

Stella erkannte das Logo von Interflora auf der kleinen Karte, die an das Zellophan geheftet war. Darunter stand in Druckbuchstaben:

Unsere Gedanken sind bei Ihnen.

Lorna und das gesamte Team bei Women's World.

Stella berührte eine der Gerberas – sie sah aus wie ein übergroßes Gänseblümchen. Dass das kein Zufall war, war ihr klar – die Blumen waren sorgfältig ausgesucht, passend zum Unternehmenslogo, und wahrscheinlich sogar speziell eingefärbt worden – in Sydney oder wo auch immer Interflora eine Floristin gefunden hatte, die Lornas Wünsche erfüllen konnte.

Plötzlich sehnte sie sich danach, wieder zu Lornas Team zu gehören, wieder ihren Platz in der Welt einzunehmen, wo es keine Verwirrung gab und alles eindeutig war.

Sag nur die Wahrheit. Das ist alles, was du tun musst.

Sie wollte wieder ein Außenseiter sein, das Leben von Fremden betrachten, Fakten herausfinden und ihre Gefühle unter Kontrolle haben.

Sie dachte an ihre Schreibmaschine, die sie bei Mr. Berhanu im Ethiopian Hotel zurückgelassen hatte. Bald würde sie wieder dort sein, sagte sie sich. Sie würde eine neue Geschichte darauf tippen und über die drei Tasten fluchen, die immer stecken blieben. Sie sah es genau vor sich. Ihre Tasche, die unausgepackt auf dem schmalen Bett lag. Und der steinerne Engel auf dem Nachttisch – alles Zeichen dafür, dass sie zu Hause war.

17

Funken sprühten, als Stella ein weiteres Holzscheit in den Feuerkasten legte. Sie warf einen Blick auf das Thermometer. Es war beinahe schon heiß genug, aber sie wollte ganz sicher gehen.

Hinter ihr lag Grace' Rezeptbuch aufgeschlagen auf dem Tisch. Sie wollten Josephines Kanarienkuchen backen, weil es der Lieblingskuchen ihrer Mutter war. Sie redete sich ein, damit Grace zum Essen ermuntern zu wollen, aber sie wusste sehr wohl, dass sie ihn aus Schuldgefühl backte, weil sie sich entschlossen hatte, so schnell wie möglich abzureisen, auch wenn sie dann für Grace eine Krankenschwester aus St. Louis kommen lassen musste.

Stella befolgte das Rezept peinlich genau und las die zittrig geschriebenen Anweisungen immer wieder.

Sie achtete darauf, die Zutaten genauestes abzuwiegen, und schnitt sogar Backpapier zurecht, um die Backform auszulegen. Sie hatte seit so vielen Jahren nicht mehr gebacken, dass selbst die Handgriffe, die ihr früher vertraut gewesen waren, für sie jetzt schwierig waren. Sie hatte das Gefühl, es dauerte eine Ewigkeit, bis sie den Teig fertig hatte.

Anschließend blickte sie sich erstaunt um. Es war nicht zu glauben, wie viel Mehl sie verschüttet hatte, wie viel

Eierschalen zu Boden gefallen waren und wie viel Butter sie auf dem Tisch verschmiert hatte. Eine Fliege saß auf einem klebrigen Löffel und rieb die Vorderbeinchen aneinander. Dicker gelber Teig tropfte außen an Grace' blauweißer Backschüssel herunter und sammelte sich auf dem Tisch.

Stella betrachtete das Chaos. Überall stand auch noch das Essen herum, das die Leute gebracht hatten. Mittlerweile war das meiste sicherlich verdorben. Grace' saubere, ordentliche Küche war in einem desolaten Zustand. Wenn der Kuchen im Ofen war, würde sie erst einmal aufräumen und sauber machen.

Als sie die Kuchenform in den Ofen schob und die Klappe wieder schloss, stellte sie fest, dass der Holzkasten fast leer war. Es war zwar noch genügend Holz da, um die Temperatur beim Backen konstant zu halten, aber wenn sie sauber machen wollte, würde sie heißes Wasser brauchen.

Sie ging hinaus zum Holzstapel und begann, Scheite zu spalten. Die Holzvorräte bestanden hauptsächlich aus dicken Baumscheiben, die zerkleinert werden mussten, bevor sie verfeuert werden konnten. Das war immer Williams Aufgabe gewesen. Wenn er nicht auf See war, hackte er immer genügend Holz, dass sie eine Weile damit auskamen. Aber jetzt würde es jemand anderer machen müssen. Und sie brauchten auch jemanden, der ihnen zweimal im Jahr den Abfluss sauber machte, oder die Pumpe reparierte, wenn sie mal wieder kaputt war …

Stella verließ den Holzstapel und ging um das Haus, die Waschküche und den Schuppen herum, wobei sie im Kopf alle Aufgaben auflistete, die von anderen erledigt werden mussten, jetzt, wo William sich nicht mehr darum kümmern konnte. Sie inspizierte den äußeren Zustand des Hauses und stellte erleichtert fest, dass ihr Vater alles gut in Schuss gehalten hatte. Größere Instandsetzungen würden erst in ein paar Jahren nötig werden. Auch im Schuppen, wo William seine Werkzeuge aufbewahrte, war alles in bester Ordnung. Zufrieden ging Stella auf das Haus zu.

Plötzlich bemerkte sie einen schwachen Brandgeruch. Zuerst konnte sie sich nicht erklären, woher er kam, aber dann sah sie, dass Rauch durch die offen stehende Hintertür drang.

»Verdammt! Der Kuchen!«

Stella rannte los. In der Küche hing blaugrauer Rauch, und sie verfluchte ihre Gedankenlosigkeit. Der Kuchen, den sie für Grace backen wollte, war verbrannt, und der Geruch würde sich wochenlang in den Vorhängen einnisten.

Durch die Seitentür trat sie ins Haus ein, blieb jedoch bei dem Anblick, der sich ihr bot, abrupt stehen.

Auf der Schwelle zur Küche stand eine blasse Gestalt mit wirren graublonden Haaren in einem zerknitterten Nachthemd. Grace schüttelte den Kopf, als wolle sie sich selbst wecken, dann ergriff sie ein Küchenhandtuch und riss die Backofentür auf. Schwarzer Rauch drang heraus, und Grace hustete, als sie sich vorbeugte, um den Kuchen herauszuholen.

Stella zog sich hinter einen Holzbalken zurück, damit ihre Mutter, die sich mit dem qualmenden Kuchen auf die Hintertür zubewegte, sie nicht bemerkte. Die Kuchenform flog in hohem Bogen mitten ins Lilienbeet, und Grace versuchte, den Qualm mit dem Handtuch aus der Küche zu wedeln.

»Stella?«, rief sie ins Innere des Hauses. »Stella, bist du da?«

Stella blieb in ihrem Versteck, als ihre Mutter die Hände in die Hüften stemmte und durch den Garten blickte. »Stella!«, rief sie wieder. »Wo bist du?«

Sie ging wieder ins Haus, und nach einer Weile hörte Stella, wie Wasser in die Spüle lief und Stuhlbeine über den Boden kratzten. Dann klapperte Geschirr, das zusammengeräumt wurde, und der Deckel des Abfalleimers klappte auf und zu.

Stella lehnte sich an den Holzbalken. Sie spürte, wie die Anspannung aus ihrem Körper wich. Es war nur ein kleiner Schritt, dass Grace aufgestanden war und wieder in ihrer Küche hantierte. Es lag noch ein langer Weg vor ihr. Aber der Anfang war gemacht.

Sie blickte über den Strand aufs offene Meer, aber sie sah das glitzernde blaue Wasser nicht. Sie sah das Hochland von Äthiopien – rote Erde, dürre Hügel und die raue Schönheit tiefer Schluchten, die im letzten Licht des Tages dunkelblau schimmerten.

Stella lehnte sich gegen die Tür der Telefonzelle und blickte über den Parkplatz zum Seefahrer-Denkmal, wo Dutzende von Möwen aufgereiht saßen wie Soldaten, die Befehle erwarten. Automatisch glitt ihr Blick zu der Stelle in der Mauer, die sie so gut kannte. Die Tafel von David Grey ... Entschlossen drehte sie sich um und schaute stattdessen auf die Fischfabrik. Die Türen waren mit Fischblut und Motoröl beschmiert, und davor stapelten sich die Kisten, auf denen in blauen Druckbuchstaben »Produkt aus Tasmanien« stand.

Sie hörte, wie der internationale Operator London anwählte und dann Lornas Sekretärin fragte, ob sie einen gebührenpflichtigen Anruf aus Halfmoon Bay in Tasmanien annehmen würde.

»Wo, um alles in der Welt, ist das denn?«, fragte die Sekretärin.

»Australien«, erklärte der Operator. »Ich habe Stella Boyd in der Leitung.«

»Oh, Stella! Ja, natürlich nehmen wir den Anruf an.«

Ein warmes Gefühl durchflutete Stella, als sie hörte, dass sie immer noch erwünscht, immer noch wichtig war. Im nächsten Augenblick hatte sie Lorna am Telefon.

»Stella! Wie wundervoll, deine Stimme zu hören. Du klingst angeschlagen. Ist alles in Ordnung? Hast du die Blumen bekommen?«

»Ja, danke«, erwiderte Stella. »Sie waren sehr hübsch.«

»Gut. Das freut mich. Alle haben sich schreckliche Sorgen um dich gemacht.« Die Frau machte eine kurze, respektvolle Pause. »Wir haben gerade heute früh über dich geredet. Wir brauchen dich wieder, Stella. Ich will dich ja nicht drängen. Natürlich musst du dir so viel Zeit lassen, wie du brauchst, und ich verstehe auch, dass es nicht leicht für dich ist …«

»Ich bin bereit«, unterbrach Stella sie. »Ich möchte sofort wieder anfangen zu arbeiten, und ich habe auch schon für nächsten Mittwoch einen Flug nach Dubai gebucht.«

Lorna schwieg. Dann sagte sie: »Dubai? Warum Dubai?«

Stella runzelte die Stirn. Lorna hätte eigentlich wissen müssen, dass Ethiopian Airlines von dort flog. »Es ist der beste Weg nach Addis. Ich möchte von dort aus über das Ende des Krieges berichten und dann in den Norden nach Eritrea fahren.«

»Stella, ich habe eine fantastische neue Idee für dich«, erwiderte Lorna, wobei sie Stellas Worte souverän ignorierte. »Alaska. Avon-Beraterinnen in Alaska. Ist das zu fassen? Sie gehen mit ihren Katalogen in die Iglus!«

Stella presste den Hörer ans Ohr. »Was hast du gesagt?«

»Ich nenne es ›Frauen, die den Eskimos Lippenstifte verkaufen‹ oder so ähnlich. Schließlich müssen wir Abwechslung haben. Stella? Bist du noch da?«

»Ja. Ja, ich höre dir zu. Aber ich habe noch Sachen in Addis Abeba.« Stella schüttelte den Kopf. »Meine Schreibmaschine ist noch im Hotel. Und mein Zimmer dort habe ich auch gehalten.«

»Überlass das nur mir«, erwiderte Lorna mit ihrer Problemlösungsstimme. »Ich rufe bei Reuters an, sie haben einen Stringer da. Ich kümmere mich darum, dass sie deine Rechnung zahlen und mir die Schreibmaschine schicken. Und du setzt dich in ein Flugzeug nach London. Alles weitere besprechen wir hier. Du kannst im Appartement wohnen.«

Stella sah die Bürowohnung vor sich mit ihren spärlichen skandinavischen Möbeln – alles Weiß in Weiß, mit violetten Akzenten. Das letzte Mal hatte sie zwischen einem Dschungel-Camp in Sri Lanka und einem Auftrag in New York dort gewohnt. Besonders wohl hatte sie sich dort nicht gefühlt, weil sie ständig Angst gehabt hatte, Flecken auf dem weißen Teppich zu hinterlassen. Aber jetzt kam ihr die Wohnung wie ein Refugium vor – neutral und unkompliziert.

»Ich brauche einen Vorschuss«, sagte sie, »um das Flugticket zu bezahlen.«

»Natürlich. Gib mir die Adresse des Reisebüros. Habt

ihr so etwas überhaupt in Tasmanien? Sag mir Bescheid. Auf Wiedersehen, meine Liebe. Tschüss. Und pass auf dich auf.«

Stella legte auf. Ihr Unbehagen über Lornas Plan schob sie beiseite; vorläufig hatte sie nur eingewilligt, nach London zu fliegen. Anschließend konnte sie immer noch entscheiden, wohin sie fahren und worüber sie schreiben wollte. Sie war schließlich ein freier Mensch.

Den Lieferwagen hatte sie an der Telefonzelle geparkt. Sie griff durch die offene Scheibe auf der Beifahrerseite und holte einen Pappkarton heraus. Er war voller Teller und Behältnisse, in denen die Leute Essbares zum Haus gebracht hatten. Grace hatte die verdorbenen Gerichte in den Komposteimer gekippt, hatte sich vorher jedoch alles interessiert angeschaut. Überraschung und Freude standen ihr ins Gesicht geschrieben. Mit so viel Anteilnahme hatte sie offensichtlich nicht gerechnet.

Stella trug den Karton zum Laden und trat durch den bunten Fliegenvorhang ein. Drinnen blieb sie kurz stehen und atmete den vertrauten Duft nach Seifenpulver und alten Bananen ein. Im Laden hatte sich kaum etwas verändert. Das schwarze Brett der Gemeinde hing immer noch neben der Tür, übersät mit handschriftlichen Angeboten für gebrauchte Möbel oder Brennholz. Auf ihrem alten Platz neben der Tiefkühltruhe war der Stand der Vereinigung der Fischerfrauen. Zwischen den gestrickten Spielzeugen und Marmeladegläsern, die dort angeboten wurden, fiel Stella ein Buch mit einem verblichenen Cover auf, auf dem unter dem Wappen des Fischerverbands *Kochbuch 1976 zum dreißigsten Jahrestag* stand. Stella konnte sich noch gut an den Tag erinnern, als Mrs. Barron ihr von der geplanten Veröffentlichung erzählt und sie gebeten hatte, ihr ein Rezept von Grace zu bringen. Beinahe kam es ihr so vor, als sei es erst gestern gewesen …

Als Stella zur Theke ging, fiel ihr auf, dass im Laden viel mehr Dosen angeboten wurden. Neue Regale waren gebaut worden, und darauf stapelten sich Dosen mit Baked Beans, Eintöpfen und Fertiggerichten. Stella stellte den Karton auf die Theke und drückte auf die Klingel, die an der Kasse montiert war. Seit sie wieder in Halfmoon Bay war, hatte sie Mrs. Barron nur ein Mal am Hafen und dann natürlich auf der Beerdigung gesehen. Von weitem hatte es so ausgesehen, als ob sich die Frau in den letzten fünfzehn Jahren kein bisschen verändert hatte. Jetzt trat sie aus ihrem privaten Wohnzimmer.

»Stella!« Ihr Gesicht leuchtete auf. Ihr Doppelkinn hatte noch ein paar Schichten hinzubekommen, und Fältchen durchzogen ihre Wangen, aber ihre Haare waren immer noch leuchtend rot gefärbt, und ihre Augen blitzten wie früher.

»Hallo, Mrs. Barron«, sagte Stella.

»Du Ärmste«, erwiderte Mrs. Barron und warf Stella einen mitfühlenden Blick zu. »Du siehst müde aus.«

Stella zuckte mit den Schultern. »Das bin ich vermutlich auch.«

»Aber trotzdem siehst du gut aus«, fuhr Mrs. Barron fort. »Ich hätte dich überall erkannt. Du hast dich kein bisschen verändert.«

»Sie auch nicht«, erwiderte Stella großzügig. Sie wies auf den Karton. »Ich muss alle diese Teller und Schüsseln zurückgeben, und da habe ich mir gedacht, Sie könnten sie doch neben die Theke stellen, damit die Leute sie sich mitnehmen können.«

Mrs. Barron blickte auf den Karton. »Ja, natürlich, Liebes, gerne. Wie geht es deiner Mutter?«

»Ein bisschen besser«, antwortete Stella. Sie reichte der Frau eine Einkaufsliste, die Grace in ihrer ordentlichen Handschrift geschrieben hatte.

Mrs. Barron zog die Augenbrauen hoch. »Sie kocht ja schon wieder! Das ist ein gutes Zeichen. Es hat mir richtig gefehlt, dass William mir nicht mehr ihre Bestellungen vorbeigebracht hat. Es ist immer eine Herausforderung, das Richtige für sie zu besorgen …«

Stella lächelte höflich. Bald schon würde Grace selbst hierher kommen müssen, dachte sie. Sie wollte mit ihrer Mutter darüber reden, dass sie unbedingt Fahrstunden nehmen musste. Der Zeitpunkt war sicher richtig, denn als sie eben aus dem Haus gegangen war, hatte Grace beinahe schon wieder wie früher ausgesehen: Haare sorgfältig zurückgebunden, eine frische Bluse, geputzte Schuhe. Anscheinend hatte sie sich auf wundersame Weise erholt und ihr altes Leben wiederaufgenommen. Sie kochte, machte sauber und arbeitete im Garten … Allerdings wollte Stella auch nicht das Risiko eingehen, sie jetzt vielleicht zu sehr zu drängen.

Mrs. Barron sammelte die Dinge zusammen, die Grace aufgeschrieben hatte, und packte sie in eine Plastiktüte.

»Du warst sehr lange weg«, sagte sie, mit leisem Vorwurf in der Stimme. »Aber hier hat sich nicht viel geändert. Den Pub haben neue Leute übernommen – vom Festland. Stell dir vor, sie bieten kein Essen mehr an.« Mrs. Barron zeigte auf die Regale. »Ich musste mein Sortiment erweitern. Für die Leute, die nur ab und zu mal im Pub essen waren, ist es ja nicht so schlimm, aber viele waren wirklich darauf angewiesen. Sie kommen jetzt alle zu mir – Fischer aus anderen Häfen oder die Straßenarbeiter. Sie brauchen eigentlich eine warme Mahlzeit, aber im Pub bekommen sie höchstens eine Tüte Chips.« Sie schüttelte den Kopf. »Es ist wirklich eine Schande.«

Mrs. Barron sprach abgehackt und in dem gleichen Tempo, in dem sie zwischen den Regalen und der Theke hin und her ging. »Tja, und sonst? Die Nielsens sind nach St. Louis gezogen. Laura hat gerade ihre zweite Tochter bekommen – sie wohnt allerdings nicht hier, sondern im Norden. Jamie …« Sie warf Stella einen forschenden Blick zu. »Jamie ist nie mehr zurückgekommen. Er wohnt auch im Norden. Er hat eine nette Frau, ich habe ein Foto von ihr gesehen. Sie haben drei Kinder.« Sie holte tief Luft, bevor sie fortfuhr: »Ein paar neue Leute gibt es auch. Ein pensioniertes Ehepaar aus Südafrika. Und Zeph natürlich.«

Stella nahm sich einen Apfel aus dem Korb auf der Theke und rieb einen kleinen Schmutzfleck von der Schale ab.

»Du kennst ihn sicher schon«, fügte Mrs. Barron hinzu. Sie schwieg einen Moment, dann sagte sie: »Jedenfalls ist Zeph ein netter Junge. Er hat sich draußen an der abgesperrten Straße ein Haus gebaut. Ich habe es zwar noch nicht gesehen, aber alle sagen, es sei sehr ungewöhnlich.« Sie holte eine Schachtel Streichhölzer hinter der Theke hervor und legte sie ebenfalls in die Tüte mit den Einkäufen.

Stella packte den Apfel fester. Ihre Lippen schienen die Frage selbstständig zu formen. »Wohnt er allein da draußen?« Sie hielt den Blick starr auf den Apfel gerichtet, dessen Schale in dem Sonnenlicht, das durchs Fenster fiel, schimmerte.

»Ja«, erwiderte Mrs. Barron. »Keine Frau und auch keine Freundin.« Sie schüttelte den Kopf, und ihre steifen roten Löckchen wippten. »Er muss sich doch einsam fühlen!«

Stella zuckte mit den Schultern. »Manche Leute sind gerne allein«, sagte sie.

Mrs. Barron blickte sie durchdringend an. »Ja, das ist wohl so. Aber dir tut es nicht gut.«

Sie hakte den letzten Punkt auf Grace' Einkaufsliste ab und reichte Stella den Zettel. »Hier – prüf sie nach, wenn du möchtest.«

Stella steckte den Zettel in die Tasche.

Mrs. Barron lehnte sich bequem auf die Theke. »Wo waren wir stehen geblieben? Ach ja, Zeph. Einen Job hat er nicht. Laurie hat mir erzählt, dass er offensichtlich nicht zu arbeiten braucht. Er hat ein Vermögen mit irgendwas gemacht, was er erfunden hat – ich glaube, es hat etwas mit Schiffen zu tun. Bevor er hierher kam, hat er in Sydney gelebt. Er hatte dort ein großes Haus, eine eigene Firma, alles, was man sich nur vorstellen kann. Vor zwei Jahren hat er alles aufgegeben und ist hierher, nach Halfmoon Bay, gekommen.« Mrs. Barron lächelte, als habe sie gerade das glückliche Ende eines Märchens erzählt. »Einfach so. Eines Tages kam er mit einer Yacht in den Hafen gesegelt und war da.«

Tailwind.

»Wo ist das Boot jetzt?«, fragte Stella.

Mrs. Barron blickte sie überrascht an. »Normalerweise liegt es hier am Kai, aber über Winter hat er es draußen bei Bennetts liegen gehabt. Jetzt wird er es wohl bald wieder zu Wasser lassen. Wahrscheinlich wartet er nur noch, bis er bei Joe fertig ist. Sie reparieren das Dach von seinem Ruderhaus. Zeph hilft allen hier in der Gegend.« Mrs. Barron schmunzelte. »Allein kämen sie gar nicht mehr klar. Aber genug jetzt von Zeph.« Sie schwieg und musterte Stella nachdenklich. »Aus dir ist etwas Rechtes geworden. Das liegt wahrscheinlich an diesem englischen Mädchen-College. Da hast du sicher eine Menge gelernt. Wir lesen alle deine Zeitschrift, weißt du.«

Mrs. Barron wies auf den Zeitungsständer. Dort steckte, neben dem Hochglanzmagazin *Four Wheel Drive* und einem dicken Stapel von *New Idea* auch ein Exemplar von *Women's World*.

»Es freut mich, dass es Ihnen gefällt«, sagte Stella. Es war ihre übliche Antwort, wenn jemand von ihrer Arbeit sprach.

Mrs. Barron schüttelte den Kopf. »Du hast schreckliche Dinge gesehen. Traurige Dinge … Ich weiß gar nicht, wie du das erträgst.« Ihre Miene hellte sich auf. »Und was willst du jetzt hier machen?«

»Ich bleibe nicht lange«, erwiderte Stella. Sie ergriff die Tüte mit den Lebensmitteln. »Wenn Mum allein zurechtkommt, muss ich mich wieder an die Arbeit machen.«

»Sie brauchen dich wahrscheinlich«, sagte Mrs. Barron.

Stella schwieg. Mrs. Barron hatte keine Ahnung von ihrem Job und wollte nur etwas Nettes sagen, aber trotzdem machte es Stella nervös. Natürlich brauchte Lorna ihren nächsten Artikel, ganz gleich, wovon er handelte. Und es gab so viele wichtige Storys, über die sie berichten konnte – es würden sich auch noch andere Zeitschriften finden, um sie abzudrucken. Aber wem würde es wirklich auffallen, wenn Stella Boyd nie wieder auftauchen würde? Dutzende guter, mutiger Journalisten auf der Welt warteten nur darauf, ihren Platz einzunehmen.

»Auf jeden Fall muss ich wieder zurück«, murmelte sie.

Ich muss hier weg.

Grace kniete auf ihrem Gartenkissen. Sie hatte eine Schürze umgebunden, damit sie sich nicht schmutzig machte, und zupfte Unkraut aus dem Lilienbeet.

Der Komposthaufen hinter ihr verschwand fast unter den Möwen, die sich um den Berg trockener Kuchen, Scones, Pasteten und Sandwiches stritten. Die Luft war erfüllt von Flügelschlagen und ihrem schrillen Kreischen.

Stella rief ihrer Mutter vom Zaun zu, dass sie wieder da sei, und Grace nickte zustimmend, als sie die Einkaufstüte sah.

An der Küchentür wäre Stella fast auf die Kuchenform getreten, die mit trübem Wasser gefüllt an der Stufe stand. Grace hatte doppeltkohlensaures Natrium hineingegeben, damit sich die angebrannten Kuchenreste besser lösten.

In der Küche war es schattig und kühl, weil die Vorhänge zugezogen waren. Es duftete nach Bienenwachs und Kuchen. Grace hatte Tante Sophies »Guten Pfundkuchen« gebacken, den William immer am liebsten mit aufs Meer hinausgenommen hatte.

Sechs Kuchen lagen zum Abkühlen auf dem Blech – genug für eine Fahrt von einer Woche. Grace hatte auch schon die Alufolie bereitgelegt, in die sie die Kuchen einwickeln wollte.

Stella atmete tief durch und wandte sich dann ab. Die

Menschen gingen auf unterschiedliche Art mit Tragödien um, und für jemanden zu kochen, der nicht mehr lebte, war wohl eher harmlos. Die Kuchen konnte man ja verschenken. Joe würde sich bestimmt darüber freuen. Oder sie verkauften sie im Laden und spendeten den Erlös der Fischerfrauenvereinigung. Sie holte die Schachtel mit den Streichhölzern aus der Einkaufstüte und ging zum Seezimmer.

Dort blieb sie auf der Schwelle stehen. Der freie Blick aufs Meer, unterbrochen nur von den Fensterrahmen, überraschte sie immer noch. Der Anblick war immer wieder anders, deshalb konnte man ihn auch nie als selbstverständlich empfinden. Wenn das Meer dunkel und aufgewühlt war, hätte man am liebsten die Vorhänge zugezogen, um sich vor seiner Macht zu schützen. War das Wasser glatt und grau, machte man am besten Feuer im Kamin, um ihm eine wärmere Note zu verleihen. An sonnigen Tagen blendete einen das funkelnde Blau, und bei Sonnenuntergang bot sich ein himmlisches Bild. Am liebsten wäre man dann wie Jesus über das Wasser zum Horizont gewandelt …

Heute war das Meer pastellblau und der Himmel wie auf Seide gemalt. Gedämpftes Licht drang in den stillen Raum.

Stellas Blick wanderte langsam über die vertrauten Möbel und Bilder. Auf einmal hielt sie inne. Auf Tante Janes Anrichte brannte eine Kerze. Sie warf ihr Licht auf ein gerahmtes Bild, das dort aufgestellt worden war. Stella trat näher. Es war eine Schwarzweißfotografie von William, die sie noch nie gesehen hatte. Er sah aus wie zwanzig, trug einen weißen Kittel, und ein Stethoskop hing um seinen Hals.

Seine Augen strahlten, und er lächelte. Er wirkte sorglos und fröhlich. Glücklich.

Stella nahm das Bild in die Hand und strich mit dem Finger darüber, als wolle sie sich vergewissern, dass es real war. Das war der Mann, den Grace geheiratet hatte, dachte sie – das war William Birchmore, bevor sein Traum zerbrochen war.

Vorsichtig stellte sie das Foto wieder an seinen Platz. Um die Kerze herum lagen verschiedene Dokumente: Williams Fischereischein, sein Patent als Skipper, sein Führerschein, ein alter Pass. Die trockenen Blütenblätter dazwischen stammten offensichtlich von dem Strauß, den Grace gepflückt hatte, bevor William vermisst wurde. Stella erinnerte sich, ihn im Seezimmer gesehen zu haben.

Auch der Kaffeebecher mit der Aufschrift *HMS Victory* stand auf der Anrichte, neben Williams Brandyflasche und einem Glas, als ob William jederzeit vorbeikommen und sich ein Gläschen genehmigen könne.

Stella starrte auf das leere Glas, und plötzlich empfand sie den Verlust besonders intensiv. Am liebsten hätte sie das Wetterjournal aus der Schublade geholt und es bei dem Eintrag aufgeschlagen, in dem William seine Reue so deutlich formuliert hatte. Das waren seine letzten Worte an sie gewesen, und sie gehörten ebenso hierher wie die anderen Symbole seines Lebens.

Aber sie wusste, dass sie das nicht machen konnte. Sie hatte die Schublade notdürftig repariert und ihrer Mutter nicht gesagt, was William geschrieben hatte. Er war tot. Nicht mehr da. Was hatte es für einen Sinn, die Vergangenheit wieder heraufzubeschwören?

Je weniger man darüber redet, desto schneller kommt alles wieder in Ordnung.

Stella hob ein Blütenblatt auf, das zu Boden gefallen war, und legte es neben die Kerze. Die Flamme flackerte in einem leichten Windhauch. Sie brannte nicht gleichmäßig ab, und Stella bemerkte, dass an einer Seite Wachs heruntertropfte. Sie drehte sie um, um es auszugleichen. Dann ging sie aus dem Zimmer.

18

Stella hob das zerfledderte Telefonbuch vom Boden der Telefonzelle auf. Sie balancierte es auf dem Knie und blätterte die zerrissenen Seiten durch, bis sie die Nummer der Bank in St. Louis gefunden hatte.

In den letzten Tagen hatte Stella sich um Grace' Einkünfte gekümmert. Sie hatte herausgefunden, dass ihr eine – wenn auch bescheidene – Witwenrente zustand. Abzüglich der Kosten für Strom, Öl, Benzin, Versicherungen und Steuern blieb ihr so viel übrig, dass sie mit dem Geld auskommen konnte. Ungeplante Ausgaben oder Luxusartikel waren allerdings nicht darin enthalten. Das störte Stella jedoch nicht weiter, weil sie wusste, dass ihr Vater ein Sparkonto hatte. Da sie aber das Sparbuch nicht finden konnte und Grace überhaupt keine Ahnung von Williams finanziellen Vorkehrungen hatte, musste sie jetzt die Bank anrufen, um herauszufinden, wie viel Kapital Grace zur Verfügung stand.

Sie warf eine Münze in den Apparat und wählte die Nummer. Die junge Frau, die den Anruf entgegennahm, stellte sie zum Filialleiter, Mr. Wilson, durch. Stella erkannte den Namen sofort – Mr. Wilson leitete die Bank seit Jahren. Als sie noch ein Kind war, war er immer in die Schule gekommen und hatte den Kindern erklärt, wie wichtig es sei, dass sie ihr Taschengeld sparten. Das zweistöckige Bankgebäude überragte in St. Louis alles andere, wenn man einmal vom Rathaus absah.

Mr. Wilson meldete sich geschäftsmäßig, änderte jedoch seinen Tonfall sofort, als Stella ihren Namen nannte.

»Ah – ja. Entschuldigen Sie mich bitte eine Sekunde.« Stella hörte, wie der Mann aufstand und dem Geräusch nach zu urteilen die Tür zu seinem Büro zumachte. Dann kam er wieder ans Telefon. »Darf ich Ihnen und Mrs. Birchmore zunächst mein tief empfundenes Beileid aussprechen. Es war eine schreckliche Tragödie. Wenn wir Ihnen in irgendeiner Weise behilflich sein können …«

»Danke«, erwiderte Stella. »Ich möchte nur eine Information über die Ersparnisse meines Vaters.«

Der Mann schwieg kurz, dann sagte er: »Können Sie bei mir vorbeikommen? Ich möchte gerne persönlich mit Ihnen darüber sprechen.«

»Ich habe leider sehr viel zu tun«, erwiderte Stella. »Ich muss meine Arbeit wieder aufnehmen, und es gibt noch eine Menge zu erledigen …«

»Ich verstehe«, sagte Mr. Wilson. »Nun, wenn Sie einen Moment warten, kann ich Ihnen die gewünschte Information telefonisch geben.« Nach ein paar Minuten kam er zurück. »Ihr Vater hat – hatte – ein Sparkonto, auf dem sich neunhundertsechsundfünfzig Dollar und zwanzig Cents befinden.«

Stella packte den Hörer fester. »Das kann doch nicht alles sein, was er gespart hat!«

William hatte als Fischer zwar nie viel verdient, aber er hatte Wert darauf gelegt, dass ein großer Teil seines Schecks von der Fischfabrik auf sein Sparkonto ging. Seiner Familie erklärte er immer, dass die Birchmores sich im

Gegensatz zu anderen Leuten mit vielen Verwandten nur auf sich selbst verlassen konnten.

»Natürlich hatte er mehr Ersparnisse«, erwiderte Mr. Wilson. »Aber vor zehn Jahren hat er beschlossen, den Erbpachtvertrag über das Haus in Eigentumsrecht umzuwandeln. Es war teurer, als er erwartet hatte, und er musste natürlich auch noch Steuern und Notarkosten bezahlen. Es hat Jahre gedauert, bis der Vorgang abgeschlossen war.«

»Wollen Sie damit sagen, dass ihm Seven Oaks gar nicht gehört hat?«, fragte Stella. »Ich dachte, er hat es von dem Mann gekauft, der das Haus gebaut hat.«

»Nein, er hat lediglich einen Erbpachtvertrag über hundert Jahre erworben. Das machen viele Leute hier in der Gegend so, ohne einen weiteren Gedanken daran zu verschwenden. Aber William hat es gestört. Er war erst zufrieden, als Haus und Grundstück sein Eigentum waren.«

Stella nickte. Das passte zu William. Seven Oaks sollte für immer den Birchmores gehören – und nicht nur hundert Jahre lang.

»Ja, danke für die Auskunft«, sagte sie. »Ich muss mit meiner Mutter einen Finanzplan ausarbeiten, aber sie müsste eigentlich auch ohne Ersparnisse mit der Witwenrente auskommen.«

Mr. Wilsons Schreibtischstuhl knarrte, und er raschelte mit Papieren.

»So einfach ist es leider nicht«, erwiderte er langsam. »Williams Ersparnisse haben nur einen kleinen Teil des Kaufpreises abgedeckt, den er an die Regierung zahlen musste. Er hat einen beträchtlichen Kredit aufnehmen müssen, und für die Rückzahlung wird die Witwenrente nicht ausreichen. Es tut mir Leid, ich sage Ihnen das wirklich nur ungern.«

Stella starrte auf die schmierige Metalloberfläche des Telefons. Ihre Gedanken überschlugen sich.

»Was für Möglichkeiten haben wir denn?«, fragte sie. »Vielleicht könnten Sie die Zahlungen für eine Zeit lang aussetzen?«

»Selbstverständlich, wenn Ihnen das etwas nützt«, sagte Mr. Wilson. »Aber ich muss wissen, wie die Angelegenheit langfristig gelöst werden soll. Ich nehme an, William hat Ihnen keine anderen Vermögenswerte hinterlassen. Als wir damals den Kredit vereinbart haben, hatte er keine Lebensversicherung.« Mr. Wilson seufzte. »Das haben Fischer nie. Vermutlich glauben sie, damit das Schicksal herauszufordern, so als würden sie einen Handschuh ins Meer werfen. Was ist mit Ihnen? Haben Sie irgendwelche Mittel?«

»Nein«, erwiderte Stella. »Ich habe nichts.«

Nur eine Schreibmaschine, die ich im Ausland im Hotel gelassen habe. Ein paar alte Kleider. Und einen Nischenengel aus einem französischen Garten …

»Gibt es Verwandte, die helfen könnten?«, fragte Mr. Wilson.

Kurz dachte Stella an Daniel. Wenn er könnte, würde er auf jeden Fall seine Unterstützung anbieten. Aber er hatte ebenfalls kein Geld. Er wohnte zwar mit Miles in einem prächtigen alten Haus in Melbourne, aber das Gebäude und sogar die Einrichtung gehörten Miles' Familie. Die beiden Männer besaßen so gut wie nichts – sie sparten sich jedes Jahr eine Urlaubsreise zusammen, aber das war auch alles.

»Nein, leider nicht«, entgegnete Stella. »Da ist niemand.«

Mr. Wilson seufzte wieder. »Ich kenne diese Situation,

Stella. Es ist schlimm, wenn man zu der Trauer auch noch mit Schulden zu kämpfen hat. Ich würde Ihnen raten zu verkaufen. William war ein kluger Mann. Der Besitz ist heute doppelt so viel wert. Der Tourismus hat stark zugenommen, und Häuser am Meer, auch wenn sie so abgelegen sind wie Ihres, sind sehr gefragt. Ich kann Ihnen wirklich nur zum Verkauf raten.«

»Nein, nein«, erwiderte Stella. »Das könnte ich meiner Mutter nicht einmal vorschlagen …«

»Sie regt sich vielleicht zunächst über die Vorstellung auf«, erwiderte Mr. Wilson freundlich, »aber manchmal ist es für die Hinterbliebenen einfacher, ganz von vorne anzufangen. Ich habe es zwar noch nicht durchgerechnet, aber überlegen Sie doch einmal: Sie verkaufen den Besitz und kaufen Ihrer Mutter eine nette kleine Wohnung in St. Louis. Warm, leicht zu pflegen, gute Infrastruktur. Das restliche Geld investieren sie. Damit hat sie ein lebenslängliches Einkommen. Statt sich mühsam mit der Witwenrente allein durchzuschlagen, kann sie es sich leisten, einmal in der Woche zum Friseur zu gehen und gelegentlich in Urlaub zu fahren. Das ist doch kein schlechtes Szenario.«

»Ich glaube, Sie verstehen nicht«, sagte Stella. »Das gesamte Leben meiner Mutter dreht sich um dieses Haus. Sie könnte sich nie davon trennen.«

Mr. Wilson räusperte sich. »Ich will Ihnen nichts vormachen, Stella. Höchstwahrscheinlich haben Sie gar keine andere Wahl. Die Rückzahlungsraten betragen hundert Dollar pro Woche. Natürlich will ich sie nicht drängen. Sie können sich gerne ein paar Tage Zeit nehmen, um über die Situation nachzudenken. Und zumindest eine gute Nachricht habe ich für Sie: Ihre Mutter ist im Grundbuch ebenfalls als Eigentümerin eingetragen. Sie kann also jederzeit über das Haus verfügen, ohne dass es zu Verzögerungen kommt.«

Stella lehnte sich gegen die Scheibe der Telefonzelle und schloss die Augen. Was der Mann ihr vorschlug, klang sinnvoll. Niemand konnte von der Witwenrente allein leben, wenn er gleichzeitig eine Hypothek abzahlen musste. Und schließlich würde Grace sich ja keinen Job in der Fischfabrik oder dem Pub suchen …

»Hören Sie, Stella, ich kenne zufällig jemanden, der an Ihrem Haus sehr interessiert wäre«, fuhr Mr. Wilson fort. »Wenn Sie möchten, kann ich ihn zu Ihnen hinausschicken. Unverbindlich natürlich. Ich werde ihm die Situation erklären und ihn bitten, die Angelegenheit vertraulich zu behandeln.«

Stella rieb sich mit der Hand übers Gesicht. »Okay, schicken Sie ihn vorbei. Ich kann mir ja mal anhören, was er für das Haus bietet.«

»Das ist sehr vernünftig«, sagte Mr. Wilson.

Das fand Stella auch. Sie war sich sicher, dass es richtig war, zunächst einmal alle Fakten zu sammeln.

Es konnte nie schaden, Bescheid zu wissen.

Wallabys grasten auf den Weiden neben dem Weg. Stella lenkte den Lieferwagen mit der linken Hand und ließ den rechten Arm aus dem Fenster hängen. Das Metall war warm und glatt, und kühle Luft strich über ihre Haut. Sie fuhr über eine kleine Anhöhe, und vor ihr lag das Haus.

Ihr Blick glitt über die vertrauten Linien des Gebäudes. Das Dach warf einen langen Schatten über den Schuppen und die Wassertanks. Die Eiche an der Haustür hatte dicke grüne Knospen, die bereits aufgingen.

Weiter hinten an der Vorderseite des Hauses fiel Stella ein roter Fleck auf. Als sie näher kam, sah sie, dass es Grace' Strickjacke war. Ihre Mutter stand da mit Eimer und Schwamm in der Hand und putzte Fenster.

Stella parkte den Wagen, dann stieg sie aus und ging langsam auf Grace zu. Das Gesicht ihrer Mutter spiegelte sich in der fleckenlos sauberen Fensterscheibe. Grace betrachtete prüfend ihr Werk. Zufrieden lächelnd trat sie einen Schritt zurück.

Stella fühlte sich gar nicht wohl bei dem Gedanken, ihrer Mutter von dem Gespräch mit Mr. Wilson erzählen zu müssen. Sie lächelte gezwungen, als Grace sich zu ihr umdrehte. Grace hob grüßend die Hand, nahm den Schwamm und begann das nächste Fenster abzuwaschen.

Stella saß am Tisch und schälte Äpfel. Es waren die letzten aus dem Wintervorrat, und sie waren besonders schwer zu schälen. Die wächserne Haut war glatt, und das Fruchtfleisch war verschrumpelt und weich. Aber Grace hasste Verschwendung, und so verarbeitete sie diese Äpfel für die Soße zu »Mein eigener Schweinebraten«. Die dicke gelbe Masse würde in Gläser gefüllt – ordentlich beschriftet und datiert – und zu den übrigen ungegessenen Vorräten im Schuppen gestellt.

Als Stella am Nachmittag nach einer Ölkanne für den Lieferwagen gesucht hatte, hatte sie sich die endlosen Reihen von Gläsern angeschaut: rubinrote Himbeerkonfitüre; tintenschwarze eingelegte Walnüsse; sonnengelbe Marmelade; orange gefllecktes Tomatenrelish … Stella mochte gar nicht daran denken, was mit den vielen Lebensmitteln passierte, wenn jemand Seven Oaks kaufte und sie hier wegziehen müssten.

Sie ging weiter ihrer Aufgabe nach, wobei sie gelegentlich aufblickte, um ihre Mutter zu beobachten. Grace bewegte sich zwischen dem Herd und dem Tisch, auf dem das Rezeptbuch lag, hin und her. Ohne hinzuschauen, nahm sie einen Topflappen von seinem Haken an der Wand, griff in den Backofen und drehte eine Pastete, die auf dem mittleren Rost garte, um.

Das hier war ihre Domäne. Hier fühlte sie sich wohl.

Stella versuchte, sich ihre Mutter in einer anderen Küche vorzustellen – in einer kleineren, kompakteren, neueren Küche. Aber die Szene, die sie heraufbeschwor, erinnerte sie an ein Kinderbuch, das sie einmal besessen hatte: die Illustrationen waren nicht auf der gleichen Seite wie die Geschichte, zu der sie gehörten, und wirkten deshalb sinnlos und verloren.

Aber Grace konnte sich natürlich umgewöhnen, sagte sich Stella. Wenn sie es musste, würde es schon gehen … Stella hatte Flüchtlinge gesehen, die mit nichts als dem, was sie auf dem Leib trugen, gezwungen gewesen waren, in einem fremden Land neu anzufangen. Sie hatte Gefangene gesehen, die mit dem Leben in ausländischen Gefängnissen klarkommen mussten. Menschen waren immer stärker, als man vermutete, und oft überraschten sie sogar sich selbst.

Auch ein gebrochenes Herz hörte nicht einfach auf zu schlagen …

Plötzlich klopfte es. Überrascht drehte Stella sich um. Ein Mann stand am Küchenfenster – Stella kannte ihn nicht. Er war dunkelhaarig und trug einen Pullover mit Polokragen. Die Gläser seiner Sonnenbrille funkelten in der Nachmittagssonne.

Sie stand auf und trat rasch an die Seitentür. Glücklicherweise hatte Grace das Klopfen nicht gehört, weil sie sich gerade über den Backofen gebeugt hatte. Wer auch immer der Fremde sein mochte, Stella redete lieber zunächst einmal allein mit ihm. Sie ging nach draußen und schloss die Tür hinter sich.

»Ich hoffe, Sie verzeihen mir, dass ich einfach so ohne Anmeldung vorbeikomme«, sagte der Mann und streckte ihr die Hand entgegen. »Ich bin Clifford Beaumont.«

Stella schüttelte ihm die Hand.

»Mr. Wilson hat mir gesagt, dass Sie kein Telefon haben, und da ich gerade in der Gegend war, habe ich gedacht, ich komme einfach mal vorbei. Ich habe gehört, Sie wollen verkaufen?«

Stella blickte ihn überrascht an. Sie hatte nicht damit gerechnet, dass der Filialleiter seine Ankündigung so schnell wahr machte. Sie warf verstohlen einen Blick zum Küchenfenster, dann bedeutete sie dem Mann, ihr hinter den Holzstapel zu folgen. Ein wenig verwirrt ging er ihr nach, und als sie außer Hörweite waren, sagte sie zu ihm: »Meine Mutter weiß noch nichts davon. Ich muss es ihr schonend beibringen. Wenn Sie mir Ihre Telefonnummer geben, melde ich mich so bald wie möglich bei Ihnen, aber heute kann ich Ihnen das Haus leider nicht mehr zeigen.«

Der Mann lächelte und enthüllte dabei weiße, ebenmäßige Zähne. Seine ganze Erscheinung vermittelte Reichtum.

»Ich brauche mir nichts anzusehen«, erklärte er. »Wilson hat mir den Lageplan gezeigt.« Er drehte sich herum und blickte aufs Meer. Stella beobachtete ihn und wartete darauf, dass sein Gesichtsausdruck weicher wurde. Die meisten Menschen reagierten so auf die Schönheit der Landschaft. Aber er presste nur die Lippen zu einem dünnen Strich zusammen und nickte langsam. Den Ausdruck seiner Augen konnte Stella nicht erkennen, weil sie hinter der Sonnenbrille verborgen waren. Ihr zog sich der Magen zusammen. Sie redete nicht gerne mit Menschen, die ihre Augen verbargen. Das erinnerte sie an Soldaten, Leibwächter, Geheimpolizei – Männer, die sich hinter den verdunkelten Scheiben ihrer Autos versteckten.

»Das Grundstück reicht bis zum Wasser, oder?«, fragte Clifford.

»Ja«, erwiderte Stella, »vom Zaun am vorderen Tor aus. Es gibt auch einen kleinen Damm. Wir haben eine Senkgrube und einen Wassertank. Das Haus ist zwar nicht renoviert worden, aber sehr gepflegt.«

Clifford machte eine nachlässige Geste mit der Hand, als wolle er eine Fliege verscheuchen. »Das interessiert mich nicht.«

»Wie meinen Sie das?«, fragte Stella.

»Das Haus muss natürlich weg.«

Wenn sie am Holzstapel vorbeiblickte, konnte Stella die Schnauze eines silbernen Sportwagens erkennen. Es leuchtete ihr ein, dass ein Mann wie er nicht in einem so einfachen Haus leben wollte. Er würde es abreißen und ein neues bauen.

»Ich stelle mir hier acht, vielleicht auch zehn Strandhäuser vor«, erklärte Clifford. »Jedes mit großartigem Meerblick, Garten, Carport. Die Straße läuft hier entlang.« Clifford deutete mit dem Finger den Verlauf an, wobei sich herausstellte, dass die neue Straße mitten durch ihr Haus und Grace' Garten verlaufen würde.

Stella starrte ihn sprachlos an. Auf einmal stand ihr ein lebhaftes Bild vor Augen: Sie sah den Bulldozer, mit erhobener Schaufel, wie er alles niederriss, was ihm im Weg war. Sie hörte Holz splittern, Bäume stürzten um, und die Lilien wurden niedergewalzt.

»Das können Sie nicht machen!«, protestierte sie. Ihre Stimme klang hoch und dünn.

»Es tut mir Leid. Ich dachte, Wilson hätte es Ihnen gesagt. Ich dachte, Sie wüssten es.« Clifford nahm die Sonnenbrille ab und blickte Stella scharf an. »Ich kann Ihnen nur aus einem einzigen Grund so ein gutes Angebot machen. Das ist ein erstklassiges Baugrundstück. Das Haus selbst ist nichts wert.«

Stella erwiderte seinen Blick nicht. Sie betrachtete den Garten, den der Mann zerstören wollte. Irgendwo dort lagen die Knochen eines winzigen Babys.

»Es steht nicht zum Verkauf«, sagte Stella ruhig. Sie hob das Kinn und wiederholte in festerem Tonfall: »Ich habe meine Meinung geändert. Seven Oaks ist nicht zu verkaufen.«

Clifford berührte sie an der Schulter, zog jedoch seine Hand weg, als Stella zusammenzuckte. »Ich verstehe. Sie brauchen Zeit, um sich an die Vorstellung zu gewöhnen. Schließlich waren Sie als Kind hier zu Hause. Aber Sie werden sehen: wenn Sie erst mein offizielles Angebot in Händen halten, können Sie nicht mehr ablehnen. Ich gebe Ihnen ein paar Tage Zeit und komme dann wieder.«

»Nein, Sie brauchen sich nicht zu bemühen«, sagte Stella. »Sie verschwenden Ihre Zeit.« Sie sprach leise, damit Grace nichts hörte.

Clifford trat einen Schritt zurück. Sein Blick flackerte. »Das nächste Mal möchte ich Ihre Mutter kennen lernen und mit ihr sprechen.«

»Kommen Sie nicht wieder«, sagte Stella. Die Beharrlichkeit des Mannes ärgerte sie. »Ich möchte Sie hier nicht mehr sehen.«

Clifford öffnete den Mund, um etwas zu erwidern, besann sich jedoch dann eines Besseren. Er setzte seine Sonnenbrille wieder auf und ging zu seinem Auto. Kurz darauf hörte Stella, wie er den Motor anließ, ein sattes Schnurren, das sich bald schon in der Ferne verlor.

Stella holte tief Luft, um sich zu beruhigen. Sie blickte auf das Meer, das gegen die grauen Steinblöcke schlug. Smaragdgrüne Boobyallas wuchsen fast direkt am Wasser. Die Büsche standen hier schon seit Generationen, dachte sie. Stürme und Überschwemmungen, das Kommen und Gehen der Menschen hatten ihnen nichts anhaben können. Das Meer, die Felsen und das Land hatten vor Jahrhunderten, als die Aborigines hier noch lebten, genauso ausgesehen.

Und auch, als das Haus gebaut worden war.

Und in jener Nacht, als William mit einem kleinen Bündel in der Hand und einem Spaten in den mondbeschienenen Garten hinausgegangen war. In jener Nacht, als er unabsichtlich das Band seiner Familie mit diesem Flecken Erde besiegelt hatte.

Stella blickte über Grace' Garten. Und sie wusste es. Dies war geheiligter Grund, wie der Friedhof des Pfarrers.

Ganz gleich, wie lange es dauerte und wie viel es kostete, Stella musste hier bleiben, bis sie sicher war, dass sie Seven Oaks behalten konnten.

Grace blickte auf, als Stella in die Küche trat.

»Ich habe ein Auto gehört«, sagte sie.

»Das war nur ein Mann, der sich verfahren hatte.«

Grace ergriff ihren Holzlöffel und begann im Eintopf zu rühren.

»Warte, Mum. Ich muss mit dir reden. Hör auf zu kochen«, befahl Stella. Grace sah sie überrascht an, und Stella war klar, dass sie sich anhörte wie William, wenn er die Leute herumkommandierte. Ihre Mutter schob den Topf auf die kühlere Seite des Herdes und wandte sich zu Stella.

»Weißt du …« Sie brach ab. »Hat William dir gesagt, wo er mein Baby begraben hat?«

Erschrecken zeigte sich auf Grace' Gesicht. Sie bewegte lautlos die Lippen, als wolle sie etwas erwidern. Dann schüttelte sie den Kopf.

»Wenn du es weißt, musst du es mir sagen«, forderte Stella.

»Ich weiß es aber nicht«, erwiderte Grace. »Er hat es mir nie gesagt.«

»Bitte. Irgendetwas musst du doch wissen«, flüsterte Stella. Aber tief im Innern spürte sie bereits die Hoffnungslosigkeit. Warum glaubte sie, Grace könne ihre Frage beantworten? Wissen war Macht, und William hatte sein Geheimnis bestimmt bewahrt. Und Grace, Grace hatte nicht versucht, es ihm zu entlocken. Kurz flammte Wut in ihr auf, aber sie erstarb sofort wieder. Ihre Verzweiflung war zu groß. »Du wolltest es nicht wissen. Es war dir egal!«

Sie schwiegen beide, und man hörte nur das Rauschen des Meeres. Dann holte Grace tief Luft. Sie hielt den Blick gesenkt, und als sie sprach, kamen die Worte langsam und gedehnt, wie von weit her.

»Als du weg warst, habe ich aufgehört, im Garten zu arbeiten. Immer wenn ich meinen Spaten in die Erde stieß, hatte ich Angst, etwas zu finden. Ich bat William, mir zu sagen, wo das Grab war, damit ich mich davon fern halten konnte. Aber er weigerte sich.« Sie betrachtete ihre Hände, die immer noch den Holzlöffel hielten. »Aber in Wahrheit hatte ich gar keine Angst. Ich wollte nur nicht unwissentlich das Grab beschädigen. Er sollte in Frieden ruhen. Und ich wollte auch Blumen dort pflanzen. Aber das hätte William nie erlaubt. Dein Vater konnte es nicht ertragen, an das Geschehene erinnert zu werden. An das, was wir dir angetan haben …«

Grace hob den Kopf. »Ich blieb lange Zeit drinnen, und schließlich gab William nach. Er sagte jedoch nur, er könne mir versprechen, dass ich nicht zufällig auf die Stelle stoßen würde. Danach grub ich nur dort um, wo meine Pflanzen bereits wuchsen.«

Grace blickte aus dem Fenster. Ihre Augen waren gerötet. Stella folgte ihrem Blick. Der Garten lag in der Abendsonne, die alles deutlicher hervortreten ließ – halb im Schatten, halb im Licht.

Wie auf ein Zeichen standen sie auf und gingen langsam in den Garten. Wie Spinks' Freiwillige teilten sie das Grundstück in Sektoren auf und inspizierten jedes Stück Land außerhalb der Blumen- und Gemüsebeete. Dort suchten sie vor allem nach Flecken, wo Unkraut wucherte – die Art von Pflanzen, die sich nach dem Umgraben ansiedeln. Auf der Suche nach irgendeinem Anzeichen für ein Grab begannen sie, es auszuzupfen. Irgendwo musste ein Stein oder ein schweres Stück Holz liegen, irgendetwas, das William auf die frisch umgegrabene Erde gelegt hatte, damit Tasmanische Teufel oder streunende Hunde die Grube nicht wieder aufbuddelten. Der Garten war zwar eingezäunt, aber es konnte immer vorkommen, dass eine Zaunlatte kaputt war oder das Tor offen stand.

Der Duft nach frischer Erde, zerbrochenen Stängeln

und abgerissenen Blättern hing in der Luft. Bald schon lag ein ganzer Berg von Unkraut da, zusammen mit Glasscherben und kaputten Pflanzentabletts. Sogar eine gelbe Plastikente fand sich wieder, mit der Stella früher in der Badewanne gespielt hatte.

Stella richtete sich auf und rieb sich den schmerzenden Rücken. Die Sonne war im Meer untergegangen, und es wurde langsam kühl. Die letzten Möwen waren zu ihren Nistplätzen geflogen. Bald schon würde es dunkel sein, sodass sie nichts mehr erkennen konnten. Aber Stella wollte die Suche nicht schon wieder aufgeben, kaum dass sie damit begonnen hatte.

Als ob sie die Gedanken ihrer Tochter lesen könnte, ging Grace in den Schuppen und kam kurz darauf mit zwei Kerosinlampen wieder. Blaugelbe Flämmchen flackerten in den von Ruß geschwärzten Glasbehältern.

Sie arbeiteten weiter, und die Lampen warfen einen hellen, gelben Schein auf den Boden. Am Zaun kamen sie an ein Brombeergestrüpp. Vor Jahrzehnten waren dort einmal ein paar Setzlinge gepflanzt worden, damit sie Beeren für Tante Janes Sommerpudding hatten. Aber als Grace mit der Zeit nicht mehr den ganzen Garten pflegen und bearbeiten konnte, hatten sie die ganze Ecke überwuchert. Stella holte Lederhandschuhe und Gartenscheren aus dem Schuppen, und sie begannen, das Dickicht herunterzuschneiden. Immer wieder streiften Dornen ihre Arme und hinterließen lange, blutige Kratzer auf der Haut.

Stella schlug nach den Mücken, die um sie herumsirrten. Vor ihr schnitt Grace gerade eine Schneise in die Sträucher. Plötzlich hielt sie inne. Eine Weile blieb sie reglos stehen, dann trat sie langsam einen Schritt zurück.

Ein kleines Kreuz lag auf dem Boden.

Stella schob ihre Mutter beiseite und kniete sich davor. Grace hielt die Lampe hoch, damit sie besser sehen konnte.

Das Kreuz war grob gezimmert aus zwei schmalen Brettern, die mit einem rostigen Nagel verbunden waren. Man sah noch schwache Spuren einer Zahl. 1976.

Grace sagte leise: »Das hat William gemacht. Er hat es gemacht …«

Stella zog sich die Handschuhe aus und griff nach dem kleinen Kreuz. Vorsichtig löste sie es aus den Ranken. Darunter lag – halb verborgen unter Unkraut – ein Stein.

Mit zitternden Fingern zupfte Stella es aus, und ein Granitei wurde sichtbar. Der Stein stammte vom Strand, die Brandung hatte ihn glatt und rund geschliffen. Hier jedoch, im Schatten des Brombeerstrauchs, hatte die Erde von ihm Besitz ergriffen; Moos und Flechten wuchsen darauf und überzogen ihn mit silbrigem Grün. Stella fuhr mit den Fingern über die moosige Oberfläche. Sie wappnete sich gegen die Traurigkeit, die sie sicher gleich überschwemmen würde, das Gefühl des Verlusts, der Angst, der Schuld … Stattdessen jedoch war ihr, als sei ihr eine Last genommen worden, als sei all ihre Qual in den Stein geflossen.

Grace legte ihr die Hand auf die Schulter, und als Stella aufblickte, sah sie, dass die Augen ihrer Mutter feucht schimmerten. Sie kniete sich neben Stella, und beide betrachteten sie das Grab.

Dann wandte Stella sich zu ihrer Mutter. Im gelben Schein der Lampe sah sie wunderschön aus, wie eine junge Frau mit Hoffnungen und Träumen. Die Tränen liefen ihr über die Wangen, und ihre Lippen bebten. Aber sie lächelte Stella an.

»Wir haben ihn gefunden«, sagte sie leise.

Der Wind zerzauste ihre Haare, und das Meer schlug rauschend gegen die Felsen an der Küste. Am Himmel ging der Mond auf und legte seinen silbernen Schleier über sie.

Grace saß am Tisch im Seezimmer und beugte sich über das Wetterjournal. Sie hatte die Lampe so dicht zu sich herangezogen, dass ihr Schein direkt auf die handgeschriebenen Seiten fiel.

Stella saß ihrer Mutter gegenüber und beobachtete die widerstreitenden Gefühle, die sich im Gesicht der Frau spiegelten, während sie die von Stella markierten Einträge las.

»Du wusstest nicht, dass es ihm Leid getan hat, oder?«, fragte Stella ihre Mutter.

Grace schüttelte den Kopf. »Als du fort warst, war er niedergeschmettert, aber er beharrte immer noch darauf, dass wir das Richtige getan hätten. Ich sah es anders. Ich bedauerte die Rolle, die ich dabei gespielt habe – noch bevor du gegangen bist. Aber ich konnte nichts daran ändern …« Grace umklammerte die Tischkante fest mit beiden Händen. »Ich war so wütend auf ihn – und auf mich auch –, dass ich nicht mit ihm darüber sprechen wollte und das Thema komplett vermied. Natürlich haben wir über dich gesprochen, über die Nachrichten, die Daniel uns zukommen ließ, über das, was du in deinen Briefen geschrieben hast, aber die Vergangenheit erwähnten wir nie. Sie war wie eine oberflächlich verheilte Wunde, die jederzeit wieder aufbrechen konnte. Wenn man nicht daran rührte, war es in Ordnung, aber sie zu berühren schmerzte viel zu sehr …«

Grace brach ab. Ihre Augen war dunkel vor Schmerz. Stella blickte sie schweigend an. Auch sie empfand Schmerz – aber er war scharf und lebendig, nicht wie die dumpfe Starre, mit der sie so lange gelebt hatte.

»Ich wusste nicht, dass er eine Entschuldigung aufgeschrieben hatte«, fuhr Grace fort. »Oder es zumindest versucht hat …« Sie schüttelte den Kopf. »Ich konnte mir nicht vorstellen, dass er seinen Fehler jemals eingesehen hat.«

Sie wandte den Kopf zum Fenster. Draußen schlug ein Ast ans Haus. Dann beugte sie sich über den Tisch und blickte Stella eindringlich an. »Ich habe William immer die Schuld für unser – und für dein – Leben gegeben. Aber du hattest Recht mit dem, was du zu mir gesagt hast, als ich im Schlafzimmer auf dem Bett gelegen habe. Ich war diejenige, die dich im Stich gelassen hat. Ich war diejenige, die dich hätte verstehen sollen. Ich erwarte nicht, dass du mir verzeihst, ich habe mir ja selbst nicht verziehen. Aber du sollst wissen, wie Leid es mir tut.«

Sie senkte den Blick, und ihre Schultern sanken nach vorne, als könne sie die Last ihres Kummers nicht mehr tragen. Stella wandte den Blick ab. Sie wusste nicht, was sie nach all den Jahren zu den Worten ihrer Mutter sagen sollte. Aber Grace streckte die Hand nach ihr aus, und zuerst verschränkten sich ihre Finger auf der Tischplatte. Dann erhob sich Grace und breitete die Arme aus. Stella stand ebenfalls auf, aber als ihre Mutter sie an sich zog, spürte sie, wie ihr ganzer Körper steif wurde. So lange hatte sie niemand mehr im Arm gehalten. Ihre Arme hingen schlaff herunter, aber Grace ließ sich nicht beirren und hielt sie ganz fest.

Nach und nach entspannte sich Stella und schmiegte

sich in die Umarmung. Sie hob die Hände und umfasste ihre Mutter, der sie so lange nicht mehr nahe gewesen war.

Lange standen sie eng umschlungen da. Schließlich löste Grace sich von ihr, aber ihre Berührung blieb auf Stellas Körper zurück, als habe sich ein helles Muster dort eingeprägt.

19

Im weichen Licht der Morgendämmerung wirkte das Holzkreuz klein und zerbrechlich. Dornige Ranken bedrängten es, als ob die Brombeeren gestern Nacht sofort wieder gewachsen waren, nachdem Stella und Grace das Grab verlassen hatten.

Stella stand ganz still und blickte auf das Grab. William hatte das Datum sorgfältig auf das Kreuz gemalt. Sie stellte sich vor, wie ihr Vater es zusammengezimmert und dann heimlich in den Boden gesteckt hatte. Ob die Brombeersträucher damals auch schon so dicht gewachsen waren? Oder war erst im Lauf der Zeit alles zugewuchert? Ob William wohl begriffen hatte, dass es sich nicht nur um das Grab eines Babys, sondern um das seines Enkels handelte? Wieder spürte sie ganz deutlich den Verlust. Er war nicht mehr da. Sie würde es nie erfahren.

Sie kniete sich auf die taufeuchte Erde und berührte die glatte Oberfläche des Steins. Die Erkenntnis durchzuckte sie, dass sie vielleicht nie mehr hierher gekommen wäre, wenn William nicht verschollen gewesen wäre.

Sie kniete immer noch da, als die Sonne schon lange, blasse Schatten über den Boden warf. Eine frische Brise brachte den Duft von Salz und Seetang mit sich. Nach einer Weile hörte sie Schritte, und als sie sich umdrehte, sah sie eine Gestalt auf sich zukommen. Sie erkannte ihre Mutter nicht sofort, da sie Hose und Hemd und einen breitkrempigen Fischerhut trug. Die Sachen waren zwar alt, aber sauber und gebügelt. Offensichtlich hatte Grace sie aus Williams Schrank genommen.

Sie trat neben Stella und blickte auf das Grab. »Die Brombeeren müssen weg«, sagte sie. »Wir müssen die Wurzeln ausgraben, sonst wuchern sie weiter.«

Die beiden zogen ihre Handschuhe an und nahmen die Arbeit in Angriff. Sie kamen nur langsam voran, und es war schwer, weil die Ranken jahrelang ungehindert gewuchert waren, und ein dichtes Gewirr von toten Dornenzweigen den Boden bedeckte. Je weiter der Vormittag jedoch voranschritt, desto mehr Erde legten sie frei. Da nie Sonne dorthin gelangt war, war sie feucht und mit weißen Pilzen bedeckt.

Schließlich waren alle Sträucher an den Wurzeln abgeschnitten. Grace begann, die stacheligen Zweige zu einem Haufen aufzuschichten, um sie zu verbrennen, während Stella sich daranmachte, die Wurzelstöcke auszugraben.

Die Wurzeln gingen tief, und Stella musste sie mit einer Gabel lockern und dann mit der Hand herausziehen. Der Schweiß lief ihr übers Gesicht, aber sie ließ nicht locker und hielt nur ab und zu inne, um den Stein und das hölzerne Kreuz zu betrachten,

Gegen Mittag verschwand Grace im Haus und kam nach ein paar Minuten mit zwei Gläsern und einem Glaskrug mit eisgekühlter Limonade wieder zurück. Stella trank schnell drei große Schlucke, um ihren Durst zu stillen, dann jedoch genoss sie den Geschmack nach Zitrone und Minze. Es schmeckte frisch und lebendig wie der Frühling.

Als Grace die Gläser wieder hineintrug, betrachtete Stella die nackte Erde, die jetzt das Grab umgab. Sie wollte hier Blumen pflanzen, die zu jeder Jahreszeit blühten. Grace' Lilien natürlich, aber auch andere Blumen in kräftigen, kühnen Farben – gelb, rot, violett, orange. Und blau, so blau wie Kornblumen.

Das Blau von Zephs Kuppel, die in den Himmel ragte.

Stella schloss die Augen und sah Zeph vor sich. Es war der Zeph aus der Vergangenheit, mit seinen langen, salzgebleichten Haaren, dem tropfenförmigen Stein, der an einer Lederschnur um seinen gebräunten Hals hing.

Plötzlich sehnte sie sich nach diesem Zeph mit einer Heftigkeit, die ihr den Atem nahm.

Sie wollte ihn hierher bringen und ihm das Grab zeigen. Ihm alles erzählen, was passiert war. Sie stellte sich vor, wie er sie in die Arme nahm. Wie leicht und frei würde sie sich dann fühlen, wenn sie den Schmerz tief in ihrem Innern mit ihm teilen könnte.

Aber der Junge war fortgesegelt. Ein neuer Zeph war zurückgekehrt – schmerzlich vertraut und doch ein Fremder.

Und doch hatten sie Spinks gegenüber die gleichen Worte gewählt, als er gefragt hatte, ob sie einander kannten.

Sie hatten sich vor langer Zeit gekannt. Mit heute jedoch hatte das nichts zu tun.

Stella riss sich aus ihren Gedanken und wandte sich wieder der Arbeit zu. Sie stemmte die Gabel gegen einen Wurzelstock und lockerte ihn so weit, dass sie ihn mit beiden Händen herausziehen konnte. Verbissen und ohne Pause arbeitete sie weiter.

Am Ende des Tages waren sie fertig, und von den Brombeeren war nichts mehr zu sehen. Das Unkraut war ausgezupft, und sie hatten die Erde sauber geharkt. Von drei Haufen mit Gestrüpp stieg dicker brauner Rauch auf. Grace und Stella standen nebeneinander und betrachteten ihr Werk.

»Wir sollten so schnell wie möglich pflanzen«, sagte Grace. »Dann kann es dieses Frühjahr noch wachsen.«

Stella nickte, erwiderte jedoch nichts. Sie dachte daran, wie Clifford, der Bauunternehmer, nicht weit von dieser Stelle entfernt gestanden und ihr seine Vision erläutert hatte.

Acht – vielleicht zehn – Strandhäuser …

Sie warf Grace einen Blick zu. Ihre Mutter wirkte müde. Es war wohl nicht der richtige Zeitpunkt, um ihr zu erzählen, dass Seven Oaks bedroht war. Andererseits musste sie es irgendwann ja aussprechen …

»Mum …«, sagte sie zögernd.

Grace nickte abwesend. Sie blickte immer noch auf das kleine Grab.

»Wir haben kein Geld«, fuhr Stella fort. »William hat keine Ersparnisse hinterlassen.«

Grace runzelte verwirrt die Stirn, aber dann machte sie eine abfällige Handbewegung. »Ach, ich komme schon irgendwie zurecht. Ich brauche mir ja keine teuren Dinge zu kaufen.« Sie blickte Stella an. »Du hast doch gesagt, ich bekomme Witwenrente.«

»Ja, das stimmt auch«, erwiderte Stella. »Aber es reicht nicht.«

Sie holte tief Luft. Dann erklärte sie ihrer Mutter, dass William einen Kredit aufgenommen hatte und dass Seven Oaks jetzt in Gefahr war.

Grace hörte kopfschüttelnd zu, schien aber die Tragweite der Information nicht wirklich zu begreifen. Schließlich musste Stella deutlich werden.

»Die Bank wird dich drängen, das Haus zu verkaufen. Erinnerst du dich noch an das Auto, das gestern hier auftauchte? Das war ein Bauunternehmer. Er möchte das Anwesen kaufen. Der Filialleiter von der Bank hat ihn hierher geschickt. Er will das Haus abreißen und den Garten niederwalzen, Mum. Alles hier soll zerstört werden.«

Grace blickte Stella fassungslos an. »Das kann nicht wahr sein«, flüsterte sie. Ihre Augen weiteten sich vor Entsetzen.

»Doch, es stimmt«, erwiderte Stella.

Grace schlug die Hand vor den Mund.

Stella wartete einen Moment, dann berührte sie ihre Mutter am Arm. »Könnte irgendjemand aus deiner Familie helfen? Daniel würde sicher einspringen, aber er hat kein Geld. Wenn du dich vielleicht an deine Eltern wenden würdest …«

»Nein. Nein. Wie könnte ich?« Eine Mischung aus Wut und Traurigkeit stand Grace im Gesicht geschrieben. »William hat mir noch nicht einmal erlaubt zu schreiben. Ich kann mich doch nicht nach all diesen Jahren melden – und sie dann um Geld bitten!«

»Nun, könntest du dich dann an jemand anderen wenden?«, fragte Stella. »Käme sonst noch jemand in Frage?« Sie versuchte, Hoffnung in ihre Stimme zu legen, rechnete jedoch nicht mit einer positiven Antwort.

Grace schüttelte den Kopf. »Nein, da gibt es niemanden.«

Grace blickte zu Boden und schwieg, und Stella spürte, wie sie versuchte, die Neuigkeiten zu verdauen. Einfach war es für sie bestimmt nicht. Grace hatte über dreißig Jahre lang mit einem Mann verbracht, der jede wichtige Entscheidung allein getroffen hatte. Und jetzt, wo er tot war, war Grace wie ein Schmetterling, der frisch aus seinem Kokon geschlüpft war. Ihre Flügel waren feucht und zerbrechlich, und ihre Beine trugen sie noch nicht.

Als sie schließlich ihre Tochter anblickte, waren ihre Augen dunkel vor Sorge, aber ihre Stimme war fest.

»Was kann ich tun?«, fragte sie. »Irgendetwas muss ich doch tun können. Du musst ja bald weg. Auf dich wartet deine Arbeit.«

Stella schüttelte den Kopf. »Nein«, erwiderte sie. »Ich bleibe hier. Das stehen wir zusammen durch.«

Grace blickte sie verwirrt an.

»Ich bleibe so lange hier, wie es nötig ist«, fügte Stella hinzu. »Ich fahre erst, wenn ich sicher bin, dass du zurechtkommst – und dass Seven Oaks gerettet ist.«

Grace erwiderte erstaunt: »Aber das kannst du doch nicht. Du musst an dein eigenes Leben denken.«

»Ich will hier bleiben«, sagte Stella fest. »Ich werde Lorna anrufen und das Ticket stornieren, das sie gebucht hat.«

Grace schüttelte staunend den Kopf. Dankbarkeit und Erleichterung zeichneten sich auf ihrem Gesicht ab. Dann jedoch fragte sie besorgt: »Hast du eine Ahnung, was wir tun können?«

Stella seufzte. »Darüber habe ich schon die ganze Zeit nachgedacht, seit ich mit der Bank gesprochen habe. Bis jetzt ist mir nichts eingefallen. Natürlich könnte ich von hier aus ein paar Storys verkaufen, aber langfristig ist das keine Lösung. Ich habe auch schon daran gedacht, mir einen Job zu besorgen. In der Fischfabrik, zum Beispiel –

aber die stellen hauptsächlich junge Mädchen ein, weil sie ihnen nicht so viel zahlen müssen.«

»Vielleicht gibt es ja in St. Louis was«, meinte Grace.

»Daran habe ich auch gedacht«, erwiderte Stella. »Aber ich habe auch nicht viele Möglichkeiten. Ich kann schreiben. Ich kann tippen und ein bisschen Steno. Mehr nicht.«

»Nein, ich meinte ja auch für mich«, warf Grace ein.

Stella lächelte. Ihre Mutter hatte in ihrem ganzen Leben noch keinen Job gehabt. Sie beherrschte nur die Arbeit einer Hausfrau – gärtnern, putzen, nähen, kochen ... Stella ergriff die Hand ihrer Mutter, eine Geste, die ihr mittlerweile leicht fiel. »Mach dir keine Sorgen, uns fällt schon noch etwas ein.«

Am nächsten Morgen ging Stella schon früh nach draußen, um Brennholz zu hacken. Die Sonne strahlte noch keine Wärme aus, und Stella fröstelte in dem kühlen Wind, der vom Meer kam.

Das Feuerholz mit der Axt durchzuschlagen war eine befriedigende Aufgabe. Stella musste lediglich auf ihre Finger aufpassen. Als die Kiste fast voll war, hörte sie auf einmal ein Auto näher kommen.

Sie ging in die Einfahrt, die Axt noch in der Hand. Falls es der Bauunternehmer war, der erneut versuchen wollte, ihr das Anwesen abzuschwatzen, würde sie ihm noch nicht einmal die Chance geben, aus seinem schicken Auto auszusteigen.

Schließlich kam ein alter blauer Kombi in Sicht. Ein Arm streckte sich aus dem Fenster und schwenkte eine große orangefarbene Languste. Stella erkannte Joe hinter dem Steuer. Er hielt so knapp vor ihr an, dass die Beine der Languste beinahe ihr Gesicht streiften.

»Hier, nimm sie«, rief der alte Mann. Als er den Motor ausschaltete, spuckte dieser noch ein paar Mal, bevor er endgültig ausging.

Stella packte den stacheligen Körper der Languste mit beiden Händen. Sie wog bestimmt mehrere Kilo.

»Einer der Jungs hat sie mir gegeben«, erklärte Joe und stieg aus dem Wagen. »Der Oktopus ist dran gewesen, aber sie ist absolut in Ordnung. Ich habe sie sofort gekocht.« Er warf Stella einen Blick von der Seite zu. »Ich weiß ja, dass William nie Langusten mit nach Hause genommen hat. Er mochte ja nichts essen, was aus dem Meer kam. Aber jetzt ist er tot, und ich dachte, du und Grace, ihr wollt vielleicht …« Er brach ab und blickte sie fragend an.

Stella lächelte. »Danke. Ich liebe Langusten. Und seit ich hier bin, habe ich noch keine gegessen.«

Joe griff in seinen Wagen. »Ich habe auch noch Muscheln. Die solltet ihr frisch essen. Wenn ich die Wahl hätte, würde ich die Languste in die Tiefkühltruhe packen.«

»Okay, dann mache ich das«, sagte Stella. Dann fiel ihr jedoch ein, dass Grace' Tiefkühltruhe so voll mit ihren eigenen Produkten war, dass die Languste nie im Leben hineinpassen würde. »Hast du eine Tiefkühltruhe auf der *Grand Lady*?«, fragte sie Joe.

»Ja, klar, das ist schließlich ein Fischkutter.«

»Gut«, erwiderte Stella. »Dann komm mal mit.«

Stella blinzelte, als sie in den Schuppen traten, um sich an das Dämmerlicht zu gewöhnen. Dann legte sie die Languste auf die Werkbank. Sie schnappte sich eine leere Fischkiste und winkte Joe zu sich an die Tiefkühltruhe.

»Das meiste von diesem Zeug werden wir nie essen«, erklärte sie. »Sag mir einfach, was du haben willst.« Sie hob den Deckel und las ihm vor, was auf den Aufklebern stand.

»Eier- und Schinkenpastete? Ernteeintopf? Napfkuchen? Davon gibt es zehn Stück ...«

Joe nickte eifrig. »Oh, ja«, sagte er. »Wunderbar ...« Er nahm die gefrorenen Päckchen entgegen und stapelte sie in die Fischkiste. Während sie sich durch die oberste Schicht arbeitete, blickte er ihr staunend über die Schulter, als ob die Tiefkühltruhe Aladins Höhle voller unvorstellbarer Schätze sei.

»Heute ist mein Glückstag«, sagte er immer wieder.

Als die Kiste voll war, hob Joe sie auf die Schulter.

»Fahr sofort aufs Schiff und pack die Sachen in deinen Tiefkühler«, riet Stella ihm. »Wenn sie erst einmal auftauen, musst du alles auf einmal aufessen.«

Joe kicherte bei dem Gedanken. »Sag mir Bescheid, wie Grace die Languste geschmeckt hat«, sagte er zum Abschied. »Wenn sie Geschmack daran findet, bringe ich euch noch mehr.«

Stella blieb im Schuppen zurück und hörte, wie der Kombi draußen losfuhr. Lächelnd dachte sie daran, dass Joe immer schon dankbar für die Reste gewesen war.

»Deine Mum ist die beste Köchin in Tasmanien«, pflegte er immer zu sagen.

Der alte Mann war nicht der Einzige gewesen, der in den Genuss von Grace' Kochkünsten gekommen war, erinnerte sich Stella. Manchmal hatte ihr Vater auch anderen allein stehenden Fischern, deren Vorräte auf dem Schiff nur aus Doseneintopf und einem Sack Kartoffeln bestanden, etwas abgegeben. Sie hatten immer gesagt, das sei, abgesehen vom Essen im Pub, das einzige anständige Essen, das sie je zwischen die Zähne bekamen.

Und im Pub gab es jetzt nur noch Chips, Nüsse und Getränke.

Nachdenklich starrte Stella in die grauen Schatten. Auf der anderen Seite des Schuppens standen die Regale voll mit Gläsern mit Eingemachtem, Pickles und Marmelade. Ihr Blick glitt über die Regale zu den Einlegebrettern des Esstischs, und sie dachte an den großen Besteckkasten der Familie Boyd, den sie vor vielen Jahren hier gefunden hatte.

Eine Idee kam ihr, und sie sah alles ganz deutlich vor sich.

Der lange Tisch, gedeckt mit Grace' Besteck, das in der Sonne im Seezimmer funkelte. Ein großer Stapel Teller. Platten und Schüsseln mit dampfenden Gerichten; zartes Fleisch und Gartengemüse; herzhafte Eintöpfe; goldgelb überbackene Pasteten und hausgemachtes Brot, noch warm aus dem Ofen.

Eine Festtafel mit Blick auf den Ozean.

»Ein Café.«

Die Worte hallten in dem stillen Raum wider. Stella ließ erst gar keine Zweifel aufkommen und begann sofort, einen Plan zu entwickeln.

Sie dachte nicht an ein Café, wie es sie in Sydney oder Hobart gab. Sie stellte sich eher so etwas vor, wie sie es an abgelegenen Orten auf der ganzen Welt vorgefunden hatte, nämlich Familienesstische, die der Öffentlichkeit zugänglich gemacht wurden. Es gab kein kompliziertes Menü, sondern die Gäste zahlten eine Gebühr und aßen dann das, was es auch in der Familie zu essen gab.

Manche dieser Einrichtungen waren schmutzig, und es war für einen Reisenden nicht ungefährlich, dort zu essen. Andere waren sauber und freundlich, und sie boten einfache, gute Gerichte an. Aber gelegentlich hatte Stella auch überraschende, wundervolle Mahlzeiten in einer Umgebung genossen, die ihr im Gedächtnis geblieben war. Da war zum Beispiel das Höhlen-Café in der Nähe eines Hindu-Schreins an der Quelle des Ganges. Ein uralter Sadhu – dessen Gesicht mit Asche beschmiert war – mit verfilzten Locken hatte Stella nicht aus den Augen gelassen. Neben ihr hatte ein kleiner Junge gehockt, der Gewürze in einem Steinmörser zerrieb und sie dann über offenem Feuer röstete. Das Kind hatte ein duftendes Curry aus *dhal* und Gemüse, das von Safran goldgelb schimmerte, gekocht. Es hatte sauber und frisch geschmeckt wie das kristallklare Quellwasser des Ganges, das an ihnen vorbeifloss, und die schneebedeckten Gipfel des Himalaya am Horizont.

Und dann das Farm-Café in einem abgelegenen Ort in Massachusetts. Ein handgemaltes Schild am Highway versprach »*Gute Hausmannskost. Ahornsirup aus Vermont*«. Das Café wurde von zwei alten Damen geführt, die gleich angezogen waren. Die eine Frau hatte vor dem Essen gebetet; die andere hatte serviert. Dann hatten sie sich mit Stella an den Tisch gesetzt und ihr beim Essen zugesehen, das so reichlich und herzhaft war wie die Einrichtung spärlich.

In einer Oase mitten in einer afrikanischen Wüste waren Stella Weizenkuchen angeboten worden, deren warme, braune Kruste den gleichen Farbton hatte wie der Sand, der in der Sonne glitzerte. In einem Filzzelt hatte sie gezuckerten Tee getrunken und mit Kräutern angerichteten Stutenmilchkäse gegessen.

Es gab so viele solcher Cafés überall auf der Welt, und sie befanden sich an Orten, wo sie nicht mit anderen, »echten« Lokalen konkurrieren mussten. Orte, an denen man sonst nichts zu essen bekam – wie in Halfmoon Bay.

Stella ging auf und ab. Tausend Fragen kreisten in ihrem Kopf.

Was für Gäste würden kommen? Wie oft? Was würden sie bezahlen?

Das Restaurant im Halfmoon Pub hatte das ganze Jahr über zu tun gehabt. Viele Familien aßen dort einmal in der Woche, und ein paar Stammgäste bekamen jeden Abend ihr warmes Essen vorgesetzt. Im Sommer kamen Leute von den Yachten, die im Hafen vor Anker gingen, oder auch junge Backpacker, die zur Abwechslung mal etwas essen wollten, das sie an zu Hause erinnerte. Trapper, die wochenlang im Busch gejagt hatten, und ganz normale Touristen, die sich von den ausgefahrenen Pfaden heruntergewagt hatten.

Es könnte durchaus funktionieren, überlegte Stella. Vorher allerdings musste noch einiges geklärt werden. Aufgeregt lief sie zum Haus.

Williams Foto stand immer noch auf Tante Janes Anrichte, umgeben von den Gegenständen, die Grace dorthin gelegt hatte. Stella lächelte ihrem Vater zu. Sein fröhlicher Gesichtsausdruck passte zu ihrer Stimmung.

Sie zog die beschädigte Schublade auf und holte das Wetterjournal heraus. Darunter lag noch ein weiteres Buch mit schlichtem Einband – Williams Haushaltsbuch, in das er akribisch alle Ausgaben eingetragen hatte.

Stella schlug es auf. In langen Kolumnen hatte William aufgelistet, wie viel sie für Diesel, Taue und Öl ausgegeben hatten; die Kosten der Raten für das Haus, für Zahnarztrechnungen und andere Leistungen. In der Kolumne »Lebensmittel« war bis auf den letzten Cent alles aufgeführt, was sie im Laden ausgegeben hatten. Diese Ausgaben prüfte Stella jetzt aufmerksam.

Ihr Herz sank, als sie die Kosten addierte. Sie waren sehr hoch, und wenn Grace anfing, große Mengen zu ordern, dann würde der gesamte Profit des Cafés für Mrs. Barrons Rechnung draufgehen.

Sie hatte das Gefühl, als löse sich ihr Traum, Seven Oaks halten zu können, in Luft auf. Mit dem aufgeschlagenen Buch in den Händen trat sie ans Fenster und blickte in den Garten. Ein Wallaby hüpfte über die Weide hinter dem Zaun. An einem Strauch blieb es stehen, senkte seinen pelzigen grauen Kopf und begann an den Blättern zu knabbern. Stella schaute ihm zu, während es langsam den Strauch abgraste und sich dabei nur die zartesten Blätter aussuchte. Nachdenklich kniff sie die Augen zusammen und klappte das Haushaltsbuch zu.

Ein steiler Weg wand sich den kleinen Berg hinauf, der im Süden von Halfmoon Bay aufragte. Die Räder des Lieferwagens rutschten auf dem schlammigen Boden. Stella spähte angestrengt durch die Windschutzscheibe. Mrs. Barron hatte ihr den Weg zu Lauries Haus beschrieben, aber sie war sich nicht sicher, ob sie hier richtig war. Sie fuhr schon so lange und war mittlerweile in dichtem Regenwald angelangt. Durch das offene Fenster drang der Duft nach feuchten Blättern und Sassafras-Rinde.

Schließlich erreichte sie die Stelle, wo der Weg auf einem kleinen Parkplatz endete. Dort stand auch Lauries Jeep, halb verdeckt unter einer Plane.

Stella parkte ihren Wagen daneben und stieg aus. Zunächst sah sie nur Bäume, als sie sich umschaute, aber dann erblickte sie durch Lücken im Laub Teile eines Blechdaches und Bretter.

Sie ging darauf zu, an schlanken Myrtenstämmchen vorbei, die mit Flechten bewachsen waren. Ab und zu musste sie sich ducken, um unter Ästen, von denen blassgrünes Moos hing, hindurchzukommen. Als Kind hatte sie geglaubt, das herunterhängende Moos seien Haare, die ein Fabelwesen im Wald zurückgelassen habe. Nach einer Weile gelangte sie schließlich auf eine Lichtung.

Überrascht blieb Stella stehen, als sie Lauries mit Schindeln verkleidetes Haus sah. Es wirkte wie ein ganz gewöhnliches Einfamilienhaus, und fast erwartete man einen angelegten Garten mit Rosenbüschen.

Als Stella näher kam, sah sie erstaunt, dass das Haus in der Mitte durchgesägt war. Die beiden Hälften standen nebeneinander und Bretter überbrückten die Lücke.

»Ich arbeite noch daran«, sagte Lauries Stimme hinter ihr.

Sie drehte sich um. Der Mann stand zwischen den Bäumen, und da er in Khaki und Grau gekleidet war, hatte sie ihn nicht bemerkt. Jetzt trat er neben Stella und betrachtete sein Haus.

»Ich habe es für ein paar hundert Dollar gekauft, als die Mine dicht gemacht hat«, erklärte er. »Allerdings musste ich es in der Mitte durchsägen, um es hier heraufzukriegen.«

Stella blickte zu dem schmalen Pfad zurück. Sie konnte sich kaum vorstellen, wie er das Gebäude hierher geschafft hatte, auch wenn er es in zwanzig Teile zersägt hätte.

»Komm rein«, forderte Laurie sie auf. »Ich koche uns einen Tee.«

Stella folgte dem Mann. Vor dem Haus hingen gefärbte Tierfelle über einem Drahtzaun, und ein totes Wallaby, das noch nicht gehäutet war, war am Schwanz an einer Wäscheleine aufgehängt. Daneben flatterten zwei Hemden im Wind.

Laurie wies auf die verrosteten Überreste eines Fahrzeugs, das neben dem Haus stand.

»Damit schaffe ich alles hier herauf«, erklärte er. »Ich habe einen Geheimweg durch die Bäume.« Er drehte sich um und zwinkerte ihr zu. »Und so weiß ich auch immer schon vorher, wer mich besuchen kommt.«

Er blieb stehen, damit Stella mit ihm Schritt halten konnte. Sie erkannte, dass das Fahrzeug ein Jeep-Chassis mit Rädern war.

Laurie führte sie um das Haus herum zur Hintertür. Dort schlüpfte er aus seinen Stiefeln und enthüllte dabei gestreifte Socken, die aus Wollresten gestrickt waren. Stella bückte sich darauf ebenfalls, um ihre Stiefel auszuziehen.

Bratenduft empfing sie, als sie in den Flur trat.

»Ich mache gerade Ziegenbraten«, sagte Laurie. »Eigentlich Zicklein. Zu schade zum Kochen.«

Er warf Stella einen fragenden Blick zu. »Du willst Fleisch, oder?«

Stella nickte. »Ich weiß, dass Sie es im Laden verkaufen, aber ich wollte direkt bei Ihnen kaufen.«

Laurie grinste. »Das höre ich gerne. Ich habe jede Menge übrig, seit die Küche im Pub geschlossen ist. Komm rein – aber pass auf, wo du hintrittst.«

Stella folgte ihm durch den Flur, bis zu der Stelle, wo er offensichtlich mit einer Kettensäge das Haus zerteilt hatte. Ein breites Brett überbrückte die Lücke. Sie blieb stehen und blickte auf das Gras hinunter.

Laurie verschwand durch eine Tür auf der linken Seite, und als Stella ihm folgte, trat sie in einen von der Sonne durchfluteten Raum.

Laurie hatte bereits die Backofentür geöffnet. »Schau

mal.« Er zog eine große, zugedeckte Kasserolle heraus und hob den Deckel.

Von dem Braten stieg Dampf auf, und heißes Fett zischte auf knuspriger, dunkelroter Haut.

»Bergpfefferbeere – das ist die geheime Zutat«, sagte Laurie. »Man muss die Beeren mahlen, nicht zu fein, und das Fleisch damit einreiben. Dann bekommt man diese Farbe und auch den Geschmack.« Er hielt die Kasserolle schräg, um Stella zu zeigen, dass der Braten auf einem Rost über dem Fond lag, der den Boden bedeckte. »Das ist das Wichtigste. Dadurch bleibt er schön feucht. Das gilt für alles Wild – man muss es langsam und lange braten, dann macht man nichts verkehrt.«

Laurie deckte die Kasserolle zu und schob sie wieder in den Ofen. Er bedeutete Stella, sie solle sich an den Tisch setzen. Sie blickte sich in der Küche um, die erstaunlich sauber und aufgeräumt war. Die Möbel waren einfach – nur ein Tisch, zwei Stühle, ein paar Schränke und eine Spüle. Der mit Holz befeuerte Herd beherrschte den Raum, zusammen mit einer hölzernen Arbeitsbank, die in der Mitte durch jahrelanges Schneiden und Hacken schon ganz abgenutzt war. Auf einem gefalteten Küchentuch lagen mehrere Messer, die sauber und sehr scharf aussahen.

»Das wird ein gutes Stück Fleisch«, meinte Laurie. »Es ist mit Frühlingsgras gefüttert, deshalb brauchte ich außer der Pfefferbeere nicht viel hinzuzufügen. Ich streiche es gern noch mit ein bisschen Honig ein. Der von Joe ist der beste. Er hat einen leichten Rauchgeschmack. Manchmal nehme ich auch davon was …« Er wies an die Decke, wo Bündel getrockneter Kräuter von einem Balken herunterhingen. »Zitronenthymian. Er wächst im Busch, genau da, wo die Tiere grasen, und das ist immer ein guter Hinweis darauf, was zum Fleisch passt.«

Stella lauschte ihm aufmerksam und speicherte die Informationen. Der Duft des Bratens machte sie hungrig, obwohl es noch nicht einmal Mittag war. Ob Laurie ihr wohl etwas davon abgeben würde?

Laurie trat an den Tisch und setzte sich ebenfalls. »Und, wie viel Fleisch hättest du denn gerne?«, fragte er. »Ist es nur für dich und Grace?«

Stella leckte sich über die trockenen Lippen. »Nein, für viele Leute. Wir eröffnen ein Café.«

Laurie zog die Augenbrauen hoch. »Was? Das musst du mir erzählen.«

Er hörte aufmerksam zu, während Stella ihm erklärte, was sie vorhatte. Als sie fertig war, saß er einen Moment lang ganz still da. Dann nickte er.

»Das ist eine verdammt gute Idee«, sagte er. »Ich unterstütze euch. Und alle anderen wahrscheinlich auch. Hier in der Gegend gibt es Berge von kostenlosen Nahrungsmitteln. Nicht nur Fleisch. Unten an der Bucht haben sie sich auch schon überlegt, wie sie Grace helfen können. Und nicht nur die Fischer. Ich sage allen Bescheid. Ich bin sicher, dass sie nur zu gerne eine zusätzliche Reuse für euch auslegen. Ihr werdet Fisch genug haben. Und das ist erst der Anfang. Gemüse und Obst bekommt ihr auch, so viel ihr wollt.«

Stella lächelte. Seine begeisterte Reaktion löste all ihre Zweifel und Fragen auf. Plötzlich wusste sie, dass das Café ein Erfolg werden würde. Und sie konnten Seven Oaks behalten.

»Du siehst aus, als ob du Hunger hättest«, stellte Laurie

fest. Er wies hinter sie. »Nimm mal eine Flasche Rotwein aus dem Schrank. Es ist zwar erst Mittag, aber ich finde, das müssen wir feiern.«

Stella holte eine Flasche aus dem Schrank. Auf einem handgeschriebenen Schildchen stand *Halfmoon Shiraz 1987.*

»Das sollte man für das Café auch überlegen«, meinte Laurie. »Ted Barron macht ihn aus seinen eigenen Trauben. Klar, er trinkt selbst ein bisschen zu viel davon. Aber es ist ein sehr guter Tropfen.«

Stella zog den Korken heraus und roch an der Flasche. Ein warmer, intensiver Duft nach in der Sonne gereiften Trauben stieg ihr in die Nase.

Als Stella nach Hause kam, war Grace hinten im Garten gerade damit beschäftigt, den Komposthaufen zu wenden. Mit kraftvollen Bewegungen stach sie die Mistgabel auf einer Seite tief hinein und lud den Kompost auf der anderen Seite ab. Als sie Stella erblickte, richtete sie sich auf. Sie wirkte angespannt, als erwarte sie noch mehr schlechte Nachrichten.

»Komm ins Haus!«, rief Stella ihr zu.

Sie setzten sich beide an den Küchentisch. Stella wusste nicht so recht, wie sie ihrer Mutter ihr Gespräch mit Laurie schildern sollte. Vielleicht war sie mit den Plänen ja gar nicht einverstanden. Sie holte tief Luft.

»Ich habe mir etwas ausgedacht, womit wir Geld verdienen können.«

Grace blickte sie mit einer Mischung aus Hoffnung und Zweifel an.

»Ich habe überlegt, was für eine großartige Köchin du bist«, fuhr Stella fort. »Das müssen wir ausnutzen.« Sie ignorierte den verwirrten Gesichtsausdruck ihrer Mutter. »Wir werden ein Café eröffnen.«

»Ein Café!«, rief Grace überrascht aus. »Das ist doch lächerlich!«

»Nein, keineswegs. Wir werden es ganz einfach halten, nur mit Abendessen. Eintöpfe, Pasteten, Gemüse, Suppen. Hausgemachte Chutneys, selbstgebackenes Brot, Puddings. Alles, was du so gut kannst. Ich weiß, wovon ich rede. Ich war an Orten, wo es genau so etwas schon gibt. Cafés mit Hausmannkost.«

»Cafés mit Hausmannskost«, wiederholte Grace langsam. Dann schwieg sie. Das Blechdach knackte, als es sich in der Sonne ausdehnte. Stella beobachtete eine winzige Spinne, die sich an einem Faden herunterließ – es sah aus, als käme sie aus dem Nichts.

Grace runzelte konzentriert die Stirn, als sie schließlich fragte: »Und wo soll dieses Café sein?«

»Hier. In Seven Oaks.«

Grace zuckte zusammen. Einen Moment lang war sie sprachlos. Schließlich sagte sie scharf: »Du meinst, hier ins Haus sollen Fremde kommen?« Sie machte eine abwehrende Handbewegung. »Nein. Ganz sicher nicht. Das ist unser Zuhause!«

»Wenn wir nicht einen Weg finden, um Geld zu verdienen, dann wird es nicht mehr lange unser Zuhause sein«, erwiderte Stella. »Dann wird hier eine Reihe von Strandhäusern stehen, die Leuten vom Festland gehören.«

Stella umklammerte den Rand der Tischplatte so fest, dass ihre Knöchel weiß hervortraten. Zu viel stand auf dem Spiel.

»Außerdem werden nur manche Gäste Fremde sein«, fügte sie hinzu. »Die meisten kommen aus Halfmoon –

diejenigen, die früher im Pub gegessen haben. Leute, die du kennst …«

Sogar in Stella Ohren klangen die eigenen Worte hohl. Wen kannte Grace schon? Sie dachte daran, wie Pauline ihr gleich nach ihrer Ankunft am Hafen gesagt hatte, dass kaum jemand Grace in den letzten Jahren zu Gesicht bekommen hatte.

Stella schob ihren Stuhl zurück und trat ans Fenster. Sie spürte, wie ihr Glaube an ihr Vorhaben schwand – es war wahrscheinlich zu viel verlangt von Grace, Fremde in ihr Haus zu lassen.

Sie blickte über den Garten. Ganz hinten sah sie das kleine Kreuz, das neben dem Stein stand. Ein Sonnenstrahl glitt über das silbrig gebleichte Holz. »Wir müssen es tun«, stieß sie hervor. »Uns bleibt keine andere Wahl.« Sie drehte sich zu Grace um, darauf gefasst, dass ihre Mutter es ablehnte.

Aber statt etwas zu erwidern, erhob sich Grace und trat an den Herd. Sie nahm das Rezeptbuch von der Ablage und griff nach ihrem Notizblock. Sie setzte sich wieder an den Tisch, strich sich die Haare aus dem Gesicht und begann sich Notizen zu machen.

Stella trat neben ihre Mutter. Auf dem Notizblock standen die Namen von drei Rezepten. Sie musterte sie unbehaglich. Was, wenn Grace wieder anfing, sich ins Kochen zu flüchten, um die Realität nicht mehr wahrnehmen zu müssen?

Grace blickte auf. »Als ich für die Suchmannschaft gekocht habe, habe ich herausgefunden, dass manche Rezepte besser als andere für viele Leute geeignet sind.«

Erleichtert lächelte Stella. Offensichtlich nahm ihre Mutter den Café-Plan ernst. Aber es gab immer noch eine

Hürde zu nehmen. Sie beugte sich über Grace, schlug das Rezeptbuch zu und schob es weg. »Danach wirst du nicht mehr so oft kochen können«, sagte sie. »Wenn wir die Rezepte nehmen und alle Zutaten kaufen müssen, verdienen wir nichts.«

Grace runzelte die Stirn. »Was schlägst du dann vor?«

»Fang mit den Zutaten an«, sagte Stella. »Dann ergeben sich die Gerichte ganz von selber. Wir verwenden Obst und Gemüse, je nach Jahreszeit. Wir nehmen Lauries Wild, Fisch, den sie in der Fabrik nicht wollen. Langusten, zum Beispiel, die vom Oktopus beschädigt wurden. Abalonen. Joes Honig. Austern und Muscheln aus der Lagune.« Stella lächelte bei dem Gedanken daran, welcher Überfluss auf sie wartete.

Sie breitete ihre Arme weit aus. »Wir nehmen alles, was wild ist und was wir umsonst bekommen können.«

Grace starrte sie in stummem Erstaunen an. Und langsam zeigte sich auf ihrem Gesicht verwunderte Zustimmung.

20

Stella stand an der Meerwand und packte den Treibholzrahmen fest mit beiden Händen.

»Bist du bereit?«, rief sie Grace zu, die am anderen Ende stand.

Grace nickte. »Ja, es kann losgehen.«

Sie schleppten die Wand aus dem Schuppen heraus, was nicht einfach war, da sie unhandlich und schwer war, aber es gelang ihnen doch, sie heil durch den Gemüsegarten und an den Apfelbäumen vorbei zum Grab zu tragen. Dort lehnten sie sie an Pfosten, die sie am Morgen eingeschlagen hatten.

Es dauerte eine Weile, bis die Wand genau so stand, wie sie es haben wollten. Dann zurrten sie sie fest und traten einen Schritt zurück, um ihr Werk zu bewundern. Die Linien im Treibholz erinnerten Stella an die geschnitzten Fensterläden, die sie an den Häusern in Rajasthan gesehen hatte. Dort waren die Muster zwar ordentlicher, aber die Wirkung war die gleiche: sie markierten eine Grenze, die nicht überschritten werden durfte, die den Betrachter jedoch nicht ausschloss.

»Perfekt«, stellte Grace fest.

Stella stimmte ihr zu. Die Meerwand verbarg das Grab vor neugierigen Blicken vom Haus und vom Garten aus.

Die Gäste konnten durch den ganzen Garten spazieren, aber dieser Bereich hier war als privat gekennzeichnet. Kein zufälliger Blick konnte darauf fallen.

Grace bückte sich, um eine verkrustete Fischerkugel aufzuheben, die heruntergefallen war. Stella sah zu, wie ihre Mutter sie sorgfältig wieder festband.

Von weitem ertönten Motorengeräusche. Als das Auto näher kam, war deutlich ein lautes Rattern zu vernehmen, was darauf hinwies, dass das Fahrzeug alt war und mit überhöhter Geschwindigkeit gefahren wurde.

Kurz darauf kam Lauries Jeep in Sicht. Mit seiner Tarnbemalung sah er aus wie ein Teil von der Landschaft.

Grace blickte ihm entgegen. »Ob er uns schon Fleisch bringt?«

»Keine Ahnung«, erwiderte Stella.

Sie ging Laurie, der ihr zuwinkte, entgegen. Als er anhielt und aus dem Wagen sprang, blieb sie überrascht stehen. Die ganze hintere Ablagefläche war voller Vögel. Zwischen dem braunen und grauen Gefieder von Gänsen und Truthähnen leuchtete es türkisblau, und Schwanzfedern so lang wie ihr Arm ragten hervor. Stella starrte sie fassungslos an. Das auffällige Augenmuster war nur einer einzigen Vogelart zuzuordnen.

»Mrs. Barron wollte diese Pfauen schon seit einer Ewigkeit loswerden«, erklärte Laurie, bevor Stella den Mund aufmachen konnte. »Sie haben sie die ganze Nacht über wach gehalten und alles herausgescharrt, was sie gepflanzt hat. Sie schmecken sehr lecker, wenn man weiß, wie man sie zubereiten muss. Die anderen übrigens auch.« Er wies auf den Berg toter Vögel. »Ich habe hier ein paar Truthähne – es sind verwilderte Zuchttruthähne – und ein paar Gänse.«

Stella ließ schweigend ihren Blick über die ausgebreiteten Flügel, die mit Blut befleckten Schnäbel, die gekrümmten Krallen und die gebrochenen Augen gleiten. Es war ein schrecklicher Anblick. Sie hatte oft genug erlebt, wie Vögel getötet und gegessen wurden, im Ausland und auch hier in Halfmoon Bay, aber sie hatte noch nie so viele tote Vögel auf einem Haufen gesehen. Und das strahlend blaue Gefieder der Pfauen wirkte inmitten solcher Zerstörung besonders schockierend.

Sie dachte lieber nicht darüber nach, wie Grace darauf reagierte. »Das ist sehr nett von Ihnen«, sagte sie zu Laurie. »Dafür sind wir Ihnen sehr dankbar.«

Sie blickte zum Garten, wo Grace immer noch an der Meerwand stand, und überlegte, wie sie ihrer Mutter schonend beibrachte, was sie erwartete. Sie würde sie daran erinnern, woher das Fleisch des Metzgers kam – auch für Lammkeulen war Blut geflossen, und Rindfleisch kam von geschlachteten Kühen.

Laurie holte ein paar Fischkisten vom Vordersitz und begann, die Vögel hineinzupacken.

»Wo bringen wir sie hin?«, fragte Stella betont forsch.

»Irgendwohin, wo der Boden nicht zu hart ist«, erwiderte Laurie. »Wir müssen ein Loch graben.«

Kurz darauf saßen Stella und Grace vor einem Loch in der Erde, jede einen Vogel in der Hand. Sie hatten bereits einige Tiere gerupft und die Federn in das Loch gestopft. Federn flogen durch die Luft, und es roch nach frischem Blut.

Laurie hockte am anderen Ende der Grube. Neben ihm lagen zahlreiche gerupfte Vögel. Rasch und geschickt schlug er Kopf und Beine ab und schlitzte den Leib auf.

Dann griff er mit einer Hand hinein, holte die Eingeweide heraus und warf sie in die Grube. Die Möwen verfolgten jede seiner Bewegungen mit gierigen Blicken.

Stella rupfte stetig weiter. Sie hielt den Kopf gesenkt und fragte sich, wie Grace die Situation wohl bewältigte. Sie hatte nicht im Traum daran gedacht, dass Laurie so schnell mit so vielen Tieren auftauchen würde. Es wäre sicher klüger gewesen, für den Anfang Gerichte mit Schellfisch oder Abalone auszuprobieren. Zu Stellas Überraschung jedoch wirkte Grace völlig unbeeindruckt. Sie beobachtete jede von Lauries Gesten, während sie ihren Vogel rupfte, als wolle sie sie sich merken. Ab und zu wischte sie sich die Nase mit dem Handrücken ab und verschmierte dabei Blut in ihrem Gesicht. Williams Kleider waren voller Blutflecken und schmutzig, aber es schien ihr egal zu sein. Stella hielt inne. Ihre Mutter wirkte lebendig und interessiert. Sie sah beinahe glücklich aus.

Laurie schien auch Gefallen an der Situation zu finden. Ab und zu grinste er die beiden Frauen ermutigend an. Er wies mit dem Kinn auf die Fischkiste, die immer noch halb voll mit Vögeln war. »Wir brauchen nicht alle zu rupfen. Ein paar können wir auch komplett mit den Federn häuten, dann kann man sie in Eintöpfen oder Currys verwenden.« Er blickte Stella und Grace an. »Apropos Curry, wartet erst mal, bis ihr Wallaby-Curry probiert habt. Die Inder wären begeistert. Wir können übrigens die gehäuteten Vögel jetzt schon zerteilen, bevor wir sie einfrieren, dann brauchen sie weniger Platz.«

Eine Weile arbeiteten sie schweigend weiter. Dann sagte Laurie: »Ich sollte euch warnen. Ihr müsst immer den ›Skippy-Faktor‹ berücksichtigen.«

Grace und Stella blickten ihn verwirrt an.

»Es wird bestimmt einige Leute geben, die Bedenken haben, Wallabys oder auch andere Wildtiere zu essen. Denen müsst ihr einfach ein paar Dinge erklären. Wildtiere haben ein gutes Leben, was man von vielen Farmtieren nicht behaupten kann.« Er schüttelte den Kopf. »Wenn ihr jemals in einem Schlachthof gewesen seid, wisst ihr, was ich meine. Und noch was ...« Er blickte die Frauen ernst an. »Ich schieße immer nur, was es im Überfluss gibt. Das ist eine goldene Regel.«

Grace nickte. »Nach dieser Regel hat mein Vater auch gehandelt. Er ist immer auf Fasanjagd gegangen. Vielleicht tut er es ja heute noch ...« Sie lächelte verträumt. »Wisst ihr, ich kann mich noch an ein Gemälde in unserem Jagdhaus erinnern – ein mittelalterliches Bankett war darauf dargestellt. Alle möglichen Gerichte standen auf dem Tisch, und das Herzstück war ein Pfau, der mit Federn serviert wurde. Sie galten vermutlich als besondere Delikatesse ...«

»Warte erst mal, bis du einen von denen hier probiert hast«, entgegnete Laurie. »Dann wirst du wissen, warum.« Er griff nach einem weiteren Vogel, erstarrte jedoch plötzlich. »Da kommt ein Auto«, sagte er und blickte an den Frauen vorbei zum Weg. »Sieht aus wie ein Polizeiwagen. Spinks! Was, zum Teufel, will der denn hier?« Er sprang auf. »Ich verschwinde besser.«

Stella legte den Vogel, den sie gerade rupfte, beiseite. »Ich schaue mal nach.«

Als sie am Haus angelangt war, stand die Polizeilimousine schon dort, und Spinks musterte die Ablagefläche von Lauries Jeep. Er sah untadelig aus wie immer – die Mütze gerade auf dem Kopf, und sein Hemd frisch gebügelt.

Schweigend wartete Stella, dass er sie bemerkte. Flaum

kitzelte sie im Nacken – wahrscheinlich hatte sie lauter Federn im Haar. Und an ihrer Wange klebte sicherlich Blut, da dort ständig eine Fliege zu landen versuchte.

Falls ihr Aussehen Spinks überraschte, so ließ er sich nichts anmerken.

»Ich wollte mal nachschauen, wie du und Grace so klarkommt«, sagte er. »Aber ich sehe, ihr habt bereits Besuch.«

Stella hätte sich am liebsten umgedreht, um sich zu vergewissern, dass man die Kisten voller Vögel von hier aus nicht sehen konnte. Ihr gefiel die Vorstellung nicht, mit Spinks zur Grube zu gehen. Wenn er und Laurie aufeinander trafen, gab es immer Ärger. Sie war sich nicht sicher, ob es legal war, Pfauen zu schießen – auch nicht wilde, die Schaden anrichteten. Außerdem kam ihr das Rupfen und Ausnehmen der Vögel in Spinks' Gegenwart noch barbarischer vor.

»Wo passiert das alles?«, fragte Spinks. »Ihr habt doch hoffentlich eine Grube gegraben. Das ist am besten so, damit die Fliegen nicht darankönnen.«

»Sie wissen, was wir tun …«, sagte Stella mit ersterbender Stimme.

»Mrs. Barron hat es mir erzählt«, erwiderte Spinks. Er lächelte. »Sie freut sich darauf, endlich mal wieder durchschlafen zu können, jetzt, wo diese Vögel weg sind. Komm, wir wollen uns das mal anschauen.«

Stella war sich nicht sicher, ob es sich um eine Bitte oder um einen Befehl handelte, aber so oder so hatte sie wohl keine andere Wahl, als zu gehorchen. Also führte sie den Polizisten um den Schuppen herum auf die Weide.

Als sie an der Grube ankamen, hockte Grace an Lauries Platz. Sie hatte die Ärmel hochgekrempelt, und ihr Arm steckte bis zum Ellbogen in einem großen, gerupften Vogel. Als Spinks neben sie trat, zog sie gerade eine Hand voll Innereien heraus, die sie in hohem Bogen in die Grube warf.

»Morgen, Grace«, sagte Spinks. Lauter fügte er hinzu: »Morgen, Laurie. Du kannst rauskommen, ich beiße nicht.«

Kurz darauf trat der Jäger aus dem Gebüsch. Er warf dem Polizisten einen kühlen Blick zu.

In das verlegene Schweigen hinein sagte Spinks zu Stella und Grace: »Ich muss mit euch beiden reden, über diese Idee mit dem Café.«

»Woher wissen Sie davon?«, fragte Stella.

Spinks wies auf Laurie. »Sobald du ihm etwas erzählt hast, erfährt es jeder. Aber bevor ihr weiter plant, müssen erst ein paar Dinge geregelt werden.«

»Als ob ich's geahnt hätte …«, murmelte Laurie.

Stella blickte zu Boden, wo Ameisen sich über einen Klumpen dunkelrote Leber hermachten. Sie spürte ganz deutlich, dass Spinks ihnen sagen wollte, dass ihr Plan nicht funktionieren konnte.

»Wenn es euch nichts ausmacht, würde ich mir gerne eure Küche anschauen«, sagte Spinks.

Grace zog die Augenbrauen hoch. »Wozu? Ich kann dir versichern, dass sie makellos sauber ist.«

Stella beobachtete fasziniert, wie selbstbewusst Grace auf einmal wirkte. Ihre Haltung hatte beinahe etwas Königliches, als ob sie einen unverschämten Gast abkanzelte.

»Ich möchte auch gerne die Toiletten für die Gäste sehen«, fuhr Spinks fort. »Und noch ein paar andere Dinge.«

Stella blickte ihn verwirrt an. Es überraschte sie nicht, dass es gesetzliche Bestimmungen für Lokale gab, in denen Essen serviert wurde, aber sie verstand Spinks' Haltung nicht. Seit sie wieder in Halfmoon Bay war, war er verständnisvoll und hilfsbereit gewesen, jetzt jedoch klang seine Stimme offiziell.

Das fiel auch Laurie auf. »Ach komm, lass sie in Ruhe, Spinks«, warf er ein. »Sie versuchen doch nur, sich ihren Lebensunterhalt zu verdienen.«

»Deshalb bin ich ja hier. Ich will ja nur helfen«, erwiderte Spinks.

Laurie murmelte etwas Unverständliches. Er ergriff sein Messer und begann einen Vogel zu häuten. Fliegen flogen auf, als er die Haut abzog und in die Grube warf.

Spinks stand mitten in der Küche und wippte auf den Fersen. Grace und Stella blickten ihn besorgt an. Hinter ihnen stand Laurie und sah ihnen über die Schulter.

»Wegen mir braucht ihr euch keine Sorgen zu machen«, sagte Spinks. »Aber der Gesundheitsinspektor aus St. Louis wird euch zu schaffen machen. Er wird mit der Lupe durch eure Küche gehen und sich über alles Notizen machen. Und je mehr Problemstellen er findet, desto unerbittlicher wird er reagieren. Am Schluss steht ihr mit einem Haufen Auflagen da, die ihr nie erfüllen könnt.«

Stella warf Laurie einen Blick zu. Sie sah ihm an, dass er Spinks Recht gab. Und auch Grace nickte. Düsteres Schweigen senkte sich über die kleine Gruppe. Es überraschte Stella, dass Spinks trotz seiner warnenden Worte fast heiter wirkte, so als habe er irgendein Geheimnis, das ihm Vergnügen bereitete.

»Ich dachte also, dass ich mich hier als Erster mal umschauen sollte«, fuhr Spinks fort. »Ihr verändert ein bisschen was, und dann rufe ich den Inspektor an und lade ihn hierher ein. Auf diese Weise könnt ihr alles vorbereiten und vielleicht auch noch einen speziellen Kuchen backen.« Er blickte Stella und Grace an. »Und dafür sorgen, dass ihr anständig angezogen seid.«

Laurie nickte. Er blickte den Polizisten mit mürrischer Zustimmung an. »Ich verstehe, worauf du hinauswillst«, sagte er. »Kein schlechter Plan.«

Langsam ging Spinks in der Küche herum, wobei Grace ihm dicht auf den Fersen blieb. Sie notierte sich alles, was er sagte. Laurie und Stella sahen von der Tür aus zu.

»Alle außen liegenden Abflüsse müssen abgedeckt sein«, sagte Spinks. »Fliegen finden immer einen Weg ins Haus, deshalb müssen wir dafür sorgen, dass es keine schmutzigen Stellen gibt, auf denen sie sitzen können.«

»Ja, das ist ein wichtiger Punkt«, erwiderte Grace. »Was sonst noch?« Mit gezücktem Bleistift wartete sie auf seine Ausführungen. Wieder sah Stella die Grace, die in einer Familie aufgewachsen war, in der Besteck mit Wappen und Festessen für zwanzig Personen an der Tagesordnung waren.

»Die Spüle reicht nicht«, sagte Spinks. »Du brauchst ein Doppelbecken.«

Grace musterte ihre fleckenlose Spüle und das Abtropfbrett kritisch. »Ja, sie ist klein«, gab sie zu. »Und wir werden große Töpfe verwenden, die hier schwierig abzuwaschen sind.«

»Aber eine neue Spüle kostet ein Vermögen«, wandte Stella ein.

»Ja, bestimmt«, entgegnete Spinks, »aber ich bin ziemlich sicher, dass Joe noch die aus dem Pub hat. Sie ist völlig in Ordnung. Er wird sie euch schenken oder billig verkaufen.« Wieder blickte er sich um. »Ihr braucht mehr Platz für die Essenszubereitung. Joe hat auch noch die Edelstahlbänke aus der Pub-Küche. Bevor Griggs den Pub verkauft hat, hat er die Küche noch einmal komplett renovieren lassen, deshalb hat Joe jede Menge Sachen, die ihr brauchen könnt.«

Stella hörte ihm entsetzt zu. Spinks tat so, als sei es ganz leicht, eine neue Spüle und neue Arbeitsplatten zu installieren. Als Nächstes fing er bestimmt von neuen Schränken und Türen an …

»Ihr braucht Hilfe, um das alles zu bewältigen«, erklärte Spinks. Nachdenklich kratzte er sich den Kopf. Dann wandte er sich an Laurie. »Kannst du nicht deinen Kumpel Zeph mal fragen, ob er ihnen zur Hand gehen will?«

Laurie blickte den Polizisten überrascht an. »Das ist die beste Idee, die du seit langem gehabt hast. Das macht er bestimmt gerne. Da bin ich mir ganz sicher.«

Grace blickte fragend in die Runde. »Wer ist das?«

Stella spürte, dass Spinks sie beobachtete, als sie erwiderte: »Er war bei mir, als ich Dad gefunden habe. Er hat das Auto gefahren.«

Ein schmerzlicher Zug glitt über Grace' Gesicht. »Ich kann mich nicht wirklich an ihn erinnern.« Sie schwieg, dann sagte sie zu Spinks: »Wir können ihn doch nicht einfach fragen. Wir kennen ihn ja kaum und müssten ihm sicherlich auch etwas bezahlen.«

Laurie grinste. »Na, das solltest du mal versuchen«, sagte er.

»Du könntest ihm ja was kochen«, schlug Spinks vor. »So ein allein stehender Mann freut sich, wenn er abends etwas Vernünftiges in den Magen bekommt. Und dann auch noch ein Dinner von der besten Köchin in Halfmoon Bay.« Er wandte sich an Stella. »Was meinst du, Stella? Sollen wir ihn bitten, dass er sich die Arbeit hier wenigstens einmal anschaut?«

Ihr war klar, dass sie jetzt eine Entscheidung treffen musste. Entweder lehnte sie ab und zog die Tür hinter sich zu, oder aber sie willigte ein, und alles konnte beginnen.

»Ich will euch nichts aufdrängen«, fuhr Spinks fort. »Ihr könntet auch einen Handwerker aus St. Louis kommen lassen. So viel ist schließlich nicht zu machen. Es kann ja nicht die Welt kosten.«

»Nein«, unterbrach Stella ihn. »Wir werden Zeph fragen.«

»So ist es richtig«, erklärte Laurie. »Ich komme auch, um zu helfen. Ich bin zwar handwerklich nicht so begabt wie er, aber ich kann zumindest einen Nagel gerade einschlagen.« Er rieb sich die Hände. »Ich gehe jetzt wieder zu den Vögeln, wenn du nichts dagegen hast«, sagte er zu Spinks, »bevor die Krähen sich darüber hermachen.«

Spinks lächelte. »Gute Idee.«

Stella starrte nachdenklich vor sich hin. Sie hatte gerade eine wichtige Entscheidung getroffen, aber was daraus wurde, wusste sie noch nicht.

Als Spinks und Laurie gefahren und alle Vögel in der Tiefkühltruhe verstaut waren, zog sich Stella ins Außenzimmer auf der Veranda zurück. Dort setzte sie sich auf ihr Bett, lehnte sich an die Wand, zog die Knie hoch und schlang die Arme darum. Sie blickte auf eine Vase mit gelben Narzissen, die auf der Kommode stand, und versuchte, ganz ruhig über alles nachzudenken.

Laurie schien keinen Zweifel daran zu hegen, dass Zeph nach Seven Oaks kommen würde, um in Grace' Küche zu arbeiten. Aber das hatte nichts mit ihr zu tun, sondern er war nur hilfsbereit. Außerdem waren sie beide nicht mehr dieselben wie früher, und es war zu viel passiert. Aber trotzdem entstand in ihr ein winziger Hoffnungsschimmer – die Hoffnung, dass ein Wunder geschehen und ihre Liebe neu erwachen würde.

Sie wandte sich um, als Schritte näher kamen. Grace stand in der Tür. Sie hielt einige Kleidungsstücke an die Brust gedrückt.

»Ich habe dir die Sachen hier herausgesucht«, sagte sie fast schüchtern. »Sie sind aus meiner Truhe. Als ich gestern deine Wäsche weggeräumt habe, ist mir aufgefallen, dass du kaum etwas zum Anziehen hast.« Sie schnüffelte an dem Bündel. »Sie rochen ein bisschen nach Mottenkugeln, aber ich habe sie gelüftet und gewaschen. Jetzt sind sie in Ordnung.«

Sie legte die Sachen auf Stellas Bett. Es waren zwei Seidenblusen und eine aus dunkelgrüner Baumwolle. Eine Kordhose. Ein Faltenrock. Und ein schwarzer Pullover aus feiner, weicher Wolle.

»Das ist Cashmere.« Grace fuhr mit dem Finger über den Pullover. »Ich habe ihn in Paris gekauft.« Sie lächelte ihre Tochter zärtlich an. »Er steht dir bestimmt wunderbar, bei deinen dunklen Haaren und der hellen Haut.«

»Er ist wunderschön«, murmelte Stella. Einen Moment lang vergaß sie Zeph, und sie empfand nur Freude. Sie hatte so oft davon geträumt, solche Augenblicke mit ihrer Mutter zu teilen. Es war eine schlichte Geste, und doch so kostbar. Sie hatte nie damit gerechnet, dass es einen solchen Moment mal geben würde.

»Ich gehe jetzt Kuchen backen«, erklärte Grace. »Du weißt ja, morgen bekommen wir Besuch – Laurie und seinen Freund. Wie heißt er noch mal?«

»Zeph«, erwiderte Stella. Der Name klang in dem kleinen Raum irgendwie zu laut, zu groß.

»Ach ja, Zeph«, sagte Grace. »Die beiden haben bestimmt Hunger.«

Als Grace weg war, stand Stella auf und legte die neuen Sachen in die Kommode zu ihren anderen Kleidungsstücken. Während ihr Blick über ihre verschlissenen Hosen und Blusen glitt, dachte sie an all die Abenteuer, die sie darin erlebt hatte. Jeder Fleck, jeder Riss erzählte eine Geschichte. Sie waren Zeichen des Lebens, das sie sich selbst geschaffen hatte. Auch ohne Zeph war sie zu einer starken, unabhängigen Frau geworden.

Sie öffnete eine weitere Schublade und blickte auf ihre übrigen Habseligkeiten – Kamera, Notizbücher, Schnürsenkel. Daniels Notfallvorrat an Badewannenstöpseln. Lächelnd dachte sie daran, wie er sie ihr gegeben hatte.

»Badewannenstöpsel, mein Liebe. Lebenswichtig. Aus irgendeinem Grund verschwinden sie in schwierigen Zeiten immer als Erstes aus Hotelzimmern. Und sich ohne Stöpsel zu waschen, wenn das Wasser nur tröpfelt, ist nicht einfach.«

Plötzlich spürte Stella das Verlangen, mit Daniel zu sprechen und ihn um Rat zu bitten. Sollte sie sich besser zurückziehen und niemanden an sich heranlassen? Oder sollte sie es riskieren, noch einmal verletzt zu werden? Daniel hatte mit so vielem Recht gehabt, dachte sie. Er hatte sie wieder ins Leben zurückgeholt und ihr beigebracht zu überleben. Ihr Blick fiel auf den Steinengel, der auf dem Nachttisch stand, und sie dachte an all die Jahre, in denen die kleine Figur ihr einziges Symbol für Heimat gewesen war. Sie beugte sich vor und betrachtete den Engel eingehend. Zwischen den Steinflügeln spann eine kleine Spinne ihr Netz. Stella schaute ihr zu und dachte dabei, dass Daniel ihr trotz seiner Weisheit eines nicht beigebracht hatte: Sie wusste nicht, wann es an der Zeit war, innezuhalten, sich niederzulassen und ein Zuhause zu schaffen.

Manche Dinge, stellte sie fest, musste man eben ganz allein entscheiden.

21

Die Suppenlöffel, die auf dem Boden der hinteren Veranda lagen, funkelten in der Sonne. Stella hatte nach dem Frühstück angefangen, das Silber zu putzen. Neun Löffel waren bereits poliert, aber weitere fünfzehn lagen noch vor ihr. Und außerdem noch alle Messer, Gabeln, Teelöffel, Dessertlöffel, Buttermesser und Servierlöffel. Es war eine beängstigende Aufgabe, aber Stella war sie willkommen. Die immer gleichen Handgriffe beruhigten sie und halfen ihr, die Wartezeit zu überstehen.

Es war jetzt fast zehn Uhr. Laurie und Zeph müssten jeden Moment eintreffen. Stella griff nach dem nächsten Löffel. Die Haare fielen ihr wie ein dunkler Vorhang vors Gesicht. Sie hatte sie am Morgen gewaschen, und sie dufteten nach Grace' Rosmarin- und Lavendelshampoo. Sie hatte sich sogar die Wimpern getuscht – zum ersten Mal in ihrem Leben und auch nur ganz leicht. Wie gewöhnlich trug sie Jeans, hatte aber die Baumwollbluse angezogen, die Grace ihr gegeben hatte, weil sie ihre Figur betonte und das Dunkelgrün gut zu ihrem Teint passte.

Stella blickte aufs Meer. Unermüdlich kreisten ihre Gedanken. Sie versuchte, das entfernte Blinken des Leuchtturms am Horizont auszumachen. Dann suchte sie in den dunklen Tanghaufen, die in der Brandung schaukelten, nach einem Seehund. Vielleicht war weiter draußen ja auch ein Delphin zu sehen.

Entschlossen wandte sie sich wieder dem Besteck zu und rieb den nächsten Suppenlöffel mit Silberputzmittel ein. Die graue Paste wurde in der Luft ganz dunkel. Mit einem weichen Lappen polierte sie den Löffel, bis er so glänzte, dass sie sich darin spiegelte. Das Gesicht einer winzigen Stella, eines Feenkinds … Dann drehte sie ihn um und polierte auch den Griff mit dem Boyd'schen Familienwappen.

Die Lilie. Der Stern. Die Katze. Ein Symbol für Tapferkeit.

Carla. Wo bist du, kleine Katze?

Sie war mittlerweile wahrscheinlich tot. Das Leben einer Katze war relativ kurz. Ob Carla wohl in Frieden alt geworden war? Oder ob ihr vorher etwas passiert war? Stella war vor Jahren einmal auf einer Party einem Segler begegnet, mit dem sie sich unterhalten hatte, weil er erwähnt hatte, er habe gern Katzen an Bord.

»Kürzlich habe ich jedoch eine verloren«, sagte er.

»Was ist ihr denn passiert?«, fragte Stella.

Daraufhin hatte er ihr erzählt, die Katze habe in einem zusammengerollten Segel geschlafen. Als der Wind sich drehte, habe er das Segel hochgezogen und dabei war die Katze ins Meer geschleudert worden und ertrunken.

»Ach, du lieber Himmel. Was haben Sie getan?«, fragte Stella, die sich einen verzweifelten Rettungsversuch vorstellte.

»Ich habe mir im nächsten Hafen eine Neue besorgt«, erwiderte der Segler. »Eine Katze ist eine Katze. Was zum Knuddeln, wenn man einsam ist.«

Dabei war sein Blick über Stellas Körper geglitten. Sie hatte sich umgedreht und ihn einfach stehen lassen.

Sie hatte einige solcher Segler kennen gelernt. Harte, einsame Männer, die lange Jahre auf See verbracht hatten und denen es zu gefallen schien, den Elementen zu trotzen. Wenn sie sich mit ihnen unterhielt, fragte sie sich immer, ob sie in ihrer Jugend wohl anders gewesen waren. Ob das Meer sie letztendlich so gefühlskalt gemacht hatte?

Plötzlich tauchte ihre Mutter vor ihr auf. Sie hatte sie gar nicht kommen hören.

»Sie sind da«, sagte sie. »Ich mache ihnen noch einen Tee in der Küche, bevor sie alles durcheinander bringen.«

Stella trat durch die Hintertür, blieb jedoch im Vorraum stehen und blickte in die Küche.

Zeph trug ein ausgebleichtes, hellblaues Hemd und saß so steif auf seinem Stuhl, als fühle er sich in Grace' Küche unwohl. Laurie saß mit verschränkten Armen und ausgestreckten Beinen auf dem Stuhl neben ihm. Auf dem Boden stand eine staubige Doppelspüle mit Armaturen.

Wenn sich Stella reckte, konnte sie Zephs Beine unter dem Tisch sehen – er trug abgeschnittene Jeans, die knapp über dem Knie endeten. Seine Füße steckten in dicken Wollsocken und ausgetretenen Stiefeln. Sie hatten Elastikeinsätze an den Seiten, die Art von Stiefeln, die jeder Tasmanier trug, der hart arbeitete, ob zu Lande oder auf dem Wasser. Die Spitzen waren durchgescheuert, sodass man die Stahlkappen sehen konnte, und überhaupt sah das Leder sehr mitgenommen aus. Das war ein gutes Zeichen, sagte sich Stella. Jamies Dad hatte immer erklärt, einen Mann könne man an seinen Stiefeln erkennen. »Daran sieht man, ob er ein richtiger Mann ist oder nur ein Angeber.«

»Wo ist denn Stella?«, fragte Laurie. Dann jedoch sah er sie in der Tür stehen. »Ah, da bist du ja. Komm, wir haben Hunger.«

Als Stella eintrat, stand Zeph auf. Stella bemerkte den anerkennenden Blick ihrer Mutter wegen seiner guten Manieren. Laurie hingegen zog nur die Augenbrauen hoch.

Ihr stockte der Atem, als er sie ansah. In seinen grünen Augen glomm ein wildes Feuer, und einen Moment lang hatte sie das Gefühl, als habe sie ihn nicht mehr gesehen seit dem Tag, an dem er fortgesegelt war. Bei den letzten Begegnungen hatten widerstreitende Emotionen sie überwältigt, weil es vor allem um William gegangen war. Aber jetzt stand nur er vor ihr.

Vage drang in ihr Bewusstsein, dass Grace etwas zu ihr gesagt hatte. Sie sah, dass ihre Mutter die dampfende Teekanne neben die Platte mit dem Kuchen gestellt hatte. »Ich schenke Tee ein«, sagte sie. Stella blickte sie und Laurie an. War es möglich, dass sie nichts bemerkten und spürten?

Stella setzte sich neben Laurie und begann zu erzählen, wie sorgfältig ihre Mutter und sie die Vögel gewaschen, in Gefrierbeutel verpackt und in der Tiefkühltruhe verstaut hatten. Sie hatten sogar Etiketten geschrieben und mit Datum versehen. Sie redete viel zu schnell und wahrscheinlich auch zu laut. Aber es war ihr gleichgültig. Sie spürte, dass Zeph sie nicht aus den Augen ließ und jede ihrer Bewegungen beobachtete.

Laurie nickte zustimmend. »Das ist gut«, sagte er. »Ich habe schon überlegt, dass der Inspektor vom Gesundheitsamt bestimmt einen Blick in eure Tiefkühltruhe werfen möchte. Wenn ihr für ihn auflisten müsst, was ihr eingefroren habt, dann nennt ihr am besten alles Truthahn. So wird man mit den Behördentypen am ehesten fertig.«

Er nahm sich ein Stück Kuchen und trat an Grace' Spüle. Mit der Hand fuhr er über die fleckenlose Abtropffläche. »Was meinst du«, sagte er zu Zeph, »sollen wir sie einfach herausschlagen?«

Grace drehte sich alarmiert zu Zeph um.

»Ich überlege noch«, erwiderte Zeph. »Ich muss erst mal den neuen Schrank entwerfen.«

»So ist er«, sagte Laurie zu Stella. »Alles muss perfekt sein.« Er biss ein großes Stück Kuchen ab. »Der schmeckt ja wundervoll, Grace«, sagte er mit vollem Mund. »Was für ein Kuchen ist das?«

»Das ist Tante Elizas Rezept. Er heißt ›Schneid ihn auf und komm wieder‹«, erwiderte Grace.

Stella senkte den Blick und fegte ein paar Krümel vom Tisch. Ob Zeph sich wohl daran erinnerte, dass sie ihm genau diesen Kuchen in die Bucht mitgebracht hatte?

»Das ist ja ein ulkiger Name«, meinte Laurie. »Was bedeutet das denn?«

»Na, rate mal«, sagte Zeph. »Wenn du von diesem Kuchen isst, kommst du wieder.«

Stella starrte auf den Tisch.

Aber du bist nicht wiedergekommen. Nicht damals, als ich dich gebraucht habe.

Sie spürte, dass Zeph sie ansah. Langsam blickte sie auf und erwiderte seinen Blick. Einen Moment lang waren sie miteinander verbunden. Dann lächelte Zeph und reichte ihr die Kuchenplatte.

»Es ist ein Familienrezept«, fügte Grace hinzu. »Allerdings nicht aus meiner Familie, sondern aus Williams.« Sie betrachtete ihr Werk anerkennend. »Ich fand ihn immer ein bisschen zu feucht und auch ein bisschen zu süß.« Sie blickte die beiden Männer an. »Aber nehmt euch noch ein Stück«, sagte sie. »Ihr braucht die Energie.«

Als sie mit dem Tee fertig waren, spülte Grace das Geschirr. Sie tat es langsam und sorgfältig, als sei der letzte Abwasch in ihrer alten Spüle ein Ritual, das sie auskosten müsse. Stella trocknete die Tassen und Teller ab.

Zeph saß am Tisch und zeichnete etwas hinten auf einen alten Umschlag. Ab und zu warf Stella verstohlen einen Blick auf seine langen Finger mit den kurz geschnittenen Fingernägeln. Sein altes blaues Hemd war aus feinem Leinen, und es musste sehr teuer gewesen sein, als es neu war.

Stella begann, das abgetrocknete Geschirr wegzuräumen, aber ganz gleich, wohin sie sich auch wandte, sie spürte ständig Zephs Anwesenheit wie eine Achse, um die sie sich drehte.

Schließlich stand Zeph auf und bat Grace, ihn an die Spüle zu lassen. Er entrollte ein Maßband und maß alles aus. Seine Bewegungen waren rasch und sicher, aber Stella spürte eine versteckte Anspannung bei ihm, die auch sie empfand.

Als er alles ausgemessen hatte, holte Zeph die Werkzeuge und begann, mit Laurie zusammen die alte Spüle auszubauen. Grace verließ die Küche, weil sie nicht mit ansehen wollte, wie sie alles abrissen, aber Stella blieb, um den Männern zu helfen. Als das Rohr unter der Spüle anfing zu tropfen, reichte sie Zeph einen Plastikeimer. Er blickte auf, als sich ihre Finger berührten.

Kurz darauf war die alte Spüle ausgebaut, und Stella half Laurie, sie nach draußen zu tragen. Es war heiß geworden, und die Sonne strahlte von einem wolkenlosen Himmel.

Laurie wischte sich mit der Hand über die Stirn. Er bat

Stella, ihm die Schachtel mit Fliesen aus dem Jeep zu holen. Als sie zurückkam, zersägte Zeph Bretter, die Laurie für ihn hielt.

»Hier«, sagte Laurie zu ihr, »übernimm du mal. Ich kümmere mich in der Küche um die Rohre. Wenn ich dich ablösen soll, sag Bescheid.«

Stella erledigte ihre Aufgabe umsichtig, während Zeph das Brett zersägte. Es sah zwar außen grau und gewöhnlich aus, schimmerte aber innen honiggolden.

Zeph kniff die Augen zusammen, um seine Bleistiftlinien nicht zu verfehlen, und da sie schon einmal neben ihm stand, nutzte Stella die Gelegenheit, sein Gesicht zu mustern. Seine kurz geschnittenen Haare waren dick und fast lockig. Seine Wangen waren schmaler als früher. Die Narbe an seinem Kinn war immer noch zu sehen, wenn auch nur als dünner weißer Strich. Unter den aufgerollten Hemdsärmeln spannten sich seine Muskeln, während er die Säge vor und zurück durch das Holz bewegte. Sägemehl legte sich wie ein feiner gelber Film auf seine Arme.

Stella hob ein neues Brett auf den Sägebock. Zwar war die Oberfläche verwittert, aber offensichtlich war es noch nie zuvor verwendet worden, da es keine Nagellöcher aufwies. Es sah aus wie eine Bootsplanke, die lange im Wasser getrieben war.

»Wo hast du das Holz her?«, fragte Stella.

»Ich habe es in den Buchten gefunden«, erwiderte Zeph. »Eine ganze Wagenladung, genug jedenfalls, um meine Küche zu bauen.«

Stella sah sein Haus vor sich, mit den Fensterrahmen aus Treibholz. »Du musst wirklich eine ganze Menge gesammelt haben«, stellte sie fest.

»Es hat fast ein Jahr gedauert, bis ich alle Materialien

zusammenhatte – nachdem ich beschlossen hatte zu bleiben.«

Sie blickten sich schweigend an. Zahlreiche unausgesprochene Fragen hingen in der Luft. Dann rief Laurie von der Küchenmauer her: »Ich habe dir doch gesagt, du sollst richtiges Holz nehmen, Zeph. Dann wärst du jetzt schon längst fertig.«

Zeph lächelte Stella an. »Ich habe keine Eile.« Er blickte ihr in die Augen. »Bist du bereit?«

Stella nickte. »Ja, ich halte fest.«

Wieder begann er zu sägen. Die Schweißtropfen auf seiner Stirn glitzerten in der Sonne.

Zum Mittagessen rief Grace alle auf die Veranda.

»Ich habe uns dort ein Picknick zurechtgemacht«, sagte sie. »In der Küche ist es zu unordentlich.«

Sie ging ihnen durchs Haus voraus, und Stella zog überrascht die Luft ein, als sie auf die Veranda traten. Grace hatte ein Tuch über den Holzboden gelegt – kein billiges Baumwolltischtuch, sondern eine große, rote Samtdecke mit goldenen Fransen, die Stella noch nie zuvor gesehen hatte. Am Rand lagen Kissen aus dem Seezimmer, und in der Mitte war das Essen aufgebaut. Es gab Teller mit Trockenobst und gesalzenen Nüssen, Käsestücke, aufgeschnittene Tomaten mit gehackten Kräutern und frisch gepflückten Salat aus dem Garten. Große Schüsseln enthielten eingemachte Aprikosen und Pfirsiche, die vom Winter übrig geblieben waren. In der Mitte stand eine Vase mit Frühlingsblumen und daneben zwei Krüge mit Limonade.

Stella lächelte ihre Mutter an. »Es sieht wunderschön aus.«

»Ja«, stimmte Zeph ihr zu. Er trat einen Schritt vor, um

die Aussicht zu bewundern. Nach einer Weile drehte er sich zu Stella um. »Wir konnten einander ja fast sehen.«

»Es ist weiter, als es aussieht«, erwiderte Stella.

Zeph wollte etwas sagen, aber Laurie zupfte ihn am Ärmel. »Hast du das Brot geholt?«, fragte er.

Zeph schüttelte den Kopf. »Nein, es ist noch im Jeep. Ich hole es rasch.« Er ging an der roten Decke vorbei die Treppe hinunter.

Laurie setzte sich auf ein Kissen. Er blickte Grace an. »Das nächste Mal kommst du zu mir. Ich brate dir einen ... Truthahn.«

Grace lachte. »Einen mit blauen Federn?«

»Ja, genau«, erwiderte Laurie.

Stella setzte sich, das Gesicht dem Meer zugewandt, mit dem Rücken an die Hauswand gelehnt. Grace blieb wie eine gute Gastgeberin stehen, bis Zeph wieder auftauchte. Er hatte das Brot auf ein Brett gelegt und stellte es jetzt ebenfalls auf die Decke.

Grace wies auf das Kissen neben Stella. »Setz dich dorthin«, sagte sie, »dann kannst du die Aussicht genießen.«

Seite an Seite saßen Stella und Zeph mit untergeschlagenen Beinen auf den Kissen. Mit der prachtvollen roten Samtdecke vor sich sahen sie wahrscheinlich aus wie ein orientalisches Fürstenpaar, dachte Stella.

Das Meer glitzerte in der Sonne wie Seide mit Diamanten. Schäfchenwolken segelten über den blauen Himmel. Vögel flatterten durch den Garten, und um die Blumenbeete tanzten Schmetterlinge. Im Gras zirpten die Grillen.

Stella lächelte. Ihr kam es so vor, als sei die Schönheit der Natur ein besonderes Geschenk an sie – an sie beide. Als sie Zeph einen raschen Seitenblick zuwarf, stellte sie fest, dass er sie beobachtete. Sie lächelten einander zu.

»Lasst uns essen«, sagte Grace. Sie reichte die Platten herum und schenkte die Getränke ein.

Alle aßen mit den Händen. Laurie schnitt das Brot auf und reichte Stella und Grace die Scheiben.

»Probiert mal«, sagte er. »Das beste Brot, das ihr je gegessen habt.«

Stella kostete den weichen Teig. Es stimmte, das Brot war köstlich. »Wie machst du es?«, fragte sie.

Laurie wies auf Zeph. »Das musst du ihn fragen.«

»Es ist Meerwasser-Brot«, antwortete Zeph. »Es wird aus Hefe, Mehl, Meerwasser und Honig gemacht. Ich nehme immer Joes Honig.«

Stella lächelte. Sie musste daran denken, wie sie Joes Honig mit den Fingern aus dem Glas geschleckt hatten.

»Er ist Segler«, sagte Laurie zu Grace. »Deshalb kocht er auch mit Meerwasser.«

Grace lachte – ein leiser, warmer Laut. Sie wandte sich an Zeph. »Erzähl uns von deinen Reisen«, bat sie. »Wo warst du schon?«

Zeph erzählte von Orten, an denen er mit seiner Yacht gewesen war – im Norden bis Grönland und im Süden bis zur Heard-Insel. Er hatte sich nirgendwo wirklich niedergelassen, sagte er, bis er vor acht Jahren seine Firma gründete.

»Eine sehr erfolgreiche Firma«, ergänzte Laurie stolz. »Er ist Erfinder. Ich habe über ihn im *The Australian* gelesen, noch bevor ich überhaupt wusste, wer er war.«

Stella nahm jede Information auf und setzte die einzelnen Teile wie ein Puzzle zusammen.

Schließlich wandte sich Zeph an Stella. »Und du?«, fragte er. »Wo bist du gewesen?«

Jetzt war es an Stella, von ihrem Leben zu erzählen – von

ihrer Arbeit und ihren vielen Reisen. Zeph lauschte aufmerksam, und als sie schwieg, nickte er langsam. »Es klingt gut«, sagte er. »Eine interessante, wichtige Arbeit.«

»Sie hat ihre Sache gut gemacht«, kommentierte Laurie, »das steht fest. Aber sie hatte auch Glück, dass sie in England zur Schule gehen konnte. Wenn man hier in Tasmanien feststeckt, ist es nicht so leicht, was Anständiges zu werden.«

Auf einmal wurde es ganz still. Zeph erstarrte mitten in der Bewegung, und Grace hörte auf zu kauen. Stella blickte auf ihre Hände. Sie spürte, wie die Dunkelheit wieder von ihr Besitz ergriff – der Schmerz über das, was sie tatsächlich damals durchgemacht hatte. Sie wusste nicht, ob Zeph die Geschichte von ihrem angeblichen Aufenthalt in England bereits kannte oder ob er sie zum ersten Mal hörte. Aber so oder so fragte sie sich, was er wohl empfand, wenn er an jene Zeit dachte. Vielleicht erleichterte es ja sein Gewissen, dass sie sowieso nicht hier gewesen wäre, wenn er sein Versprechen gehalten hätte und zurückgekehrt wäre.

Sie warf ihm einen Blick zu. Er schaute aufs Meer und wirkte distanziert, als habe er sich plötzlich entschlossen, sich von ihr zurückzuziehen.

Das lag bestimmt an seinen Schuldgefühlen, dachte Stella.

Laurie aß weiter. Er merkte nichts von der Spannung, die in der Luft lag. Die anderen jedoch griffen nicht mehr zu.

Nachdem Zeph sich für das Essen bedankt hatte, stand er auf und blickte blinzelnd zum Himmel. »Wenn wir die neue Spüle heute noch einbauen wollen, sollten wir jetzt besser weitermachen«, sagte er.

Seine Stimme klang gepresst, und in seinem Gesicht war nichts mehr von der herzlichen Wärme zu sehen, mit der er Stella eben noch angeschaut hatte. Sie begann sich zu fragen, ob sie es sich vielleicht nur eingebildet hatte. Vielleicht war es ja nur eine Projektion ihrer eigenen Gefühle gewesen. Aber es war ihr so real vorgekommen … Sie wandte den Blick ab. Offensichtlich konnte sie ihrer Wahrnehmung nicht trauen. Vielleicht hatte er sein Verhalten ihr gegenüber gar nicht verändert, sondern die Dunkelheit der Vergangenheit hatte ihren Blick getrübt.

Als Grace begann das Geschirr zusammenzuräumen, half Stella ihr und senkte den Kopf, damit niemand ihr etwas anmerkte.

Am späten Nachmittag war die Doppelspüle eingebaut, und auch die neuen Arbeitsplatten aus Edelstahl waren an Ort und Stelle. Der neue Schrank unter der Spüle passte perfekt. Statt gewöhnlicher Knöpfe hatten die Türen Griffe aus geschwungenen Treibholzstücken.

Laurie öffnete und schloss sie ein halbes Dutzend Mal. »Seht euch das an«, sagte er. »Das passt wie ein Handschuh – schmiegt sich richtig in die Hand. Und sieht auch noch gut aus.«

Zeph begann seine Werkzeuge in eine Holzkiste mit Scharnieren und einem Lederriemen zu verpacken. Stella half ihm dabei. Verzweiflung stieg in ihr auf, als sie die Hämmer und Schraubenzieher in die Hand nahm. Es waren Symbole für ihn. Je mehr Werkzeugteile in der Kiste verschwanden, desto näher rückte sein Abschied. Sie hatte das Gefühl, die Chance, wieder mit ihm zusammenzukommen, vertan zu haben. Jetzt war der Tag vorbei, und mit ihm die Gelegenheit.

Kurz darauf standen sie in den letzten Sonnenstrahlen am Jeep.

Grace dankte den beiden Männern für ihre Hilfe und reichte Laurie einen Kuchen.

Zeph ging zur Beifahrerseite. Stella folgte ihm. Sie wollte ihn fragen, ob er noch einmal wiederkäme, aber sie hatte Angst vor einer höflichen, nichtssagenden Antwort.

»Danke, dass du hergekommen bist«, sagte sie.

»Das habe ich gerne getan«, erwiderte Zeph.

Die Worte flogen zwischen ihnen hin und her wie Libellen über einen Teich – ohne das Wasser zu berühren …

Laurie ließ den Wagen an, und der alte Jeep ratterte davon.

22

Stella stand in der Tür zum Seezimmer. Es wirkte größer und heller. Die frisch gewachsten Dielen schimmerten in der Morgensonne, die durch das Fenster fiel.

Die meisten Möbel waren herausgeräumt worden – die Couch mit den Kissen, der Polsterhocker, der Fernseher, die Stehlampe und das Bücherregal. Alles war in Stellas altes Zimmer geräumt worden, das als privates Wohnzimmer genutzt werden sollte. Stella hatte bereits einen Karton mit den Besitztümern aus ihrer Kindheit gepackt – mit Spielsachen, Büchern, Puppen und alten Kleidern. Obendrauf legte sie die Puppe Miranda. Sie staubte den Plastikkörper ab, zog ihr den dunkelblauen Pullover an und strich ihr die wirren roten Haare glatt. Dann verschloss sie den Karton mit Klebeband und trug ihn in den Schuppen.

Das Seezimmer sah allmählich wie der Gastraum eines Cafés aus. Die Mitte des Raumes nahm der Tisch ein, an dem zu beiden Seiten je zehn Stühle standen. Nur vier davon stammten aus Familienbesitz und sahen gleich aus, die übrigen kamen aus Joes Schuppen. Er hatte sie über Jahrzehnte hinweg aus Wartezimmern von Arztpraxen, Küchen, Gemeindesälen und auch aus dem Pub gerettet, und obwohl sie nicht zueinander passten, sah das Ganze irgendwie gut aus.

Grace kam den Flur entlang und trat neben ihre Tochter. Zufrieden betrachtete sie das Zimmer.

»Die Stühle sind perfekt«, stellte sie fest. »Ich habe übrigens eine Idee, was wir ihm als Bezahlung anbieten können. Geld wird er sicher keines nehmen, aber wir könnten ihm ja etwas schenken.«

»Was denn?«, fragte Stella. Dabei dachte sie an Berge von Kuchen oder an Pasteten im Wert eines Monatsgehaltes. Aber Grace zeigte auf das einzige Möbelstück, das noch im Raum stehen geblieben war. Es wirkte schwer und dunkel und nahm viel Platz ein.

Tante Janes Anrichte.

Überrascht blickte Stella ihre Mutter an. »Bist du sicher?«, fragte sie. »Sollten wir sie nicht besser im Schuppen lagern?«

»Nein, ich will sie nicht behalten«, erwiderte Grace mit fester Stimme. »Joe kann sie an einen Händler verkaufen. Er bekommt sicher einen guten Preis dafür.«

Stella nickte langsam. Ihr gefiel die Vorstellung, diese Verbindung zu Tante Jane zu entfernen. Das passte zum Beginn ihres neuen Unternehmens.

Auf der polierten Platte der Anrichte stand auf einer Spitzendecke immer noch die gerahmte Fotografie von William als Medizinstudent, umgeben von seiner letzten Zeitung, der *Victory*-Tasse, dem Kerzenleuchter und den anderen Erinnerungsstücken.

Grace reichte Stella das Foto. »Wir stellen es auf das Kaminsims«, sagte sie. Dann nahm sie einfach die Ecken der Decke und trug sie mitsamt dem Inhalt weg.

Gemeinsam räumten sie den Schrank aus. Zuerst packten sie die Platten und Teller weg, die Williams Familie gehört hatten. Dann wandten sie sich den bestickten Servietten und Tischtüchern zu.

»Wir werden sie wohl kaum benutzen«, meinte Grace. »Ich wollte Servietten aus einem schlichten weißen Laken machen. Und über den Tisch legen wir gar nichts, es ist so schönes Holz.«

Zuletzt verpackten sie das Wetterjournal und die anderen Dinge aus Williams privater Schublade in einem Karton. Jetzt war die Anrichte völlig leer. Mit den offenen Türen und Schubladen wirkte sie irgendwie kleiner – ihrer Autorität beraubt.

Stella und Grace hoben das schwere Möbelstück an. Sie wollten es bis zur Tür tragen, mussten es aber nach ein paar Metern schon wieder absetzen. Stella hatte bereits versucht, den Schrank leichter zu machen, indem sie die Schubladen herausnahm, aber sie waren an Scharnieren festgeschraubt, damit sie nicht zu weit vorglitten. Also mussten sie sich weiter damit abmühen, so gut es ging – und alle paar Meter stehen bleiben.

Sie brauchten lange, um die Anrichte in die Einfahrt zu schleppen. Dann bauten sie eine Rampe aus zwei Brettern und schoben sie auf die Ladefläche des Lieferwagens. Erleichtert atmeten sie auf, als das sperrige Möbelstück endlich an Ort und Stelle stand.

Stella fuhr vorsichtig los, während Grace, die neben ihr auf dem Beifahrersitz saß, ängstlich den Schrank im Auge behielt. Auch Stella warf ab und zu einen Blick in den Rückspiegel, um sich zu vergewissern, dass die Anrichte nicht umkippte. Bei jedem Schlagloch schaukelte sie leicht.

Auf der Schotterstraße ging es besser, und Stella gab mehr Gas. Schließlich erreichten sie Joes Bootsschuppen, und Stella fuhr den Wagen so dicht wie möglich an das Haus heran. Die Tür stand weit offen, und Stella rief nach Joe, als sie ausstieg, aber niemand antwortete. Wahrscheinlich war er am Hafen.

Sie spähte in das dämmerige Innere des Schuppens, falls der alte Mann doch da war, aber er war nirgendwo zu sehen. Es roch nach Diesel und Teer und nach Fisch.

Der Schuppen war voll gestellt mit alten Möbeln, Werkzeugen, Waschmaschinen, Fahrrädern, Baumaterialien, Kinderwagen … Schrott und Schätze, alles auf einem Haufen. Mitten im Raum ragte das Gerüst eines halbfertigen Bootes in das Chaos wie die Rippen eines Walskeletts. Große Stapel von weißen Tellern und Schüsseln fielen ihr auf. Es war die Art von Geschirr, die in Hotels verwendet wurde. Als sie näher trat, sah sie, dass der oberste Teller ein kleines Emblem trug: Southern Ocean Line. Sie stellte sich das Geschirr im Seezimmer auf dem langen Tisch vor. Wenn man aus den Fenstern auf Himmel und Meer blickte, würde man sich vorkommen wie auf dem Schiff.

Stella drehte sich um. Grace war ihr gefolgt und stand hinter ihr. Sie streifte sich gerade Gartenhandschuhe über.

»Wir stellen ihm die Anrichte einfach hier herein«, schlug Stella vor.

Grace nickte, und gemeinsam machten sie sich daran, den Schrank bis an die Kante des Lieferwagens zu rücken.

»Jetzt wird es schwierig«, erklärte Stella. »Wir müssen ihn vorsichtig herunterschieben. Nicht zu schnell.«

Auf halber Höhe jedoch begann die Anrichte zu kippen. Die Schubladen rutschten heraus und hingen in ihren Scharnieren.

»Drück dagegen!«, schrie Stella.

»Ich kann nicht!«, keuchte Grace.

Sie sprang zur Seite, als die Anrichte krachend zu Boden polterte. Holz splitterte, als die Schubladen unter ihrem Gewicht zerdrückt wurden.

In der Stille, die folgte, hörte man nur das Kreischen der Seevögel. Stella kletterte vom Wagen neben Grace und starrte auf die kaputten Schubladen. Es war ein schockierender Anblick. Früher brauchte sich bloß ein winziger Kratzer im Holz zu zeigen, und schon lief Grace los und holte die Dose mit dem speziellen Möbelwachs. Aber plötzlich packte Stella das unbändige Verlangen zu lachen, und ihrer Mutter ging es anscheinend genauso, obwohl sie sich bemühte, ein ernstes Gesicht zu machen.

Stella lächelte, und dann brach sie in Lachen aus. Grace stimmte ein – zögernd zunächst und mit der Hand vor dem Mund, aber dann warf sie den Kopf zurück und lachte aus vollem Hals.

Stella wollte ihre Mutter gerade fragen, was sie mit dem kaputten Schrank machen sollten, da er ja jetzt wertlos war, als sie plötzlich etwas zwischen den Brettern entdeckte. Sie bückte sich, um es genauer zu betrachten. Es war die Ecke eines braunen Umschlags, die aus einer der Schubladen ragte.

»Ich dachte, wir hätten alles leer geräumt«, sagte sie.

Der Umschlag steckte in Williams Schublade, das sah Stella an den Spuren, die sie mit dem Schüreisen hinterlassen hatte. Offensichtlich gab es noch ein Geheimfach.

Stella zog den Umschlag heraus. Sie warf Grace einen fragenden Blick zu.

»Mach ihn auf«, sagte Grace.

Sie zog ein dünnes Bündel kleinerer Umschläge heraus, die mit einem Gummiband zusammengehalten waren. Es waren Luftpost-Umschläge mit handgeschriebener Adresse.

Stella
Halfmoon Bay
Tasmanien, Australien

Alle Umschläge waren an die gleiche Adresse gerichtet. Nur der unterste Umschlag unterschied sich leicht von den anderen. Darauf stand:

Stella
Tochter eines Langustenfischers
Halfmoon Bay
Tasmanien
BITTE WEITERLEITEN

Grace blickte ihr über die Schulter. »Die sind ja an dich!«

Stella biss sich auf die Lippen. Auf allen Umschlägen war die gleiche Briefmarke – das Bild eines Kiwis, über dessen Kopf »New Zealand« stand.

»Von Zeph«, sagte sie langsam.

Ihr Herz begann schneller zu schlagen. Sie studierte das Datum auf dem Poststempel des ersten Briefes.

25 JAN. 1976

Die anderen Briefe waren zweimal im Februar und jeweils einmal im März und im April abgestempelt.

»Da war ich ja noch hier!«, sagte Stella mit erstickter Stimme.

Ungläubig blickte sie Grace an.

Ihre Mutter schüttelte verwirrt den Kopf. »Soll das heißen, dass Zeph Robert ist?«

Stella packte sie am Arm. »Wusstest du von den Briefen?«

Grace wurde blass. Müde schüttelte sie den Kopf. »William muss sie zurückgehalten haben. Er hat mir nichts davon gesagt.«

Stella dachte daran, wie sie ihn damals am Hafen gefragt hatte, ob ein Brief für sie gekommen sei.

Wenn das so wäre, hätte ich ihn dir sicherlich gegeben.

Genau das hatte er damals gesagt. Ein paar Sekunden lang stand Stella wie erstarrt vor Schock und Wut. Dann riss sie den ersten Umschlag auf.

Hinter der Südinsel war ein Sturm, und das Ruder ist wieder kaputtgegangen. Fast wären wir untergegangen, weil der Mast gebrochen ist und zwei Segel verloren sind.
Ich muss erst Geld für die Reparaturen verdienen, und es dauert mindestens einen Monat, bevor ich zurückkommen kann.
Aber ich komme auf jeden Fall. Ich werde da sein.
Hinterlass eine Nachricht am Denkmal, damit ich weiß, wie ich dich finden kann.
Denk an mich. Ich werde Tag und Nacht arbeiten und jeden Cent sparen, um zu dir zu kommen.
Ich liebe dich.
Ich liebe dich auf ewig.
Zeph (und Carla)

Stella starrte auf den Brief. Emotionen überfluteten sie, Staunen darüber, dass sie die Briefe gefunden hatte, heiße Wut auf William, weil er sie ihr vorenthalten hatte.

Aber stärker als alles andere war eine wilde Hoffnung.

Sie blickte ihre Mutter an. Grace nickte, als ob sie alles verstünde. »Nimm das Auto«, sagte sie. »Fahr zu ihm.«

Stella rannte zum Lieferwagen und sprang hinein. Hastig wendete sie den Wagen und fuhr los, dass der Kies aufspritzte.

Ein zerschlissener Sarong in verblichenen Pastelltönen hing an der zwischen zwei Bäumen gespannten Wäscheleine. Daneben baumelten mehrere Paar Socken, zwei T-Shirts und eine neue Jeans, die noch ganz steif und dunkel war. Und dort, mitten auf der Leine, war das blaue Leinenhemd aufgehängt, das Zeph an dem Tag getragen hatte, als er bei ihnen in der Küche gearbeitet hatte. Der Ärmel streifte ihre Wange, als Stella darunter hindurch auf das Haus zuging.

Sie blickte sich um, ob sie irgendwo den roten Kombi sehen konnte. Er hatte nicht an der Absperrung gestanden, aber sie hatte gehofft, dass er ihn hier irgendwo abgestellt hätte. Dass er nicht am Hafen, im Laden oder im Pub war, wusste sie bereits – dort hatte sie auf dem Weg von Joes Bootsschuppen schon nachgesehen.

Als sie an der gebogenen Eingangstür stand, klopfte sie schnell, bevor sie der Mut verließ.

Das Geräusch hallte in der Stille wider. Der Wind hatte nachgelassen, stellte Stella fest. Regenwolken türmten sich auf, aber es hatte noch nicht angefangen zu regnen. Alles schien zu verharren und zu warten.

Sie klopfte noch einmal, und während sie darauf wartete, dass ihr jemand öffnete, spähte sie durchs Fenster. Sie konnte einen Teil der Küche erkennen, die anscheinend ebenso aufgeräumt und sorgfältig durchdacht war wie die Küche auf der *Tailwind*, aber der ordentliche Eindruck wurde ein wenig abgemildert durch Buschblumen in einem Krug, eine Schale mit Walnüssen und eine halb leere

Flasche Rotwein. Neben der Spüle stand benutztes Geschirr – ein einzelner Teller, ein Weinglas, Messer, Gabel und Löffel. Stella fiel der schöne dunkle Fußboden auf – er war aus altem Holz gemacht, dem man ansah, was es schon alles hinter sich hatte. Plötzlich sah sie zwischen zwei Stühlen etwas Gelbes in der Sonne glitzern. Sie zog scharf die Luft ein. Das war eines der Spiegelkissen von der *Tailwind*.

Etwas Dunkles lag zusammengerollt darauf.

Die schwere Tür schwang auf, als Stella den Griff drehte. Sie trat ein und ging, wie magisch angezogen, auf das Kissen zu. Eine getigerte Katze lag dort, und Stella lächelte bei ihrem Anblick. Das war bestimmt ein Junges von Carla.

Aber als sie näher trat, sah sie, dass das Fell graue Stellen aufwies. Und das linke Ohr war am Rand ausgezackt, wo es sich in einem Angelhaken verfangen hatte.

Stellas Augen weiteten sich vor Entzücken, als sie sich neben das Kissen kniete.

»Carla?«, flüsterte sie. »Ich bin es, Stella.«

Die Katze öffnete die Augen und hob mühsam den Kopf. Und sofort begann sie zu schnurren.

Sanft nahm Stella die Katze auf den Arm. Unter dem weichen Fell spürte sie den knochigen, mageren Körper. Sie drückte ihre Wange an den pelzigen Kopf und stand auf, wobei sie die schnurrende Katze wie ein Kind an ihre Brust drückte. Stella lächelte. Carla, die kleine Katze. Mittlerweile war sie so alt, wie eine Katze nur sein konnte, aber immer noch tapfer und stark.

Mit der Katze auf dem Arm machte sie sich daran, das Haus zu erkunden. Bevor sie darüber nachdenken konnte, ob es richtig war, stieg sie bereits die Treppe hinauf. Natürlich ermahnte sie sich, nicht in Zephs Privatsphäre einzudringen, aber sie ging trotzdem weiter.

Der erste Stock bestand nur aus einem einzigen Zimmer – einem luftigen Studio mit einem Zeichentisch und einer Staffelei am Fenster. Stellas Blick fiel auf Bücher, Landkarten und Stapel von Fotografien.

Eine weitere Treppe führte in das Kuppeldach. Es war innen im gleichen Kornblumenblau gestrichen wie außen. Wie ein Sommerhimmel, dachte Stella.

Auf der Schwelle blieb sie stehen. Sie wusste, dass man von den Doppelfenstern direkt auf die Buchten blickte. Bei klarer See konnte man von hier aus sogar die Fische zählen, die vorbeischwammen.

Sie gestattete sich nur einen Blick von der Tür aus. Auf dem Doppelbett mit nur einem Kissen war die Decke zurückgeschlagen, als ob der Morgen schwungvoll begrüßt worden sei. Ein Sarong lag auf dem Boden. Ansonsten gab es im Zimmer kaum etwas, das den Blick vom Meer ablenkte. Nur ein paar kleine Möbelstücke – und ein Bild.

Stella erstarrte, und Carla wand sich protestierend, als sie die Katze fester an sich drückte.

Es war eine große Pastellzeichnung eines Mädchens an Deck eines Schiffes. Lange, dunkle Haare fielen ihr über die schmalen Schultern. Sie trug eine offene Bluse und darunter ein braun gestreiftes Bikinioberteil. Der Künstler hatte sie in dem Moment eingefangen, wo sie die Haare zurückwarf – eine unbefangene, sorglose Geste. In ihren dunklen Augen jedoch stand ein verletzlicher Ausdruck – als könne sie in die Zukunft sehen und die Schmerzen erkennen, die dort auf sie warteten.

Das Licht, das auf den Zügen des Mädchens lag, verlieh

dem Bild eine dramatische Wirkung. Zugleich jedoch waren die Farben sanft wie in einem Traum.

Stella betrachtete es staunend. Es war wie das Mädchen, das sie früher gewesen war. Und doch war es ganz anders. Sie blickte auf die Signatur unten in der Ecke. *Zeph*.

Er hatte sie in seiner Erinnerung so gesehen. Dieses Bild von ihr hatte ihn all die Jahre begleitet.

Auf einem kleinen Tisch unter dem Bild entdeckte sie einen kleinen Strauß Strohblumen. Die Stiele waren mit einem Stück Angelschnur zusammengebunden. Stella erinnerte sich noch gut daran, wie sie die Schnur darum gewunden und fest verknotet hatte. Die Blumen hatten so hübsch in dem Rahmen aus Treibholz ausgesehen …

Sie starrte auf den kleinen Strauß. Mehr als ein paar Monate hätten sie draußen im Freien nicht überleben können. Warme Freude überwältigte sie. Das war der letzte Beweis dafür, dass er zurückgekommen war, wie er es versprochen hatte.

Stella wandte sich ab und blickte durchs Fenster aufs Meer. Sie stellte sich vor, wie Zeph nach seiner langen Reise am Kai von Halfmoon anlegte. Er war bestimmt direkt zum Seemanns-Denkmal gegangen, um nach ihrer Nachricht zu suchen – und er hatte nichts gefunden. Vermutlich hatte er alle möglichen Leute nach ihr gefragt, aber sie hatten ihm alle dasselbe gesagt. *Sie ist in England und geht dort zur Schule*. Und dann war er in die Bucht gesegelt und hatte dort die Blumen gefunden. Er hatte sicherlich gehofft, dass noch eine schriftliche Nachricht dabei lag, aber da waren nur die Blumen. Eine Entschuldigung. Ein Lebwohl. Ein Ende …

Stella trug Carla nach unten und legte sie auf das gelbe Kissen.

»Warte auf mich«, sagte sie. »Ich komme wieder.«

Zeph war bestimmt auf der *Tailwind*, dachte sie, während sie zur Tür eilte. Sie versuchte, sich zu erinnern, wo die Slipanlage war. Mrs. Barron hatte es doch erwähnt …

Joe würde es bestimmt wissen.

Als Stella am Kai vor der *Grand Lady* hielt, tauchte der alte Fischer aus dem Ruderhaus auf. Er hatte einen großen Pinsel in der Hand, aus dem rote Farbe auf den Boden tropfte.

Stella öffnete die Wagentür, blieb jedoch bei laufendem Motor sitzen. »Kannst du mir sagen, wo Zephs Yacht liegt?«, fragte sie ihn. »Ich denke, er ist vielleicht da.«

»Nein«, erwiderte Joe. »Ich komme gerade von der *Tailwind*, weil ich die Farbe geholt habe.« Er schwenkte den Pinsel, damit sie ihn sah, und ein Tropfen Farbe spritzte an die Autotür. »Zeph war da. Aber dann ist deine Mutter mit Spinks im Polizeiwagen aufgetaucht. Es sah so aus, als hätte sie ihm was gegeben – es kann aber nichts Großes gewesen sein, weil sie es in der Hand gehalten hat. Dann hat sie kurz mit ihm gesprochen, und er ist in sein Auto gestiegen und weggefahren.« Joe runzelte die Stirn. »Warum, weiß ich nicht. Eigentlich sollte er herkommen und mir beim Anstreichen helfen.«

»In welche Richtung ist er gefahren?«, fragte Stella.

Joe wies zur Küstenstraße. »Zu euch hinaus.«

Stella legte den Gang ein und fuhr los.

»Hey, fahr nicht zu schnell!«, rief Joe ihr nach. »Es gibt Regen!«

Der rote Kombi stand mitten auf dem Weg neben dem Schuppen. Die Fahrertür war offen.

Stella parkte den Lieferwagen daneben. Als sie aus dem

Auto sprang, kam Wind auf und brachte die ersten Regentropfen mit sich. Sie eilte zum Haus, den Weg entlang durch den Garten. Der Wind frischte auf, ein kalter Westwind. Er zerrte an ihren Kleidern und wehte ihr die Haare ins Gesicht. Auch im Garten bogen sich die Blumen und Bäume unter den Windstößen. An ihrer Meerseite wurden die einzelnen Fundstücke waagrecht in die Luft gehoben.

Stella hielt inne. Dort, hinter der Wand, stand jemand. Sie ging darauf zu, getrieben vom Wind, der jetzt von hinten kam.

Als sie in den Windschatten der Wand trat, war auf einmal kein Hauch mehr zu spüren.

Zeph stand mit dem Rücken zu ihr und blickte auf das kleine Kreuz, das vom ersten knospenden Grün umgeben war. In einer Hand hielt er das Bündel Briefe, die er vor so langer Zeit geschrieben hatte.

Als ob er Stellas Anwesenheit spüren würde, drehte er sich um. Stumm schaute er sie an – ein langer, suchender Blick, der all ihre Geheimnisse zu erforschen schien.

In diesem Moment spürte sie, dass er alles wusste und fühlte.

Ein Mädchen, allein in seinem Zimmer. Nur das Meer hört seine Schreie.

Winzige gekrümmte Finger in einer milchig klaren Fruchtblase.

Ein Hochzeitskleid für eine Puppe, mit Blut beschmiert.

Ein vollkommenes, friedliches Gesicht mit geschlossenen Augen.

Eine Mutter, die den Sternen ihr Kind zeigt.

Alles.

Ein paar Sekunden lang stand Zeph bewegungslos da, dann breitete er weit die Arme aus.

Stella trat einen Schritt auf ihn zu. Plötzlich fühlte sie sich ganz schwach, ihre Beine trugen sie kaum noch. Die Mauern in ihr brachen zusammen, als eine Tränenflut, so wild und tief wie der Ozean, in ihr aufstieg und reinigend aus ihr hervorstürzte.

Schluchzend warf sie sich Zeph in die Arme. Auch ihm liefen die Tränen übers Gesicht. Er zog Stella an sich, und sie schmiegte ihr Gesicht an seine Schulter, während er sie fest an sein Herz drückte.

Sechs Monate später

Das Halfmoon Café

Die späte Nachmittagssonne lag auf den Weiden und tauchte Felsen und Baumstämme in ein warmes, goldenes Licht. Der Herbst war dieses Jahr früh gekommen, und in den blauen Schatten war es bereits empfindlich kühl. Grace stand an der Haustür und blickte zum Parkplatz hinter dem Zaun, wo einige Fahrzeuge standen. Sie erkannte Joes Truck, den gelben Holden der Barrons, Spinks' Streifenwagen, zwei Mietwagen und einen Vierradantrieb, auf dem »Tasmanian Forest Services« stand.

Tief atmete sie die frische Luft ein. Es roch nach Pfefferbeere, Zitronenthymian und Springkraut, die in Kübeln neben der Haustür eingepflanzt waren. Es war Lauries Idee gewesen, die Gäste, die ins Café kamen, mit den Kräutern zu empfangen, die Grace in der Küche verarbeitete.

Grace ging wieder hinein und schloss die Tür. Ihr Blick glitt über die Treibholzgarderobe, die Zeph an der Wand montiert hatte. Die teuren Jacken der Yachtsegler hingen schon wieder dort – den dritten Abend hintereinander. Grace lächelte. Sie kamen von einer großen amerikanischen Yacht, die im Hafen vor Anker lag. Ursprünglich hatten sie nur eine Nacht bleiben wollen, aber dann hatten sie das Halfmoon Café entdeckt. An den letzten beiden Abenden hatten sie doppelte Portionen von allem gegessen und riesige Trinkgelder hinterlassen.

Als sie den Flur entlangeilte, lauschte Grace auf das Stimmengewirr aus dem Seezimmer. Der Tisch musste beinahe voll besetzt sein – wobei wie üblich mehr Männer als Frauen da waren. Pauline hatte die Bestellungen bestimmt schon aufgenommen, aber Grace schätzte die Zahl gerne im Voraus. Als das Café gerade eröffnet hatte, hatte sie jeden Abend mehrmals die Autos und die Gäste gezählt, um sich zu vergewissern, dass sie genug Umsatz machte, und mittlerweile war es zu einem Ritual geworden, das ihr vor den letzten Essensvorbereitungen einen Moment der Stille bescherte.

Heute Abend war sie besonders aufgeregt und freute sich auf das Essen. Neben ihren Stammkunden und den durchreisenden Gästen hatte sie ganz speziellen Besuch: Daniel und Miles. Sie waren heute Morgen für eine Woche hierher gekommen, und Grace hatte schon einen Plan gemacht, welche Gerichte sie ihnen servieren wollte.

Sie stieß die Schwingtür zur Küche auf. Ein Schwall warmer Luft kam ihr entgegen. Laurie stand am Ofen und hielt ein dampfendes Bratblech in den Händen.

»Jetzt sieh dir das an«, sagte er stolz. Er stellte das Bratblech auf dem Tisch ab und warf seine Topfhandschuhe auf einen Stuhl.

Grace trat zu ihm. Ein ganzer Trevalla nahm das gesamte Blech ein. Der Fisch war mit gehackten Fenchelblättern bestreut und mit Zitronenscheiben belegt. Die Haut war goldbraun, und dort, wo er vor dem Braten eingeschnitten worden war, schimmerte das weiße Fleisch durch.

»Was ist die geheime Zutat?«, fragte Grace. »Ich rieche etwas, aber ich weiß nicht, was es ist.«

Laurie runzelte die Stirn. »Versuch es noch mal.«

Grace betrachtete die Brühe, die um den Fisch herumbrodelte. Einige orangefarbene Streifen schwammen darin. »Eingelegte Kumquat«, sagte sie triumphierend.

Laurie grinste. »Wir zerteilen ihn drinnen«, erklärte er. »Sie sollen ihn alle sehen, bevor wir ihn aufschneiden.«

Einen Moment lang bewunderten sie beide den Fisch, dann nahm Grace ihr Notizbuch und überprüfte noch mal, ob alles fertig war.

Kaninchen-Curry – Reis – Beilagen
Trevalla – rote Kartoffeln – Bohnen
Apfel-und-Rhabarber-Krümelkuchen
Schneid-ihn-auf-und-komm-wieder-Kuchen

Grace fragte sich, wie die heutige Speisenfolge sich wohl auf der offiziellen Speisekarte machte. Es gehörte zu Paulines Aufgaben, das Menü auf die Tafel im Seezimmer zu übertragen, und wenn sie die Gerichte in ihrer wie gestochenen Schrift aufschrieb, verwandelte sie sie gerne in etwas Poetischeres. In der letzten Zeit hatte sie eine natürliche Begabung für Wörter an den Tag gelegt. Außerdem las sie Dutzende von Kochbüchern. Seit das Café eröffnet hatte, hatte sich der Bestand im »Kochregal« von Miss Morrels Büchereibus verdoppelt.

Grace blickte auf das Curry, das auf dem Ofen köchelte. »Spinks ist hier«, sagte sie. »Ich hacke noch ein bisschen frisches Chili, sonst ist es ihm nicht scharf genug.«

Die Schwingtür ging auf, und Pauline trat mit einem Tablett voller Gläser ein.

»Du solltest hören, wie diese Amerikaner über den ›Halfmoon Shiraz‹ reden«, sagte sie und trat an die Spüle. »Man sollte meinen, es sei ein Gemälde und nicht etwas zu trinken!« Sie kicherte leise. »Und Mr. Barron sitzt da und nickt mit dem Kopf – der im Übrigen jede Sekunde größer wird – und tut so, als verstünde er alles, was sie sagen. Und Mrs. Barron starrt ihn an, als sähe sie ihn zum ersten Mal.« Lächelnd begann sie die Bestellungen aufzuzählen: »Ich habe vier Mal Fisch und drei Mal Curry. Die anderen fünf wollen von beiden Gerichten.«

»Hast du Daniel und Miles schon mitgezählt?«, fragte Grace.

Pauline schüttelte den Kopf. »Sie sind gerade auf dem Rückweg. Ich habe sie vom Fenster aus kommen sehen.«

»Sie waren stundenlang unterwegs«, sagte Grace. »Ich fange jetzt besser an zu servieren. Sie haben bestimmt Hunger …«

Sie holte eine Schöpfkelle aus der Schublade. Dabei überschlug sie die Einnahmen für heute Abend. Daniel und Miles gehörten zur Familie, und Joe brauchte nie zu bezahlen. Damit blieben noch elf Personen, die den regulären Preis bezahlten. Hinzu kamen die Trinkgelder der Amerikaner und ihre großen Getränkerechnungen. Ein Lächeln umspielte Grace' Lippen. Die Zahlen waren gut – und dabei war es noch nicht einmal Wochenende.

»Ach, noch was, bevor wir anfangen«, sagte Pauline. »Mrs. Barron hat die Post mitgebracht.«

Grace blickte über die Schulter. »Sie soll sie einfach in der Diele auf den Tisch legen.«

»Aber es ist ein Brief von Stella dabei«, erwiderte Pauline. »Wir glauben, dass sie Fotos mitgeschickt hat.«

Grace zögerte einen Moment lang. Sie war sich nicht sicher, ob sie einen Brief von ihrer Tochter vor allen Leuten aufmachen wollte.

»Ach, bitte«, bat Pauline sie. »Alle wollen sie sehen.«

Grace lächelte. »Na gut, dann komm.«

Sie ließ die Schöpfkelle in die Schublade zurückfallen. Laurie wischte sich die Hände an einem Küchenhandtuch ab, und dann gingen sie ins Seezimmer.

Gelächter ertönte, und die Gäste unterhielten sich angeregt, während im Hintergrund eine Schallplatte mit Akkordeonmusik lief. Grace begrüßte ihre Gäste, ging aber schnurstracks auf Mrs. Barron zu, die ihr einen langen, hellblauen Umschlag entgegenstreckte.

Spinks zog einen Stuhl für Grace heran und stellte sofort ein Glas Rotwein vor sie hin. Mrs. Barron reichte ihr ein Messer, um den Umschlag aufzuschlitzen.

Als sie das erste Foto herauszog, beugten sich alle vor, um etwas zu sehen – als ob sie eine große Familie seien und Grace ihr Oberhaupt.

Das Bild zeigte Stella auf den Stufen einer Strandhütte. Sie kämmte ihre Haare und lächelte mit strahlenden Augen direkt in die Kamera. Grace musste unwillkürlich auch lächeln. Aufmerksam betrachtete sie die Details: durch die geflochtenen Matten auf der Hütte drangen Sonnenstrahlen und warfen ein Muster über Stellas gebräunte Schultern; Palmwedel hingen über ihrem Kopf, als seien sie speziell dort angebracht, um ihr Gesicht vor der Sonne zu schützen, und hinter ihr blähte sich das weiße Moskitonetz leicht in der Brise. Zu ihren Füßen wuchsen rote Blumen.

Grace blickte auf, als sie Mrs. Barron die Fotografie weiterreichte. Das Seezimmer schien weit weg von der tropischen Welt Samoas zu sein – im Kamin brannte ein Feuer, und auf dem langen Tisch lag eine dunkelrote Decke, die Pauline extra zum Herbstanfang ausgesucht hatte.

Das nächste Foto zeigte Zeph an Deck der *Tailwind*. Er war nur als dunkle Silhouette vor einem flammenden Sonnenuntergang zu erkennen. Die Haare fielen ihm lockig bis auf die Schultern, und um die Hüften hatte er einen Sarong geschlungen. Entspannt lehnte er am Mast und schien nicht zu bemerken, dass er fotografiert wurde. Zu seinen Füßen stand Carla mit gespitzten Ohren und kühn gereckter Nase – als habe ihr das Meer ihre Jugend wiedergeschenkt.

Das nächste Bild war eine Nahaufnahme von einem Teller mit Essen, das mit einer roten Hibiskus-Blüte dekoriert war. Als Grace das Foto in die Hand nahm, deutete Joe auf die Rückseite. »Da steht was drauf.«

»Abendessen im Café des Ortes«, las Grace vor. »Kokosnusscreme in Taro-Blättern gebacken. Brotfrucht, mit Palmzucker gekocht. Gebratener Hummer mit Wasabi und Sojasauce – und einer Blume natürlich!«

Während Grace das Gericht studierte, wurden die beiden ersten Fotos an alle weitergegeben, ganz gleich, ob es Freunde oder Fremde waren.

»Na, das ist ja eine verdammt feine Yacht«, sagte einer der Segler. »Sicher und schnell ...«

Grace zog das letzte Foto aus dem Umschlag. Es zeigte Stella und Zeph zusammen. Möglicherweise war es mit Selbstauslöser gemacht worden, oder sie hatten eine dritte

Person gebeten, sie aufzunehmen. Auf jeden Fall schienen sie nur sich zu sehen. Das Bild strahlte einen Zauber aus, dessen Ursache Grace nicht benennen konnte. Es hatte etwas damit zu tun, wie vertraut sich Stella an Zeph schmiegte, die Hand auf seinem Knie. Oder auch wie er ihr sein Gesicht zuwandte, als würden sie an unsichtbaren Fäden zueinander hingezogen. Wie sie lächelten ... Das Leuchten in ihren Augen.

Im Flur ertönten Schritte, und dann traten Daniel und Miles ins Zimmer. Sie waren ein ungleiches Paar. Daniel war groß und ungeschlacht; seine grauen Haare hingen zerzaust und steif vor Salz um sein Gesicht. Miles war viel kleiner und feinknochiger. Er trug eine Baskenmütze, die seine Frisur schützte. Aber trotz ihrer unterschiedlichen Erscheinungen harmonierten sie sehr gut miteinander. Sie rieben sich beide die kalten Hände und kamen auf Grace zu, wobei sie die anderen Gäste höflich begrüßten.

Lächelnd reichte Grace Daniel das Foto von Stella und Zeph. Der Mann ergriff es mit beiden Händen. Er betrachtete es eingehend, und als er Grace wieder anblickte, hatte er Tränen in den Augen.

»Sie sehen so glücklich aus«, sagte er.

Grace nickte. Auch ihr kamen die Tränen. Daniel nickte ihr zu, die Lippen zu einem stolzen Lächeln verzogen.

Laurie rückte Stühle für Daniel und Miles zurecht und versorgte sie mit Wein. Dann stellte er sich ans Kopfende des Tisches. Als alle still waren und man nur noch das Knistern des Feuers und die Akkordeonmusik hörte, hob er sein Glas.

»Auf Stella und Zeph«, sagte er. »Auf abwesende Freunde – und auf die, die hier versammelt sind.« Er ließ seinen Blick über die Tischgesellschaft schweifen. Dann wandte er den Kopf und blickte aus dem Fenster. Im Dämmerlicht war das Meer wie eine riesige, wellige Decke mit weißen Schaumkronen.

»Auf alle, die heute Nacht auf See sind«, fuhr er fort. »Wir wünschen euch allzeit gute Fahrt …«

Alle Anwesenden fielen ein, um den Trinkspruch zu Ende zu sprechen.

»… und allzeit eine Handbreit Wasser unterm Kiel.«

Danksagungen

Ich bin meinem Mann Roger Scholes zu großem Dank verpflichtet für seine unermüdliche Unterstützung bei der Entstehung dieses Romans. Wieder einmal verbrachte er zahllose Stunden an meiner Seite und steuerte seine Kenntnisse als Filmemacher bei, indem er Handlungsstränge entwirrte, Charaktere realer werden ließ, Szenen in den Hintergrund schob oder sie stärker zur Geltung brachte. Zugleich war er wie immer ein inspirierender Gefährte in allen anderen Bereichen unseres gemeinsamen Lebens, ein Wunder, für das ich ihm immer dankbar sein werde.

Mein Dank gilt allen bei Pan Macmillan Australia – vor allem meiner Verlegerin Cate Paterson –, weil sie mich beständig als Autorin unterstützen. Karen Penning danke ich für ihre präzise und sorgfältige Redaktion.

Ein großes Dankeschön geht an meine Agentin Fiona Inglis, an Pippa Masson und die anderen bei Curtis Brown Australia, an Kate Cooper und Ali Gunn bei Curtis Brown London und auch an die Agence Hoffman.

Ich bin Christine Steffen-Reimann von Droemer Knaur in Deutschland und Françoise Triffaux von Belfond in Frankreich sehr dankbar für die enorme Ermutigung, die sie mir während des Schreibens zuteil werden ließen.

Viele Personen waren an der Recherche und dem Schreiben dieses Romans beteiligt. Ich danke ihnen allen aufrichtig:

Dr. Dennis Humphrey – für seine detaillierten Informationen über Stellas Schwangerschaft und Fehlgeburt.

Janet Pendrigh – die mir Anekdoten aus ihrer jahrzehntelangen Arbeit als Hebamme erzählte.

Maree Pyke und die Frauen von Swansea, die mir alles erzählten, was ich über tasmanische Küche wissen musste.

Michael Pyke – für seine Informationen über Fischen, Tauchen, Jagen und das Zubereiten von Wildgerichten.

Meinem Bruder Andrew, der mir über das oben Genannte noch mehr erzählte und die erste Fassung des Manuskripts las.

Inspector John Arnold von der St. Helens Police und den Freiwilligen von der St. Helens Marine Rescue, für ihre Informationen über Such- und Rettungseinsätze.

Stuart Lester – für sein Buch *Of Coastlines and Crayfish.*

Meinem Vater Dr. Robin Smith – weil er das Manuskript gelesen und mir bei meinen forensischen und maritimen Recherchen geholfen hat.

Meiner Mutter Elizabeth Smith – für ihre Informationen über das Leben von Frauen ihrer Generation, für ihre Anmerkungen über traditionelle englische Rezepte und Haushaltsführung, und dafür, dass sie das Manuskript gelesen hat.

Cathy Hawkins und Ian Johnston, die mir von ihren Segelabenteuern erzählt haben, sodass ich die Welt von Zeph und *Tailwind* erschaffen konnte.

Elizabeth McKenzie, weil sie mir ihre Kochbücher zur

Verfügung gestellt und mich außerdem mit Kuchen versorgt hat.

Meiner Schwester Dr. Clare Smith, deren Kenntnisse von Psychologie und Familienbeziehungen mir weitergeholfen haben. Außerdem hat sie immer für mein Mittagessen gesorgt.

Julia Fisher, die mir Fragen über Grace' Garten beantwortet hat.

Jane Ormonde, die mich daran erinnert hat, dass Gefühle dramatisch sind, und die die letzte Fassung des Manuskripts kritisch und sensibel zugleich gelesen hat.

Meiner Schwester Hilary, die von Anfang an an Stellas Geschichte geglaubt und sich als eine der Ersten einverstanden erklärt hat, das gesamte Manuskript zu lesen.

Den Curry Club Writers für ihre professionelle Unterstützung und den Spaß.

Claire Konkes, weil sie eine großartige Schreibgefährtin ist (und zuverlässige Lieferantin von Fischfrikadellen).

Vanessa Poole, weil sie die Lebensumstände in Tasmanien, die in diesem Roman geschildert werden, überprüft hat.

Anna Jones, weil sie immer für einen Drink Zeit hatte, um sich die Probleme fiktiver Personen anzuhören, die sie nicht kannte.

Lynda House und Tony Mahood – für meine Schreibsafari in Sydney und für all die Jahre, in denen wir zusammen Geschichten gesucht haben.

Peter Whyte – für ein paar tolle Fotos.

Meiner Nichte Katie Visagie, weil sie das Manuskript mit den Augen einer Neunzehnjährigen gelesen hat.

Myra Tite, weil sie jedes Jahr zu Weihnachten Päckchen geschickt hat, ganz gleich, wo die Familie gerade lebte.

John und Caroline Ball, die Grace' familiären Hintergrund erhellt und mir zahlreiche Aufenthalte an der Binalong Bay ermöglicht haben.

Jay Yulumara, die uns ihren Garten geöffnet und ihre Weisheit mit uns geteilt hat.

Meiner Schwiegermutter Pat Scholes, deren Geschichte über ein verlorenes Kind mich zu diesem Buch inspiriert hat.

Und schließlich meinen Söhnen Jonathan und Linden, die mir zeigen, wie unvorstellbar kostbar Kinder sind.